新編作文教學指導

陳滿銘◎著

原序

作文教學指導與作文指導，是不相同的，因為作文教學指導的對象是教師，而作文指導的對象是學生。既然作文教學指導的對象是教師，在內容上，就非包括命題、指引與批改三大部分不可，而其中的指引，又非以課文的分析為主不可，這和課外以學生為對象的作文指導，大都在課文之外另起爐灶的情形，是有極大差異的。

本書即以命題、指引與批改為主要內容。其中命題與批改的部分，由於自來談的人就很多，所以參考前賢時彥之說，是無可避免的。不過，前賢時彥有談得不夠仔細、周遍的，在可能的範圍內，本書儘量談得仔細、周遍。就以非傳統的命題方式而言，大家談的，大都有所偏重，並且也不舉例作來解釋，而本書卻彌補了這個缺憾；再來，命題舉隅通常只列舉一些題目而已，並沒有和課文的體裁、內容或寫作方法作密切的配合，而本書卻做了這樣的嘗試；還有，批改的原則與項目，大家只列出條目，偶爾舉一、二例說明而已，而本書卻不吝惜筆墨，逐項逐目地列舉實例，俾供參考；另外，批指的用語與角度，是很少人談過的，即使談過了，也都數筆帶過而已，而本書卻儘可能舉例說明清楚。這樣，對中、小學的教師來說，相信仍會有或多或少的幫助。

指引可說是本書的重心所在。十數年前，有鑑於這種指引，必須與課文教學緊密結合，而且要在讀講課文的同時完成它，於是筆者在國立臺灣師範大學暑期與夜間國研所開「國文教學專題研究」課時，便選擇了篇旨（立意）、運材、章法（布局）與修辭的教學為專題來講授，想透過這些教學，使學員們能經由課文的分析，一方面帶領學生深入課文，了解義蘊，一方面又指導他們寫作的方法，這是一舉兩得的事。結果，十數年下來，從學員們的反應中得到了莫大的鼓勵。而由於授課的需要，也陸續撰成了〈談安排詞章主旨或綱領的幾種基本形式〉、〈談運用詞章材料的幾種基本手段〉、〈章法教學〉及〈中學國文課文修辭實例舉要〉等數篇文章，並在三年前，和其他相關的論文，收入《國文教學論叢》一書中。所以這次撰寫本書，在指引的部分，除了「審題」一項是新寫的以外，其他「立意」、「運材」、「布局」與「措辭」等四項，便把這幾篇文章稍予刪節，並由零散而歸於系統，納入本書，以供更多的教師參考。

除了這三大部分以外，也在書的開端，談作文教學的重要，以作為本書的引子；更在書的末尾附錄了六篇文章，其中〈談詞章聯絡照應的幾種技巧〉、〈凡目法在國中國文課文裡的運用〉、〈凡目法在高中國文課文裡的運用〉和〈插敘法在詞章裡的運用〉等四篇，用以補指引中「布局」一項內容之不足；〈談詞章剪裁的手段〉一篇，用以補指引中「運材」一項內容之不足；而〈文章的體裁〉一篇，則談的是記敘、論說、抒情、應用等四種體裁，是屬分論性質的文字，可用以補本書通論部分之不足；希望藉此使本書在不完備中勉強趨於完備。

本書的完成，得力於一些教師的期成與萬卷樓之催促，也得助於國立臺灣師範大學國文研究所仇小屏同學對一些資料的整理，在此一併致深摯的謝忱。由於筆者識見有限，疏漏之處，在所難免，盼望 博雅君子不吝給予指正。

陳滿銘　序於國立臺灣師範大學國文系

民國八十三年七月三十日

新編自序

語言學裡有偏離理論，南京大學的王希杰教授提出，應用於語言學、修辭學上，形成零度和偏離之觀念，注意到零度和偏離——正偏離和負偏離之間的轉化問題。

這套理論可以直接運用到寫作教學之上，所謂「零點」是「正偏離」與「負偏離」之分界所在，有基礎或不偏不倚的意涵；而「正偏離」指表現優秀的作品，有兩種：一是指經典的作品，即課內外之範文，用作指引，以達取法、模仿的作用；一是指同儕之練習作品，即習作之範例，用於觀摩，以收學習、提升的效果。而「負偏離」則指表現不良的作品，需要透過教師之評閱，將習作由「負偏離」提升至「零點」甚至「正偏離」。

眾所週知，作文教學是以「命題」、「指引」與「批改」（含評分）三者為主要內容的。它首先在命題上，必須兼顧舊型與新式。舊型乃由教師以傳統方式命題或偶爾讓學生自由命題來進行，以一長篇為原則；而新式命題，則著眼於整體之「綜合能力」或個別之「一般能力」與「特殊能力」，提供適度之引導或限制予以進行，以一長或一長一短為原則。而這些命題必須適用於全班，兼顧能力好或差的學生，這撇開題目之優劣（優：正偏離；中：零點；劣：負偏離）不談，若單從其中

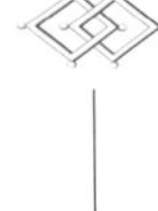

能力的角度來說，則主要就是出自於「零點」的精神。

其次在指引上，通常可分為兩類：一是經常性的指引，二是臨時性的指引。經常性的指引，是要在課文讀講時一併進行的，也就是說，要在講授課文（經典作品）之際，仔細分析課文，對文中有關審題（題目與內容的關係）、立意、取材、布局、措辭（含詞彙、文法與修辭）等工夫，分項一一予以深究，使學生對寫作的方法，能由點而面，由面而立體地加以掌握，形成一個系統，這是指導學生作文最重要的一環。有不少人以為課文自課文，作文自作文，是兩碼子事，因此在指導學生作文時，往往另起爐灶，硬是將作文與課文拆開，這是本末倒置的作法，是十分不妥當的。至於臨時性的指引，則在出了作文題之後，要針對所出的題目，用極短的時間，對題目的意義、重心，可用的材料或章法，甚至措辭技巧等項目，給予必要的提示，以補經常性指引之不足。如此以經典作品作為取法對象，就可將指引轉籠統、模糊為明晰，而使學生在學習作文過程當中有所依循。這種指引所著眼的顯然就是「正偏離」。

然後在批改上，教師經過指引，讓學生依所命的題目習作之後，必須對這些習作一一給予批改，使學生除了知道自己所寫的有什麼不妥的地方外，更能使他們「取法手上」，逐漸地掌握到寫作的要領與技巧，把作文寫得更好。因此，批改在作文教學上是件重要的事。而所謂的「批」，是批指的意思，用以批示修改的理由或指導改進的方法；所謂的「改」，是修改的意思，用以改正不妥的地方。一個教師對於學生習作的思想材料以及用詞、作法有不妥之處，不但要修改，還要加以批指，讓學生確實曉得自己文章的缺陷，這樣才能收到批改的真正效果。這可以說是使學生的習作由「負偏離」提升至「零點」

甚至「正偏離」所必須做的努力。單就評分上來看，如依「六級分」，可呈現如下圖：

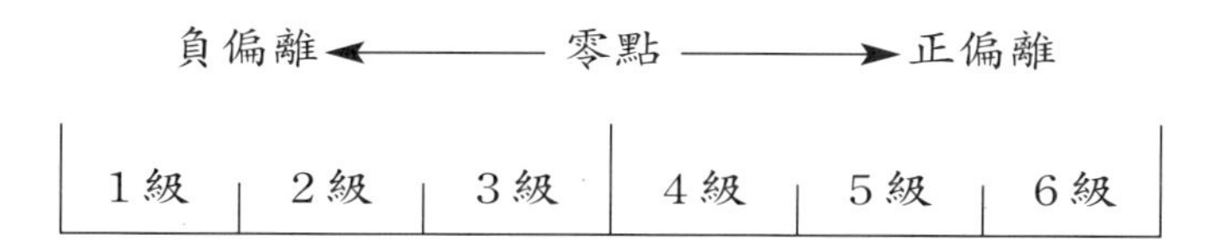

如為「九級分」則可呈現如下圖：

負偏離←———零點———→正偏離

C−	C	C+	B−	B	B+	A−	A	A+

如此看來，這種偏離理論可適用於作文教學之上，教師所命題目做到難易適中，這就是「零點」；主要用經典作品來指引，這就是「正偏離」；而經由批閱，使學生的作文能力有所提升，這就是「負偏離→零點→正偏離」。在十三年前推出拙著《作文教學指導》時，雖未認知這套理論，而道理卻能隱隱扣合，因此新編在這方面，並沒有調整這種框架，而調整的是隨著辭章學研究之開展以致顯得不夠精密的部分。希望經此調整，更能適應現在以至於未來的作文教學，以收教學的最大效果。

由於筆者識見有限，而作文教學之範圍又極其廣泛，有所疏漏，勢所難免，千祈　專家學者不吝指正。

陳滿銘　序於臺灣師大國文系 835 研究室

2007 年 7 月 22 日

目錄

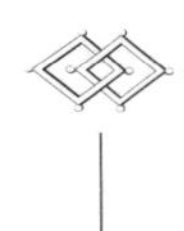

附錄：

第一章

緒　論

作文教學，對學生而言，是課內運用文字來表情達意的一種教學，而這種教學，由於公私實際的需要，使得它在國語文教學上的意義，顯得格外明顯而重大。它首先是國語文教學的重要環節，其次是可藉以驗收範文教學的成果，然後為課外自由讀寫的橋樑[1]。所以我們必須加以重視，為此，就對和它息息相關之思考邏輯及語文能力，就有探本尋源的必要，以見作文教學之核心與關鍵。

第一節　思考邏輯與作文教學

人類一生下來，就有使思考合乎邏輯的能力。而思考要合乎邏輯，如就其層次一面來說，則會自自然然地使它趨於秩序、變化、聯貫與統一的結果。而這秩序、變化、聯貫與統一，由於全源自於人類與宇宙共通的理則，所以也就成了寫作在思考思維上的四大原則。

1　參見陳滿銘〈作文在國文教學上的意義〉（臺北：大考中心《選才》2卷2期，1991年9月），頁23-24。

一、秩序原則

所謂的秩序，是說將思想材料依時間、空間或事理展演的順序加以安排，以合乎思考邏輯的意思。這是訴諸人類求「秩序」的心理，經過邏輯思維而形成的。松山正一著、歐陽鍾仁譯的《教師啟發學童思考能力的方法》一書中列有幾種方法，如「有條理地啟發學生的思考」、「藉分析事理啟發學生的思考」、「藉因果關係啟發學生的思考」、「藉知識的結構啟發學生的思考」[2]，都與此有關。而多湖輝所著的《全方位思考方法》一書更針對著逆向思考，提出「站在完全相反的立場來思考」的主張[3]。而這「順」和「逆」的思考，如反映在小學生的作文上，據調查是這樣子的：

> 六年級學生的作文，順敘佔 87.61%，插敘佔 3.54%，倒敘佔 8.85%。小學生基本上只能運用順敘法。據黃仁發等的調查三年級學生只會順敘，五年級會插敘的佔 2.28%，個別學生作文有倒敘的萌芽，即開頭一、二句把後面的事情提前說。[4]

可知「順」的思考，對作者（學生）而言，遠比「逆」者的發

---

2 見《教師啓發學童思考能力的方法》（臺北：幼獅文化事業公司，1989 年 7 月七版），頁 15-19、85-88、104-107、126-129。

3 見《全方位思考方法》（臺北：萬象圖書公司，1994 年 7 月初版一刷），頁 101-106。

4 見朱作仁、祝新華《小學語文教學心理學導論》（上海：上海教育出版社，2001 年 5 月一版一刷），頁 195。

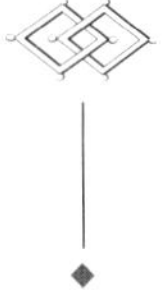

展為早、為易。

不過，無論「順」、「逆」，就它們的結合關係而言，就是「反復」，亦即「齊一」的形式。陳雪帆（望道）說：

> 形式中最簡單的，是反復（Repetition）。反復就是重複，也就是同一事物的層見疊出。如從其他的構成材料而言，其實就是齊一。所以反復的法則同時又可稱為齊一（Uniformity）的法則。這種齊一或反復的法則，原本只是一個極簡單的形式，但頗可以隨處用它，以取得一種簡純的快感。[5]

所謂「形式」，乃指「事物所有的結合關係」[6]，而所謂「先甲後乙」者，指的就是形成秩序的「甲」與「乙」（同一事物）之結合，由此可見，所謂的「秩序」，從另一角度說，就是「反復」、「齊一」，這種思考邏輯，是人人都有用的。對這種「反復」或「齊一」，歐陽周、顧建華、宋凡聖等在其《美學新編》中則稱為「整齊一律」，結合「節奏與秩序」，作了如下說明：

> 又稱單純一致、齊一、整一，是一種最常見、最簡單的形式美。它是單一、純淨、重複的，不包含差異或對立的因素，給人一種秩序感。顏色、形體、聲音的一致或重複，就會形成整齊一律的美。農民插秧，株距相等，

5　見《美學概論》（臺北：文鏡文化事業公司，1984年12月重排初版），頁61-62。

6　見《美學概論》，同注5，頁60。

> 橫直成行；建築物採用同樣的規格，長短高矮相同，門窗排列劃一；在軍事檢閱中，戰士們排成一個個人數相等的方陣，戰士的身材、服裝、步伐、敬禮的動作、歡呼的口號聲完全一致，都表現了一種整齊一律的美。我們常見的二方或多方連續的花邊圖案，在反復中體現出一定的節奏感，也屬於齊一的美。這種形式美給人一種質樸、純淨、明潔和清新的感受。[7]

可見「齊一」或「反復」會形成簡單「節奏」，而「給人一種秩序感」的。這對思考邏輯而言，當然十分有用。因此在從事作文教學時，是要特別留意的。

二、變化原則

所謂變化，是說改變思想材料的次序，予以參差安排的意思。一般而言，作者會將時間、空間或事理展演的自然過程加以改變，造成「參差見整齊」的效果。這種變化，可說源自於人類要求變化的心理，陳雪帆（望道）在其《美學概論》中說：

> 人類心理卻都愛好富於變化的刺激，大抵喚取意識須變化，保持意識的覺醒狀態也是需要變化的。若刺激過於齊一無變化，意識對它便將有了滯鈍、停息的傾向。在意識的這一根本性質上，反復的形式實有顯然的弱點。

7　見《美學新編》（杭州：浙江大學出版社，1993年3月一版九刷），頁76。

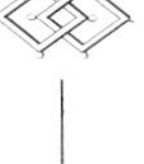

> 反復到底不外是同一（縱非嚴格的同一，也是異常的近似）狀態之齊一地刺激著我們的事。反復過度，意識對於本刺激也便逐漸滯鈍停息起來，移向那有變化有起伏的別一刺激去的趨勢。[8]

因此這類富於變化的結構（條理），是完全能切合他（她）們的邏輯思考與心理的。這種求變的思考心理，如反映在小學生的作文上，據調查是這樣子的：

> 張宏熙等發現，不同的題材，學生對結構層次的安排不一樣，寫一件事，最喜歡用「一詳一略」來反映的佔21.6%；任何題材，都喜歡結構多變的佔58.9%。學生喜歡結構多變的原因，是這種作文內容隨意，不必考慮獨特的開頭，巧妙的結尾，形式隨便。總之，學生作文的結構層次，已從統一固定的模式，向靈活多變的模式過渡。[9]

由「齊一」而求「變化」，是人共通的心理。唯有求變化，才能提升人的思考能力，而使頭腦保持靈活。多湖輝在其《全方位思考方法·序》中，就由個人生活的角度切入說：

> 如何克服生活呆板化，是一般人最困擾的，唯有從「改變生活的空間」、「改變生活的時間」、「改變生活的習慣」著手，隨時隨地多多從各個角度觀看事物，甚至反

8　見《美學概論》，同注5，頁63-64。
9　見《教師啓發學童思考能力的方法》，同注2。

> 習慣思考日常生活中理所當然的成規，一旦努力嘗試，養成處處腦力激盪的習慣，這樣自我訓練，就能常保思想靈活，創意便不會枯竭了。[10]

而「變化」比起「秩序」來，是會形成較複雜之「節奏」的，歐陽周、顧建華、宋凡聖等在其《美學新編》中就針對由「變化」所引生的「節奏」，加以解釋說：

> 節奏是一種連續的合規律的週期性變化的運動形式。郭沫若說：「把心臟的鼓動和肺臟的呼吸，認為節奏的起源，我覺得很鞭辟近裡了。」是有道理的。世界上沒有一樣事物是沒有節奏的：日出日沒，月圓月缺，寒往暑來，四時代序，這是時間變化上的節奏；日作夜眠，起居有序，有勞有逸，這是人們日常生活上的節奏；人體的呼吸、脈搏、情緒乃至思維，都像生物鐘一樣，是一種有節奏的生命過程。當外在環境的節奏與人的機體的律動相協調時，人的生理就會感到快適，並引起心理上的喜悅。[11]

可見時空或生活變化，甚至生命過程之變化，都會引起「節奏」，與人之生理律動相協調，產生「心理上的喜悅」。而這種由「變化」、「節奏」所引起的「心理上的喜悅」，說的正是美感效果。這種美感效果，對思考邏輯而言，是有正面的作用的。足見變化性的邏輯思維對人生活的影響之大，而作文當然

10 見《全方位思考方法．序》，同注14，頁（序）3。
11 見《美學新編》，同注7，頁78-79。

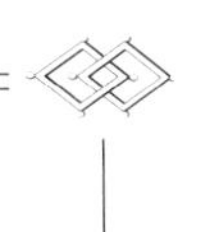

也不例外。

三、聯貫原則

所謂聯貫，是就思想材料先後的銜接或呼應來說的，也稱為「銜接」。要使一篇文章形成「調和」與「對比」，如果僅就局部（章）的組織來說，其思考基礎，和形成「秩序」或「變化」的，沒多大差異；如果落到整體（篇）之聯貫、統一而言，則顯然要複雜、困難多了。這從小學生思考發展的過程，可看出一點端倪。王耘、葉忠根、林崇德在《小學生心理學》中說：

> 在小學生辯證思考的發展中……有一定的順序性，是一個從簡單到複雜，從低級到高級的不斷提高的過程。……小學生對不同內容的辯證判斷的正確率不同。以「主要與次要」方面的正確率最高，接著依次是「內因與外因」方面，「現象與本質」方面，「部分與整體」方面，以「對立與統一」的內容方面最為薄弱。[12]

所謂「主要與次要」、「內因與外因」、「現象與本質」，涉及了「本末」、「深淺」、「內外」等邏輯；而「部分與整體」，則涉及了「凡目」、「偏全」等邏輯；至於「對立與統一」，所涉及的，正是「調和」與「對比」；它們依次是「從簡單到複雜的」，換句話說，它們大致是由「秩序」而「變化」而趨於

12　見《小學生心理學》（臺北：五南圖書公司，1998年10月臺初版二刷），頁168。

「聯貫」的。

其實，「調和」與「對比」兩者，並非永遠都如此，固定不變。所謂的「調和」，在某個層面來看，指的乃是「對比」前的一種「統一」；而所謂的「對比」，或稱「對立」，如著眼於進一層面，則形成的又是「調和」或「統一」的狀態；兩者可說是一再互動、循環，而形成「螺旋結構」[13]的。所以邱明正在其《審美心理學》中說：

> 對立原則貫穿於整個審美、創造美的心理運動之中，它無處不在，無時不有。但是審美心理運動有矛盾對立的一面，又有矛盾統一的一面。人通過自覺或不自覺的自我調節，協調各種矛盾，可以由矛盾、對立趨於統一，並在主體審美心理上達於統一和諧。例如主體對客體由不適應到適應就是由矛盾趨於統一。即使主體仍然不適應客體，甚至引起反感，但主體心理本身卻處於和諧平衡狀態。這種既對立又統一的原則體現了矛盾的雙方相互對立，互相排斥，又在一定條件下相互轉化，互相統一的矛盾運動法則，是宇宙萬物對立統一的普遍規律、共同法則在審美心理上的反映。[14]

審美是由「末」（辭章）溯「本」（心理—構思）的逆向活動，而創作則正相反，是由「本」（心理—構思）而「末」（辭章）

13　兩種對立的事物，往往會產生互動、循環而提昇的作用，而形成螺旋結構。參見陳滿銘〈談儒家思想體系中的螺旋結構〉（臺北：臺灣師大《國文學報》29期，2000年6月），頁1-34。

14　見《審美心理學》（上海：復旦大學出版社，1993年4月一版一刷），頁94-95。

的順向過程；其中的原理法則，是重疊的，是一樣的。一篇作品，假如能透過分析，尋出其篇章條理，以進於審美，則作者寫作這篇作品時的構思線索，亦即思考邏輯，就自然能加以掌握，上述的「秩序」、「變化」的條理，是如此；即以形成「聯貫」的「調和」與「對比」來說，也是如此。

這種「調和」與「對比」之形成，是可以另用「襯托」的一種創作技法來作解釋的，董小玉《文學創作與審美心理》說：

> 襯托，原係中國繪畫的一種技法，它是只用墨或淡彩在物象的外廓進行渲染，使其明顯、凸出。這種技法運用於文學創作，則是指從側面著意描繪或烘托，用一種事物襯托另一種事物，使所要表現的主體在互相映照下，更加生動、鮮明。襯托之所以成為文學創作中一種重要的表現手法，是由於生活中多種事物都是互為襯托而存在的，作為真實地表現生活的文學，也就不能孤立地進行描寫，而必然要在襯托中加以表現。[15]

既然「生活中多種事物都是互為襯托而存在」，而「襯托」的主客雙方，所呈現的就是「陰陽二元對待」的現象。這種現象，形成「調和」的，相當於襯托中的「正襯」與「墊襯」；而形成「對比」的，則相當於襯托中的「反襯」。對於「正襯」、「墊襯」與「反襯」，董小玉《文學創作與審美心理》解釋說：

[15] 見《文學創作與審美心理》（成都：四川教育出版社，1992年12月一版一刷），頁338。

> 襯托可以分為正襯、反襯和墊襯。正襯，是只用相同性質的事物來互相襯托，使之更加生動，更富感染力。也可以說是用美好的景物來襯托歡樂的感情，用淒苦的景物來襯托悲哀的感情。……反襯，是指用對立性質的客體事物來襯托主體，達到服務主體的目的。即用淒苦的景物來襯托歡樂的感情，用美好的景物來襯托悲哀的感情。……襯墊，又叫鋪墊，它是指為主要情節和故事高潮的到來，從各個方面、各個角度所作的準備。它的作用在於「托」或「墊」。[16]

這樣，無論是「正襯」、「墊襯」或「反襯」，亦即無論是「調和」或「對比」，都可以形成「美」，而對「秩序」、「變化」或「統一」，更有結合的作用，並且在顯示出她在形成「秩序」、「變化」與「統一」之「美」時，可充當必要的橋樑。因此可看出它在學生作文上的重要性。

四、統一原則

所謂的「統一」，是就思想材料的通貫來說的。這裡所說的「統一」，乃側重於內容（包含內在的情理與外在的材料）而言，與前三個原則之側重於形式（條理）者，有所不同。也就是說，這個「統一」，和聯貫律中由「調和」所形成的「統一」，所指非一。因此要達成內容的「統一」，則非訴諸主旨（情意）與綱領（大都為材料的統合）不可。而綱領既有單

16　見《文學創作與審美心理》，同注 15，頁 339-341。

軌、雙軌或多軌的差別，就是主旨也有置於篇首、篇腹、篇末與篇外的不同[17]。一篇辭章，無論是何種類型，都可以由此「一以貫之」。一篇辭章，用核心的情、理（主旨）或統合的材料（綱領）來作統一，使全文自始至終維持一致的意思，以凸出焦點內容，而呈現其風格、形成韻律，是一篇辭章寫得成功與否的關鍵所在。松山正一著、歐陽鍾仁譯的《教師啟發學童思考能力的方法》一書，將「重視一貫性的思考」列為思考方法之一[18]，即注意於此。朱作仁、祝新華在其所編著的《小學語文教學心理學導論》中說：

> 分析發現，在何處點題，與作文內容、結構及寫法密切相關。[19]

所謂「點題」，即立主旨或綱領，以此統一全文，當然和「內容、結構及寫法」，關係密切。吳應天在其《文章結構學》中於論「整體結構的統一和諧」之後說：

> 此外，還有觀點和材料的統一，論點和論據的統一，這都是邏輯思維的問題，但同時顧及和諧的心理因素。[20]

這雖是單就論說文來說，但它的原理，同樣適用於其他文體。

17　見陳滿銘〈談辭章章法的主要內容〉，《章法學新裁》（臺北：萬卷樓圖書公司，2001年1月初版），頁351-359。

18　見《教師啓發學童思考能力的方法》，同注2，頁145-150。

19　見《小學語文教學心理學導論》，同注4。

20　見《文章結構學》（北京：中國人民大學出版社，1989年8月一版三刷），頁359。

而所謂「觀點和材料的統一」，擴大來說，就是主旨或綱領與全篇材料之間的統一，這和章法結構的統一，可說疊合在一起，使得辭章整體能達於最高的和諧。能疊合這種內容與形式使它們達於統一和諧，可說是運用綜合性邏輯思維的結果。所以吳應天又說：

> 積極主動地進行綜合思維，文章的內容和結構形式才能很快地達到高度統一，而且可以達到「知常通變」的目的。[21]

可見作文和綜合性的邏輯思維，是息息相關的。

而這種「統一」或「和諧」，可以從「形式原理」方面來探討。陳雪帆（望道）在其《美學概論》裡說：

> 所謂形式原理，就是繁多的統一。我們對於美的形式，雖不一定其如此如彼，只是四分五裂雜亂無章，總覺得是與審美的心情不合的。所以第一，「統一」實為對象所不可不具的一個要質。而且它所統一的又該不止是簡單的一二個要素。如止是一二個要素，則統一固易成就，卻頗不免使人覺得單調。所以第二，繁多又為對象所不可不具的一個要質。我們覺得美的對象最好一面有著鮮明的統一，同時構成它的要素又是異常的繁多。卻又不是甚麼統一與否定了統一的繁多相並列，而是統一即現在繁多的要素之中的。如此，則所謂有機的統一就

21 見《文章結構學》，同注20，頁353。

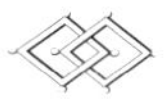

> 成立。能夠「統一為繁多的統一，而繁多又為統一的分化」。既沒有統一的流弊的單調板滯，也沒有繁多的流弊的厭煩與雜亂。所以古來所公認的形式原理，就是所謂繁多的統一（Unityin Variety ），或譯為多樣的統一，亦稱變化的統一。[22]

所謂「統一為繁多的統一，而繁多又為統一的分化」，將「秩序」、「變化」（繁多）與「統一」不可分的關係，說得很明白。而這「秩序」、「變化」（繁多）與「統一」，是要靠徹下徹上的「聯貫」（調和與對比）來作橋樑的。對這「繁多的統一」，歐陽周、顧建華、宋凡聖等在其《美學新編》裡，配合「調和」與「對比」，也加以闡釋說：

> 所謂統一，是指各個部分在形式上的某些共同特徵以及它們之間的某種關聯、呼應、襯托、協調的關係，也就是說，各個部分都要服從整體的要求，為整體的和諧、一致服務。有多樣而無統一，就會使人感到支離破碎、雜亂無章、缺乏整體感；有統一而無多樣，又會使人感到刻板、單調和乏味，美感也難以持久。而在多樣與統一中，同中有異，異中求同，寓「多」於「一」，「一」中見「多」，雜而不越，違而不犯；既不為「一」而排斥「多」，也不為「多」而捨棄「一」；而是把兩個對立方面有機結合起來，這樣從也不為「多」而捨棄「一」；而是把兩個對立方面有機結合起來，這樣從多

22　見《美學概論》，同注 5，頁 77-78。

> 樣中求統一，從統一中見多樣，追求「不齊之齊」、「無秩序之秩序」，就能造成高度的形式美。……多樣與統一，一般表現為兩種基本型態：一是對比，二是調和。……無論對比還是調和，其本身都要要求在統一中有變化，在變化中求統一，把兩者巧妙地結合在一起，就能顯示出多樣與統一的美來。[23]

可見「統一」與「繁多」也形成了「二元對待」，有機地結合在一起。也就是說，「統一」之美，需要奠基在「繁多」之上；而「繁多」之美，也必須仰仗「統一」來整合。在此，最值得注意的是，歐陽周他們特將這種屬於「二元對待」的「調和」（陰）與「對比」（陽），結合「繁多」（多）與「統一」作說明，凸顯出「聯貫」（「調和」（陰）與「對比」（陽））徹下徹上的居間作用。這正是邏輯思維之關鍵所在。對作文經營及其所產生美感方面的認識而言，有相當大的幫助。

第二節　語文能力與作文教學

作文是離不開「意象」的，而一般用之於文學之「意象」，如歸根於人類的「思維」來說，則由於「思維」是人類一切知行活動的原動力，而「思維」又始終以「意象」為內容，所以「意象」是可以通貫「思維」之各個層面，而形成「意象（思維）系統」的。而「意象（思維）系統」則直接與

23　見《美學新編》，同注7，頁80-81。

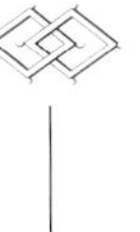

「語文能力」的開展息息相關；一般而言，語文能力可概分為三個層級來加以認識：即「一般能力」(含思維力、觀察力、記憶力、聯想力、想像力)、「特殊能力」(含立意、運用詞彙、取材、措辭、構詞與組句、運材與佈局、確立風格等能力)、「綜合能力」(含創造力) 等[24]。不過，這三層能力的重心在「思維力」，經由「形象」、「邏輯」與「綜合」等三種思維力作用下，結合「聯想力」與「想像力」的主客觀開展，進而融貫各種、各層「能力」，而產生「創造力」[25]。以下就從「一般能力」、「特殊能力」與「綜合能力」，探討它們與「意象（思維）系統」的關係，並舉例說明，以凸顯讀、寫互動[26]之作用，作為作文教學之參考。

一、「一般能力」與寫作、評閱

所謂的「一般能力」，彭聃齡主編《普通心理學》解釋說：「指在不同種類的活動中表現出來的能力。」[27] 也就是說，它不只是作文時必須具備，就是從事其他學科的學習時也都需要，因此是相當基礎、運用得相當廣泛的能力；細分起來，其中包括思維力、觀察力、記憶力、聯想力、想像力等。

---

24 見仇小屏《限制式寫作之理論與應用》(臺北：萬卷樓圖書公司，2005年10月初版)，頁12-46。

25 見陳滿銘〈論意象與聯想力、想像力之互動——以「多」、「二」、「一（0）」螺旋結構切入作考察〉(金華：《浙江師範大學學報・社會科學版》31卷2期，2006年4月)，頁47-54。

26 見陳滿銘〈論讀、寫互動〉(泉州：《泉州師範學院學報》23卷3期，2005年5月)，頁108-116。

27 見《普通心理學》(北京：北京師範大學出版社，2001年5月二版，2003年1月15刷)，頁392。

如果從它們的邏輯關係來說，它們初由「觀察力」與「記憶力」的兩大支柱豐富「意象」，再由「聯想力」與「想像力」的兩大翅膀拓展「意象」(多)，接著由「形象」與「邏輯」的兩大思維（二）運作「意象」，然後由「綜合思維」統合「意象」(一（0）)，以發揮最大的「創造力」[28]。如此周而復始，便形成「多」、「二」、「一（0）」的螺旋結構[29]以反映「思維系統」或「意象系統」[30]。它們的關係可呈現如下圖：

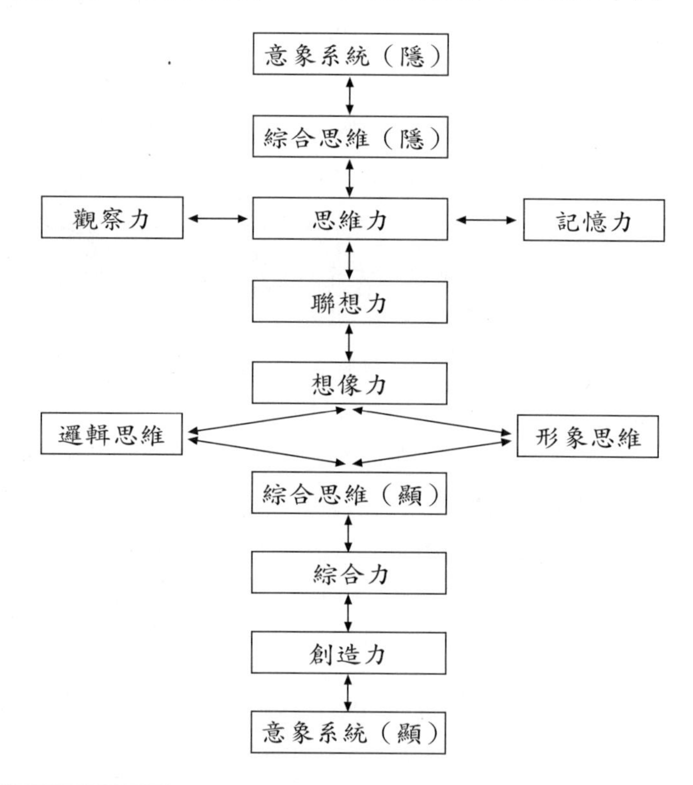

28 見陳滿銘〈論思維力與語文螺旋結構之形成——以「多」、「二」、「一（0）」螺旋結構加以考察〉(廣東肇慶：《肇慶學院學報》27卷〔總79期〕，2006年6月)，頁34-38。

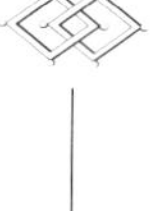

由此可見，在這種由「隱」而「顯」地呈現「意象系統」整個歷程裡，是完全離不開「思維力」(含觀察、記憶、聯想、想像、創造）之運作的。

而這種結構或系統，如果對應到「創造」主體的「才」、「學」、「識」三者而言，則顯然其中的「才」與「學」是對應於「觀察」與「記憶」來說的，屬於知識層，為「思維」之基礎，以儲存「意象」；而「識」則屬於智慧層，藉以提升或活用「意象」而組成隱性「意象系統」，乃對應於一切「思維」(含聯想與想像）之運作而言的。這些不但可適用於藝術文學、心理學等領域，也適用於科技領域，因此盧明森說：

> 它（意象）理解為對於一類事物的相似特徵、典型特徵或共同特徵的抽象與概括，同時也包括通過想像所創造出來的新的形象。人類正是通過頭腦中的意象系統來形象、具體地反映豐富多彩的客觀世界與人類生活的，既適用於文學藝術領域、心理學領域，又適用於科學技術領域。[31]

所以「意象」是一切思維（含形象、邏輯、綜合）的基本單元，因為從源頭來看，「意象」是合「意」與「象」而成，而

29　見陳滿銘〈論「多」、「二」、「一（0）」的螺旋結構——以《周易》與《老子》為考察重心〉(臺北：臺灣師大《師大學報・人文與社會類》48 卷 1 期，2003 年 7 月），頁 1-20。

30　見陳滿銘〈論章法結構與意象系統——以「多」、「二」、「一（0）」螺旋結構切入作考察〉(無錫：《江南大學學報・人文社會科學版》4 卷 4 期，2005 年 8 月），頁 70-77。

31　見黃順基、蘇越、黃展驥主編《邏輯與知識創新》，第二十章（北京：中國人民大學出版社，2002 年 4 月一版一刷），頁 430。

「意」與「象」，乃根源於「心」與「物」，原有著「二而一」、「一而二」的關係，藉以形成「思維系統」或「意象系統」。這種「意象系統」，如著眼於「由隱而顯」的順向過程，為「寫作」（作文）；如著眼於「由顯而隱」的逆向過程，則為「閱讀」（評閱）。

二、「特殊能力」與寫作、評閱

上舉「思維」、「觀察」、「記憶」、「聯想」、「想像」與「創造」，都離不開「意象」，而以「意象」為內容。如果扣到人類的「能力」來看，則它由於隸屬於「一般能力」的層面，可通貫於各類學科，乃形成下一層面「特殊能力」之基礎。而「特殊能力」，則專用於某類學科。就以「辭章」而言，是結合「形象思維」、「邏輯思維」與「綜合思維」而形成的。這三種思維，各有所主。如果是將一篇辭章所要表達之「意」，訴諸各種偏於主觀之聯想、想像，和所選取之「象」連結在一起，或者是專就個別之「意」、「象」等本身設計其表現技巧的，皆屬「形象思維」；這涉及了「取材」、「措詞」等有關「意象」之形成與表現等問題，而主要以此為研究對象的，就是意象學（狹義）、詞彙學與修辭學等。如果是專就各種「象」，對應於自然規律，結合「意」，訴諸偏於客觀之聯想、想像，按秩序、變化、聯貫與統一之原則，前後加以安排、布置，以成條理的，皆屬「邏輯思維」；這涉及了「運材」、「布局」與「構詞」等有關「意象」之組織等問題，而主要以此為研究對象的，就語句言，即文（語）法學；就篇章言，就是章法學。至於合「形象思維」與「邏輯思維」而為一，探討其整個「意

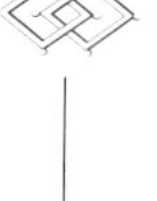

象」體性的，則為「綜合思維」，這涉及了「立意」、「確立體性」等有關「意象」之統合等問題，而主要以此為研究對象的，為主題學、意象學（廣義）、文體學、風格學等。而以此整體或個別為對象加以研究的，則統稱為辭章學或文章學[32]。

這種辭章的主要內涵，都與形象思維、邏輯思維或綜合思維有著密切的關係。其中有偏於字句範圍的，主要為詞彙、修辭、文（語）法與意象（個別）；有偏於章與篇的，主要為意象（整體）與章法；有偏於篇的，主要為主旨、文體與風格。因此辭章的篇章，是主要以意象（個別到整體、狹義到廣義）與章法為其內涵，而以主旨與風格來「一以貫之」的。

它們的關係可明白呈現如下列辭章的意象結構圖：

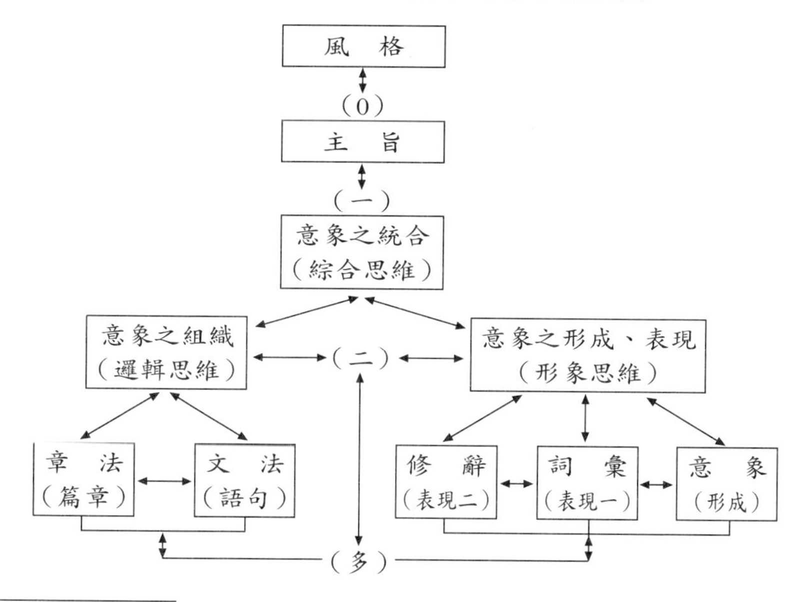

32　見陳滿銘〈論語文能力與辭章研究——以「多」、「二」、「一（0）」螺旋結構作考察〉（臺北：臺灣師大《國文學報》36期，2004年12月），頁67-102。

因此，辭章是離不開「意象」的，就是主旨與風格，也是如此。由於「主旨」是核心之「意」，而「風格」是以主旨統合各「意象」之形成、表現與組織所產生之一種整體性的「審美風貌」[33]。這樣由「（0）一」（綜合思維：風格與主旨）而「二」（形象思維、邏輯思維）而「多」（意象〔個別〕、詞彙、修辭、文法、章法），是屬於逆向過程，為「寫作」（作文）；而由「多」（意象〔個別〕、詞彙、修辭、文法、章法）「二」（形象思維、邏輯思維）而「一（0）」（綜合思維：主旨與風格），乃屬於逆向過程，為「閱讀」（評閱），兩者可說順、逆疊合，關係極其密切。

三、「綜合能力」與寫作、評閱

「綜合能力」包含「一般能力」與「特殊能力」，將它們綜合在一起，可形成如下「意象（思維）系統」圖：

33 顧祖釗：「風格的成因並不是作品中的個別因素，而是從作品中的內容與形式的有機整體的統一性中所顯示的一種總體的審美風貌。」見《文學原理新釋》（北京：人民文學出版社，2001年5月一版二刷），頁184。

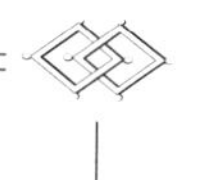

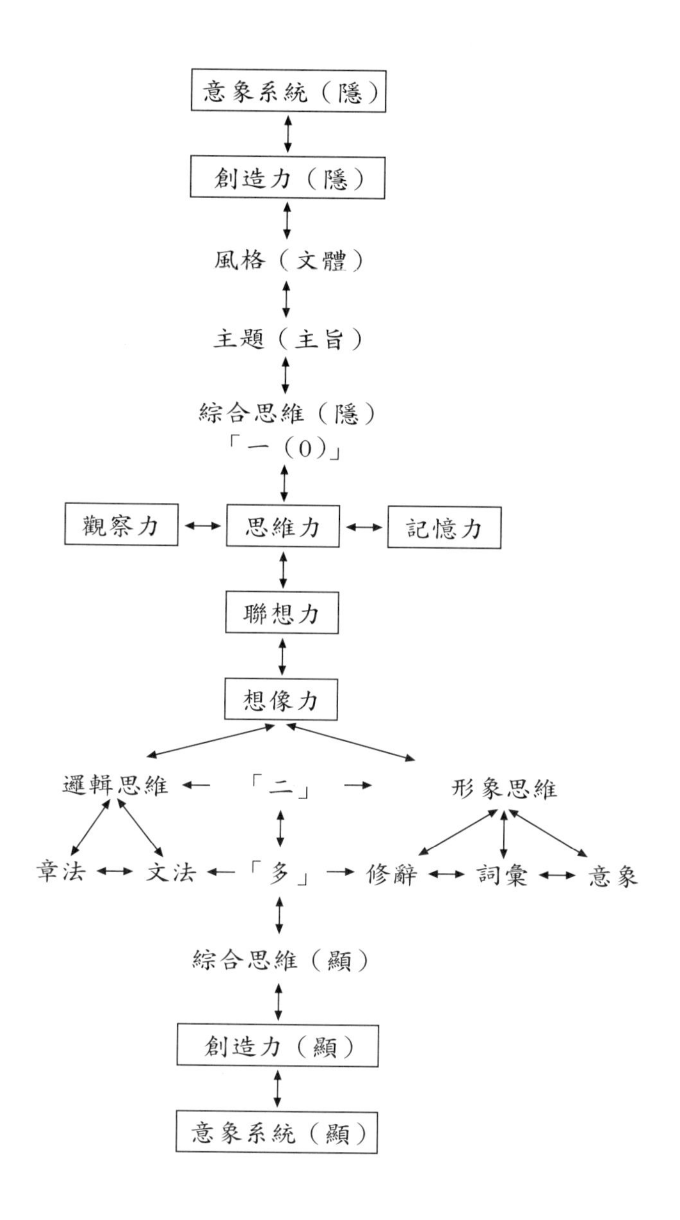
意象系統（隱）
創造力（隱）
風格（文體）
主題（主旨）
綜合思維（隱）
「一（0）」
觀察力
思維力
記憶力
聯想力
想像力
邏輯思維
「二」
形象思維
章法
文法
「多」
修辭
詞彙
意象
綜合思維（顯）
創造力（顯）
意象系統（顯）

如此辭章始終以「意象」為內容，而「意象」又「是聯想與想像的前提與基礎，沒有意象就不可能進行聯想與想像。」[34]因此如從辭章中抽離出「意象系統」，那就空無一物了。

這些「思維系統」或「意象系統」以及它表現在辭章上的內涵，如對應於「多」、「二」、「(0)一」的螺旋結構，則辭章中之「意象」(個別)、「詞彙」、「修辭」、「文(語)法」、「章法」是「多」，「形象思維」與「邏輯思維」為「二」，「主題」(含整體「意象」)、「文體」、「風格」為「一(0)」。其中「意象」(個別)、「詞彙」與「修辭」關涉「意象」之形成與表現；「文(語)法」與「章法」關涉「意象」之組織；「主題」(含整體「意象」)、「文體」與「風格」關涉「意象」之統合。如此在「形象思維」、「邏輯思維」與「綜合思維」之相互作用下，由「(0)一」而「二」而「多」，凸顯的是「寫作」(作文)的順向過程；而由「多」而「二」而「(0)一」，凸顯的則是「閱讀」(評閱)的逆向過程[35]。

在此須作補充說明的是：在哲學或美學上，對所謂「對立的統一」、「多樣的統一」，即「二而一」、「多而一」之概念，都非常重視，一向被目為事物最重要的變化規律或審美原則，似乎已沒有進一步探討之空間。不過，「對立的統一」，指的只是「一」與「二」；而「多樣的統一」指的則是「多」與「一」。這樣分別著眼於局部，雖凸顯出焦點之所在，卻往往讓人忽略了徹上徹下之「二」(陰陽)的居間作用，與其一

34 見黃順基、蘇越、黃展驥主編《邏輯與知識創新》，第二十章，同注31，頁431。

35 見陳滿銘〈論語文能力與辭章研究——以「多」、「二」、「一(0)」螺旋結構作考察〉，同注32。

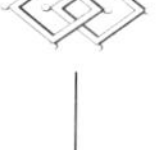

體性之完整結構。若從《周易》（含《易傳》）與《老子》等古籍中去考察，則可使它更趨於精密、周遍，不但可由「有象」而「無象」，找出「多、二、一（0）」之逆向結構；也可由「無象」而「有象」，尋得「（0）一、二、多」之順向結構；並且透過《老子》「反者道之動」（四十章）、「凡物芸芸，各復歸其根」（十六章）與《周易・序卦》「既濟」而「未濟」之說，將順、逆向結構不僅前後連接在一起，更形成循環不已的螺旋結構，以反映宇宙萬物生生不息的基本規律[36]，可適用於事事物物。這樣，此種規律、結構，用於「寫」（創作）一面，自然可呈現「（0）一、二、多」；而落到「讀」（鑑賞）一面，則自然可呈現「多、二、一（0）」[37]。而由於「讀」與「寫」是互動的，當然就形成「多」、「二」、「（0）一」的螺旋結構了。

而這種互動，如就同一作品來說，作者由「意」而「象」地在從事順向（「（0）一、二、多」）創作的同時，也會一再由「象」而「意」地如讀者作逆向（「多、二、一（0）」）之檢查；同樣地，讀者由「象」而「意」地作逆向（「多、二、一

36 見陳滿銘〈論「多」、「二」、「一（0）」的螺旋結構——以《周易》與《老子》為考察重心〉，同注29。而此「螺旋」一詞，本用於教育課程之理論上，早在十七世紀，即由捷克教育家夸美紐思所提出，乃「根據不同年齡階段（或年級），遵循由淺入深，由簡單到複雜，由具體而抽象的順序，用循環、往復螺旋式提高的方法排列德育內容。螺旋式亦稱圓周式」，見《簡明國際教育百科全書》（北京：新華書局北京發行所，1991年6月一版一刷），頁611。又，相對於人文，科技界亦發現生命之「基因」和「DNA」等都呈現螺旋結構。參見約翰・格里賓著、方玉珍等譯《雙螺旋探密——量子物理學與生命》（上海：上海科技教育出版社，2001年7月），頁271-318。

37 見陳滿銘〈辭章章法的哲學思辨〉，《辭章學論文集》（福州：海潮攝影藝術出版社，2002年12月），頁40-67。

（0）」）閱讀（評閱）的同時，也會一再由「意」而「象」地如作者在作順向（「（0）一、二、多」）之揣摩。這樣順逆互動、循環而提升，形成螺旋結構，而最後臻於至善，自然使得「寫作」（作文）與「閱讀」（評閱）合為一軌了[38]。

四、寫作與評閱舉隅

作文教學與評量之實施，必須經由命題、評閱來達成。而這些又必須歸本於由語文能力所形成之意象系統加以掌握，才能達成實際效果。它們可著眼於三層能力之任何一層來進行，可著眼於「一般能力」之「聯想力」或「想像力」之上，也可分別著眼於「特殊能力」之「個別意象」、「詞彙」、「修辭」、「文法」、「章法」、「主題」與「風格」之上，更可著眼於「綜合能力」（整體創造力）之上。單就評量而言，寫作與閱讀，無論分開或合起來都一樣，都可以用各種題型來測驗[39]。而這種評量之內容，已在國內開始採用。即以教育部「高級中等以下學校及幼稚園教師資格檢定考試」中「國語文能力測驗」考科「選擇題」之內容而言，就定為：

> （一）字形、字音、字義（意象、詞彙），（二）詞彙，（三）文法與修辭，（四）篇章結構（章法），（五）風格欣賞，（六）內容意旨（主題、意象、文體等），

---

38 參見陳滿銘〈論思維力與語文螺旋結構之形成——以「多」、「二」、「一（0）」螺旋結構加以考察〉，同注28。

39 參見陳滿銘、蔡信發、簡宗梧等《國家考試國文科命題參考手冊》（臺北：考試院考選部，2002年6月初版），頁1-112。又參見仇小屏《限制式寫作之理論與應用》，同注1。

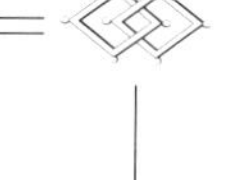

（七）國學常識與應用文（記憶、主題、文體等），（八）綜合。

而且各佔一定之比率。再者，依據國民中學學生基本學力測驗推動工作委員會所編製「國民中學學生寫作測驗評分規準一覽表」，特分如下四項：

（一）「立意取材」（主題、意象、文體、風格等）、（二）「結構組織」（章法）、（三）「遣詞造句」（詞彙、修辭、文法）、（四）「錯別字、格式及標點符號」（含詞彙、文體，文法、章法、風格等）。

此外，普林斯頓圖書公司出版之《大學國文選》（2006）、萬卷樓圖書股份有限公司出版之《新式寫作教學導論》（2007）、文揚資訊股份有限公司推出之《文采飛揚——新型基測作文教學題庫》（2006）與《國民中學學生寫作測驗》（2006—）等，其注釋、賞析與命題、習作、評閱，皆本此原理而設計、編纂，受到令人相當鼓舞之迴響。

而單就作文而言，如要歸本於「能力」來實施，則其評量可分「個別」（含一般能力與特殊能力）、「綜合」（整體創造力）或「混合」（及混合「個別」與「綜合」三種。這三種都可直接切入，作某些引導或限制，也可藉閱讀範文來引導寫作[40]。茲舉例說明，以見一斑。

40　曾祥芹：「閱讀為寫作打基礎，表現在多方面：從作品形式上說，閱讀可以熟悉文體的樣式，把握典型的結構，借鑑巧妙的寫法，積累規範的語言；從作品內容上說，閱讀可以搜集具體的材料，汲取

(一)個別之例：茲舉「九十六年大學學測國文科非選擇題」之一為例，加以說明：

1. 寫作題目

文章分析

仔細閱讀框線內的文章，分析作者如何藉由想像力，描述搭火車過山洞時所見的景象與感受。文長限100-150字。

> 鄉居的少年那麼神往於火車，大概因為它雄偉而修長，軒昂的車頭一聲高嘯，一節節的車廂鏗鏗跟進，那氣派真是懾人。至於輪軌相激枕木相應的節奏，初則鏗鏘而慷慨，繼則單調而催眠，也另有一番情韻。過橋時俯瞰深谷，真若下臨無地，躡虛而行，一顆心，也忐忐忑忑吊在半空。黑暗迎面撞來，當頭罩下，一點準備也沒有，那是過山洞。驚魂未定，兩壁的迴聲轟動不絕，你已經愈陷愈深，衝進山嶽的盲腸裡去了。光明在山的那一頭迎你，先是一片幽昧的微熹，遲疑不決，驀地天光豁然開朗，黑洞把你吐回給白晝。這一連串的經驗，從驚到喜，中間還帶著不安和神祕，歷時雖短而印象很深。(余光中〈記憶像鐵軌一樣長〉)

2. 評閱舉隅(由花蓮教育大學語教系助理教授溫光華提供)

由題幹文字可知此題應以閱讀為基礎，並進而「分析」文中描述「火車過山洞」情景時所運用之想像力，故答題重點在

深刻的思想，領受濃烈的感情，體悟高遠的境界。……閱讀的『根柢』深厚，寫作的『枝葉』才會繁茂。善於吸收的高明讀者往往是巧於表達的高能作者。」見《現代文章學引論》(北京：中國文聯出版社，2001年6月一版一刷)，頁606。

「分析」，即應從語句現象綜結出特點。所以不論從「黑暗迎面撞來，當頭罩下」、「衝進山嶽的盲腸」、「黑洞把你吐回給白晝」等句例中分析出譬喻、象徵、轉化等修辭技巧，並加以欣賞，或是就作者將過山洞時抽象感覺形象化、具體化的手法加以揭舉，均能達到分析之旨。至於藉由文章聯想並引申出人生經驗的隱喻意涵，雖非試題所選段落的要旨，但作此聯想的考生亦不乏其例，如：

1. 迎面撞來的黑暗，那種倉皇無力的感受，正與我們遭逢困境的感受相似；其後一連串的經驗，也由作者的聯想力與現實人生的歷練搭起橋樑。
2. 作者以火車的行進比喻人生，而鐵軌就像人一生中的經歷，過山洞則是用來形容人一生中不可預測的人事物，山洞也像人生中的難關，前面的路況是你無從預知的。

此著眼於引申「作者想像力」，析述合理，大致仍能切合以「分析」為旨的題意。然有為數頗多的考生，或作文章的摘要節錄，或僅予以解釋、另行翻新改寫，甚或乾脆發揮自己的想像力，拿出自己搭火車過山洞的經驗大寫一番，凡此，均與題幹要求完全不符。如有考生如此寫道：

1. 那似烏雲的灰煙，伴隨著巨大如雷鳴般的聲響一同進入了黑暗的入口。窗外的景色也由綠澄澄的稻田轉為無止盡的闇夜。不安的感覺頓時浮上心頭，為跳動的心蒙上一層薄薄的黑紗，卻又在遠處的一個亮點，重拾驅逐黑暗的光明，伴隨著車廂互相擊掌的喜悅，撲向太陽的懷抱。

2. 火車就如一條有生命力的蛇，……過山洞就有如蛇回到自己的家一樣，……火車入洞發出的聲響，就如蛇回到家所發出的嘶嘶聲，跟父母說：「我回來了！」

兩則文筆雖有巧有拙，但均未對文章特點進行分析，也似乎不著邊際地進行自己的想像，幾乎無視題幹的存在，類似這樣的寫作狀況竟相當普遍，不勝枚舉，故頗有可議。推究其因，蓋顯然未養成耐心仔細讀題的習慣，抑或不甚能掌握「分析」之用意。其實現行高中國文各版課本多附有課文賞析，平時善加閱讀揣摩，當可提升語感及分析的能力[41]。

上舉之例，主要著眼於「一般能力」之「聯想」與「特殊能力」之「修辭」上，適合於短文之寫作（含評閱）。

（二）綜合之例：茲舉基測作文之練習為例（由文藻外語學院應用華語系助理教授提供），加以說明：

1. 寫作題目

幸福很簡單

說明：什麼是幸福？事業有成？高官厚祿？還是金榜題名時？其實，只要我們懂得珍惜身邊擁有的人事物，懂得知足，心懷感激與感恩，幸福就在我們身旁。

41 見溫光華〈凡走過必留下痕跡——九十六年大學學測國文科非選擇題寫作狀況評析〉（臺北：《國文天地》22卷11期，2007年4月），頁25-26。

請你寫出一篇至少涵蓋下列條件的文章：

◎「幸福」的定義。

◎「幸福很簡單」的原因。

◎請舉一個以上的例子，證明「幸福很簡單」。

※不可在文中暴露自己的姓名。

※請勿使用詩歌體。

2. 評閱舉隅

幸福是每個人都想擁有的東西，但是幸福是什麼呢？有些人認為能夠吃飽就很幸福了，有些人認為能穿著名牌，開著轎車才算幸福，有些人認為能和心愛的人在浪漫的夜晚約會就是幸福。幸福應該是一種心中產生的快樂感覺，像是枯黃的小草忽然被豐潤了起來，春季來臨，萬物更新的一種暖洋洋的喜悅。

有些人花了一生的時間來追逐幸福，幸福卻離他越來越遠，因為他只顧著眼前的路，卻沒發現路旁的鮮花綠草已經冒了出來，小鳥已在新芽上築巢，河邊的頑童正玩得不亦樂乎。幸福其實就在身邊，只要細心、平靜的活在當下，就能找到當下的幸福。只要能夠耐心的享受生命，任何小事都會讓自己感到幸福。

現在的我，每天都繞著考試在打轉，今天考了十張，明天考八張，學校考完了，補習班再繼續考，只要能夠休息一整天，就是極大的幸福了，能夠把心平靜下來，看看耀眼的藍天，就是一種幸福了，沒有苦，哪會有樂？沒有痛苦，怎麼會懂得珍惜身邊小小的幸福？

能夠知足、惜福的人，到了哪裡都是幸福的，能夠珍惜現在所擁有的，幸福永遠不會離你而去，幸福，其實很簡單，只要心懷感激與感恩，永遠都能找到身邊的幸福。

⑴立意取材（風格、體裁、主題、意象等）：表現優秀。

甲、自身旁小事之中取材，加以發揮題旨，取材得宜。進一步來看，本文中所舉的「幸福很簡單」事例，多半屬於自然範疇。而大自然在繁忙的人事中最容易忽視，卻又無所不在，廣大包容，只要細心即能有所得，因此是最適合本題題旨中「幸福『很』簡單」的「很」字要求。除此之外，自然事例尚能暗合繁忙現代社會中，人類對自然自由的呼喊，讓讀者容易有所領悟與共鳴，因此在選材上是「簡單」幸福的恰當材料。

乙、立意方面，自周遭可見之事例出發，夾敘夾議，層層發為議論，體會細膩深入而有層次。從「幸福」的成功喻寫，再透過有些人發為「很簡單」議論，再說到個人考試經驗的體會，皆能扣緊「幸福」二字，而「很簡單」中的「很」發揮尤為透徹，充分凸顯題旨。

⑵結構組織（章法）：表現優秀。

甲、本文第一段寫「幸福」，第二段正面論述「很簡單」的真義，第三段具寫自己的經驗與體會，第四段總結。各段之中夾敘夾議，無論以論說為主、事例為輔，亦或以事例為主、論說為主，敘與論的結合都融合無間。且立論由淺而深，層層逼進，安排至當。綜觀全文主體，乃能從常見的「論→敘→論」結構中脫出，以層層包覆、由淺而深的議論手法行文，布局成功而完整。

乙、段落銜接方面，文中各段銜接順暢，雖未使用連接詞，然各段仍能彌縫無跡，自然轉折。

丙、次要結構中，本文的前三段都是敘論結合，有的是「先敘後論」(第三段，有的則是「論→敘→論」結合變化（第一、二段)，將容易的敘論手法化入內文，手法特出而成功。

(3)遣詞造句（詞彙、修辭、文法）：表現優秀。

甲、詞彙修辭方面，摹寫出色，意象頻出，而筆鋒帶有感情。如第二段對身旁的「鮮花綠草」、「小鳥」、「河邊的頑童」的敘述，第三段準備考試期間短暫的休息時，注意到「耀眼藍天」等都十分成功。

能運用適當譬喻，將抽象的「幸福感」成功凸顯，如第一段「幸福」「像是枯黃的小草突然被豐潤了起來，春季來臨，萬物更新的一種暖洋洋的喜悅」。

乙、文法方面，能有效運用各種句型，巧妙精當。文章前半段以敘述句為主，佐以排比，於平穩中見力量，如第一段。文章後半（第三段）以反問句加上排比，強調個人議論，力量強大。漸入佳境，輕重得宜，安排妥善。

虛字使用出色，讓文章活潑有生氣，帶有節奏感，達到虛實相濟的地步。如第三、四段對比賽過程及過往的敘寫生動。如：第一段的「才算幸福」、「就是幸福」，第二段的「卻離他越來越遠」、「只顧著眼前的路」、「已經冒了出來」、「已在新芽上築巢」、「正玩得不亦樂乎」，第三段的「就是」等等。

(4)錯別字及標點符號（涉及詞彙、文法、章法、風格等）：

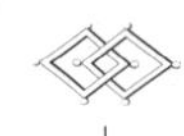

甲、幾乎沒有錯別字。

乙、標點符號使用略有瑕疵，句號使用仍可改進。如第三段句中僅有一個句號，第四段句中無句號。

整體而言，本篇文章立章取材，結構組織、遣詞造句上都表現優秀[42]。

上舉之例，主要著眼於「綜合能力」（含「一般能力」與「特殊能力」）上，適合於長文之寫作（含評閱）。

（三）混合之例：茲以「題組」方式訓練寫作為例（由成功大學中文系副教授仇小屏提供），加以說明：

1.「寫作」題組

⑴請說明下列形成「先反後正」結構的新詩，是怎樣造成對比的？有什麼效果？

魯藜〈泥土〉原詩如下：

老是把自己當珍珠
就時時有怕被埋沒的痛苦

把自己當作泥土吧
讓眾人把你踩成一條道路

⑵請你就「善意、善行讓人間更溫暖」，或是「放下自我的執著，一切海闊天空」尋找正面、反面的事例。

42 見謝奇懿〈國中基本學力測驗寫作測驗評分實例舉隅〉（臺北：《國文天地》23卷1期，2007年6月），頁57-66。

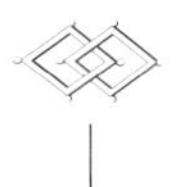

「善意、善行讓人間更溫暖」，或是「放下自我的執著，一切海闊天空」	
正面事例	反面事例

⑶請你依據上面的材料，也運用正反法來寫成一篇文章（500字以內）。

2. 設計理念

所謂的正反法就是將相反的兩種材料並列起來，作成強烈的對比，藉反面的材料襯托出正面的意思，以增強主旨的說服力與感染力的一種章法，正反法所形成的結構，有「先正後反」、「先反後正」、「正、反、正」、「反、正、反」四種。而且追溯正反法的源頭，是從「相反聯想」出發，由此尋找到正、反面的材料，然後再安排在篇章之中，形成正、反對照的章法現象。這種章法相當常見，運用在篇章中，可以藉著正、反面的對照，呈現事情的真相，並且會因為強烈的反差，而造成鮮明搶眼、痛快淋漓的美感。

因為在正反法的四種結構中，「先反後正」是最普遍、最容易寫作的一種，所以本題組的設計，就是藉著一首簡短的詩篇，讓同學辨識並認識「先反後正」結構，然後再讓同學藉著填寫正面與反面事例的表格，自然而然地進行相反聯想，並蒐集寫作材料，第三步驟才是將蒐集到的材料寫成篇章。期望經由這樣的引導，同學就能突破不知如何謀篇的瓶頸，順利完成寫作。

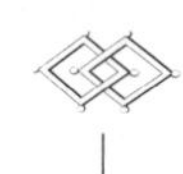

3. 學生寫作舉隅

⑴第一小題參考答案：此詩的反面材料是珍珠怕被埋沒，正面材料是泥土捨身成路，作者藉著這種對比，凸顯出奉獻精神的珍貴。

⑵第二、三小題之同學寫作成果：

甲、「善意、善行讓人間更溫暖」

「善意、善行讓人間更溫暖」，或是「放下自我的執著，一切海闊天空」	
正面事例	反面事例
關心獨居老人，讓老人感受到社會的溫暖。	遭受家庭暴力卻無人伸出援手。
遇到有人發生意外時，立即給予幫助。	火災發生的時候，一群人圍在旁邊看熱鬧而不幫忙。

在臺灣早期社會，女人就像「油麻菜籽」，落在哪，長在哪。嫁到好丈夫，就可以過得很好；如果嫁到遊手好閒，又會打老婆的人，只能自嘆命苦。而這些遭受家暴的婦女因為受到傳統思想的束縛，往往生活在恐懼裡卻不願離開家。知道這些婦女正遭受暴力，例如他們的鄰居，常常以「清官難斷家務事」或「自掃門前雪」的心態而不伸出援手，使得這些婦女更加無助。

幸好現在的社會比以前溫暖了，現在有許多的社服團體會主動關心社會裡需要幫助的人，像是獨居老人或遊民。有許多的團體會每天送食物給獨居老人或遊民。也有許多的大學生會利用寒暑假去偏遠地區關心獨居老人並教導他們一些衛生教育，都會讓他們感受到社會的溫暖。

只要我們花一點點時間和精力，就可以讓人間變溫暖。如

果沒有人願意付出，即使太陽已經高掛在空中，我們還是會覺得寒冷。（許雅婷）

乙、「放下自我的執著，一切海闊天空」

「善意、善行讓人間更溫暖」，或是「放下自我的執著，一切海闊天空」	
正面事例	反面事例
選擇當一片落葉	在枝椏上的一片葉子

你一個人靜靜地坐在蹺蹺板上，臉上還帶著一絲淡淡的哀愁。你在等待，等待那個人回來，陪你玩兩個人才能玩的蹺蹺板。雖然那人已經離開，不會再回來了，不過你執著的心，就像是枷鎖，把你禁錮在蹺蹺板上，痴痴地等……你沒看到旁邊的鞦韆嗎？何不起身，去享受一個人自由自在搖盪的樂趣。就像是生附在枝椏上的一片葉子，要學著放手當一片落葉，才能看到樹的全貌，看到不一樣的天空。對於愛，不也是這樣嗎？（沈圓婷）

丙、「放下自我的執著，一切海闊天空」

「善意、善行讓人間更溫暖」，或是「放下自我的執著，一切海闊天空」	
正面事例	反面事例
在平安夜那天收到宿委親自送上的溫馨小禮物，因而受到感動。	抱著強硬的態度，對學校提出不滿意見。

還記得前些日子，大家因為學校不合理的調漲宿舍費用，而把學校批評的無一是處，大家都認為宿舍這麼破爛，沒設備，又那麼舊，隔音效果也不好，還要調漲到和外面的房租相當的價錢，真的相當的不合理。

我認為學生宿舍的功用，不就是為了方便學生，提供學生一個安全又舒適，價格又低廉的生活環境嗎？看到學校如此惡劣的行為，使我在公聽會持著氣憤的態度去反抗、去抱怨。

然而在十二月二十四日那天，我收到了從宿舍委員送來的一份聖誕禮物，那包裝精緻，讓人感到充滿喜悅的氣氛。那時內心的我，感到相當的貼心，覺得學校好用心喔！而後幾天也漸漸的發現，校方雇用了外面的廠商，來打掃我們的環境，每天一早見到的是乾淨的地面和整齊排列有序的腳踏車，那樣的感動，讓我開始反省……。

也許學校真的有意要替學生提高生活品質，校方也舉辦公聽會讓我們去了解校方的目的，或許身為學生的我應該放下自己的成見，先仔細觀察校方的改變再去做適當的回應，才是理性的。（林玉娘）

4. 評閱檢討

第一小題要求辨識出「先反後正」結構，同學大多都能做到，至於是否能掌握到最重要的訊息（亦即主旨），則有些同學還需要進一步的訓練。

其次，第二小題要求同學運用相反聯想尋找正、反面的材料，同學的發展方向有兩種，第一種是根據同一件事，寫出正、反兩種處理方式，第二種是純粹只根據主題找正面與反面

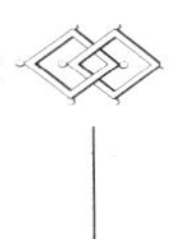

的事例，當然這兩種做法都是可以的。

第三小題則是需要運用前面所找到的材料寫作成篇，同學在這個子題中的表現也相當不錯，顯示邏輯思維尚稱清晰，而且形成的結構也以「先反後正」為最大宗，可見得第一子題中詩篇的示範作用不可小覷，也間接印證了讀寫結合的優越性，為了證明此點，在此將前三篇例文的結構分析如下，首先是許雅婷作文的結構分析表：

- 目
  - 反：「在臺灣早期社會……更加無助」
  - 正：「幸好現在……社會的溫暖」
- 凡：「只要我們……覺得寒冷」

其次是沈圓婷作文的結構分析表：

- 反：「你一個人……痴痴地等」
- 正
  - 敘
    - 事例一：「你沒看到……搖盪的樂趣」
    - 事例二：「就像是生附……不一樣的天空」
  - 論：「對於愛，不也是這樣嗎」

再次是林玉娘作文的結構分析表：

- 敘
  - 反：「還記得……去抱怨」
  - 正：「然而在……讓我開始反省」
- 論：「也許學校……才是理性的」

從事本題組的寫作，不僅可以訓練學生相反聯想的能力，還可以指導學生跳脫以往不自覺的謀篇習慣，有意識地運用正反法謀篇，可說是一舉兩得，訓練成效相當的好[43]。

上舉之例，主要著眼於「特殊能力」之「章法」與「綜合能力」上，適合於長、短文之寫作（含評閱）。

綜上所述，可知「思維力」是可將各種能力「一以貫之」而形成辭章之螺旋結構的。由於「寫作」（作文）乃由「意」而「象」，靠的是先天（先驗）自然而然的能力，這多半是不自覺的；而「閱讀」（評閱）則由「象」而「意」，靠的是後天研究所推得的結果，用科學的方法分析作品，自覺地將先天（先驗）自然而然的能力予以確定。因此「寫作」是先天能力的順向發揮、「閱讀」（評閱）是後天研究的逆向（歸根）努力，兩者可說互動而不能分割，而「創造力」（隱意象→顯意象）在「思維力」之推動下，就將「意象系統」由「隱」而「顯」地表現出來了。這樣歸本於語文能力，來探討它與「意象（思維）系統」的密切關係，以梳理其「層次邏輯系統」[44]，最能呈現「讀寫互動」之核心原理。如果進行作文教學時，能如此歸本到語文能力與意象系統加以把握，將理論與應用「一以貫之」，則必可收到教學的最大效果。

43　仇小屏舉例說明，見陳滿銘《章法結構原理與教學》（臺北：萬卷樓圖書公司，2007年4月初版）引，頁338-344。

44　見陳滿銘〈層次邏輯系統論——以哲學與章法作對應考察〉（錦州：《渤海大學學報．哲學社會科學版》27卷6期，2005年11月），頁1-7。

第二章

命　題

作文教學的活動，首先遭遇的，便是命題的問題。本來，由學生自定題目，想要說什麼，就讓他們寫什麼，這是最能配合他們寫作興會的。但是如完全任由學生自定題目，則各走各的，難免會走偏，使得喜歡記敘文的人就一味地寫記敘文，喜歡論說文的就一味地寫論說文，這樣自然就不能兼顧整體，作均衡的發展，遺害可說是很大的。所以國、高中國文科的課程綱要，一直都規定「以教師命題為主」。當然，「以教師命題為主」是很難迎合所有學生的能力與興趣的，不過為了要達成均衡發展的教育目標，就非努力地去克服它不可，要做到這點，就必須從嚴守命題原則、確定命題範圍、活用命題方式等三方面去著手。以下就依序分為三項，並舉一些例子來說明。

第一節　命題原則

命題的好壞，關係到學生作文興會之有無。出了好的題目，能使學生有一吐為快的發表欲望；出了不好的題目，則會弄得學生文思枯竭，興會全無。如果一再地使學生文思枯竭、

興會全無，那麼，輕則將使學生敷衍了事，重則將使學生憎恨作文，視為畏途，這是必須極力避免的。為了避免造成這種後果，便要嚴守如下命題原則，以增強學生的創作欲望。

一、切合學生的能力

學生的能力，和他們的學習與生活經驗是息息相關的。如果學生的學習與生活經驗廣泛而充實，那麼他們的能力也相應地提高，因此在命題時，便要考慮一般學生的學習與生活經驗。其中課內的學習經驗比較容易掌握，因為只要耐心地翻一翻他們學習過的國文、歷史、地理及相關課本，就能了解個大概。至於課外的學習經驗與生活經驗，則各不相同，而可取作文章思想材料的，自然有所差異，即使差異不多，在其深廣度與正確度方面也會不一樣。做人老師的，如不跟學生多作接觸，是很難把握得住的；等到接觸多了，他們共通的課外學習經驗與生活經驗，就可以大致了解，這樣再配合他們課內的學習經驗，擬定大家都可以作的題目，是可以做到的。譬如在國中二、三年級時，出〈談綠化〉或〈談環境保護〉的作文題目，由於它們一方面與學生日常生活有密切的關係，既能切合他們的生活經驗，一方面在國一課文裡選有〈行道樹〉、〈溪頭的竹子〉和〈植物園就在你身邊〉等三篇文章，又能和他們的學習經驗配合，所以這兩個題目，大致說來，是可以切合學生能力的。又如〈創造富而好禮的社會〉一題，因為其中的「禮」，在學生的生活經驗中，對它的體認極其有限，而學習經驗中，對它的認知也極其膚淺，根本不曉得「禮」有兩種：一為「禮」之文，指的是典章制度與行為準則；一為「禮」之

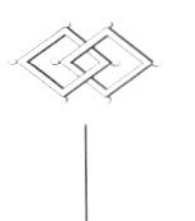

本，指的是仁義[1]。因此，這個題目對國中生，甚至高中生來說，是超出他們的能力範圍的。這樣，要他們「言之有物」，是件困難的事。

二、適合學生的需要

為使學生的作文能力能平衡發展，命題必須適應他們的需要，也就是說要針對他們的需要作全盤的規劃，就以內容來說，範圍不可侷限一隅，應力求廣泛，既要從自身、家庭、學校、鄉里或其人、事、物等方面來命題，也要就修養、學業、時事、歲時等方面來擬定題目，正如章微穎所說的「題目的材料，則自吾人日常生活飲食居處交遊之微，直到社會的形形色色，宇宙的事事物物，都可讓我們盡量選用。」[2]至於體裁，在「應用文」之外，黃錦鋐指出：「體裁的分類甚為複雜。……近人一般都依做法來分，有敘述、描寫、說明、議論、抒情五類，但這個分法也很不一致，有把描述併入記敘類的，有把記敘分為記述、敘述的。現在通用的國文教本，大概都依照這種分類。大體說來，議論較難，說明次之，記敘又次之。所以選取文章體裁，應由易入難，由淺入深，先記敘、次說明，而後議論，至於抒情一類，或因成年人的情感，與中學生生活經驗不太切合，所以純粹抒情文非中學生所能領會。……不過每篇文章多少有抒情的成分，教師應選擇切合於學生生活經驗，

1　見陳滿銘〈論博文約禮〉（臺北：臺灣師大《中國學術年刊》21期，2003年3月），頁69-88。

2　見章微穎《中學國文教學法》（臺北：蘭臺書局，1973年10月再版），頁93。

配合學生需要應用的抒情教材為主」[3]這雖就選教材來說，但一樣地可以移用到作文的命題上，作為重要的依據或參考。譬如以國中二年級學生來說，如果規定一學期要作八到十篇作文，就可以要學生作記敘文與論說文各三至四篇，抒情文一至二篇，應用文一篇。這樣配合體裁，再考慮內容來命題，自然就能使學生的作文能力有均衡發展的機會了。

三、配合學生的興趣

按理說，只要題目切合學生的能力，就會引起他們的寫作興趣才對，但由於作文更關係到學生內心的積蘊，所以所命的題目，除了切中學生的能力外，如果又能切中他們內心的積蘊，那麼所引發的興趣就將更大了。而這種內心的積蘊，是要多觀察才能曉得的，黃錦鋐說：「教師在命題的時候必須注意，排除自己的成見與偏好，平時多觀察學生興趣的所在，測知他們胸中積蓄些甚麼，而在這範圍內來擬定題目。學生見到這種題目，正觸著他們胸中的積蓄，引起他們發表的慾望與興趣。這樣不自然命題，也將會與自然的表達無二。縱使他們還不十分希望寫作，還沒有達到不吐不快的境地，但依題作去，總會把積蓄拿出來，決不會將無作有，強不知以為知。勉強的成分既少，自有工夫去研究寫作的技術問題。如再經教師批改、點化，使學生有一種自得的愉快，學生就會認為習作是一種享受了。」[4]能使學生把作文當作是一種享受，可說是作文

3 見黃錦鋐《中學國文教材教法》(臺北：教育文物出版社有限公司，1981年2月初版)，頁46-47。
4 見黃錦鋐《中學國文教材教法》，同注3，頁225-226。

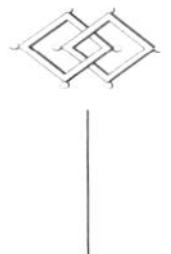

教學的最大成效之一，是我們必須努力加以促成的。要促成這種提高寫作興趣的成效，除了須設法切中學生內心的積蘊，如同上述外，也可以從題面的設計加以著手。這點比較容易做到，例如〈自述〉這個作文題目，大多數的學生看了都會大皺其眉頭，但如果將它改成〈自我素描〉或〈我的畫像〉，則一定會比原題目容易引起學生的寫作欲望；又如將〈中秋節感言〉這個題目改為〈閒話中秋〉、〈月餅的自述〉或〈月到中秋分外明〉，相信也會使學生增多一些寫作興趣。這在命題的時候，是要多加費心的。

四、範圍之寬窄須合度

一般說來，題目範圍如過大，則由於可寫的太多，往往不知選擇那個部分來寫的好，就是能夠選擇，也因為毫不費力的緣故，無法好好地構思，激發創作的潛能，以至於使學生不容易寫出好的作品來，所以範圍太寬，是不十分合適的。至於範圍過窄，則可用以寫作的材料較少，容易使學生陷入無話可說的窘境，尤其是對作文程度較差的學生而言，這種情形更是嚴重，因此範圍過窄，也是不太合適的。既然太寬過窄都不合適，命題時便要使它的範圍做到「寬窄合度」的地步。譬如下列一組題目：

我的家庭
我的父親
我父親的嗜好
我父親的煙斗

其中〈我的家庭〉一題，範圍比較寬，而〈我父親的煙斗〉則範圍比較窄，至於〈我的父親〉與〈我父親的嗜好〉，範圍就不寬不窄，比較合度。就一般中學生的程度來說，低年級的適合於寫〈我的父親〉，高年級的適合於寫〈我父親的嗜好〉。

五、題面須力求簡明

最好的題目，是讓學生一目瞭然的。也就是說，學生看了以後，能直接了解它的意義，清楚地曉得這個題目要他寫什麼，既沒有含混不清之處，也不會有掌握不了重心的毛病。要做到這一點，題面就非清晰、簡短不可。譬如〈我最快樂的一天〉或〈談禮貌〉這兩個題目，詞義既淺易，字數又不多，能使學生一目瞭然，不會產生任何的迷惑或困擾，所以它的題面是極為清晰、簡短的。又如有一年的外交人員甄選考試，出了〈專對〉這個題目，這個題目出自《論語・子路》，原文是這樣子的：「子曰：誦《詩》三百，授之以政，不達；使於四方，不能專對；雖多，亦奚以為？」用這個題目來考外交人員，就內容而言，是最恰當不過的，因為外交人員最須具備的就是「專對」的能力，但「專對」一詞卻不被現在一般的人所習用，就是讀過《論語》的人，也不一定能完全了解它的意思，這樣，對一般考生而言，這個題目便犯有不夠清晰的缺憾，那就無怪那一年大部分的應考人要不知所云了。再如民國六十二年大學聯招的作文題目是：〈曾文正公曰：「風俗之厚薄，繫乎一二人心之所嚮。」試申其義〉、六十三年大學聯招的作文題目是：〈荀子云：「吾嘗終日而思，不如須臾之所學。」試申其義〉，前者共二十二字，後者也有二十字，題目都過於繁

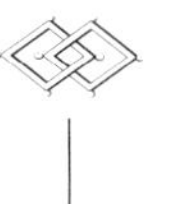

長，實在不合簡短的原則。如果前者改為〈論上行下效〉，後者改為〈論學與思〉，則不但題面變得清晰簡短，就是在內容上，也拓得更寬廣，使得學生能更徹底地加以論述了。尤其是新式題目，對於「提示」或「說明」，更要求明晰準確，不能模糊不清。

六、儘量不預設主旨或立場

本來作文的題目預設了主旨、立場，沒給學生留下多少的空間，硬性要求學生在預定的框框裡，儘量設法滿足題旨的要求，從某個方面來說，未嘗不可藉以訓練他們的作文能力。但是由於題目已限定了學生該說什麼，不僅會降低他們的寫作興趣，也會影響他們的創造潛能。因此命題時，要儘量不預設主旨、立場，以留下較大的空間給學生，讓他們就自己所蘊積於內心的思想情意，透過題目，從各個角度加以表達。如〈週末〉這個題目，既可以透過周末時之所見、所聞，以「勿以善小而不為」做為一篇的主旨，也可用它來表達「助人為快樂之本」或「百善孝為先」的道理，更可藉以抒發親情、友情或同胞之愛；而且除了可用記敘文體之外，還可採論說文體來寫，以討論中西週末之差異，提出幾個度週末的好方法，甚或論週末之重要。這麼一來，使學生有極大的空間，可完全隨著他們自己的意思來決定主旨、立場，顯然會比較容易激起他們的創作欲望與潛能。又如〈苦雨〉與〈談讀書的快樂〉這兩個題目，已經預設了主旨、立場，學生只能照著預定的方向來寫，在主旨、立場上，一點也沒有可以自主的餘地，藉以密切和自己內心的蘊蓄結合，這樣，對他們的創作興趣與潛能之激發，一定會有負面的影響。當然，偶爾出這類題目，使學生在束縛下作腦力的激盪，是可以的，但多了就不合宜了。

七、題目不宜超過兩題、雙軌

作文時，只出一題，讓學生定下心來，克服種種的困難去寫作，以收到「山窮水盡疑無路，柳暗花明又一村」的效果，可以說是最理想的。但要它完全能切合學生的興趣與能力，卻往往不易做到，因此偶爾多命一題，以求補救，是被容許的。但絕不宜超過兩題，因為學生在作文時，多半會遇難而退，如果讓他們只換一題，還有足夠的時間來好好地寫，若換兩題或兩題以上，則時間必然會有所不足，以至於最後隨便換上一題，敷衍了事，這樣要他們在寫作上求得進步，是相當困難的。還有，出一個作文題目，最好是單軌或雙軌，以使學生能徹底地加以掌握，如〈一本書的啟示〉、〈自由與守信〉，前者為單軌，後者為雙軌，都很容易使學生掌握它們的重心，作較深入的探討；至於三軌或三軌以上，則因為要顧到的「點」較多，而「面」也相應地較廣，想要學生寫得深刻，是非常不容易的。如民國七十九年大學聯招國文科的作文題為〈愛國愛鄉愛人愛己〉，便含四軌，不但每軌都要顧及，而且還有作層進式的論說，這樣一個四軌的題目，要求學生在短短的時間之內，作深入的論說，顯然是件奢望的事。這在命題時非注意不可。如果是新式題目，則可依可用時間之長短加以安排，只要時間許可，就是安排一長一短，也無不可。

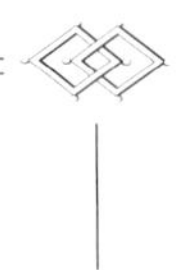

八、偶爾可令學生自由命題

要求教師所命的題目，都能密切與學生各自內心的蘊蓄結合，可說很難完全如願。所以偶爾讓學生有機會，根據各自積蘊的思想情意、命個題目，把它們傾吐而出，未嘗不是件快事。要這麼做，當然以不限定文體、範圍為宜，但如果為了作整體的配合，就是限定文體、範圍，實在也沒什麼關係。不過，必須注意的是：學生所自命的題目，一定要經老師認可才可以，因為除了要預防有題不成題的情形外，還要預防有少部分的學生會藉此機會，揶揄、謾罵特定的對象，或對一些傳統的東西，非理性地加以醜化、汙蔑，有的甚至會用以表達一些消極頹廢的思想或不當的情感，這在學生自定題目時，只要稍加留意，便可看出蛛絲馬跡，而及時加以防止，能夠這樣，自由命題就會發揮它最大的效用。

除了上列八點外，他如要與時事、節令配合，與課外閱讀或文化基本教材聯繫[5]，都可以使命題作文所帶來的缺點降到最低的程度，以發揮它最大的功能，這是做教師的該努力以赴的。

第二節　命題範圍

命題的範圍極廣，本來只要是世上的人、事、物，都可取

---

5 參見曾忠華《作文命題與批改》（臺北：臺灣師範大學中等輔導委員會，1992年6月初版），頁4。

作題材，但真正適合一般學生的能力、興趣與需要，以表達他們的思想情意，提升他們作文程度的，卻有它一定的範圍。對於這個範圍，章微穎在所著《中學國文教學法》一書[6]中，曾列舉大要，以資參據：

一、記敘描寫類

（一）自身——就學生自身的生活經驗、願望、遭遇、工作等方面覓取題材。

（二）家庭——就學生家庭的生活狀況、人事環境等等方面覓取題材。

（三）故鄉——就學生的故鄉風物、習尚、建設、史地資料等等方面覓取材料。

（四）學校——就學校的現狀、設施、師長、同學、居處、活動等等方面覓取材料。

（五）學業——就國文教學或其他學科修習方面覓取題材（如記事、報告等）。

（六）事實——就校內或學校所在地發生的重大事項取作題材（如慶祝大會及球賽、旅行等）。

（七）時令氣象——就季節氣候發生的現象取作題材（如遊春、納涼、新年、中秋等）。

（八）名勝古蹟——就學校附近或遠足、遊覽所至的名勝古蹟取作題材（如〈謁延平郡王祠〉、〈陽明山觀櫻〉等）。

（九）人——就學生所習見習知的人（不論名人或平凡的

6 見章微穎《中學國文教學法》，同注2，頁93-97。

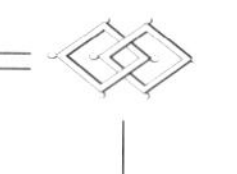

人，如〈我們的校長〉、〈一個賣報的童子〉等）取作題材。

（十）物——就學生所習見的物（不論人造物、自然物，如〈蕉園風光〉、〈一件紀念品〉等）取作題材。

二、議論說明類

（一）修養——就與青年有關的事理取作題材，如〈自治與自由〉、〈學貴有恆〉、〈勤能補拙〉等。

（二）學業——就學生學業方面有可令其陳述意見的取作題材，如〈本學期文選後序〉、〈讀史一得〉以及某篇精讀課文之〈書後〉等。

（三）家庭社會——中學生對所處的家庭社會各種情況，也各有他們的見解，可以取作題材，如〈明恥〉、〈論賭博之害〉等。

（四）時事——中學生對時局亦應有相當的認識，可擇當前所發生的國內外大事取作高年級題材。

（五）歲時——學生在佳節良辰，亦常有感想意見，可以取作題材，如〈國慶獻辭〉、〈除夕感言〉等。

（六）史實——從歷史事實、人物對國家、民族有重大影響或與後世有直接間接關係的取作題材（命此種題，必須在學生已經熟習這些人物事實之後）。

（七）文藝——文學流變，藝林珍聞，學生已於講習時熟聞了的，可取作題材，如〈樂府詩說〉、〈梁任公在新文學運動上的地位〉等（評論文藝，非中學生力所能任，故必以講習所熟聞的為限，性質僅等於記述，而且只能於高中後期試一為之）。

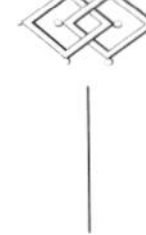

（八）學術——學術上的問題，經講習以後，也可取作題材，如〈六經皆史說〉、〈知行合一與知難行易兩說思想背景的異同〉等（本項亦須是記述性質，高中高年級可試為之）。

三、應用文類

（一）書啟——書啟的用途最廣，可以任何人為對象（受者），任何事為內容，而且取作題材，令學生習作，除格式外，又可應用記敘、描寫、論說、抒情任何作法，亦最合乎實際需要。電報、廣告、便條、以及其他同具書啟性質的附此。

（二）公文——訴訟呈狀、批判，中學生無學習必要，但行政上普通的令、呈、函、咨、佈告、通知、申請書等，卻也應略知其體式。最好是它和書啟的性質很相近，除平時可就請假開會等書件隨機作初步練習外，到了年級漸高，凡既經講習之體式，均可酌量試令習作。

（三）宣講文辭——講演辯論稿等，學生在課外活動中是常用到的，餘如宣言及宣傳品，亦可找取機會讓學生試作。

（四）新聞日記——校內或學校所在地的臨時發生事項，及學生自身的日常生活行事，都是現成的文章材料；前者可資以學習新聞報導和通訊的作法，後者可指導其日記的體式，使能經常寫作日記或週記，並酌取以為習作題材。

（五）規約契據——各種規章、契約、票據的作法，也是生活常識所應具，可視內容難易及實際需要，按相當年級，於講習後擇要令學生習作（如教室公約、班級會費收條等）。

（六）柬帖——柬帖雖然簡單，中學生亦得練習一下；遇有迎新、送別、同樂、聯歡等會，可指導學生試習。

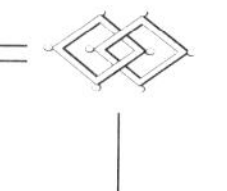

（七）慶弔——祝頌、哀祭之文，也是實際應用文體之一；但此類題目，以遇事實發生，而協助高中學生試習為宜。

（八）對聯——對聯為國文所特有，平時令學生搜尋相反、相對的詞語及注意排偶句法，兼有作對聯的訓練作用，逢重大紀念節日，即亦不妨協助高中學生習作之。

四、文藝小品類

（一）故事寓言——這類題目，較適宜於國中各年級，或令學生就講讀過的材料改演，或由教師講述後令學生寫作，或就聽人講過的記述，或由他們自己撰擬。

（二）小說短劇——令學生們或據講讀過的教材加以剪裁編排，如〈汪踦殺敵〉、〈木蘭從軍〉等；或令自出心裁嘗試創作。這類題目，宜用於較高年級，前者須至國中高年級、後者須至高中後期方可試用。

（三）詩歌——各地有各地的民歌、兒歌，如令學生分別寫錄出來，倒可編成一部集子，此在國中低年級已所優為。新體詩看似容易，但要真正讓人讀來夠得上稱詩，卻是很難，國中可令自就興之所至習作不拘格式句法之韻語，或取講過文言詩詞試令改作；舊式詩歌尤不易學，高中高年級或可偶一為之。

（四）小品文——這就是雜記、雜說之類，以有深遠的寄托，雋永的風味為勝，佳作不易。但因篇幅簡短、構結小巧，而周遭的景物事象均可取材，不限體例，無所拘束之故，卻亦便於初學，各年級均可習作。

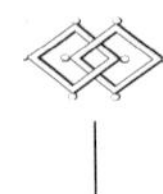

上舉大要，顯然全依文體來臚列，而獨缺抒情一類，對此，章師微穎作了補充說明：

> 以上所舉四類三十目，就此觸類旁通，覓取題材，當可應付裕如了。其中未列抒情一類，則以情感為文章的靈魂，任何類的題目，都必須含有作者的情感，亦都可抒寫作者的情感。而且情感的流露出於自然，其宣達仍須寓於事理，如果教師憑空命題叫學生特別習作抒情文，學生對之不若一般事理之必有相當經驗蘊蓄於內，難免對題目的要求無情可抒，或隱約模糊不能自抒，那便會弄出無病的呻吟來，所以沒有把它獨立；亦即希望教師們對於學生抒情文習作，要聽其在任何題目中有所觸發時自然為之，勿以勉強從事。

看法十分正確。另外，對於偶發或特殊事件也提出了說明：

> 偶發或特殊的事件，往往是國文課設計教學的機會，例如旅行，課內固可選些有關旅行目的地的詩文為教材，課外也可節取方志及遊覽指南等書中有關資料令學生閱覽；到旅行回校後，便可以遊記、參觀報告等為習作題材了。如遇學校校慶，則慶祝、紀念等文辭，當然是實際的教材，學生習作，即可叫他們全班分工，有組織的寫成學校小史、學校現狀、學校前途瞻望、祝辭、賀聯以及慶祝大會籌備、召集諸種文件，與演說、宣言、致敬函電、會場素描等文。開運動會時，且可成立小小的出版社，編印會場的刊物，於是評論、新聞報導、特寫

以及副刊中的小品文，……便都得藉以練習。這樣，學生既覺題材切合需要，且富興趣，自亦肯格外注意努力了。即使校中沒有這種偶發或特殊的事件可資利用，教師亦不妨自行假設某種情況，製造適當的題材，所以國文習作的題目是出不窮的。

這樣利用偶發或特殊事件，再配合其他各方面來命題，相信在範圍上，是能掌握得很好的。

第三節　命題方式

作文命題的方式，大體來說，可分為兩類：一為舊式，一為新式，茲分述如左：

一、舊式

所謂「舊式」就是「傳統式」，乃命以簡單語句的一種方式。只要直接用詞語或句子作為題目，讓學生照著去敘寫、論述即可。用單詞的，如〈我〉、〈雲〉、〈窗〉、〈橋〉等便是；用複詞的，如〈春雨〉、〈公車上〉、〈花的自述〉、〈那串晶瑩的日子〉等便是；用句子的，如〈我愛鄉村〉、〈談課外閱讀的重要〉、〈「知之為知之，不知為不知」說〉、〈看重自己，關心別人〉等便是。這種命題方式運用得最為普遍，無論是平時的作文或學校裡的大小考，甚至各級學校的升學考試，大都加以採用，且廣為大眾所肯定。

必須注意的是，日常作文時，要儘量從風格、文體、主題、篇章結構與藝術技巧等各個角度，來配合課文加以命題，以生學以致用之效果。以下就列舉配合國、高中課文之作文題為例，俾供參考：

課　　文	作　文　題　目
楊喚〈夏夜〉	1. 冬夜（新詩體裁） 2. 我最喜歡的季節 3. 消暑趣味談 4. 夜的聯想 5. 中秋賞月記 6. 秋夕 7. 夢 8. 如果我是一片雲 9. ××請聽我說（新詩體裁） 10. 我看行道樹
沈復〈兒時記趣〉	1. 我的童年生活 2. 我的小學生活 3. 海的聯想 4. 陽明山的花季 5. 那一串晶瑩的日子
梁啟超〈最苦與最樂〉	1. 談責任 2. 勤勞與懶惰 3. 讀書甘苦談 4. 我最敬愛的民族英雄 5. 助人為快樂之本
朱自清〈背影〉	1. 一個關愛的眼神 2. 只要我長大 3. 最難忘的一句話 4. 我長大了
蘇軾〈記承天寺夜遊〉	1. 散步的情趣 2. 月的聯想

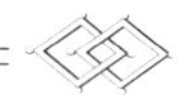

課　文	作　文　題　目
徐志摩〈志摩日記〉	1. 日記一則 2. 近日校聞記要
陶淵明〈五柳先生傳〉	1. 日記一則 2. 近日校聞記要
周敦頤〈愛蓮說〉	1. 我最喜愛的植物 2. 我的寵物 3. 二三得意事
劉蓉〈習慣說〉	1. 習慣與人生 2. 把握今天 3. 如何養成良好的生活習慣 4. 最難忘的一件事 5. 我心目中的世界
李文炤〈勤訓〉	1. 耕耘與收穫 2. 勤與惰
韓愈〈師說〉	1. 如何發揚孔子學不厭、誨不倦精神 2. 我們應有的學習態度 3. 「聞道有先後，術業有專攻」 4. 讀書甘苦談 5. 談尊師重道
方苞〈左忠毅公軼事〉	1. 我最喜歡的歷史人物 2. 我最崇敬的人 3. 一個影響我最深的人 4. 義無反顧說 5. 一句讓我感受最深的話 6. 見賢思齊
顧炎武〈廉恥〉	1. 知恥與自強 2. 行己有恥 3. 知恥近乎勇 4. 兒時記趣 5. 一位難忘的好友

課　　文	作　文　題　目
文天祥〈正氣歌並序〉	1.「養天地正氣、法古今完人」 2. 時窮節乃見 3. 小我與大我 4.「士可殺不可辱」 5. 仁者無敵 6. 憂勞可以興國
蘇軾〈前赤壁賦〉	1. 明月千里懷故人 2. 自然與人生 3. 秉燭夜遊
諸葛亮〈出師表〉	1. 天助自助 2. 受人之託、忠人之事 3.「勿以惡小而為之，勿以善小而不為」 4.「出師表」讀後感
范仲淹〈岳陽樓記〉	1.「士不可不弘毅任重而道遠」 2. 談先憂後樂 3. 憶故鄉 4. 街景偶記
陶潛〈桃花源記〉	1. 我心目中的桃花源 2. 嚮往
柳宗元〈始得西山宴遊記〉	1. 坐看雲起時 2. 智者樂水、仁者樂山 3. 當晚霞滿天 4. 鬼斧神工話中横 5. 結伴踏青
李密〈陳情表〉	1. 祖母與我 2. 給市長的一封信
曹丕〈典論論文〉	1. 給我啟示最大的一課國文 2. 國文的重要 3. 談三不朽 4. 由「典論論文」淺談文學批評

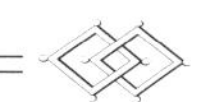

課　　文	作　　文　　題　　目
白居易〈琵琶行并序〉	1. 我看歌仔戲 2.「琵琶行」讀後感 3. 生活的甜美與苦澀
《詩經・蓼莪》	1. 失落的親情 2. 望子成龍、望女成鳳
魏徵〈諫太宗十思疏〉	1. 論以人為鏡 2. 守成與創新 3. 儉薄所以居患難 4. 滿招損、謙受益 5. 知足常樂
荀況〈勸學〉	1. 知識與文憑 2. 書到用時方恨少 3. 學慎於始 4. 學不可以已 5. 學貴有恆 6. 學問以濟世為目的 7. 知與行
蘇軾〈留侯論〉	1. 小不忍則亂大謀 2. 談忍
歐陽修〈縱囚論〉	1. 論青少年感化教育 2. 談假釋出獄

如此配合，學生的寫作效果，是多少會有所提升的。

二、新式

作文命題的方式，為了讓它靈活而有變化，使學生能從多方面去練習寫作，以有效地提高學生寫作的興趣與能力，就非適度地走出傳統不可。所謂「新式」即「新型作文」，含「引導式寫作」與「限制式寫作」兩種，它們在以往是混而不分的，通常又稱為「供料作文」、「給材料作文」、「非傳統作文」等，其中「供料作文」、「給材料作文」是大陸常用的名稱[7]，「非傳統作文」[8]與「新型作文」[9]是臺灣常用的名稱。因為名稱繁多，容易造成困擾，所以本書統一以「新式作文」來稱呼，以涵蓋「引導式寫作」與「限制式寫作」的寫作題目。而為什麼這些名稱可以同時指稱「引導式寫作」與「限制式寫作」呢？那是因為「引導式寫作」與「限制式寫作」的相同點是：都多了一些引導的說明或限制的條件，因此在外型上，就可以和以往一題一篇的傳統式作文作明顯的區隔。

但是「引導式寫作」與「限制式寫作」畢竟有其相異處，最重要的區別是：「引導式寫作」中所給的說明只是用作引導，並不具有強制性；但是「限制式寫作」中所給的說明則不僅有引導的作用，而且還是一種條件的限制，具有強制性。從這個區別開展出來，「引導式寫作」與「限制式寫作」各有其優勢：「引導式寫作」勝在留給學生的發展空間大，而「限制式寫作」則因具有強制性，所以可以要求學生據此寫作，用於寫作訓練時，可以鍛鍊出學生的一般能力、特殊能力或綜合能力，用於寫作測驗時，評閱者也易於據此拿捏標準、評定等級[10]。

---

7 參見周元主編《小學語文教育學》（上海：華東師範大學出版社，1990年10月），頁190。又參見賴慶雄、楊慧文《作文新題型》（臺北：螢火蟲出版社，1997年12月二版），頁34-71。

8 陳滿銘《作文教學指導》（臺北：萬卷樓圖書有限公司，1994年10月初版）即用此名稱。

9 范曉雯、郭美美、陳智弘、黃金玉《新型作文瞭望台》（臺北：萬卷樓圖書有限公司，2001年9月初版）即用此名稱。

10 參見仇小屏《限制式寫作之理論與應用》（臺北：萬卷樓圖書有限公司，2005年10月初版），頁5-8。

而「限制式寫作」之名稱，是由考選部「國家考試國文科專案小組」所提出的，並於民國91年由考選部編印為《國家考試國文科命題參考手冊》，將其類型分為翻譯、修飾、組合、改寫、縮寫、擴寫、設定情境作文、引導式作文、文章賞析、文章評論、文章整理、仿寫、看圖作文、應用寫作等十四種[11]。因篇幅所限，在此僅列出幾種並舉例說明，以見一斑。

（一）擴充

這是利用一段或一則短文，讓學生以此為基礎，續寫或擴寫成一篇文章的一種命題方式。由於它一方面有一段或一則短文作基礎，使學生有基本的材料可依據，不致漫無範圍；一方面又留有相當的自主空間，使學生能馳騁他們的才情與想像力，所以是相當好的一種命題方式。它可分為兩種：一為續寫，二為擴寫，都以「不走樣」為首要要求，要做到這點，就得守住三個原則：

1. 添加枝葉，只增不減；
2. 擴展內容，豐富情節；
3. 精細刻劃，描摹生動。

續寫的，如：

【題目】

下列一段文字，是文章的開頭，請續寫完篇，成為一篇記敘文。

11　見《國家考試國文科命題參考手冊》（臺北：考選部，2002年6月），頁3-31。

老師說：「要想寫好作文，就得勤觀察。」我對老師的話半信半疑，心裡想：「不一定吧！」

【例文】

然而，在一次無意的玩賞時，我體會到老師的話千真萬確。

那是一天早晨，我去北京頤和園遊玩，在水榭四周，我觀賞美麗的荷花。遠望池中，滿眼碧綠，微風過處，荷葉翩翩起舞。近看，荷葉大如圓盤，小似碟子，有的好像把小傘；它一片片，一層層，給池塘鋪了綠色的地毯。偶爾有一兩隻翠鳥穿過花叢，瞬間又消失在一片綠色中，只留下一兩聲清脆的叫聲。

這時，一陣清風吹來，荷葉上水珠滾動，晶瑩透亮。風停了，水珠由小聚大，越發光亮。在碩大的荷葉上邊，亭亭玉立的綠色箭桿，托著含苞待放的荷花；荷花尖尖，粉紅的花瓣微微顯露，與碧綠荷葉相映成輝。

忽然，一隻藍色的蜻蜓飛來，它東飛飛，西飛飛，似乎在尋覓落腳的地方。不一會兒，它停落在一朵未開的荷花上。這情景，我猛地想起古詩中的句子來：「小荷才露尖尖角，早有蜻蜓立上頭。」詩人不是實地觀察，怎麼會寫出千古傳頌的名句呢？作詩如此，寫文章不也是這樣嗎？

「要想寫好作文，就要勤觀察。」老師的話我深信不疑了。

（取材自小白等編《命題作文指導》）

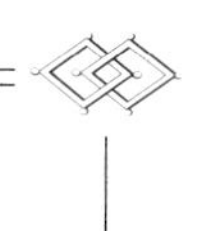

擴寫的，如：

【題目】

試將下列一則短文，擴寫為三百字左右的一篇文章：

陳捷和逸瓊在放學路上，遇上雷陣雨。周老師急忙把雨衣替她們披上。小璐看到周老師給雨淋著，連忙招呼兩人合用雨傘。師生四人高高興興地回家去。

【例文】

天空中佈滿了烏雲，雷聲隆隆，電光閃閃。

放學了，陳捷、逸瓊背著書包，急匆匆地趕回家去。她們沒跑幾步，大雨就「嘩嘩」地下了起來。陳捷用手帕遮在頭上，逸瓊用書包頂在頭上，兩個人冒著雨向前跑去。

正在這時，聽見後面有人在喊：「陳捷、逸瓊，等一等。」兩人回頭一看，原來是班主任周老師。周老師跑到她倆前，急忙脫下身上的雨衣，一邊給她倆披上，一邊說：「淋了雨會著涼的，快披著雨衣回家吧。」陳捷看著滿臉雨水的周老師說：「周老師，您也要被雨淋濕的。我們家就在附近，還是您自己穿吧。」她們正相互推辭著，小璐撐著傘走來了。看到周老師淋在雨裡，她連忙踮起腳，把傘舉得高高的，說：「周老師，我們合用吧。」

周老師笑瞇瞇地說：「好，謝謝你。」

師生四人高高興興回家去。身影逐漸消失在雨幕裡。通俗歌曲〈小雨傘〉的優美旋律依舊在雨街上迴盪……

（取材自陸逐、朱寶元編《初中作文指導》）

以上兩例都能掌握「擴充」的三個原則加以衍展，前後呼應，可以說擴充到「恰到好處」。

（二）縮寫

這是提供一篇長文，讓學生濃縮成一段或一則短文的一種命題方式。它與「擴充」正相反，要求的：首先不是要添加枝葉，而是要掃除枝葉；其次不是要豐富情節，而是要保留重點；再其次不是要精刻細處，而是要著眼大處。而且還要特別注意如下三點：首先在內容上保留原文的中心思想與主要內容，其次在形式上儘量保持原文的結構與語言風格，再其次在字數上符合要求。如：

【題目】

試將朱自清的〈春〉濃縮為四百字左右的短文：

盼望著，盼望著，東風來了，春天的腳步近了。

一切都像剛睡醒的樣子，欣欣然張開了眼。山朗潤起來了，水長起來了，太陽的臉紅起來了。

小草偷偷地從土裡鑽出來，嫩嫩的、綠綠的。園子裡、田野裡，瞧去，一大片一大片滿是的。坐著，躺著，打兩個滾，踢幾腳球，賽幾趟跑，捉幾回迷藏。風輕悄悄的，草綿軟軟的。

桃樹、杏樹、梨樹，你不讓我，我不讓你，都開滿了花

趕趟兒。紅的像火，粉的像霞，白的像雪。花裡帶著甜味；閉了眼，樹上彷彿已經滿是桃兒、杏兒、梨兒！花下成千成百的蜜蜂嗡嗡地鬧著，大小的蝴蝶飛來飛去，野花遍地是：雜樣兒，有名字的、沒名字的；散在草叢裡，像眼睛、像星星，還眨呀眨的。

「吹面不寒楊柳風」，不錯的，像母親的手撫摸著你。風裡帶來些新翻泥土的氣息，混著青草味，還有各種花的香，都在微微潤濕的空氣裡醞釀。鳥兒將窠巢安在繁花嫩葉當中，高興起來了。呼朋引伴地賣弄清脆的喉嚨，唱出婉轉的曲子，與輕風流水應和著。牛背上牧童的短笛，這時候也成天在嘹亮地響。

雨是最尋常的，一下就是三兩天。可別惱！看，像牛毛、像花針、像細絲，密密地斜織著，人家屋頂上全籠著一層薄煙。樹葉子卻綠得發亮，小草也青得逼你的眼。傍晚時候，上燈了，一點點黃暈的光烘托出一片安靜而和平的夜。鄉下去，小路上、石橋邊，撐起傘慢慢走著的人；還有田裡工作的農夫，披著蓑，戴著笠的。他們的草屋，稀稀疏疏地在雨裡靜默著。

天上風箏漸漸多了，地上孩子也多了。城裡鄉下，家家戶戶，老老小小，他們也趕趟兒似的，一個個都出來了，舒活舒活筋骨，抖擻抖擻精神，各做各的一份事兒去。「一年之計在於春」，剛起頭兒，有的是工夫，有的是希望。

春天，像剛落地的娃娃，從頭到腳都是新的，它生長著。

春天，像小姑娘，花枝招展的，笑著，走著。

春天，像健壯的青年，有鐵一般的胳膊和腰、腳，它領著我們上前去。

【例文】

盼望著，盼望著，東風來了，一切都像剛睡醒的樣子，欣欣然張開了眼。小草偷偷地從土裡鑽出來了，園子裡、田野裡，瞧去，一大片一大片滿是的。

桃樹、杏樹、梨樹，都開滿了花趕趟兒。花下成千成百的蜜蜂嗡嗡地鬧著，大小的蝴蝶飛來飛去，野花遍地是，散在草叢裡，像眼睛、像星星，還眨呀眨的。

「吹面不寒楊柳風」，不錯的，像母親的手撫摸著你。風裡帶來些新翻泥土的氣息，混著青草味，還有各種花的香。鳥兒將窠巢安在繁花嫩葉當中，賣弄清脆的喉嚨，唱出婉轉的曲子，與輕風流水應和著。

雨是最尋常的，一下就是三兩天。看，像牛毛、像花針、像細絲，密密地斜織著，人家屋頂上全籠著一層薄煙。

城裡鄉下，老老小小，一個個都出來了，各做各的一份事兒去。「一年之計在於春」，剛起頭兒，有的是工夫，有的是希望。

春天，像剛落地的娃娃，從頭到腳都是新的，它生長著。

春天，像小姑娘，花枝招展的，笑著，走著。

春天，像健壯的青年，有鐵一般的胳膊和腰、腳，它領著我們上前去。

（取材自李炳傑〈談文章濃縮〉）

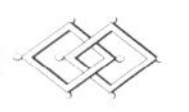

此例著眼大處、掃除枝葉，而又能儘量保留原作之一篇情意、韻味，頗得縮寫之箇中三昧。又如：

【題目】

請將〈荔枝蜜〉濃縮為二百五十字左右的短文：

花鳥草蟲，凡是上得畫的，那原物往往也叫人喜愛。蜜蜂是畫家的愛物，我卻總不大喜歡。說起來可笑，小時候有一回上樹掐海棠花，不想叫蜜蜂螫了一下，痛得我差點兒跌下來。大人告訴我，蜜蜂輕易不螫人，準是誤以為你要傷害牠，才螫；一螫，牠自己就耗盡了生命，也活不久了。我聽了，覺得那蜜蜂可憐，原諒牠了。可是從此以後，每逢看見蜜蜂，感情上疙疙瘩瘩的，總不怎麼舒服。

今年四月，我到廣東從化溫泉小住了幾天。那裡四圍是山，環抱著一潭春水。那又濃又翠的景色，簡直是一幅青綠山水畫。剛去的當晚是個陰天，偶爾倚著樓窗一望，奇怪啊，怎麼樓前憑空湧起那麼多黑黝黝的小山，一重一重的，起伏不斷？記得樓前是一片園林，不是山。這到底是什麼幻景呢？趕到天明一看，忍不住笑了。原來是滿野的荔枝樹，一棵連一棵，每棵的葉子都密得不透縫，黑夜看去，可不就像小山似的！

荔枝也許是世上最鮮最美的水果。蘇東坡寫過這樣的詩句：「日啖荔枝三百顆，不辭長作嶺南人。」可見荔枝的妙處。偏偏我來得不是時候，荔枝剛開花。滿樹淺黃色的小花，並不出眾。新發的嫩葉，顏色淡紅，比花倒

還中看些。從開花到果子成熟，大約得三個月，看來我是等不及在這兒吃鮮荔枝了。

吃鮮荔枝蜜，倒是時候。有人也許沒聽說這稀罕物兒吧？從化的荔枝樹多得像汪洋大海，開花時節，那蜜蜂滿野嚶嚶嗡嗡，忙得忘記早晚。荔枝蜜的特點是成色純，養分多。住在溫泉的人多半喜歡吃這種蜜，滋養身體。熱心腸的同志送給我兩瓶。一開瓶子塞兒，就是那麼一股甜香；調上半杯一喝，甜香裡帶著股清氣，很有點鮮荔枝的味兒。喝著這樣的好蜜，你會覺得生活都是甜的呢。

我不覺動了情，想去看看一向不大喜歡的蜜蜂。

荔枝林深處，隱隱露出一角白屋，那是溫泉公社的養蜂場，卻起了個有趣的名兒，叫「養蜂大廈」。一走近「大廈」，只見成群結隊的蜜蜂出出進進，飛去飛來，那沸沸揚揚的情景會使你想，說不定蜜蜂也在趕著建設什麼新生活呢。

養蜂員老梁領我走進「大廈」。叫他老梁，其實是個青年，舉動挺穩重。大概是老梁想叫我深入一下蜜蜂的生活，他小心地揭開一個木頭蜂箱，箱裡隔著一排板，板上滿是蜜蜂，蠕蠕地爬動。蜂王是黑褐色的，身量特別長，每隻工蜂都願意用採來的花精供養牠。

老梁贊歎似的輕輕說：「你瞧這群小東西，多聽話！」

我就問道：「像這樣一窩蜂，一年能割多少蜜？」

老梁說：「能割幾十斤。蜜蜂這東西，最愛勞動。廣東天氣好，花又多，蜜蜂一年四季都不閒著。釀的蜜多，自己吃的可有限。每回割蜜，留下一點點，夠牠們吃的

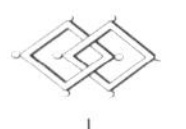

就行了。牠們從來不爭，也不計較什麼，還是繼續勞動，繼續釀蜜，整日整月不辭辛苦……」

我又問道：「這樣好蜜，不怕什麼東西來糟蹋麼？」

老梁說：「怎麼不怕？你得提防蟲子爬進來，還得提防大黃蜂。大黃蜂這賊最惡，常常落在蜜蜂窩洞口，專幹壞事。」

我不覺笑道：「噢！自然界也有侵略者。該怎麼對付大黃蜂呢？」

老梁說：「趕！趕不走就打死牠。要讓牠待在那兒，會咬死蜜蜂的。」

我想起一個問題，就問：「一隻蜜蜂能活多久？」

老梁說：「蜂王可以活三年，工蜂最多活六個月。」

我不禁一顫：多可愛的小生靈啊！對人無所求，給人的卻是極好的東西。蜜蜂是在釀蜜，又是在釀造生活；不是為自己，而是為人類釀造最甜的生活。蜜蜂是渺小的，蜜蜂卻又多麼高尚啊！

透過荔枝樹林，我望著遠遠的田野，那兒正有農民立在水田裡，辛勤地分秧插秧。他們正用勞力建設自己的生活，實際也是在釀蜜——為自己，為別人，也為後世子孫釀造生活的蜜。

這天夜裡，我做了個奇怪的夢，夢見自己變成一隻小蜜蜂。

【例文一】

蜜蜂是畫家的愛物，我卻總不大喜歡。小時候有一回上樹掐海棠花，不想叫蜜蜂螫了一下，大人告訴我，蜜蜂準是誤以為你要傷害牠，才螫；一螫，也活不了多久了。我聽了，覺得那蜜蜂可憐，原諒他了。可是，總不怎麼舒服。

今年四月，我到廣東從化溫泉小住了幾天。偏偏來得不是時候，荔枝剛開花。不過，吃鮮荔枝蜜，倒是時候。喝這樣的好蜜，你會覺得生活都是甜的呢。

我不覺動了情，想去看看一向不大喜歡的蜜蜂。

養蜂員說，蜜蜂這東西，最愛勞動，從來不爭，整日整月不辭辛苦。我不禁一顫：蜜蜂不是為自己，而是為人類釀造最甜的生活！

【例文二】

小時候有一回上樹掐花，不想叫蜜蜂螫了一下。從此，每逢看見蜜蜂，總不怎麼舒服。

今年四月，我到廣東從化溫泉小住了幾天。倚樓窗一望，奇怪啊，怎麼憑空湧起小山？天明一看，原來是荔枝樹！

我來得不是時候，荔枝剛開花，吃鮮荔枝蜜倒是時候。荔枝樹開花時節，蜜蜂忙得忘記早晚。喝著這樣的好蜜，覺得生活都是甜的。

我不覺動了情，想去看看蜜蜂。荔枝林深處的養蜂場，叫「養蜂大廈」。

養蜂員領我走進，想叫我深入一下蜜蜂的生活。我不禁一顫：對人無所求，給人的卻是極好的東西。蜜蜂是渺小的，蜜蜂卻又多麼高尚啊！

這天夜裡，我夢見自己變成一隻小蜜蜂。

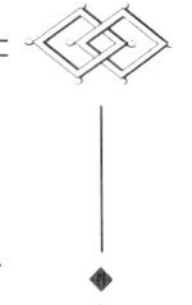

（取材自甘怡芬、林芳如〈談限制式命題作文：縮寫——以〈荔枝蜜〉縮寫為例〉）

在此二例中，首例之作者以為：詠物的作品有分兩種，分別是純詠物和借物抒情，〈荔枝蜜〉屬於後者。作者藉由荔枝蜜的甜，突顯作者感覺的轉變：蜜蜂產生蜂蜜不是為自己，而是為大眾，因而化解了自己對蜜蜂的敵意。依此主旨，就保留以賓顯主、貫串、和轉折的部分，賓為「荔枝蜜」，主為「為人類釀造最甜的生活」，貫串為「蜜蜂」，轉折關鍵為「養蜂員的話」。另外，若開頭沒交代蜜蜂傷人的原因（為己而傷人），中間沒交代養蜂員的話（勞動而不爭），則作者對蜜蜂偏見之轉變，以及蜜蜂不為自己而辛勞的精神，就無法強烈凸顯出來，因故予以保留。而次例之作者則以為：縮寫文章宜掌握原文的結構與論述重點，以能不失全文本意為優先。而〈荔枝蜜〉是一篇敘事兼抒情文，描寫作者某次出遊，在荔枝林內的養蜂場觀察蜜蜂的生活，因而改變了童年以來對於蜜蜂不好的印象。作者寫蜜蜂，寫滿山野的荔枝樹，寫養蜂員帶領他去觀察蜜蜂生活的過程，最後才有感而發。緣由、經歷（包括去看養蜂場的動機、人物和場景）、結果，都是作者在本文中透露出的重要訊息。寫「荔枝蜜」的甜，也是寫「蜜蜂」的高尚，不能有所偏廢。因此在改寫時，儘量以不失作者創作本文的原意為原則。

（三）仿寫

這是提供一篇範文，讓學生運用自己所掌握的材料，寫成相似或有所創新之作的一種命題方式。由於它可以幫助學生練

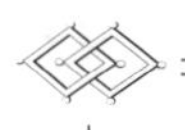

習寫作的各種技巧，為獨立構思文章打下良好的基礎，所以也受到相當的重視。它要求準確地根據範文所提供的結構與寫作上的特點，運用自己所儲存的材料，加以仿寫，而在遣詞造句上，也須力求變化，以免犯上「東施效顰」的毛病。譬如：

【題目】

讀〈故園文竹〉仿寫詠物一則，題目自擬。

晚秋，風有些涼意。

我獨自走進一個清冷的花園。這裡的花早已被移到新建的街心花園去了，留下的亂草大都枯黃了。忽然，我在一個小角落裡發現了一點綠意；快步走去一看，噢，那是一株文竹。

它一尺來高，主幹上殘留著被折斷的傷痕，顯然它有過磨難，甚至生死的考驗。然而，它懷著綠色的希望，蔥鬱的理想，激起了生命的力量，執著地拔節頂芽。瞧，節上生出許多的小枝；小枝上又節節生枝，長得多麼蔥蘢。這正宣告了不滅的追求，抗爭的報捷。

它沒能去熱鬧的街心花園，也許不願去那裡。它懂得生命會在冷靜中完善自己：在貧瘠的土地上、不顯眼的角落，更顯示自身的意義。它不要繁華的生活，它不願向眾人炫耀，更不需要名利；在故園耐著寂寞，因為它有成熟的追求，煉得自己更頑強、堅韌。

夕陽，斜照故園，陽光伸出溫暖的手撫摸著文竹，輕聲地說：堅信——當春風吹開雪下的夢境，這故園雖無遍地鮮花，卻會綠草悠悠，翠竹青青。

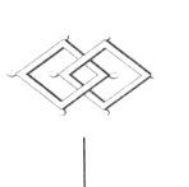

【例文】

外公的一盆文竹

外公的寫字台上，有一盆文竹。它是外公的心愛之物。文竹挺立在奶黃色的方盆中，那淡色的小盆把文竹襯得格外蒼翠。盆下墊著盛滿清水的瓜子形瓷盆，文竹汲著清水，長得蓬蓬勃勃，生機盎然。近看，它一節節主枝挺拔，斜枝橫逸；葉似綠絨；遠望，一團綠色，多麼像一朵綠雲！

冬天到了，天氣漸漸寒冷起來，馬路上的街樹黃葉飄零，而我家的文竹依然鬱鬱蔥蔥。我每每頂著寒風放學回家，一見它就會寒意頓消，似乎見到了一派春色。

近來，退休在家的外公不常出門辦事，一出門就是好幾天，對文竹也就少了照管，但它還是那樣碧綠青翠。我還發現文竹的根部爆出了新芽嫩竹。這不正象徵了它旺盛的生命力嗎？

文竹，沒有月季那絢爛的花朵，也沒有牡丹富麗的色彩；然而，它不擇地勢，不畏嚴寒，不需人們許多照料，卻綠得誘人，四季長青，生命常綠——

——這也許就是外公把它視為珍寶的緣故吧！

（取材自小白等編《命題作文指導》）

此文透過「物」，仿範文之體式，從自己生活的感受中提煉主題，摹擬中有創造，很合於仿寫的要求。再如：

【題目】

請仿〈校園裡有一條綠色的小路〉作一文，題目自擬。

校園裡有一條小路，一條只屬於我的路。

它像一條綠色飄帶，蜿蜒在我們的校園裡。

清晨，踩著露珠，在讀書聲中，我把它向前延伸延伸……

黃昏，我又踏著夕陽，在沉思的散步中，和它一同來來往往……

一年四季，我陪伴著小路，小路和著我生長的節奏，和諧地配上它的色彩：夏風、冬雪；我寫下小路的綠意濃濃，也默讀它的落葉繽紛。

啊，校園裡的一條小路，留下我青春的步伐，和遙遠又親近的嚮往。校園的這條綠色的小路，永遠留在校園裡，永遠在我內心深處延伸……

【例文】

窗外有棵玉蘭樹

窗外有棵玉蘭樹，一棵陪伴著我的玉蘭樹。

她那翠碧的枝丫，像一隻隻深情的手臂，一直伸到我的窗前。

晨曦中，我在她的膝蓋下凝神誦讀，她用手臂為我獻上寧靜，為我拂去霧氣……

夕陽下，我又在她的腳下奔跑嬉戲。她枝葉婆娑為我助興，為我送來溫馨的花香。

陪伴我的玉蘭樹呵，是你最了解我成長的艱辛，熟悉我情緒的瞬間變化，於是你花開花落，於是你綻綠落黃，可是你始終一身翠綠，給我鼓舞，給我遐想……

窗外的這棵玉蘭樹啊，雖然我不知道你的年齡，可是你跟我的友誼是那麼深長，你給我編織了瑰麗的夢想，每

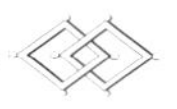

> 當我從書案旁抬頭，就能看到你高大的身影，接受你默默的祝願和問候，我向你微笑致意，於是我又埋頭於書中……
>
> 窗外有棵玉蘭樹，一棵忠實陪伴我的玉蘭樹，她那高大茂密的身影，彷彿一直向我展示生活的目標……
>
> （取材自陸逐、朱寶元編《初中作文指導》）

這篇仿作，用了原作所採象徵、擬人、譬喻等手法來寫，甚至句式都如出一轍，卻有自己不同的內容主旨與特色，所謂「按葫蘆畫瓢」，頗能掌握仿寫的要領。

（四）改寫

這是提供一篇文章，讓學生改變其形式或某些內容，以寫成與原作關係密切而又互不相同之作的一種命題方式。因為這種方式，除了可提供題材資料，使學生有所依據外，更可藉以激發學生的想像力與創作力，所以同樣受到大家的重視。這裡所謂的「改」，是指多方面的：在形式方面可要求：

1. 改體裁，如將詩歌改寫成散文、將記敘文改寫成論說文。
2. 改作法，如將演繹式改為歸納式。
3. 改人稱，如將第三人稱改為第一人稱。

在內容方面可要求：

1. 改主題思想。

2. 改中心人物。

3. 改故事情節的線索等。

譬如：

【題目】

試將盧綸〈塞下曲〉一詩改寫為一篇語體文。

月黑雁飛高，單于夜遁逃。欲將輕騎逐，大雪滿弓刀。

【例文】

刺骨的寒風呼呼地吹著，鵝毛般的雪花紛紛地飄落，沒有月亮的晚上，大地一片漆黑。是深夜了，士兵們都已入睡，整個營區森嚴寂靜，只有巡哨官兵的步履及報時的金柝聲，在寂冷的空氣中迴盪著。

「嘎嘎！嘎嘎！」「嘎嘎！嘎嘎！」黑漆漆的夜空，忽然傳來了陣陣的雁叫聲。

「怎麼回事！這麼晚了，還會有雁鳥在空中飛鳴？」正在巡查的一位士兵困惑的說著。

「啊！不好。莫非是敵人來偷襲？趕快去報告元帥。」帶隊的一位年輕軍官，發現今晚的情況有點不尋常，吩咐士兵繼續巡查後，連忙跑到元帥帳中去報告。

近幾個月來，敵人一連打了好幾次敗仗，不敢正面應戰，只是據壘而守，元帥因此傷透了腦筋，正在沉思要用什麼方法來誘敵出戰，好一舉加以殲滅時，被雁叫的聲音驚動了，剛要出去查看，正好哨官前來報告，經過

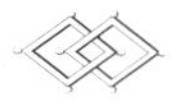

一番研析後，他判定敵人不敢來偷營，大概是乘著黑夜逃跑了。不過為了安全，防敵人情急來襲，他還是下令全軍加強戒備，並派一隊士兵前往敵營探看。

「報告元帥，敵人已經摸黑溜走了，現在只剩下一座空營。」

「中軍！傳令下去，叫先鋒官通知他的騎兵，只帶一些必要的裝備，馬上在前面廣場集合，我要帶他們去追趕逃跑的敵人。」

聽了偵察回來士兵的報告後，元帥下達緊急集合命令。風依然在怒吼，雪下得更大，儘管氣溫是那樣低，戰士們卻都是熱血滿腔，士氣如虹，大有不把敵人消滅，誓不回營的壯志。就這樣追呀追呀，已經趕了不少路程，可是敵人的蹤影卻一點也沒有發現，這時將士們的弓箭和刀槍上已積滿了厚厚的一層雪，但他們仍然不放棄這殲敵的良機。

「唉！追了半天，還不見敵人蹤跡，天黑路又難走，萬一敵人設下了埋伏，豈不是要上當吃虧。古人說窮寇莫追，還是回去吧！」

眼看雪越下越大，路越來越難走，元帥無奈地下達了回營的命令。

「部隊注意！元帥有令，停止追敵，轉回營地。」

在此起彼落的命令傳達聲中，軍士們悵然地兜轉了馬頭，一隊隊依序朝營區轉進，那奔馳在雪地上的「篤」「篤」「篤」馬蹄聲，好像正在傾訴著他們功成未徹的鬱結情懷呢！

（取材自李炳傑〈塞下曲繹作〉）

這篇改寫的文章，在深入理解了原作的主題思想後，發揮了改寫者的想像力，編造了許多情節，已造成了「再創造」的效果。又如：

【題目】

請將《韓非子》一書中〈守株待兔〉改寫為語體文。

宋人有耕田者，田中有株，兔走，觸株折頭而死。因釋其耒而守株，冀復得兔。兔不可復得，而身為宋國笑。

【例文】

宋國有許多肥沃的良田，田邊的村莊裡住著樸實、善良、勤勞的農民。他們每天雞叫頭遍，就起來下田幹活，常常幹到天黑。這樣日復一日，年復一年，不知度過了多少個春夏秋冬，不知進行了多少次春播秋收。

有一個農民，常常在田裡幹活，休息時，常坐在田間的一棵高大、挺拔的大樹下想：要是哪天能不幹活就好了。想著想著，他有些迷迷糊糊起來……一陣風吹過，他不禁打了個寒顫，從夢中驚醒，他望望耕過的田地，長長地嘆了口氣，懶懶地站起身，扛起鋤頭回家去。忽然，什麼東西從他腳邊一穿而過，喲，原來是一隻野兔，從田邊草叢中竄出來像箭一般向前竄去。他正後悔剛才未逮住它，兔子可能因為跑得太快了，一頭撞在大樹上，身體被彈出去，四腿伸直，不動了。他心中一喜，飛快跑過去，將兔子拎起來，抖了幾下，兔子一動不動，再一細看，原來它的頸骨已經折斷了。於是，他

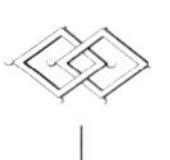

哼著小調，高高興興地回家了。

第二天，他一到田頭，就把鋤頭扔在一邊，坐在樹下，希望能再有一隻兔子撞死，這樣，他就又可以飽餐一頓了。可是，直等到太陽落山，等得他頸痛眼酸，仍不見兔子撞死。就這樣，日復一日，年復一年，他老了，鋤頭也鏽了，田地也荒蕪了。人們看見他，就笑著說：「這就是那個守著大樹等待兔子來的人啊！」

從此以後，「守株待兔」這個故事就被流傳下來。

（取材自陸逐、朱寶元編《初中作文指導》）

對這篇改寫之作，蔡瓊說：「這篇改寫文較好地領會了原作精神，但又是對原作消化後的再創作，除了在語體上改動以外，在寫作角度上亦有所改動：對農夫用了濃墨，增加了心理描寫、動作描寫，將記事改寫為記人為主。」[12] 他把這篇改寫作品的特點，說得相當清楚。又如：

【題目】

在急遽轉化的社會中，發生許多價值觀淆亂的現象。這些問題大致是由於「同」與「異」的認知衍生的，我們應如何正確對待？請先閱讀下列一則寓言，找出可供立論的主題旨趣，闡發成一篇富於警世性的短文。

昔有一國，國中一水，號曰「狂泉」。國人飲此水，無

12　見《初中作文指導》（上海：少年兒童出版社，1991年4月一版二刷），頁143。

不狂。唯國君穿井而汲，獨得無恙。國人既並狂，反謂國主之不狂為狂。於是聚謀，共執國主，療其狂疾，火艾、針、藥，莫不畢具。國主不任其苦，於是到泉所酌水飲之。飲畢便狂。君臣大小，其狂若一，眾乃歡然。(《宋書·袁粲傳》)

【例文】

近幾年來，立法院近於野蠻的議事形象，街頭遊行的暴力事件層出不窮，以及中正紀念堂前由各大專精英所發起的靜坐抗議……等，我們可以歸結出一個共同特點——無法包容異己。

而到底是什麼因素造就了今日社會的亂象？除了傳統中國人根深柢固的思想——「敗者為寇，成者為王」之外，我想，教育環境出了問題。

這一代的中國孩子，大概都出自一個「崇尚真理——標準答案」的教育體系下，老師的話就是聖旨，思想行為與其要求不同的就被視為叛徒、罪人。

每個小孩都是一張白紙，老師們霸道的「一言堂」教育，塑造出一個個乖寶寶，只接受「標準」的答案，再也不懂得如何思考；或是教導人學會了「否定別人的看法，只有自己是對的」，由中正紀念堂前的靜坐活動，我們可以明顯地看出這種傾向，而這是遠較立法院、街頭遊行的暴動，更令人憂心的事件。社會不斷地汰舊換新，我們總希望新血輪的加入，促動進步，能真正承擔起「承先啟後」的重責大任，但我們所看到的，卻是一幕法院風雲的翻版——不允許不同的聲音出現。社會教

育是教育體系中最重要的一環，它的影響力遠超過學校教育，而處身於此種環境中，對於政府首長們殷殷的期盼——放眼看天下，這樣廣闊的胸襟，我們怕是無力了。

常想到《宋書·袁粲傳》中，那個發人深省的小故事，也想到屈原投江的浩嘆：世人皆濁我獨清。到底，在同與異間，該如何取捨？是隨波逐流、浮沉一生；亦或是堅持自己成一條清流、澄淨一方人世。這是經常旋繞於心的問題。同中求異，需要極大的勇氣；異中求同，卻又不甘淪為一介凡夫俗子。我總是想，堅持自己的本質，同時亦需包容異己，才是一個成熟的人該有的行為。很喜歡一句話：我雖不贊同你的意見，但我誓死捍衛你發言的權利。也許，中國人就是少了這種襟懷，總是想以強勢壓倒別人，使自己得以獨步無虞，這是之所以有這許多社會亂象的根本因素——只許同，不容異己存在。

我們期許未來的中國人，真能擔當起泱泱大國的君子風範，也期待袞袞諸公們目光放遠，真能為中國的前途做一番省思，使中國孩子真能體會包容不同意見的重要性，因為唯有如此，中國才能進步，中國文化才能不斷更新，中國人才能立足中國，放眼看天下！

（取材自《教育部八十學年度高級中學國文學科資賦優異學生保送甄試升學輔導總報告》）

此文掌握了原作的根本精神，文體由記敘改為論說、由文言改為語體，特就目前國內政壇所發生價值觀同異的現象，加以論述，是一篇相當不錯的改寫文章。

（五）組合

這是提供若干詞語或文章，甚至限定某個範圍，讓學生依據所提供之詞語、自由選取文章或某限定範圍內的詞語，以組合成文的一種命題方式。由於這種方式最能與學生學習或生活的經驗作密切之配合，且可藉以訓練學生組織與運用詞語之能力，所以是值得大家推動的。提供若干詞語的，如：

【題目】

試運用下列詞語（次序可變換）以組合成一百字左右的短文：

髒亂　衛生　社會問題　清新亮麗　人人有責

【例文一】

現在環境的汙染，日益嚴重，是大家所痛心的一個社會問題。環境的（髒亂），造成了汙染，對於我們所居住的地球，將造成極大的破壞，所以努力地去創造（清新亮麗）而（衛生）的環境，是（人人有責）的，就讓我們一起來拯救地球吧！

【例文二】

原本（清新亮麗）的環境，那兒去了呢？為何轉眼間便變得如此（髒亂）呢？是誰造成的？是誰的錯？你？我？喔！不，是大家的錯。「環境保護，（人人有責）」

是大家常說、常聽的，但卻不好好地去做，否則又怎麼會形成日益嚴重的（社會問題）呢？大家必須切記：注重（衛生）才能保護環境，才能擁有美好的地球。

（取材自民國八十二年臺灣省高職聯招試題、試卷）

選用文章詞語的，如：

【題目】

試用羅家倫〈運動家的風度〉一文中的語句組合成一首新詩：

提倡運動的人，以為運動可以增加個人和民族體力的健康。是的，健康的體力，是一生努力成功的基礎；大家體力不發展，民族的生命力也就衰落下去。

古代希臘人以為「健全的心靈，寓於健全的身體」，這也是深刻的理論。身體不健康，心靈容易生病態，歷史上、傳記裡和心理學中的例證太多了。這些都是對的；但是運動的精義，還不只此。它更有道德的意義，這意義就是在運動場上養成人生的正大態度、政治的光明修養，以陶鑄優良的民族性。這就是我所謂「運動家的風度」。

養成運動家的風度，首先要認識「君子之爭」。「君子無所爭，必也射乎。揖讓而升，下而飲，其爭也君子。」這是何等光明，何等雍容。運動是要守著一定的規律，在萬目睽睽的監視之下，從公開競爭而求得勝利的；所以一切不光明的態度，暗箭傷人的舉動，和背地

裡佔小便宜的心理，都當排斥。犯規的行動，雖然可因此得勝，且未被裁判者所覺察，然而這是有風度的運動家所引為恥辱而不屑採取的。

有風度的運動家，要有服輸的精神。「君子不怨天，不尤人。」運動家正是這種君子。按照正道做，輸了有何怨尤。我輸了只怪我自己不行；等我充實改進以後，下次再來。人家勝了，是他本事好，我只有佩服他；罵他不但是無聊，而且是無恥。歐美國家的人民，因為受了運動場上的訓練，服輸的精神是很豐富的。這種精神，常從體育的運動場上，帶進了政治的運動場上。譬如這次羅斯福與威爾基競選，在競選的時候，雖然互相批評；但是選舉揭曉以後，羅斯福收到第一個賀電，就是威爾基發的。這賀電的大意是：我們的政策，公諸國民之前，現在國民選擇你的，我竭誠的賀你成功。這和網球結局以後，勝利者和失敗者隔網握手的精神一樣。此次威爾基失敗以後，還幫助羅斯福作種種外交活動；一切以國家為前提，這也是值得贊許的。

有風度的運動家，不但有服輸的精神，而且更有超越勝敗的心胸。來競爭當然要求勝利，來比賽當然想創記錄。但是有修養的運動家，必定要達到得失無動於中的境地。運動所重，乃在運動的精神。「勝固欣然，敗亦可喜。」正是重要的運動精神之一；否則就要變成「悻悻然」的小人了！

有風度的運動家是「言必信，行必果」的人。運動會要舉行宣誓，義即在此。臨陣脫逃，半途而廢，都不是運動家所應有的。「任重而道遠」和「貫徹始終」的精

神，應由運動家表現。所以賽跑落後，無希望得獎，還要努力跑到的人，乃是有毅力的人。

運動家的風度表現在人生上，是一個莊嚴公正、協調進取的人生。有運動家風度的人，寧可有光明的失敗，決不要不榮譽的成功！

【例文】

運動
可以增加個人和民族體力的健康。
因為——
健全的心靈，寓於健全的身體。
民族的盛衰，繫於大家的體力。
運動
可以陶鑄優良的民族性，
那是——
運動場上養成了
人生的正大態度，
政治的光明修養。

運動家的風度啊！
首先他認識了「君子之爭」，
遵守著運動的一切規律。
還有，就是
具備了服輸的精神——
不怨天尤人，只求諸己。
有超越勝敗的心胸，

能得失無動於心。
而且是「言必信，行必果」。
即使是沒有得獎的希望，
也要貫徹始終，
決不臨陣脫逃，半途而廢。

世界正如一個運動場。
有運動家風度的人，
寧可有光明的失敗，
決不要不榮譽的成功。
啊！這種表現
不正是一個莊嚴公正、協調進取的人生嗎？
（取材自李炳傑〈談組合作文〉）

選用某一範圍詞語的，如：

【題目】
試用歌曲名稱組合成詩、文。

【例文一】
歌名大賞／林菁菁
「就在今夜」我佇立在「橋」上，
望著一群停留在「河堤上的傻瓜」，
他們在「秋天的月亮」之下，
盡情地「擺開煩惱」。
我「不明白」那「紗窗裡的話」，

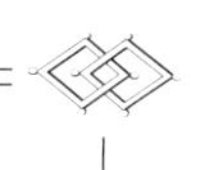

因為它像「旋轉木馬」般的
「在我心田」迴繞。
「我喜歡」在「無人的海邊」,
望著藍天上的「滑翔翼」。
但——
「陽光為什麼不來」,
我只好盼望著「天天天藍」。
「那天晚上」,
我拿著「七束心香」,
送給那充滿「不一樣」的女孩。
但——
她「不說一句話」,
只是微笑得像「夏天裡的浪花」。

【例文二】

民歌的故事／賴信吾

「阿美!阿美!」「你說過」,愛情是一種「偶然」,我倆「十七尋夢」,「在銀色月光下」,「我不說你也不用講」,「那份偶然」像「生命的陽光」,「走向我走向你」,還記得「下雨天的週末」,我們「迎著風迎著雨」哼著「奔放奔放」,「赤足走在田埂上」嗎?「風告訴我」,「愛是等待」,「我思我盼」,在那一段「被遺忘的時光」,就像「甜美的夢」,我們曾「歡樂在陽光下」,一同「踏浪」,當「行到水窮處」時,我拿著「吉他」,「我來彈您來唱」,譜出了「年輕人的心聲」,走在「大海邊」,挽著「你那好冷的小手」,「一個腳印一個記憶」的「踏著夕陽歸去」。

我們編織過「春天的故事」，也徜徉在「夏日的歡笑」裡，我們傾聽過林中的「秋蟬」，也享受過「和煦的暖暖冬陽」，妳想做「浮雲遊子」，我希望成為「龍的傳人」。「風兒別敲我窗」，「告訴我為什麼」，「思念總在分手後開始」，獨自「散步在清晨裡」，彷彿又聽到「微光中的歌吟」，只是那串「紛紛飄墜的音符」，怕已成為「小雨中的回憶」了。

(取材自台北市立民族國中《校刊》)

以上幾種方式，都可以讓學生偶作嘗試，尤其是最後一種，可以用人名、校名、地名、國名、植物名、水果名等為範圍，使學生練習組合它們成為一般散文或新詩，相信是會引起學生寫作的興趣的。

(六) 閱讀心得

這是提供一篇文章或一本書，讓學生閱讀後，寫出心得感想的一種命題方式。所謂的「文章」，可以是課文，也可以是課文以外的詞章；而所謂的「書」，可以是指定的書，也可以是學生自己選定的書。一般說來，這類的文章，寫作時先要掌握原作的中心思想或主要精神，加以引述，再從中提煉出「感點」，與生活實際打成一片，寫出個人的心得感想，以啟發別人或引起共鳴，收到寫作的最大效果。

提供文章的，如：

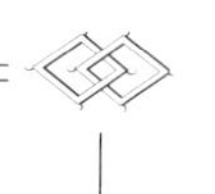

【題目】

試讀下列兩篇文章，寫成心得報告：

1. 議論篇

苦樂說貽湯司農／潘　諮

分苦樂之境，各置一隅，立己其閒：望所樂者，皆宜有也；顧視彼隅，若人生必不應有之事，雖甚悍獷，避若無膽。聽視趨奔，惟樂是即。得其一二，則思什伯；得什伯，則思千萬。不幸而失其一二，則悄然不可暫耐；又不幸而失七八，則天下之苦境，若身兼之矣。起望彼隅，實相去尚未可里計也。

故求天下之至樂，莫若分兩隅，而袵席於本無有樂之地。偶有一樂，自彼境至者，受之若得千萬焉；從無而思有，若得自意外，遑求其美？彼以為無可樂者，居於樂中，狃而失其正也。

是故君子處境，先正其思；慎思之道，恃理以勝物。

2. 抒情篇

髻／琦　君

母親年輕的時候，一把青絲梳一條又粗又長的辮子，白天盤成了一個螺絲似的尖髻兒，高高地翹起在後腦，晚上就放下來掛在背後。我睡覺時挨著母親的肩膀，手指頭繞著她的長髮梢玩兒，雙妹牌生髮油的香氣混和著油垢味直薰我的鼻子。有點兒難聞，卻有一份母親陪伴著我的安全感，我就呼呼地睡著了。

每年的七月初七，母親才痛痛快快地洗一次頭。鄉下人

的規矩，平常日子可不能洗頭。如洗了頭，髒水流到陰間，閻王要把它儲存起來，等你死以後去喝，只有七月初七洗的頭，髒水才流向東海去。所以一到七月七，家家戶戶的女人都要有一大半天披頭散髮。有的女人披著頭髮美得跟葡萄仙子一樣，有的卻像醜八怪。比如我的五叔婆吧，她既矮小又乾癟，頭髮掉了一大半，卻用墨炭劃出一個四四方方的額角，又把樹皮似的頭頂全抹黑了。洗過頭以後，墨炭全沒有了，亮著半個光禿禿的頭頂，只剩後腦勺一小撮頭髮，飄在背上，在廚房裡搖來幌去幫我母親做飯，我連看都不敢衝她看一眼。可是母親烏油油的柔髮卻像一匹緞子似的垂在肩頭，微風吹來，一綹綹的短髮不時拂著她白嫩的面頰。她瞇起眼睛，用手背攏一下，一會兒又飄過來了。她是近視眼，瞇縫眼兒的時候格外的俏麗。我心裡在想，如果爸爸在家，看見媽媽這一頭烏亮的好髮，一定會上街買一對亮晶晶的水鑽髮夾給她，要她戴上。媽媽一定是戴上了一會兒就不好意思地摘下來。那麼這一對水鑽夾子，不久就會變成我扮新娘的「頭面」了。

父親不久回來了，沒有買水鑽髮夾，卻帶回一位姨娘。她的皮膚好細好白，一頭如雲的柔髮比母親的還要烏，還要亮。兩鬢像蟬翼似的遮住一半耳朵，梳向後面，挽一個大大的橫愛司髻，像一隻大蝙蝠撲蓋著她後半個頭。她送母親一對翡翠耳環。母親只把它收在抽屜裡從來不戴，也不讓我玩，我想大概是她捨不得戴吧。

我們全家搬到杭州以後，母親不必忙廚房，而且許多時候，父親要她出來招呼客人，她那尖尖的螺絲髻兒實在

不像樣，所以父親一定要她改梳一個式樣。母親就請她的朋友張伯母給她梳了個鮑魚頭。在當時，鮑魚頭是老太太梳的，母親才過三十歲，卻要打扮成老太太，姨娘看了只是抿嘴兒笑，父親就直皺眉頭。我悄悄地問她：「媽，你為什麼不也梳個橫愛司髻，戴上姨娘送你的翡翠耳環呢？」母親沉著臉說：「你媽是鄉下人，那兒配梳那種摩登的頭，戴那講究的耳環呢？」

姨娘洗頭從不揀七月初七。一個月裡都洗好多次頭。洗完後，一個小丫頭在旁邊用一把粉紅色大羽毛扇輕輕地扇著，輕柔的髮絲飄散開來，飄得人起一股軟綿綿的感覺。父親坐在紫檀木榻床上，端著水煙筒噗噗地抽著，不時偏過頭來看她，眼神裡全是笑。姨娘抹上三花牌髮油，香風四溢，然後坐正身子，對著鏡子盤上一個油光閃亮的橫愛司髻，我站在邊上都看呆了。姨娘遞給我一瓶三花牌髮油，叫我拿給母親，母親卻把它高高擱在櫥背上，說：「這種新式的頭油，我聞了就泛胃。」

母親不能常常麻煩張伯母，自己梳出來的鮑魚頭緊繃繃的，跟原先的螺絲髻相差有限，別說父親，連我看了都不順眼。那時姨娘已請了個包梳頭劉嫂。劉嫂頭上插一根大紅籤子，一雙大腳鴨子，托著個又矮又胖的身體，走起路來氣喘呼呼的。她每天早上十點鐘來，給姨娘梳各式各樣的頭，什麼鳳凰髻、羽扇髻、同心髻、燕尾髻，常常換樣子，襯托著姨娘細潔的肌膚，嬝嬝婷婷的水蛇腰兒，越發引得父親笑瞇了眼。劉嫂勸母親說：「大太太，你也梳個時髦點的式樣嘛。」母親搖搖頭，響也不響，她噘起厚嘴唇走了。母親不久也由張伯母介紹了一個包梳頭陳嫂。她年紀比劉嫂大，一張黃黃的大扁臉，嘴裡兩顆閃亮的金牙老露在外面，一看就是個愛說話的女人。她一邊梳一邊嘰哩哇啦地從趙老太爺的大少奶奶，說到李參謀長的三姨太，母親像個悶葫蘆似的一句也不搭腔，我卻聽得津津有味。有時劉嫂與陳嫂一起來了，母親和姨娘就在廊前背對著背同時梳頭。只聽姨娘和劉嫂有說有笑，這邊母親只是閉目養神。陳嫂越梳越沒勁兒，不久就辭工不來了。我還清清楚楚地聽見她對劉嫂說：「這麼老古董的鄉下太太，梳什麼包梳頭呢？」我都氣哭了，可是不敢告訴母親。

從那以後，我就墊著矮凳替母親梳頭，梳那最簡單的鮑魚頭。我點起腳尖，從鏡子裡望著母親。她的臉容已不像在鄉下廚房裡忙來忙去時那麼豐潤亮麗了，她的眼睛停在鏡子裡，望著自己出神，不再是瞇縫眼兒的笑了。我手中捏著母親的頭髮，一綹綹地梳理，可是我已懂得，一把小小黃楊木梳，再也理不清母親心中的愁緒。因為在走廊的那一邊，不時飄來父親和姨娘琅琅的笑語聲。

我長大出外讀書以後，寒暑假回家，偶然給母親梳頭，頭髮捏在手心，總覺得愈來愈少。想起幼年時，每年七月初七看母親烏亮的柔髮飄在兩肩，她臉上快樂的神情，心裡不禁一陣陣酸楚。母親見我回來，愁苦的臉上卻不時展開笑容。無論如何，母女相依的時光總是最最幸福的。

在上海求學時，母親來信說她患了風濕病，手膀抬不起來，連最簡單的螺絲髻兒都盤不成樣，只好把稀稀疏疏

的幾根短髮剪去了。我捧著信，坐在寄宿舍窗口淒淡的月光裡，寂寞地掉著眼淚。深秋的夜風吹來，我有點冷，披上母親為我織的軟軟的毛衣，渾身又暖和起來。可是母親老了，我卻不能隨侍在她身邊，她剪去了稀梳的短髮，又何嘗剪去滿懷的悲緒呢！

不久，姨娘因事來上海，帶來母親的照片。三年不見，母親已白髮如銀。

我呆呆地凝視著照片，滿腔心事，卻無法向眼前的姨娘傾訴。她似乎很體諒我思母之情，絮絮叨叨地和我談著母親的近況。說母親心臟不太好，又有風濕病，所以體力已大不如前。我低頭默默地聽著，想想她就是使我母親一生鬱鬱不樂的人，可是我已經一點都不恨她了。因為自從父親去世以後，母親和姨娘反而成了患難相依的伴侶，母親早已不恨她了。我再仔細看看她，她穿著灰布棉袍，鬢邊戴著一朵白花，頸後垂著的再不是當年多采多姿的鳳凰髻或同心髻，而是一條簡簡單單的香蕉卷，她臉上脂粉不施，顯得十分哀戚，我對她不禁起了無限憐憫。因為她不像我母親是個自甘淡泊的女性，她隨著父親享受了近二十年的富貴榮華，一朝失去了依傍，她的空虛落寞之感，將更甚於我母親吧。

來臺灣以後，姨娘已成了我唯一的親人，我們住在一起有好幾年。在日式房屋的長廊裡，我看她坐在玻璃窗邊梳頭。她不時用拳頭捶著肩膀說：「手酸得很，真是老了。」老了，她也老了。當年如雲的青絲，如今也漸漸落去，只剩了一小把，且已夾有絲絲白髮。想起在杭州時，她和母親背對著背梳頭，彼此不交一語的仇視日

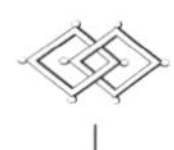

子，轉眼都成過去。人世間，什麼是愛，什麼是恨呢？母親已去世多年，垂垂老去的姨娘，亦終歸走向同一個渺茫不可知的方向，她現在的光陰，比誰都寂寞啊。

我怔怔地望著她，想起她美麗的橫愛司髻，我說：「讓我來替你梳個新的式樣吧。」她愀然一笑說：「我還要那樣時髦幹什麼，那是你們年輕人的事了。」

我能長久年輕嗎？她說這話，一轉眼又是十多年了，我也早已不年輕了。對於人世的愛、憎、貪、癡，已木然無動於衷。母親去我日遠，姨娘的骨灰也已寄存在寂寞的寺院中。這個世界，究竟有什麼是永久的，又有什麼是值得認真的呢？

【例文】

1. 議論篇

我讀〈苦樂說貽湯司農〉

什麼是苦？什麼又是樂呢？范仲淹說：「先天下之憂而憂，後天下之樂而樂。」他應是認為能使天下人得幸福就是他的快樂，而天下人的痛苦就是他的痛苦吧！有人說貧窮就是他的痛苦，富裕就是他的快樂。也有人說能立德、立功、立言就是他的快樂，而若得不到就成了痛苦。今世的人就和前世的人一樣，後世的人又和今世的人一樣，世世代代的人都在自己的價值觀下，尋求快樂而避開那痛苦。

但，真的是如此追求便能得到快樂嗎？這真是一個大問號。當人愈是汲汲營營之時，心中的欲望也愈大，想得到的也愈多，即使得到了些許的成果，總是不能滿足心

中龐大的期望，而心中便愈來愈苦惱，猶如套上了重重枷鎖，得不到自由。

當張良輔佐漢高祖登上皇位後便心滿意足地瀟灑離去，相較之下，韓信反是非常貪心，終招致漢高祖的忌憚，而不得善終。義大利的加里波底領導紅衫軍完成義大利獨立戰爭後，便攜一袋豆種至西西里島歸隱去了。而華盛頓領導美國完成獨立後，也不眷戀職位，奠定美國和平移轉政權，使得美國政治得以安定。他們兩位的不戀棧名利，均獲得後世無限的景仰與尊敬。由此可知，人不僅能因不貪求、不妄求而心裡踏實，有時也可能得到意外之福呢！

人生在世不過短短數十年，李白不就曾說過：夫天地者，百代之過客，萬世之逆旅。榮華富貴，生不帶來死不帶去；名利不過轉眼如浮雲。當得到了什麼，便當作是意外得到的快樂，失去了什麼也不必太過在意變成大痛苦。只問耕耘不問收穫，就能得到最大的快樂，避去痛苦，您說是嗎？痛苦和快樂本就在人的一念之間啊！只要我們能端正自己的思想，做自己應為的正道，把自己想做的事徹頭徹尾的做好，在過程中去享受那分努力流汗、辛勤工作的付出美感，即使只得到些許回報，那又何妨？我們已經在歷程中吸取了最甜美的甘露，得到了豐富的經驗，不是嗎？若是不行正理，希冀得到非分的財富、地位或聲名，那只是徒增自己的煩惱，加大自己的幻想症罷了！又如何能得到快樂呢？當俯視天地、大海之際，內心可曾有過被擊打之震撼？感到人的個體只不過是空間中一個小點，何其渺小！而當正在繪製歷史年代表時，又有什麼感覺呢？是否了解到自己生活在歷史中的時間也不過是一小點，甚至連一小點的位置都佔不到！又何須在意這一時的得失呢？何不跳脫來，將一切都能處之泰然。反而覺得心裡平平靜靜，彷彿腳踏著實地，頭頂著青天。

2. 抒情篇

〈髻〉之讀後感

一個髻可以訴說年輕與年老，可以說明新潮與保守，可以顯現華麗與樸素，然而，什麼是「髻」最完美的模樣？

作者父親的眼盼笑意，似乎是全由那髻的美麗與花俏所使然，但，真正令人「賞心」的，就是「悅目」之處嗎？美麗的事物是一個障眼法，真正投射到心湖的是一種對年華與亮麗的渴求，在這個虛像之前，你看不見自己的龍鍾老態，你不知臉上刻劃的歲月的足跡所在，你以為自己仍是血氣方熾，活力依然；要不然白雪公主壞心的母后屢問魔鏡為何？而楊貴妃，常得君王帶笑看，為何？

沒有人可以永保青春容顏，沒有人可以一直活力充沛、毫無老態。可是，什麼是你能永遠擁有的？是一顆泰然平凡的心啊！這一顆心，可以讓你不覺年輕歲月就可揮霍而一旦年老就倍感失落，可以讓你在萬物遷化、滄海桑田流程中仍能怡然自得，可以讓你在追求新潮與固守傳統的徬徨中能夠安身立命。這一顆心，有對事物的包容，對這瞬息萬變的人世淡然處之的從容，既而能昇華

為「不以物喜，不以己悲」的超然。擁有此心，便可青春永駐，永遠不老；然而，這個美麗承諾的大前提，是自身在與人與事的肩臂交錯裡，對自己的自恃與對事物的觀照，就在此進退得失的不斷用心的修持中，方可使此願成真。

著名的女星奧黛麗赫本是這顆心的擁有者。年華老去與歲月無情地刻劃，相信是任何一位麗質天生的女人所最不能接受的事實。我們在〈羅馬假期〉、〈窈窕淑女〉等影片中得窺赫本的嬌俏風采，其美麗動人的形象已深植人們心中！然而，亮麗姿色不可能在歲月拂掠之後仍完美存在，而此刻，你要讓人家看見怎樣的你？當她真正用「心」在活，在展現她的內涵，那必是永恆了。此時，有人會用又老又醜來形容她嗎？她，是真的天使了，因為她用天使的心替代她曾經耀眼的容顏，而這新的呈現是完全完美，無疵無瑕！

人人都喜歡看美麗的人兒、漂亮的東西，所謂「賞心悅目」的作用固然是有，但，更多的人；以為自己就是那個模樣了！作者父親偏過頭端看那姨娘的眼全是笑，那笑的是欣愛這花容月貌，是時髦俏麗的橫愛司髻，更是以為自己依然年輕、少壯英挺的笑！

美麗的事物可以讓人感覺愉悅，而美麗的心呢？若你擁有了，那種快樂是很深很久很久……。

（取材自《教育部八十一學年度高級中學國文學科資賦優異學生保送甄試升學輔導總報告》）

提供書的，如：

【題目】

試讀《雅舍小品》一書，寫成心得報告。

【例文】

《雅舍小品》的作者是梁實秋先生，寫作的時間跨越了抗戰到戰後。由正中書局發行。民國七十五年五月臺出版，民國七十八年十二月初版第五次印行。梁先生將書名冠以《雅舍小品》，是表示他寫作的所在地——雅舍。

初與《雅舍小品》結緣，是因國中國文課本〈鳥〉這一課。當時就被梁先生對鳥的描寫深深地吸引，他說：「鳥的身軀都是玲瓏飽滿的，細瘦而不乾癟，豐腴而不臃腫，真是減一分則太瘦，增一分則太肥那樣的穠纖合度，……。」

在我這個俗人眼裡，鳥只是天上飛的動物，從不曾想過牠們也像人一樣，有高矮胖瘦的分別。梁先生對鳥觀察之細微，對鳥喜愛之深切，讓我對鳥的態度有了轉變，此後每見到鳥，就不忘多看牠幾眼。

從梁先生的作品中，我獲知了他對滾滾紅塵的看法。對於人：在〈孩子〉中，梁先生提到「孝子」的意義已經轉變，應該解釋成孝順子女才符合時代潮流。在〈女人〉中，梁先生認為女人有許多缺點，例如愛說謊、善變、善哭、多嘴、膽小等，惟一的優點就是聰明。在〈男人〉中，梁先生提出了男人的髒、懶、饞、自私、長舌等。在〈詩人〉中，梁先生對詩人的看法是：稱得上是藝術

家，但以詩為業卻未免冒險。他舉了兩個例子，其一就是我們只見到王維的千古風流，卻沒有見到他苦吟時墮入醋甕的慘狀；其二就是我們崇拜詩聖杜甫到五體投地的地步，卻忘了他狂飲酒肉而脹死的不雅。

在〈乞丐〉中，梁先生詳細地描述了乞丐營生的手段，字裡行間也隱約表現了同情憐憫的味道。在〈醫生〉中，梁先生介紹了醫生與病人之間奇妙的互動關係：醫生在病人面前，總是一副凜然不可褻瀆的道貌岸然。病人對醫生呢？生病了就委曲巴結，病好了就一腳踢開。

對於事：在〈送行〉中，梁先生替送人者與被送者下一個定義，那就是：合作演一部戲。大多數的送人者沒誠意；大多數的被送者也沒閒情，徒然是一個形式罷了。在〈握手〉中，梁先生就握手對象的不同加以描述。一種是大官的手，那不好握，實際上你只能摸；另一種是角力家的手，那也不好握，除非你能忍受椎心的痛；最怕握到的是那冰涼冷濕的手，因為事後你如何用力地搓洗都不能把殘留在手上的餘冰給解凍。在〈旁若無人〉中，梁先生被那位腿筋彈性過於發達，非得不停震動前排座位的〈仁兄〉搞得頭痛不已。還有那些打哈欠不掩嘴、在戲院旅館中靜不下來的人，也令梁先生敢怒不敢言。在〈講價〉中，梁先生歸納了討價還價的藝術，首先是不動聲色，再來是無情批評、狠心殺價，最後要有一去再復返的勇氣。在〈理髮〉中，梁先生的感覺是：坐上那張椅子就像坐上了電椅，因為只有任人宰割的分，尤其是刮臉時的那把剃刀，總是讓人恐懼腦袋就在那刀起刀落下與頸子分離。在〈窮〉中，梁先生認為窮

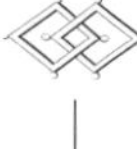

是與生俱來的，因為人生下來就赤裸裸；窮是比較而來的，因為人心很難滿足。然而窮也有好處：實在而不虛偽、平素也落個清閒，待人慷慨更是它最大的優點。對於物：在〈匿名信〉中，梁先生對匿名信作者的批判是——怯懦。他只有藉匿名信把憤怒發洩一通的血氣之勇，卻缺乏寫出姓名敢作敢當的大勇。在〈汽車〉中，梁先生闡述了有車階級所受到的差別待遇。

讀了這些篇章，梁實秋先生的機智、幽默、風趣、自嘲與反諷……等手法，讓我時而捧腹大笑，時而拍案叫絕、時而噓唏不已。他透過一字一句，娓娓細述著人生哲理。或許因為處在抗戰及戰後較為混亂的時代，對於一些尖銳的問題總是有特別深刻的感受。梁先生在作品當中，很少像一般文人那樣以平鋪直述的手法寫作，或是隱惡揚善、歌功頌德，盡作些官樣文章，他只是極盡所能的去剖析闡明，從不退縮、不逃避。這種寓理於事，寓事於情的文章風格，是令我如此地折服而欽佩不已。

在梁先生對人的看法中，我得知孝道日益沉淪的危機及人名有不同的缺點。我尤其對「孝子」一詞的轉變有特別深的感觸。試想，中國傳統的孝順美德就斷送在我們這一代手裡，豈不可悲。為人父母的，辛苦賺錢早出晚歸，不為自己，只為了把最好的東西呈給子女，但其中不免有一絲炫耀的意味。為人子女的，茶來伸手飯來張口，將這一切視為理所當然。結果呢？有些子女缺乏管教，父母親的溺愛將他們送上了不歸路；有些子女對父母毫無情分，連在屍骨未寒的棺木前都能為著分遺產而

大打出手。「臺南大富侯雨利事件」不就是一個很好的例子嗎？若是侯先生地下有知，相信一定難以瞑目吧！像這些上下兩代關係失調所衍生出來的問題，實在是不勝枚舉。這也是造成當今社會混亂的部分原因。

在梁先生對事的看法中，我獲得許多從前不知的道理。原來在送行這一件稀鬆平常的事情中，還隱藏了這層令人哭笑不得的做秀表演。在與人握手的功課中，還必須先具備足夠的學問才不會出糗。人窮還會帶來好處，這是我怎麼也想不到的。然而，處在這個名利掛帥的社會中，若是人人都有「窮」的觀念，一定就能夠把臺灣「賭博王國」、「貪婪之島」的惡名給洗刷掉。因為我們不要只是追求物質的享受，而讓心靈日漸貧窮；我們不要文化沙漠，我們要的是心靈富有。

在梁先生對物的看法中，我知道了一個惡作劇或玩笑或率性而為，會給別人帶來多大的不便。而人總是因錢財多寡而被差別對待。難道一個無車階級在有車階級的面前，就永遠抬不起頭、挺不起胸來嗎？我想不是這樣子的，常看見西裝畢挺的暴發戶一開口講話就滿嘴三字經，也常聽說一個宰豬為業的屠販寫得一手好書法等事蹟。因此，「錢」，並不是拿來衡量一個人有多少價值的準則，人的價值，完全在於人格道德的有無，而並非在於「汽車」的有無啊！

梁實秋先生雖然過世了，但是一讀起《雅舍小品》這本書，就感覺到梁先生彷彿在我的耳邊，用他一貫的口吻低低細語，告訴我許多人生的道理。細細地咀嚼梁先生的精采妙語：

凡是孩子的意志，為父母者宜多方體貼，勿使稍受挫阻。

可以無需讓的時候，則無妨謙讓一番，於人無利，於己無損；……。

我再次地神遊在梁實秋式的幽默諷刺中。

（取材自《教育部七十九學年度高級中學國文學科資賦優異學生保送甄試升學輔導總報告》）

這幾篇心得報告，都是由高中三年級學生所寫，雖不能說寫得完美無瑕，但大致都能掌握原作的中心思想或情意，再從中提煉出「感點」加以寫作，很合乎這類文章寫作的要求。

（七）設定情境

這是就社會的某一現況或虛擬的事件，設定一些情境，讓學生發表議論感想的一種命題方式。曾忠華教授在其《作文命題與批改》一書中說：「此種作文題目，或就社會現況，或虛擬事件，設定若干要項，令學生針對某事件，發表評論，以訓練學生對實際問題，或某種事件，能提出自己的意見，這是訓練學生習作論說文最實切的方法。」[13]很扼要地說明了這種命題方式的特色與重要性。如：

【題目】

就下列情境，找出堪以立論的焦點，闡發成一篇富有鑑戒性的短文。情境如下：

13 見曾忠華《作文命題與批改》，同注5，頁8-9。

一、林宗傑是高中二年級的學生，從國中到高一，學業成績每學期均居前三名以內，為人誠懇有禮，是一位品學兼優的學生。

二、讀高二時，因為受品行不良同學的引誘，放學後常到電動玩具店玩樂，荒廢學業，成績大為退步，其父痛加責備，遂意志消沉，終於誤藉「安非他命」以排遣苦悶，鑄成大錯。

三、林宗傑痛悔自己落得如此下場，只怪定力不夠，當邪念萌生時，不能以理智克服，一念之差，誤入歧途，因感一個人遇到外界邪惡的引誘時，須嚴守規範，千萬不可懷著苟且一試的心理，破壞自己一貫所秉持的修為，一般罪惡的行為，大多起於此種心理，所以凡事須慎始，否則，「道德的堤防一決口，本有的德性，便隨波流失而不能自止」，到時悔不當初，為時已晚。

（命題者為曾忠華先生）

【例文一】

「一失足成千古恨」，這一失足，是多麼不堪回首！

他——林宗傑，曾經是一個品學兼優的好學生。一個讓父母引以為傲的兒子，一個令同儕羨妒交加的伙伴。曾幾何時，才華洋溢的他，竟自墮為「安非他命」的奴隸：「我只是想試試看。」他說。於是，這姑且試試的第一次，就這樣毀了一個有為的青年。為了一個錯誤的選擇，他付出了多大的代價。多少人，也曾像他一樣，為了一個可悲的決定，背負可悲的一生。而選擇，通常

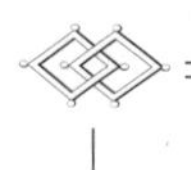

沒有第二次。

請重視每一個下判斷的瞬間，讓理性和良知來引導判擇。林宗傑的例子，正是最佳的鑑鏡。當邪念萌生的時候，當誘惑來到面前，請保持心靈的一片澄明。千萬不要抱著苟且試試的念頭：只要一小粒罪惡的老鼠屎，便能壞了道德修養的一鍋粥。一生，很可能就因為片刻的昏昧，而付諸東流——只是一顆小小的屎而已。

而他——林宗傑，在付出慘痛的代價後，終於找到了苦海的岸頭。而多少和他一樣誤入歧途的浪子們，卻在汪洋中葬送了美好的一生。朋友們！請珍惜自己，須知失足之後，「再回首已百年身」！

【例文二】

在安非他命氾濫而充斥校園的今天，不知有多少莘莘學子，或為了熬夜讀書而提神，或因不良分子的引誘，終在好奇心的驅使之下，踏上這不歸路，林宗傑就是屬於後者。

他從國中到高一，一直是品學兼優的好學生，為人誠懇有禮，但上了高二後，卻禁不住品行不良同學的引誘，而沉迷於電動玩具，以致功課一落千丈。在他父親的痛責之下，他不但沒有醒悟，反而意志更為消沉，且一步一步地走向死亡邊緣——吸食安非他命，終於鑄成大錯。事後他雖然深自悔恨自己落得如此下場，可惜為時已晚，真是悔不當初。

現今的社會上，像林宗傑這樣的例子實在太多了，許多原本品學兼優的好學生，只因一時定力不夠，而受外界

的蠱惑，便迷失了自我，使自己陷入痛苦的深淵。身為學生的我們，實在應該引以為鑑，當我們遇到外界邪惡的引誘時，應理智的思考判斷，堅決的抗拒這誘惑，切勿因一念之差而誤入歧途，也不要抱著苟且一試的心理，因為只要稍一把持不住，自己很容易就會被「姑息」給說服，一旦道德的堤防一決口，便有如山洪暴發般，一發不可收拾，本有的德性也會隨波流失，那麼就算有一天自己如大夢初醒的覺悟了，也已是悔不當初了。

（取材自《教育部七十九學年度高級中學國文學科資賦優異學生保送甄試升學輔導總報告》）

這兩篇情境作文，也是由高中三年級學生所寫，大體說來，都能依據題目所提供之情境條件加以論述，頗有可觀。

以上幾種新的命題方式，都值得去嘗試。近十幾年來，我國高中、高職、五專聯招以及高中國文科資優生升學甄試的作文試題，在舊式之外，已顧及新的命題方式；而大學考試中心的入學甄試及教育部「高級中等以下學校及幼稚園教師資格檢定考試」中「國語文能力測驗」考科，也在舊的命題作文之外，嘗試新的命題方式，可見「以舊式為主、新式為輔」已成了作文命題的一種趨勢。升學考試或甄試既如此，那麼，日常在學校的作文命題，是不是該跟進呢？

第三章

指　引

學生的作文，是必須好好地加以指引的。這種指引約可分為兩類：一是經常性的指引，一是臨時性的指引。經常性的指引，是要在課文讀講時一併進行的，也就是說，要在講授課文之際，仔細分析課文，對文中有關立意、取材、布局、措辭等工夫，一一予以深究，使學生對寫作的方法，能由點而面，由面而立體地加以掌握，形成一個系統，這是指導學生作文最重要的一環。有不少人以為課文自課文，作文自作文，是兩碼子事，因此在指導學生作文時，往往另起爐灶，硬是將作文與課文拆開，這是本末倒置的作法，是十分不妥當的。至於臨時性的指引，則在出了作文題之後，要針對所出的題目，用極短的時間，對題目的意義、重心，可用的材料或章法，甚至措辭技巧等，給予必要的提示，以補經常性指引之不足。以下就分審題、立意、取材、布局、措辭等五項，依次舉例說明於後。

第一節　審題

審題就是審辨題目的意義、重心、範圍與所用文體的意思，當然也附帶了作者自身立場的確定，以免學生患了誤解題義、背離重心、越出範圍、不合文體、立場不明的種種弊病。因此在讀講課文或讓學生作文時，都要加以指引。尤其是解釋課文題文之際，由於有部分題目是後人所加的，未必與內容完全切合，如〈黃河結冰記〉一課，節選自《老殘遊記》，文中寫結冰的少，寫雪月交輝景致的反而多，而作者便藉著這種雪月交輝的景致，引出謝靈運的〈歲暮詩〉，拈出一個「哀」字，以貫穿全文，表出作者深切的家國之哀來，嚴格地說，這種內容與題文是有距離的。另外如〈詩選〉、〈詞選〉、〈世說新語五則〉、〈水經江水注〉等這類題目，那就更不用說了。所以在處理這類題文時，便要特別費心，說明所以如此的原因，然後在讓學生作文時，再作必要的指引，那麼學生「文不切題」的毛病就可避免了。這可說是學生作文的第一步，這一步如果踏錯了，所謂「一步錯，步步錯」，後果是很嚴重的。

一、明辨題目的意義

題目的意義，可分為字面與內涵兩方面。在字面方面，須就題文逐字逐詞地分析它們的意義，如〈一本書的啟示〉這一作文題，要分析「一本書」與「啟示」兩個詞，其中「一本書」，指的是任何一本已經出版的作品，而非一篇文章、幾本書或未經出版的著作；而「啟示」，是對自身的思想行為有所啟發或覺悟的意思，而不是指內容、形式或價值。所以寫一篇文章或兩本書的啟示，以及一篇文章或一本書的內容、形式與價值，或者以未經出版的作品、著作為對象的，便都沒有把握到這個題目的意義。又如民國七十七年藝術類科資優生保送大

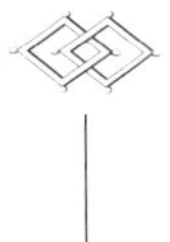

專甄試的國文作文題目是〈論藝術教育的重要〉，有的考生便忽略了「教育」兩字，而大談藝術的重要；而有的考生則忽略了「重要」兩字，而暢論我國藝術教育的現況，並提出改進的意見，這都是對題目的整體意義審辨得不夠仔細所引起的過失。至於內涵方面，則要進一步地探究題目蘊含的意義有那幾個部分，而如何由各個部分組合成全題完整的意義，或從各種觀點去探索題目，看看這個題目該從何種觀點去寫，以使學生豁然打開他們寫作的靈感之門。對於這點，章微穎舉例說明說：

> 例如以〈知恥近乎勇〉為題，除釋明字面的意義及指示其來源外，內含有「恥」、「知」及「知恥」各部分的意義，有「勇」、「近」及「近勇」各部分的意義；再就知恥及勇的關係而合成「知恥近乎勇」的全義，都須審辨週詳。[1]

而黃錦鋐也舉例說明說：

> 比方說，如果以〈一幅圖畫〉為題，這個題目可以談得很廣，也可以談得很窄。可以從圖畫的藝術上來說，也可以從畫面的著色來說，也可以從畫中的景物來說，……。不過，單是這樣提示，可能對一部分理解力較強的學生起了些啟發作用，對另一部分學生則根本不起作用。所以還應該提示幾個具體的問題。例如，你看過什

1　見章微穎《中學國文教學法》（臺北：蘭臺書局，1973年10月再版），頁99。

> 麼圖畫沒有？在你所看過的圖畫中最喜歡那一幅？這幅畫有什麼動人的地方？這幅畫的景物是什麼？你有什麼感覺和意見？……這樣來幫助他們思索，引起他們的興趣，然後叫他們來寫看過「這幅圖畫」的感想。[2]

能這樣來審辨題目，那麼它的意義就會明明白白了。而如果是新式作文的話，則可參考「提示」或「說明」來明辨題目之意義，以免偏離題目。

二、把握題目的重心

明辨題目的意義之後，就要把握題目的重心。學生能針對題目的重心加以發揮，才不會使內容無所依倚，而偏離了題目。如〈理想與現實〉這一題目，它的重心在一「與」字，也就是說，它的重心應放在理想與現實不可分的密切關係上，去探討只有理想而不切現實、只顧現實而沒有理想的不良後果，而不是置於兩者都重要的事理之上，否則理想自理想，現實自現實，兩者完全不相干，這樣談得再多，也不合題目的要求，只是徒費筆墨而已。又如〈論課外閱讀的重要〉這一題目，它的重心在「重要」兩字，也就是說，這個題目主要是要談論學生讀了課外讀物之後，在他們的知識、道德與讀寫能力上有什麼助益，能補課內學習之不足，以見出課外閱讀的重要性，因此文內談了課外閱讀的要領或選擇課外讀物的準則或重要性的，便非題目的重心所在，如果只是一筆帶過而已，還不打

2　見黃錦鋐《中學國文教材教法》（臺北：教育文物出版社有限公司，1981年2月初版），頁236。

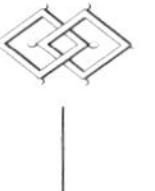

緊，若用一段或一段以上來探討，就顯然嚴重地偏離了重心，有「文不切題」的毛病了。而如果是新式作文的話，則必須依據「提示」或「說明」加以掌握，不可自作主張。

三、認清題目的範圍

把握了題目的重心之後，就要認清題目的範圍。學生能依這個範圍去搜尋材料，才不致漫無邊際，背離題目的要求。譬如民國七十五年大學聯考的作文題目是〈安和樂利社會的省思〉，如果單就「安和樂利社會」來說，可談的很多，但依據題目的要求，卻要以「省思」作範圍；又如果單談「省思」，可談的也很廣，但是它的範圍，卻必須限制在「安和樂利社會」之上。所以從頭到尾，只是歌頌社會的安和樂利，而不作「省思」，或一路透過「省思」而否定社會之安和樂利的，都越出了題目的範圍。對於這點，章微穎在所著《中學國文教學法》一書中曾舉例說明說：

> 例如〈知恥近乎勇〉這個題目，單獨言「恥」、言「知恥」，可說的方面亦很多，而應取其針對「近勇」的方面為範圍；單獨言「勇」、言「近勇」，可說的方面亦很多，而應取其根源於「知恥」的範圍；而「知恥」只是「近勇」，並不就等於勇，又要守住範圍，不可弄到結果變成〈知恥就是勇〉。[3]

[3] 見章微穎《中學國文教學法》，同注1。

所以認清題目的範圍，是審題的一個重要環節。而如果是新式作文的話，則必須完全依「提示」或「說明」來確定其範圍，沒有自我做主的空間。

四、決定寫作的體裁

認清了題目的範圍之後，就要決定寫作的體裁。當然有的題目本身或明或暗地已提示該用什麼文體來寫，如「元宵記趣」、「登山記」、「論汙染」、「永久的懷念」、「師恩難忘」等，這些題目，一看就知道要用什麼體裁來寫作：前兩者是記敘體，中間兩者是論說體，後兩者是抒情體。凡是遇到這類題目，必須用題目所提示的體裁來創作，是不能隨意改變的。不然，論說體的寫成小說或詩歌，記敘體的寫成議論或說明，都是不合宜的。不過，有一些題目是中性的，也就是說，題目本身並沒有提示採什麼體裁來寫，如〈週末〉這一題目，既可用記敘體來寫周末之所見所聞，也可用論說體來論中西週末的同異，更可用抒情體來抒發親情或友情。隨你怎麼寫，都合於題目的要求。如果碰到了這類題目，就要依據自己日常蘊積的思想材料，作最好的選擇與決定，只要一經決定，便須堅守著它，貫徹到底。但必須一提的是，本來論說體中是可夾記敘的，記敘體中是可夾論說的，抒情體中是可夾記敘的，卻都必須分出何者為主、何者為副，才不致一下是記敘，一下是抒情，一下是論說，使得語句性質雜亂，內容失去重點。而如果是新式之作文，對文體有所限定的話，則只好依限定體裁來寫，不可隨意改變。

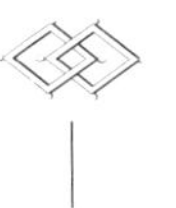

五、確定寫作的立場

審辨了題目的意義、重心、範圍，並決定寫作的體裁以後，在正式寫作之前，還有一件待做的事，那就是確定寫作的立場。惟有立場確定之後，才能依此貫穿全文，使它維持一致的思想情意。如〈我對大學聯招的看法〉這個題目，若不侷限於學校的作文，則這個「我」，可以是公務員，也可以是小市民，更可以是學生。寫作的人究竟要以什麼身分說話，還有究竟是贊成（揚）或是不贊成（抑），在寫作之前，一定要加以確定，萬萬不可隨意移易立場，因為立場一移易，那就一左一右，一東一西，弄得人一頭霧水了。關於這點，黃錦鋐曾舉例說明說：

> 如〈邀請海外學者回國服務書〉這個題目，該以邀請的書信為主，而可依據國家之需要人才，青年之需要導師闡發議論。作者即可取現在學生的身分為立場，以邀請學者回國服務為寫作目的。這樣指導學生徹底認清題目有關的各方面，寫作起來，便不會犯不切題、不合體的毛病了。[4]

可見寫作立場的確定，也是不可輕忽的。而如果是新式之作文，對立場有所限定的話，則只好依限定立場來寫，不可任意改動。

4　見黃錦鋐《中學國文教材教法》，同注2，頁235-236。

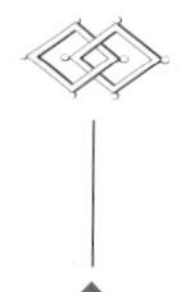

第二節　立意

立意就是依據題意建立主旨的意思。文章的主旨，通常應視題意所留下空白的多寡，在主、客觀上，作適切的因應。譬如民國四十六年度大專聯考的作文題目是〈讀書的甘苦〉，題意上所留下的空白等於零，考生只得針對題意，談「讀書」的「甘」與「苦」，絕不能單憑自己主觀的經驗或感受，把主旨放在「苦」上，專說「苦」，而否定了「甘」，或乾脆不談「甘」。據說當年的考生大都犯了這種由主觀上去確定主旨的過失，把文章寫成〈我痛苦的讀書經驗〉，這是萬萬不可的，又如民國七十六年度大學聯考的作文題目是〈論同情〉，在題意上所留下的空白比較多，考生既可以就正面論同情的重要，也可以從「施」與「受」兩方面來探討同情，更可以從反面去論濫用同情的不當，究竟要建立怎麼一個主旨，全憑考生自己作主觀的決定，只要不完全否定同情就可以了。這樣，主旨或綱領一經確立，並決定它的顯、隱，就可以按部位來安置它。茲依序說明如次：

一、主旨與綱領

對辭章的主旨、綱領與內容，由於彼此關係密切，一直有不少人把它們混為一談，有一回，參加南區高中國文教學研習會，談及方苞〈左忠毅公軼事〉一文的主旨，與會的一位老師以為非「忠毅」，而是在於敘述師生情誼，這就犯了以部分內

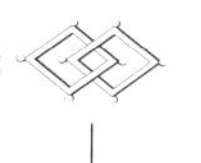

容為主旨的錯誤。又有一次，在講授〈孔子世家贊〉一文之際，有位學員認為「鄉（嚮）往」是主旨，這則犯了以綱領為主旨的錯誤。現在就先舉這兩篇文章為例，再酌引其他一些詞章，略作說明，以見主旨、綱領與內容間的關係。

（一）就散文看：先以〈左忠毅公軼事〉一文來說：

> 先君子嘗言：鄉先輩左忠毅公視學京畿。一日，風雪嚴寒，從數騎出，微行，入古寺。廡下一生伏案臥，文方成草。公閱畢，即解貂覆生，為掩戶，叩之寺僧，則史公可法也。及試，吏呼名，至史公，公瞿然注視。呈卷，即面署第一。召入，使拜夫人，曰：「吾諸兒碌碌，他日繼吾志事，惟此生耳！」
>
> 及左公下廠獄，史朝夕窺獄門外。逆閹防伺甚嚴，雖家僕不得近。久之，聞左公被炮烙，旦夕且死，持五十金，涕泣謀於禁卒，卒感焉！一日，使史公更敝衣草屨，背筐，手長鑱，為除不潔者。引入，微指左公處，則席地倚牆而坐，面額焦爛不可辨，左膝以下，筋骨盡脫矣！史前跪，抱公膝而嗚咽。公辨其聲，而目不可開，乃奮臂以指撥眥，目光如炬，怒曰：「庸奴！此何地也，而汝來前！國家之事，糜爛至此，老夫已矣！汝復輕身而昧大義，天下事誰可支拄者？不速去，無俟姦人構陷，吾今即撲殺汝！」因摸地上刑械，作投擊勢。史噤不敢發聲，趨而出。後常流涕述其事以語人曰：「吾師肺肝，皆鐵石所鑄造也！」
>
> 崇禎末，流賊張獻忠出沒蘄、黃、潛、桐間，史公以鳳廬道奉檄守禦。每有警，輒數月不就寢，使將士更休，

而自坐幄幕外，擇健卒十人，令二人蹲踞，而背倚之，漏鼓移則番代。每寒夜起立，振衣裳，甲上冰霜迸落，鏗然有聲。或勸以少休，公曰：「吾上恐負朝廷，下恐愧吾師也。」

史公治兵，往來桐城，必躬造左公第，候太公、太母起居，拜夫人於堂上。

余宗老塗山，左公甥也，與先君子善，謂獄中語，乃親得之於史公云。

這篇文章用以記左光斗的軼事，以表現他的「忠毅」精神。全文可分序幕、主體與餘波三大部分：

序幕的部分，即起段。主要在寫左光斗識拔史可法的經過。作者首先藉其父之口，敘明左公曾「視學京畿」，將左公所以能識拔史公的緣由作個交代，作為記敘的開端。接著以「一日」與「及試」作時間上的聯絡，記敘左公於微服出巡時在一古寺識得史公，以及主持考試時對著史公面署第一的情事。在這裡，作者特別著「風雪嚴寒」一句，既表出了左公的公忠精神，也側寫了他的剛毅節操，因為一般人在「風雪嚴寒」之日，是不會微服出巡的。然後以「召入」二字作接榫，領出「使拜夫人」四句，藉史公入拜左公夫人的機會，由左公說出「吾諸兒碌碌」三句話，寫明左公對史公之深切期許，表示只有史公才足以繼承他忠君愛國的志業，將左公為國舉拔英才的忠忱與苦心，寫得極其生動。

主體的部分，為次段。寫的是左公被下廠獄後，史公冒死探監的經過。由於獄裡左公的情況，只有史公一人親目所睹、親耳所聞，而其他的人無從知悉，因此這個「軼事」非牽扯

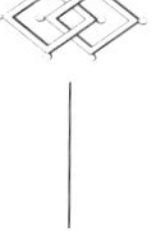

「史公」不可，此文所以特用史公來陪襯，除史公也「忠毅」可敬，足以強化左公之「忠毅」外，「軼事」只有史公知悉，也是個主因。這段文字，以「及」字承上啟下，首先用四句敘明左公被下牢獄與禁人接近的事實，繼而用「久之」與「一日」作時間上之聯絡，依次寫左公受刑將死、史公冒死買通獄吏，以及史公探監，左公見而怒斥史公使離去的情形。這是「軼事」的主要部分，寫得有聲有色，可以說把左公的「忠毅」精神，以有限的文字表達得淋漓盡致，感人異常。最後著一「後」字，帶出「吾師肺肝」兩句贊歎的話，充分地寫出左公的公忠憂國與剛正不屈來。

餘波部分，包括三、四、五段。這個部分，先以第三段寫史公受左公感召，繼其志業，「忠毅」地奉檄守禦流寇的辛苦；再以第四段寫史公篤厚師門，時時不忘拜候左公父母及夫人的情事，以見史公「盡己」、「行其所當行」的德行；然後以末段補敘本文所記的軼事，確係有根有據，以回應篇首的「先君子嘗言」，以首尾圓合的方式，收束全文。

綜觀此文，作者是以左公識拔史公，史公冒死探看獄中的左公，以及史公受左公感召的「忠毅」表現為內容，針對著綱領——「忠毅」（也是主旨）來寫的。其中寫左公「忠毅」的部分是「主」，而寫史公「忠毅」的部分則為賓；也就是說：寫史公的「忠毅」，便等於在寫左公的「忠毅」，所謂「借賓以定主」，手段十分高妙。

再看〈孔子世家贊〉一文：

> 太史公曰：《詩》有之：「高山仰止，景行行止。」雖不能至，然心鄉往之。余讀孔氏書，想見其為人。適

> 魯，觀仲尼廟堂，車服、禮器，諸生以時習禮其家，余低回留之，不能去云。天下君王至於賢人眾矣，當時則榮，沒則已焉。孔子布衣，傳十餘世，學者宗之。自天子王侯，中國言六藝者，折中於夫子，可謂至聖矣！

這篇贊文，是採「凡」（總括）、「目」（條分）、「凡」（總括）的結構所寫成的。頭一個「凡」的部分，自篇首至「然心鄉往之」止，乃「借《詩》虛虛籠起」[5]，以「高山仰止，景行行止」兩句，領出「鄉往」兩字，作為綱領，以統攝下文。「目」的部分，自「余讀孔氏書」至「折中於夫子」止，以「由小及大」的方式，含三節來寫：首節寫自己「讀孔氏書」與「觀仲尼廟堂」之所見所思，以「想見其為人」與「低回留之，不能去云」句，表出自己對孔子的「鄉往」之情；次節特將孔子與「天下君王至於賢人」作一對照，以「學者宗之」，表出孔門學者對孔子的「鄉往」之情，並暗示所以將孔子列為世家的理由；三節寫各家以孔子的學說為截長補短的標準，以「折中於夫子」，表出全天下讀書人對孔子的「鄉往」之情。後一個「凡」的部分，即末尾「可謂至聖矣」一句，拈出主旨，以回抱前文作收。

經由上述，可知太史公此文，是以「鄉往」為綱領，以作者本身、孔門學者以及全天下讀書人對孔子「鄉往」的事實為內容，層層遞寫，結出「至聖」（嚮往到了極點的稱號）的一篇主旨，以讚美孔子。文雖短而意特長，令人讀了，也不禁湧生無限的仰止之情來，久久不止。

5 見王文濡校勘《精校評注古文觀止》卷五（臺北：臺灣中華書局，1972年11月臺六版），頁8。

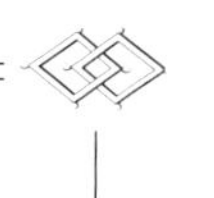

他如李斯的〈諫逐客書〉一文：

臣聞吏議逐客，竊以為過矣。

昔繆公求士，西取由余於戎，東得百里奚於宛，迎蹇叔於宋，來丕豹、公孫支於晉。此五子者，不產於秦，繆公用之，并國二十，遂霸西戎。孝公用商鞅之法，移風易俗，民以殷盛，國以富彊，百姓樂用，諸侯親服，獲楚魏之師，舉地千里，至今治彊。惠王用張儀之計，拔三川之地，西并巴蜀，北收上郡，南取漢中，包九夷，制鄢郢，東據成皋之險，割膏腴之壤，遂散六國之從，使之西面事秦，功施到今。昭王得范且佳，廢穰侯，逐華陽，彊公室，杜私門，蠶食諸侯，使秦成帝業。此四君者，皆以客之功。由此觀之，客何負於秦哉？向使四君卻客而不內，疏士而不用，是使國無富利之實，而秦無彊大之名也。

今陛下致昆山之玉，有隨和之寶，垂明月之珠，服太阿之劍，乘纖離之馬，建翠鳳之旗，樹靈鼉之鼓。此數寶者，秦不生一焉，而陛下說之，何也？必秦國之所生然後可，則是夜光之壁，不飾朝廷；犀象之器，不為玩好；鄭衛之女，不充後宮；而駿良駃馬是，不實外廄；江南金錫不為用；西蜀丹青不為采。所以飾後宮，充下陳，娛心意，說耳目者，必出於秦然後可，則是宛珠之簪，傅璣之珥，阿縞之衣，錦繡之飾，不進於前；而隨俗雅化，佳冶窈窕，趙女不立於側也。夫擊甕叩缶，彈箏搏髀，而歌呼嗚嗚快耳者，真秦之聲也。鄭、衛、桑間，韶虞、武象者，異國之樂也。今棄擊甕叩缶而就鄭衛，退彈箏而取韶虞，若是者何也？快意當前，適觀而已矣！今取人則不然，不問可否，不論曲直，非秦者去，為客者逐。然則是所重者在乎色樂珠玉，而所輕者在乎民人也！此非所以跨海內，制諸侯之術也！

臣聞地廣者粟多，國大者人眾，兵彊者則士勇。是以泰山不讓土壤，故能成其大；河海不擇細流，故能就其深；王者不卻眾庶，故能明其德。是以地無四方，民無異國，四時充美，鬼神降福。此五帝三王之所以無敵也。今乃棄黔首以資敵國，卻賓客以業諸侯，使天下之士，退而不敢西向，裹足不入秦，此所謂藉寇兵而齎盜糧者也。

夫物不產於秦，可寶者多；士不產於秦，而願忠者眾。今逐客以資敵國，損民以益讎，內自虛而外樹怨於諸侯，求國無危，不可得也。

此文旨在闡明逐客的過失，以說服秦王罷逐客之令。也採「凡」、「目」、「凡」的結構寫成：

頭一個「凡」的部分，即首段。作者先開門見山地「揭開題面」[6]，提明主旨，以引領下文「目」、「凡」的部分。

「目」的部分，包括二、三、四等段。其中第二段，含正、反兩節：「反」的一節，自「昔穆公求士」至「客何負於秦哉」止，先依時代的先後，分述繆公、孝公、惠王、昭王等秦國君主用客以致成功的事例，再總括起來，得出「客何負於秦哉」的結語，從反面見出「逐客之過」。「正」的一節，自

6 見王文濡校勘《精校評注古文觀止》卷四，同注5，頁43。

「向使四君卻客而弗納」至「秦無彊大之名也」止，作者採假設的口氣，針對上面「反」的一節，說明秦國四朝君主如果卻客不用，必不能成就大名，大力地從正面指明「逐客之過」。第三段，含條分與總括兩節：「條分」一節自「今陛下致昆山之玉」至「適觀而已矣」止，依次以秦王所珍愛的外國珠玉、器物、美色與音樂為例，兼顧正、反兩面的意思，說明這些「娛心意、悅耳目」的人與物，不「必出於秦然後可」的道理；「總括」一節，自「今取人則不然」至「制諸侯之術也」止，把上面「條分」一節的意思作個總括，指出看重「色樂珠玉」而輕忽「人民」（客），至為失計，實非跨海內、制諸侯的方法，以進一層地表出「逐客之過」。第四段則又分正、反兩節來論述，「反」的一節，自「臣聞地廣者粟多」至「此五帝三王之所以無敵也」止，指明古代帝王「兼收」以獲取益處，才是跨海內、制諸侯之術，再從反面見出「逐客之過」；「正」的一節，自「今乃棄黔首以資敵國」至「此所謂藉寇兵而齎盜糧者也」止，說明客既被逐，必爭為敵國所用，資為抗秦之具，又從正面表出「逐客之過」。

　　後一個「凡」的部分，即末段。這個部分，先以「夫物不產於秦」二句，收束第三段的意思；再以「士不產於秦」兩句，收束第二段的意思；然後以「今逐客以資敵國」五句，收束第四段的意思，完滿地將「逐客之過」的一篇主旨充分發揮出來。

　　從上文所作簡析中，不難看出這篇文章，主要以秦王所珍愛的人才與「色樂珠玉」為具體內容，由正、反兩面闡明「吏議逐客，竊以為過矣」的一篇綱領與主旨，非但舉證切當，說理透徹，而言詞尤其犀利，備具了難以抵擋的說服力，迫使

「吏議」止息，而由秦王罷了逐客之令，文章力量之大，由此可見一斑。

（二）就詩詞來看：試看如下三首詩、詞：

> 獨有宦遊人，偏驚物候新。雲霞出海曙，梅柳渡江春。淑氣催黃鳥，晴光轉綠蘋。忽聞歌古調，歸思欲霑巾。

> 風乍起，吹皺一池春水。閑引鴛鴦芳徑裡，手挼紅杏蕊。　　鬥鴨闌干遍倚，碧玉搔頭斜墜。終日望君君不至，舉頭聞鵲喜。

> 明月別枝驚鵲，清風半夜鳴蟬。稻花香裡說豐年，聽取蛙聲一片。　　七八個星天外，兩三點雨山前。舊時茆店社林邊，路轉溪橋忽見。

上引的頭一首，是杜審言的〈和晉陵陸丞早春遊望〉詩。此詩採「先凡後目」的結構寫成。「凡」的部分，以起句「獨有宦遊人」為引，引出「偏驚物候新」句，作為全詩的綱領，以統攝下面條分的三聯。「目」的部分有二：一為頷、頸兩聯，寫的是「早春遊望」之所見，是應綱領部分的「物候新」來寫的；二為尾聯，先以「忽聞歌古調」句，將題面「和晉陵陸丞」作一交代，再以「歸思欲霑巾」句，應綱領部分的「偏驚」二字，拈出一詩的主旨－「歸思」（即歸恨），並由「欲霑巾」三字加以渲染作結。這樣將情寓於景，而與「物候新」之景打成一片，「興象超妙」[7]，令人更咀嚼不盡。

第二首為馮延巳的〈謁金門〉詞，這闋詞是採「先目後凡」

的結構寫成的。「目」的部分，自篇首至「鬥鴨闌干遍倚」止，含三層：首層為起二句，寫「望君」於春池前之所見，而以「風皺池水」襯出「君不至」的一份哀情；次層為「閑引鴛鴦芳徑裡」兩句，寫「望君」於芳徑裡的情景，而以「鴛鴦」反襯孤單，以「手挼紅杏蕊」之動作，表出「君不至」的再一份哀情；三層為下片起二句，寫「望君」於闌干前之情景，而以「遍倚」傳達焦慮之心，以「碧玉搔頭斜墜」的樣子，表出「君不至」的又一份哀情。「凡」的部分，即結二句，以「終日望君君不至」句上收「目」的部分，並領出「舉頭聞鵲喜」（即「聞喜鵲舉頭」之倒裝句）句，從篇外反逼出哀情來，回應全詩作結。這顯然是將主旨置於篇外的作品，意味自是格外深長[8]。

第三首是辛棄疾的〈西江月〉詞，題作「夜行黃沙道中」。此詞上片用以寫夜行黃沙道中所聽到的各種聲音，起先是別枝上的鵲聲，其次是清風中的蟬聲，最後是稻香裡的蛙聲，這是採「由小而大」的次序寫成的；下片用以寫夜行黃沙道中所見到的各種景物，起先是天外的疏星，其次是山前的雨點，最後是溪橋後的茅店，這是採「由遠而近」的次序寫成的。作者就由此勾畫出一幅鄉村夜晚的寧靜畫面，從篇外襯托出作者恬適的心情——主旨來，所謂「意在言外」，言足感人[9]。

以上三首詩、詞，頭一首的主旨為「歸思」，在篇內；綱領為「偏驚物候新」，而內容則為「早春遊望」所得。第二首

7　見高步瀛《唐宋詩舉要》（臺北：學海出版社，1973年2月初版），頁412。

8　參見陳滿銘《詞林散步》（臺北：萬卷樓圖書有限公司，2000年1月初版），頁48-50。

9　參見陳滿銘《詞林散步》，同注8，頁326-328。

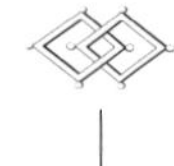

的主旨為「哀」，在篇外；綱領為「終日望君君不至」兩句，而內容則為「終日望君」之所見所為。第三首的主旨與綱領為「恬適」，在篇外；而內容則是「夜行黃沙道中」之所聞所見。可說各盡其妙，互不相同。

從上引的例子裡，可以發現作者真正要表達的思想情意，亦即主旨，可以是綱領，也可以不是；而所用的內容材料，與主旨、綱領間的關係固然密切，卻不宜把它當成是主旨或綱領。所謂「差之毫釐，謬以千里」，在認辨之際，似宜特別謹慎。而在從事學生作文指導時，對此就要格外注意。

二、主旨的顯隱

辭章的主旨，按理說，是最容易審辨的，因為它正是作者所要表達的某一思想或情意，本該明顯得讓人一目瞭然才對。但有時為了實際上的需要或技巧上的講求，作者往往會把深一層或真正的主旨藏起來，使人很難從詞面上直接讀出來。因此辭章的主旨便有的顯，有的隱，有的又顯中有隱，不盡相同。茲舉數例略作說明如次。

（一）主旨全顯者

辭章的主旨明顯地經由詞面表達清楚的，為數不少。通常就其安置的部位而論，有安置於篇首、篇腹與篇末等三種之不同：

安置於篇首的，如李斯的〈諫逐客書〉（原文與解析，已見本章第一節），作者在首段即開門見山地說：

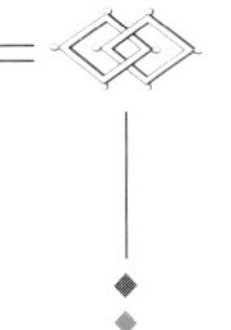

臣聞吏議逐客，竊以為過矣。

這兩句便直接提明了一篇之主旨，為了要使這個主旨產生最大的說服力，作者特地安排下面數段文字來提出有力的論據。他先在次段分述繆公、孝公、惠王、昭王等秦國君主用客以獲致成功的事例，從反面見出「逐客之過」；再在第三段以秦王所寶愛的外國珠玉、器物、美色與音樂為例，又從反面表出「逐客之過」；接著在第四段指明古代帝王「兼收」的好處與「卻賓客以業諸侯」的危險，兼顧正反兩面，以進一層表出「逐客之過」；然後在末段，回抱前文作收，將「逐客為過」的一篇主旨作總括性的發揮。這樣，一篇的主旨便毫無保留地作了明確、充分的表達。

安置於篇腹的，如杜甫的〈聞官軍收河南河北〉詩：

劍外忽傳收薊北，初聞涕淚滿衣裳。卻看妻子愁何在？漫卷詩書喜欲狂。白日放歌須縱酒，青春作伴好還鄉。即從巴峽穿巫峽，便下襄陽向洛陽。

此詩旨在寫「聞官軍收河南河北」時「喜欲狂」的心情。作者首先在起聯，針對題目，寫自己聽到「官軍收河南河北」時喜極而泣的情形，先藉「忽傳」[10]、「初聞」寫事出突然，以增強喜悅，再藉「涕淚滿衣裳」具寫喜悅，有力地為下聯的「喜欲狂」三字蓄勢。接著在頷聯，採提問之形式，由自身移至妻子身上，寫妻子聞後狂喜的情狀，以「卻看」作接榫，藉「愁

10　高步瀛引顧注：「忽傳二字，驚喜欲絕。」見《唐宋詩舉要》，同注7，頁569。

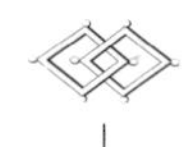

何在」逼出一篇之主旨「喜欲狂」，並以「漫卷詩書」作形象之描述。繼而在頸聯，由實轉虛，以「放歌縱酒」上承「喜欲狂」，「好還鄉」上承「妻子」，寫春日攜手還鄉的打算。最後在結聯，緊接上聯「還鄉」之打算，一口氣虛寫還鄉所經過的路程，將「喜欲狂」作充分的渲染。就這樣，由「忽傳」而「初聞」、「卻看」而「漫卷」、「即從」而「便下」，一氣奔注，把自己與妻子「喜欲狂」的心情，描摹得至為生動。王右仲以為「此詩句句有喜躍意。」（《歷代詩評解》）正道出了此詩之特色，而這種「喜躍意」，不是由詞面作了直接的交代了嗎？

安置於篇末的，如胡適的〈母親的教誨〉：

> 每天，天剛亮時，我母親便把我喊醒，叫我披衣坐起。我從不知道她醒來坐了多久了。她看我清醒了，便對我說昨天我做錯了什麼事，說錯了什麼話，要我認錯，要我用功讀書。有時候，她對我說父親的種種好處。她說：「你總要踏上你老子的腳步，我一生只曉得這一個完全的人，你要學他，不要跌他的股。」（跌股就是丟臉、出醜。）她說到傷心處，往往掉下淚來。到天大明時，她才把我的衣服穿好，催我去上早學。學堂門上的鎖匙放在先生家裡，我先到學堂門口一望，便跑到先生家裡去敲門。先生家裡有人把鎖匙從門縫裡遞出來，我拿了跑回去，開了門，坐下唸生書。十天之中，總有八、九天我是第一個去開學堂門的。等到先生來了，我背了生書，才回家吃早飯。
>
> 我母親管束我最嚴，她是慈母兼任嚴父。但她從來不在

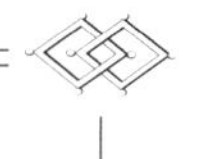

別人面前罵我一句，打我一下。我做錯了事，她只對我一望，我看見了她的嚴厲眼光，便嚇住了。犯的事小，她等到第二天早晨我睡醒時才教訓我。犯的事大，她等到晚上人靜時，關了房門，先責備我，然後行罰，或罰跪，或擰我的肉。無論怎樣重罰，總不許我哭出聲音來。她教訓兒子，不是借此出氣叫別人聽的。

有一個初秋的傍晚，我吃了晚飯，在門口玩，身上只穿著一件單背心。這時候，我母親的妹子玉英姨母在我家住，她怕我冷了，拿了一件小衫出來叫我穿上。我不肯穿，她說：「穿上吧！涼了。」我隨口回答：「娘（涼）什麼！老子都不老子呀。」我剛說了這句話，一抬頭，看見母親從家裡走出，我趕快把小衫穿上。但她已聽見這句輕薄的話了。晚上人靜後，她罰我跪下，重重地責罰了一頓。她說：「你沒了老子，是多麼得意的事！好用來說嘴！」她氣得坐著發抖，也不許我上床去睡。我跪著哭，用手擦眼淚，不知擦進了什麼黴菌，後來足足害了一年多的眼翳病，醫來醫去，總醫不好。我母親心裡又悔又急，聽說眼翳可以用舌頭舔去，有一夜她把我叫醒，真用舌頭舔我的病眼。這是我的嚴師，我的慈母。

我在我母親的教訓之下住了九年，受了極大極深的影響。我十四歲（其實只有十二歲零兩三個月）便離開她了。在這廣漠的人海裡，獨自混了二十多年，沒有一個人管束過我。如果我學得了一絲一毫的好脾氣，如果我學得了一點點待人接物的和氣，如果我能寬恕人，體諒人，——我都得感謝我的慈母。

本文依其結構，也可析為兩大部分：

1. 條分部分：包括一、二、三段：首段：採泛寫的方式，從每天天剛亮寫到天大明，由喊醒、指錯寫到催上學，以寫出他母親關心他學業，並在晨間於他犯事小時訓誨自己的情形。次段：全段作為上下文的接榫。三段：採實寫的方式，記一個夜晚，因自己穿衣說了輕薄話而受到母親重罰，以致生病的經過，寫出了他母親關心他健康，並在夜裡於他犯事大時訓誨自己的情形。

2. 總括部分：僅一段，即末段。在這一段裡，作者先用「我在母親的教訓之下住了九年……沒有一個人管束過我」等句，寫自己三十多年來，除了母親外，沒有受過任何人的管束，以見他母親對自己影響之大；然後以三個假設句作橋梁，領出「我都得感謝我的慈母」的一篇主旨，謙虛的表示，如果自己有一些成就，都得歸功於他的慈母，以見她母親的偉大。

通觀此文，有寫「嚴」的部分，也有寫「慈」的部分；不過，顯而易見地，寫「慈」是主，而寫「嚴」則為賓；而且從實際上來說，作者在寫這篇文章的時候，早就把從前的「嚴」化成了如今的「慈」了。所以用來貫穿全文的，可以說僅是一個「慈」字。為了要具體的寫出這個「慈」，作者便特地安排了一、三兩段；但由於這兩段，一寫清晨，一寫夜晚；一寫犯事小，一寫犯事大，都各自獨立，無法連成一體；於是又安排了第三段，以作為承上啟下之用。我們可以很清楚地看出：這一段自「我母親管束我最嚴」起至「她等到第二天早晨我睡醒時才教訓我」止，是上應頭一段來寫的；自「犯的事大」起至篇末，是下應第三段來寫的。這樣以一半收起段，一半啟後段，十足的發揮了聯貫的功用[11]。以上所有這些描述，完全為

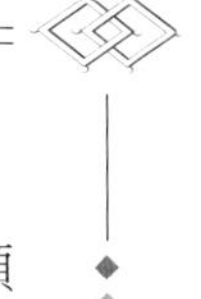

最後一句「我都得感謝我的慈母」的主旨來寫，這是十分明顯的。

（二）主旨顯中有隱者

作者處理辭章主旨，有時雖把它表層的部分明顯地作了表達，卻將它深一層或真正的部分隱藏起來。如果要掌握這種顯中有隱的主旨，便得下一番審辨的工夫。如劉鶚的〈黃河結冰記〉，這篇文章的主旨見於第五段：

> 老殘就著雪月交輝的景致，想起謝靈運的詩：「明月照積雪，北風勁且哀。」兩句，若非經歷北方苦寒景象，那裡知道「北風勁且哀」的一個「哀」字下得好呢？

這裡所謂的「哀」，就是本文之主旨，作者特用它來上收一、二、三、四等段之哀景，下啟末段之哀情，將全文聯貫成一個整體。而這個「哀」字，是從謝靈運的〈歲暮詩〉裡提出來的，這首詩共六句，是這樣寫的：

> 殷憂不能寐，苦此良夜頹。明月照積雪，北風勁且哀。運往無淹物，年逝覺已催。

作者在本文裡雖只是引用了其中的三、四兩句而已，卻把全詩的涵義悉數納入篇中。譬如末段前半所寫老殘望著北斗七星湧生的感慨，不正合「運往無淹物，年逝覺已催」的兩句詩意

11　參見陳滿銘《章法學新裁》（臺北：萬卷樓圖書有限公司，2001 年 1 月初版），頁 44-46。

嗎？又如結處寫：「老殘悶悶的回到店裡，也就睡了。」試問老殘究竟睡著了沒有？當然沒有，為什麼呢？這可從「殷憂不能寐，苦此良夜頹」的兩句詩裡找到答案。而且所謂的「殷憂」，即是「悶悶」，也就是「北風勁且哀」的「哀」，這正是本文之主旨所在。但作者究竟有什麼「殷憂」？有什麼「哀」呢？難道只是哀傷自己年老而已嗎？要回答這個問題，則非借助如下數句文字不可：

> 又想到《詩經》上說的「維北有斗，不可以挹酒漿。」現在國家正當多事之秋，那王公大臣只是恐怕耽處分，多一事不如少一事，弄的百事俱廢，將來又是怎樣個了局？國是如此，丈夫何以家為。

這數句話，原見於本文末段，在「如何是個了局呢？」之後、「想到此地」之前。有了這數句話，就可知道作者除了自身外，更為家國而哀，那就無怪作者會藉自己的淚冰與黃河所結之冰連成一片，將整條河裡的冰都還原為國人的眼淚。如沿著這個線索推敲下去，則所謂「一切景語皆情語」[12]，作者會在第二段寫擠冰、第三段寫打冰（化多事為無事，轉衝突為團結）的原因，也就不難明白了。可惜的是，課本編者因為這數句話出現得過於突兀，且前無所頂，便刪去了。這麼一來，作者深一層的「哀」是什麼，就無從探得了。

又如崔顥的〈黃鶴樓〉詩：

---

12 見王國維《人間詞話刪稿》，《詞話叢編》五（臺北：新文豐出版公司，1988年2月臺一版），頁4257。

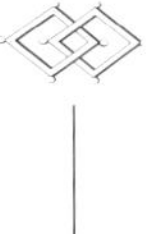

昔人已乘黃鶴去，此地空餘黃鶴樓。黃鶴一去不復返，
白雲千載空悠悠。晴川歷歷漢陽樹，芳草萋萋鸚鵡洲。
日暮鄉關何處是，煙波江上使人愁。

此詩之主旨為「鄉愁」，見於尾聯，這是盡人皆知的，但作者卻在頸聯，有意由位於黃鶴樓西北的「漢陽」帶出位於漢陽西南長江中的「鸚鵡洲」來，暗暗表露出深沉的身世之感。因為看到了鸚鵡洲，自然就會讓人想起那懷才不遇的狂處士禰衡來。據《後漢書・文苑傳》所載，禰衡少有才辯，卻氣尚剛傲，且偏好矯時慢物，所以雖受到孔融的敬愛與推介，然而不但前後見斥於曹操、劉表，最後還死於江夏太守黃祖之手。禰衡死後，葬於一沙洲上；而此一沙洲，因原產鸚鵡，且禰衡又在生前曾為此而作〈鸚鵡賦〉，於是後人便以「鸚鵡」名洲。這樣看來，作者在這裡，是引用了禰衡的典故來抒發他懷才不遇之痛的啊！或許有人會以為這種身世之感和此詩的主旨「鄉愁」相牴觸，其實不然，因為身世之感（懷才不遇之痛），和流浪之苦（鄉愁）是孿生兄弟的關係，所以杜甫〈旅夜書懷〉詩說：「名豈文章著，官應老病休（身世之感）；飄飄何所似，天地一沙鷗（流浪之苦）。」而柳永〈八聲甘州〉詞也說：「不忍登高臨遠，望故鄉渺邈，歸思難收（鄉愁）。歎年來蹤跡，何事苦淹留（身世之感）？」可見兩者並敘，是十分自然之事。如此說來，崔顥在這首〈黃鶴樓〉詩裡，除了抒發思鄉之情外，還暗藏了懷才不遇之悲啊！

再如蘇洵的〈六國論〉，這篇文章的表層主旨在首段就說得一清二楚：

> 六國破滅，非兵不利，戰不善，弊在賂秦。賂秦而力虧，破滅之道也。或曰：「六國互喪，率賂秦耶？」曰：「不賂者以賂者喪。蓋失強援，不能獨完。故曰，弊在賂秦也。」

這裡所說的「弊在賂秦」和「不賂者以賂者喪」，為一篇的主旨，亦即論點。這個論點，透過第二、三段提出了具體的論據加以說明之後，已足以充分地說服人。但作者卻在末段說：

> 夫六國與秦皆諸侯，其勢弱於秦，而猶有可以不賂而勝之之勢；苟以天下之大，而從六國破亡之故事，是又在六國下矣。

他提明六國有「可以不賂而勝之勢」，從反面作收，以逼出深一層主旨，以諷當時（北宋）賂敵（契丹）的退怯政策。林西仲說：「老泉此論，實為宋賂契丹，借來做個事鑒。」[13]看法很正確。可見它的主旨有顯有隱，這和上舉兩文的情形是一樣的。

（三）主旨全隱者

自古以來，辭章講求含蓄，主張「意在言外」、「不著一字，盡得風流」，因此主旨全隱於篇外的，便比比皆是。大體說來，通篇用以敘事或寫景的，都是這類作品，如岳飛的〈良馬對〉，此文以宋高宗之問帶出岳飛之答，而岳飛之答就是本

---

13 見《古文析議合編》卷七（臺北：廣文書局，1965年10月再版），頁765。

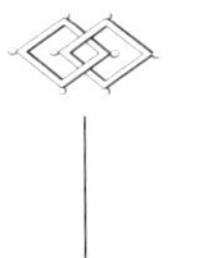

文的主體。就在這個主體裡，岳飛特就食量、品格、表現等方面分析良馬與劣馬的不同，認為良馬：

此其受大而不苟取，力裕而不求逞，致遠之材也。

而劣馬則是：

此其寡取易盈，好逞易窮，駑鈍之材也。

從這裡可看出，岳飛是藉此以諷喻高宗要識拔賢才、重用賢才、信任賢才、珍惜賢才的。這種諷喻的意思，盡在言外，很容易讓人聽得進去。又如上一節所舉方苞的〈左忠毅公軼事〉，這篇文章的第一段為序幕，記左公識拔史可法的經過，將左公為國舉才的苦心與忠忱寫得極其生動。其第二段為主體，寫左公被下廠獄後，史可法冒死探監的經過，充分地刻畫出左公的公忠憂國與剛正不屈來。而第三、四、五等段為餘波，先寫史可法受左公感召，繼其志業，奉檄守禦流寇的辛苦，再寫篤厚師門之情事，然後補敘本文所記的軼事，確係有憑有據，以回應篇首的「先君子嘗言」，用「首尾圓合」的手法來收拾全文。作者這樣記事，看似雜碎，卻始終由篇外用「忠毅」二字來貫穿它們，以寫左公和史可法的「忠毅」精神。但寫左公的「忠毅」是主，寫史可法的「忠毅」為賓，也就是說，寫史可法的「忠毅」等於是寫左公的「忠毅」，所以本文旨在寫左公的「忠毅」精神，而這種主旨卻隱在篇外，如果不仔細去推究，是很容易忽略過去的。

以上兩文都是用敘事來寄寓主旨的例子，另外又有藉寫景

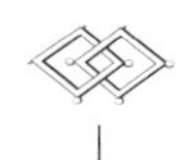

以寄寓主旨的，如李白的〈黃鶴樓送孟浩然之廣陵〉詩：

> 故人西辭黃鶴樓，煙花三月下揚州。孤帆遠影碧空盡，惟見長江天際流。

這首詩可分為兩個部分：一是敘事的部分，即起二句，敘的是故人西辭武昌前往揚州的事實；二是寫景的部分，即結二句，寫的是故人乘船遠去，消失於水天遙接之際的景象。作者就單單透過「事」帶出「景」，藉煙花、帆影與無盡的江天，連接武昌與揚州，從篇外表出無限之離情來。唐汝詢說：「黃鶴樓，分別之地；揚州，所往之鄉。煙花，敘別之景；三月，紀別之時。帆影盡則目力已極，江水長則離思無涯。悵望之情，具在言外。」（《唐詩解》）所謂「悵望之情，具在言外」，正指出了本詩主旨隱在篇外的最大特色。

經由上述，可知詞章的主旨有的顯，有的隱，是該一一審辨清楚的。在從事辭章的賞析或教學時，如能做到這一點，並據此以探求各段的地位、作用與價值，再配合修辭與布局技巧的探討，那麼深入辭章的底蘊，以掌握全文，該不是件難事。

這樣以經典作品為例來指導學生「取法乎上」，其寫作成效是最大的。

三、主旨（綱領）的安置

這種主指或綱領之安置類型，通常有如下四種：

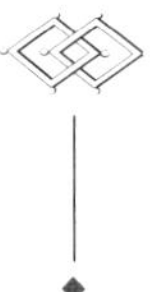

（一）主旨安置於篇首者

這是將主旨（綱領）開門見山的安排於篇首，作個統括，然後針對主旨（綱領），條分為若干部分，以依次敘寫的一種形式。這種形式，就整個的篇章結構來說，古時稱為外籀，今則通稱為演繹。由於它具有直截了當的特性，所以在古今人的各類作品，如詩、詞或散文裡，是相當常見的。如：

祖詠〈蘇氏別業〉

別業居幽處，到來生隱心。南山當戶牖，灃水映園林。竹覆經冬雪，庭昏未夕陰。寥寥人境外，閒坐聽春禽。

辛棄疾〈鷓鴣天・有感〉

出處從來自不齊。後車方載太公歸；誰知寂寞空山裡，卻有高人賦采薇。　　黃菊嫩，晚香枝，一般同是采花時。蜂兒辛苦多官府，蝴蝶花間自在飛。

陸游〈跋李莊簡公家書〉

李丈參政罷政歸鄉里，時某年二十矣。時時來訪先君，劇談終日，每言秦氏，必曰咸陽，憤切慨慷，形於色辭。一日平旦來，共飯，謂先君曰：「聞趙相過嶺，悲憂出涕；僕不然。謫命下，青鞵布襪行矣，豈能作兒女態耶！」方言此時，目如炬，聲如鐘，其英偉剛毅之氣，使人興起。

後四十年，偶讀公家書，雖徙海表，氣不少衰，丁寧訓戒之語，皆足垂範百世，猶想見其道「青鞵布襪」時也。

這三首作品的首篇，乃抒寫「隱心」的作品，作者同樣的在首聯便點明主旨「幽處」、「生隱心」，接著先由頷、頸聯，承起聯之頭一句，寫蘇氏別業的清幽環境，再由尾聯承起聯之次句，具體的將隱居生活的閒適——「隱心」寫出來。

次篇是慨歎出處不齊的作品，在這闋詞裡，作者先用「出處從來自不齊」一句，揭出一篇之主旨，以統括全詞；然後依此主旨，分別列舉三樣「出處不齊」的例證來。在第一個例證裡，太公望相周，是「出」；伯夷、叔齊隱於首陽山，采薇而食，是「處」；這是就人類的「不齊」來說的。在第二個例證裡，黃菊始開，是「出」；晚香將殘，是「處」；這是就植物的「不齊」來說的。在第三個例證裡，蜂兒辛苦，是「出」；蝴蝶自在，在「處」；這是就昆蟲的「不齊」來說的。這樣採先總括、後條分的方式來寫，詞旨便自然的與前闋詞一樣，格外的突出了。

末篇則先從李丈罷歸鄉里後與作者先君時相過從的事實寫起，很巧妙的拈出「憤切慨慷，形於色辭」八字，作為一篇的綱領；然後依次以作者二十歲時所見李丈本人的言行，及六十歲時所讀李丈家書的內容作為例證，敘明李莊簡公為人之英偉剛毅與家書之足以垂範後世。其中二段的「聞趙相過嶺」六句及三段的「雖徙海表」四句，寫的是「憤切慨慷，形於辭」；而二段的「目如炬」四句及三段的末句，寫的則是「憤切慨慷，形於色」。先凡後目，一意貫串，寫得真是「鬚眉欲動，千載如生」[14]。

---

14 見林雲銘《古文析義合編》卷六，同注13，頁328。

（二）主旨安置於篇末者

這是針對著主旨（綱領），先條分為若干部分，以依次敘寫，然後才畫龍點睛的將主旨（綱領）點明於篇末的一種形式。這種形式，就整個的篇章結構來說，古時稱為內籀，今則稱為歸納。由於它具有引人入勝的優點，所以古今人的詩、詞或散文作品裡，也是相當常見的。如：

李白〈登金陵鳳凰臺〉：

鳳凰臺上鳳凰遊，鳳去臺空江自流。吳宮花草埋幽徑，晉代衣冠成古丘。三山半落青天外，二水中分白鷺洲。總為浮雲能蔽日，長安不見使人愁。

馮延巳〈蝶戀花〉：

六曲闌干偎碧樹。楊柳風輕，展盡黃金縷。誰把鈿箏移玉柱，穿簾燕子雙飛去。　　滿眼游絲兼落絮。紅杏開時，一霎清明雨。濃睡覺來鶯亂語，驚殘好夢無尋處。

《禮記・檀弓選一則》：

晉獻公將殺其世子申生。公子重耳謂之曰：「子蓋言子之志於公乎？」世子曰：「不可。君安驪姬，是我傷公之心也！」曰：「然則蓋行乎？」世子曰：「不可。君謂我欲弒君也。天下豈有無父之國哉？我何行如之？」使人辭於狐突曰：「申生有罪，不念伯氏之言也，以至於死；申生不敢愛其死？雖然，吾君老矣，子少，國家多難。伯氏不出而圖吾君；伯氏苟出而圖吾君，申生受賜而死！」再拜稽首，乃卒。是以為恭世子也。

上引的首篇，是懷古感遇的作品，它和首篇一樣，先在起端，就題詠鳳凰臺的來歷，而以「鳳去臺空」，蘊含著無盡的悵恨，以通貫結句的「愁」字；繼而在頷頸聯，依然就鳳凰臺，寫登臺觀望的景致，而藉「吳宮」、「晉代衣冠」抒發出懷古人而不見的愁緒；最後在結聯，以「浮雲蔽日」，一面承上，和三山、白鷺洲連成一片，一面啟下，領出「不見長安」句，以寫「望帝鄉而不見」（蕭士斌貝《分類補注李太白詩》）的悲哀，把一篇的主旨——「愁」點明。這樣，將身世之感與家國之痛巧妙地表出，手法也是相當高明的。

次篇是抒寫「驚殘」況味的作品。作者在這裡，首先在上片寫輕風「驚」柳、鈿箏「驚」燕的景象，將景寓以一「驚」字；再在下片的首三句寫游絲落絮、杏花遭雨的景象，將景寓以一「殘」字；然後以「濃睡覺來鶯亂語」一句作聯絡，引出「驚殘好夢無尋處」一句，回抱前意作收，使得風吹柳絮、燕飛花落的外景，與驚殘好夢的內情產生相糅相襯的效果，令人讀後感染到極為強烈的「驚殘」況味。

末篇所寫的只是一個「恭」字而已，末句所謂的「是以為恭世子也」，正是一篇主旨之所在。由於太子申生但謚為恭，而不謚為孝，是有它的用意的。所以本文先透過重耳的勸告，引出申生的回答，以見申生處處關心老父，怕「傷公之心」，所寫的可說是順於父事；後來使人辭於狐突，知他至死不忘國家之憂，所寫的則可說是不忘國憂。然而申生最後竟自殺於新城，陷獻公於不義，而孝子卻是不能陷親於不義的，所以申生在死後，不謚為孝，但謚為恭，以見申生只是順於父事，不忘國憂而已。於是到了最後便畫龍點睛，拈出篇旨「恭」字，統括順於父事與不忘國憂，以收拾全文。

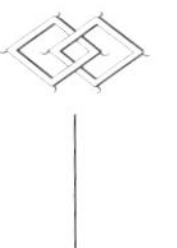

（三）安置於篇腹者

這是將主旨（綱領）安置於文章的中央部分，以統括全篇文義的一種類型。這種類型，由於多半須藉插敘（提開緊接）的手法來完成，所以除了在慣用插敘法以抒情的詩詞裡還可以時常見到之外，在散文中卻是不可多見的。這類的作品，如：

杜甫〈春望〉：

國破山河在，城春草木深。感時花濺淚，恨別鳥驚心。烽火連三月，家書抵萬金。白頭搔更短，渾欲不勝簪。

范仲淹〈蘇幕遮〉：

碧雲天，黃葉地。秋色連波，波上寒煙翠。山映斜陽天接水，芳草無情，更在斜陽外。　黯鄉魂，追旅思。夜夜除非，好夢留人睡。明月樓高休獨倚，酒入愁腸，化作相思淚。

劉鶚〈黃河結冰記〉：

老殘洗完了臉，把行李鋪好，把房門鎖上，他出來步到河隄上看。只見那黃河從西南上下來，到此卻正是個灣子，過此便向正東去了。河面不甚寬，兩岸相距不到二里。若以此刻河水而論，也不過百把丈寬的光景。只是面前的冰，插得重重疊疊的，高出水面有七、八寸厚。再望上游走了一、二百步，只見那上游的冰，還一塊一塊地慢慢價來，到此地被前頭的冰攔住，走不動，就站住了。那後來的冰趕上他，只擠得嗤嗤價響。後冰被這溜水逼得緊了，就竄到前冰上頭去。前冰被壓，就漸漸低下去了。看那河身，不過百十丈寬，當中大溜，約莫不過二、三十丈。兩邊俱是平水，這平水之上，早已有冰結滿。冰面卻是平的，被吹來的塵土蓋住，卻像沙灘一般。中間的大道大溜，卻仍然奔騰澎湃，有聲有勢，將那走不過去的冰，擠得兩邊亂竄。那兩邊平水上的冰，被當中亂冰擠破了，往岸上跑，那冰能擠到岸上有五、六尺遠。許多碎冰被擠得站起來，像個小插屏似的。看了有點把鐘工夫，這一截子的冰，又擠死不動了。

老殘復行望下游走去，過了原來的地方，再望下走。只見兩隻船，船上有十來個人，都拿著木杵打冰。望前打些時，又望後打。河的對岸，也有兩隻船，也是這們打。

看看天色漸漸昏了，打算回店，再看那隄上柳樹一棵一棵的影子，都已照在地下，一絲一絲地搖動，原來月光已經放出光亮來了。回到店中，吃過晚飯，又到隄上閒步。這時北風已息，誰知道冷氣逼人，比那有風的時候還厲害些。抬起頭來看那南面的山，一條雪白，映著月光，分外好看。一層一層的山嶺，卻不大分辨得出。又有幾片白雲，夾在裡面，所以看不出是雲是山。及至定神看去，方才看出那是雲，那是山來。雖然雲也是白的，山也是白的；雲也有亮光，山也有亮光，只因為月在雲上，雲在月下，所以雲的亮光，是從背面透過來的。那山卻不然，山上的亮光，是由月光照到山上，被那山上的雪反射過來，所以光是兩樣子的。然祇稍近的

> 地方如此，那山往東去，越望越遠，漸漸地天也是白的，山也是白的，雲也是白的，就分辨不出甚麼來了。老殘就著雪月交輝的景致，想起謝靈運的詩：「明月照積雪，北風勁且哀」兩句，若非經歷北方苦寒景象，那裡知道「北風勁且哀」的一個「哀」字下得好呢？這時月光照得滿地灼亮，抬起頭來，天上的星，一個也看不見。只有北邊北斗七星、開陽、搖光：：像幾個淡白點子一樣，還看得清楚。那北斗正斜倚紫微星垣的西邊上面，杓在上，魁在下。老殘心裡想道：「歲月如流，眼見斗杓又將東指了，人又要添一歲了！一年一年地這樣瞎混下去，如何是個了局呢？」想到此地，不覺滴下淚來，也就無心觀玩景致，慢慢走回店去。老殘一面走著，覺得臉上有樣物件附著似的，用手一摸，原來兩邊掛著了兩條滴滑的冰。起初不懂甚麼緣故，既而想起，自己也就笑了。原來就是方才流的淚，天寒，立刻就凍住了。地下必定還有幾多冰珠子呢。老殘悶悶的回到店裡，也就睡了。

首篇是感時傷別的作品，全詩可以依聯分為四個部分。它的主旨是「感時」、「恨別」，作者特地將它安置在第二部分裡。而由其他的三個部分來補足它的意思。以第一部分而言，寫的是國中「無人」、「無餘物」（《司馬溫公詩話》）的殘破情狀，這主要是就「感時」來說的；以第三部分而言，寫的是在烽火中難於接獲家書的痛苦，這主要是就「恨別」來說的；以第四部分而言，寫的則是白髮蕭疏、日搔日少的形象，這是合「感時」與「恨別」來說的；所以全詩所寫的無非是「感時」、

「恨別」四字而已。由於這兩種「憂傷」交織，令人「想見詩人當時焦急萬分的情狀」[15]。

次篇是秋日懷鄉的作品，此詞，大體說來，上片寫景，下片抒情。在上片寫景的部分裡，作者採用了頂真的手法，一環套一環地將倚樓所見的秋日寂寥景色，由近及遠的一一寫下來，予人以纏綿的強烈感受。唐圭璋說：「上片，寫天連水，水連山，山連芳草；天帶碧雲，水帶寒煙，山帶斜陽。自上及下，自近及遠，純是一片空靈境界，即畫亦難到。」[16]，是說得一點也不錯的。而在下片抒情的部分裡，則分為兩節來寫：頭一節為開頭四句，寫的乃淹留在外時刻思鄉的情懷；就在這一節裡，作者十分技巧地用「黯」字、「追」字帶出「鄉魂」、「旅思」，將一篇的主旨——「鄉思」（即鄉愁）明白的點了出來。第二節即結尾三句，這三句雖未脫抒情的範圍，但情中卻帶景，描繪了作者倚樓醉酒、對月相思的情景，使得抽象的「鄉思」得以具象化，而與上片所寫的景融成一體，達到情景交融的境界，其手法之高，真是不得不令人贊歎不已。

末篇則可分為寫景與抒情兩大部分。以寫景的部分而言，又可按時間的先後，即黃昏與夜晚，析為兩截。頭一截，寫的是黃昏之景，包括一、二、三段。首段是由河道、河面而河上之冰，自大而小的概寫黃河上結冰的情景；次段是由溜冰、大溜而平水、岸上，自小及大的細寫黃河上擠冰的情景；三段是先由河的這邊推擴到河的對岸，自近及遠的寫黃河上打冰的情景。而第二截，則寫的是月色，僅一段，即第四段。作者在這

15 見喻守真《唐詩三百首詳析》（臺北：臺灣中華書局，1996年4月臺二三版五刷），頁176。

16 見《唐宋詞簡釋》（臺北：木鐸出版社，1982年3月初版），頁48。

裡，先承上截之末，寫近山、寫地面，再藉冷風、積雪和月光，由近及遠的推展開來，寫遠山，寫天空，將遠近雪月交輝的景致描寫得極其迷濛淒美。以抒情的部分而言，包括兩段，即第五及末段。在第五段裡，作者引了謝靈運的〈歲暮詩〉，轉景為情，拈出一個「哀」字，以上收一、二、三、四等段之景，下啟末段之情，將全文聯貫成一個整體。謝靈運的原詩是：「殷憂不能寐，苦此良夜頹。明月照積雪，北風勁且哀。運往無淹物，年逝覺已催。」作者在此雖只是從中引用了三、四兩句而已，卻把全詩的涵義悉數納入篇中。譬如末段前半所寫老殘望著北斗七星湧生的感慨，不正合「運往無淹物，年逝覺已催」的兩句詩意嗎？又如結處寫：「老殘悶悶的回到店裡，也就睡了。」試問老殘究竟睡著了沒有？當然是沒有，為什麼？這可從「殷憂不能寐，苦此良夜頹」的兩句詩裡找到答案。而且所謂「殷憂」，即是「悶悶」，也就是「北風勁且哀」的「哀」，這正是本文的綱領所在。有了這個綱領，我們就可以曉得，前面四段所寫的景，是虛，是陪襯；而最後一段所抒的情，才是實，才是主體。所以本段引了謝詩，插在這裡；不僅發揮了引渡的功用，也揭明了一篇的綱領，其地位可說是十分重要的。而末段，則首寫月下的北斗七星，把它們和前文所述雪月交輝的景致打成一片，暗含「運往無淹物」的意思，以作下文寫哀情的引子；次藉老殘看著北斗七星所想的一段話，寫出哀情；末則先用眼淚把哀情具體表出，再由淚的結冰，與黃河上所結的冰連成一體，將整條河裡的冰都化成為國人的眼淚。作者就這樣藉哀景引出哀情，然後又由哀情寫到哀淚、哀冰，與一、二、三、四等段的哀景，牢牢的連接在一起，巧妙地寫出了作者深切的家國之憂，手法是極高的。

（四）安置於篇外者

這是將主旨蘊藏起來，不直接點明於篇內，而讓人由篇外去意會的一種類型。這種類型，由於最合乎含蓄的要求，即所謂的「不著一字，盡得風流」，所以在古今人的各類作品裡，是最為常見的。如：

李白〈玉階怨〉：

玉階生白露，夜久侵羅襪。卻下水精簾，玲瓏望秋月。

溫庭筠〈菩薩蠻〉：

小山重疊金明滅，鬢雲欲度香腮雪。懶起畫蛾眉，弄妝梳洗遲。　　照花前後鏡，花面交相映。新貼繡羅襦，雙雙金鷓鴣。

劉義慶〈世說新語〉一則：

晉明帝數歲，坐元帝卬上。有人從長安來，元帝問洛下消息，潸然流涕。明帝問：「何以致泣？」具以東渡意告之。因問明帝：「汝意謂長安何如日遠？」答曰：「日遠。不聞人從日邊來，居然可知。」元帝異之。明日，集群臣宴會，告以此意；更重問之。乃答曰：「日近。」元帝失色曰：「爾何故異昨日之言耶？」答曰：「舉目見日，不見長安。」

首篇是抒寫怨情的作品。寫的是美人玉階久立，露侵羅襪，猶下窗簾，望月思人的情景。從頭到尾所寫的僅僅是美人

的動作或周遭的景物而已，卻從中透露出濃濃怨情來。蕭粹可評說：「無一字言怨，而隱然幽怨之意見於言外，晦菴所謂聖於詩者。」[17]作者這樣將詩旨置於篇外，那自然就使得作品更加感人了。

次篇是抒寫閨怨的作品。作者在首句，即寫旭日明滅、繡屏掩映的景象，為抒寫怨情安排了一個適當的環境，並從中提明了地點與時間，以引出下面寫人的句子。而自次句至末，則按時間的先後，寫屏內美人的各種情態與動作，首先是睡醒，其次是懶起，再其次是梳洗、弄妝，接著是簪花，最後是試衣。作者就藉著這些尋常的動作或情態，從篇外逼出這位美人無限的幽怨來。唐圭璋評說：「此首寫閨怨，章法極密，層次極清。」[18]是一點也不錯的。

末篇是敘寫晉明帝「夙惠」的一則故事。作者首先在開頭即交代晉明帝在當時僅數歲而已，並正坐於元帝膝上；接著安排有人從長安帶來胡人攻陷洛陽的消息，使元帝為之落淚，以引出明帝的問話，預為進一層的問答鋪路；然後記敘元帝之一問與明帝之二答，一問是「汝意謂長安何如日遠？」二答是「日遠」與「日近」；明帝面對同樣的問題，僅是隔一天而已，卻有兩種不同的回答，他的理由依次是「不聞人從日邊來，居然可知」和「舉目見日，不見長安」。從這兩種不同的回答中，作者輕鬆的寫出了明帝的「夙惠」。這「夙惠」二字，雖未置於篇內，卻凸顯於篇外，所謂「義生文外」，是倍加動人的。

以上四種安排主旨（綱領）的基本類型，無論是那一種，

17　高步瀛《唐宋詩舉要》引，同注5，頁764。
18　見《唐宋詞簡釋》（臺北：木鐸出版社，1982年3月初版），頁3。

在任何辭章家的作品中，相信都可以隨處找到許多運用的例子。因此，我們在從事創作、閱讀或教學時，如果能掌握這四種類型，那麼必可使文章主旨充分凸顯出來，從而分清凡目、虛實、賓主……等的關係，以增進寫作、閱讀甚至教學的效果。

第三節　取材

取材就是將搜尋、簡別所得的材料加以採用的意思。選用寫作材料，可以說已進入了實際寫作的階段。在這階段裡，完全要依據主旨，將一些單純的觀念或抽象的綱要，選用適當的材料，把它們表達得恰如其分，使所立之意得以具體化，產生最大的說服力或感染力。在此主要涉及取材類型與取材角度的問題，茲分述如下：

一、取材類型

大體而論，辭章內容的主要成分，不外情、理與事、物（景）。其中情與理為「意」，屬核心成分；事與物（景）乃「象」，為外圍成分。它可用下圖來表示：

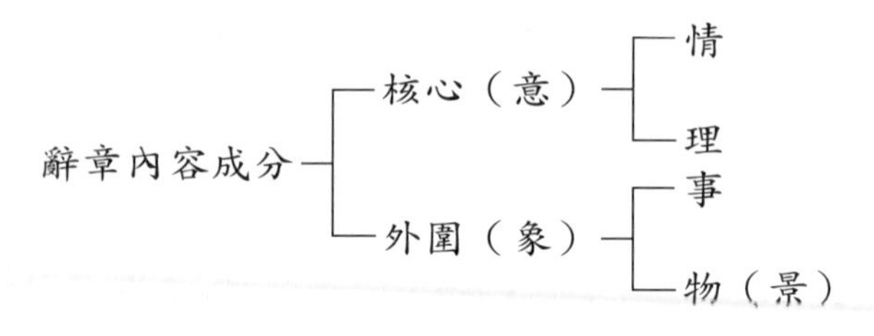

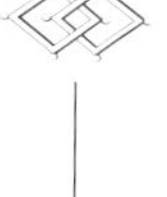

而此情、理與事、物（景）之辭章內容成分，就其情、理而言，是「意」；就其事、物（景）而言，是「象」。

由於核心成分之「情」或「理」，是一篇之主旨所在，亦即作者所要表達的思想情意，乃合形象思維與邏輯思維為一而成，涉及整體意象，所以在此暫且略而不談，只著眼於外圍的成分，亦即個別的意象來談。而所謂外圍成分，是以事語或物（景）語來表出的。也就是說，形成外圍結構的，不外「物」材與「事」材而已。所以在此即分如下方面來說明：

（一）物材

以「物」材而言，凡是存於天地宇宙之間的實物或東西都可以成為文章的材料。以較大的物類而言，如天（空）、地、人、日、月、星、山（陸）、水（川、江、河）、雲、風、雨、雷、電、煙、嵐、花、草、竹、木（樹）、泉、石、鳥、獸、蟲、魚、室、亭、珠、玉、朝、夕、晝、夜、酒、肴……等就是；以個別的對象而言，如桃、杏、梅、柳、菊、蘭、蓮、茶、麥、梨、棗、鶴、雁、鶯、鷗、鷺、鶗鴂、鷓鴣、杜鵑、蟬、蛙、鱸、蚊、蟻、馬、猿、笛、笙、琴、瑟、琵琶、船、旗、轎……等就是。這些物材可說無奇不有，不可勝數。大抵說來，作者在處理內容成分時，大都將個別的物材予以組合而形成結構。

而「物」本來是沒有情感的，而辭章家卻偏偏賦予它們情感，使「物」產生了意象，和自己內在的情感結合在一起，達於情景交融的境界，所以王國維說：「一切景語皆情語。」[19]

19　見王國維《人間詞話刪稿》，《詞話叢編》五，同注12。

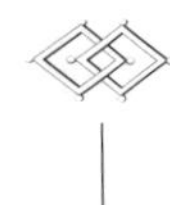

是說得一點也沒錯的。如晏殊的〈浣溪沙〉詞說：

無可奈何花落去，似曾相識燕歸來。

此為名聯，自宋以來即為人所傳頌不已。它所以一直被人傳頌，除了對仗工穩、音調諧婉外，主要的是由「花落去」和「燕歸來」的自然景象糅襯了「無可奈何」與「似曾相識」的情感，使「花」與「燕」與人事結合，從而生發好景無常、聚散不定的深刻感觸來。「花」與「燕」之所以能與人事結合，是因為「花」足以象徵過去的一段美好時光，而「燕」卻可以由它們之「雙」反襯人之「單」來，所以人看了「花」之「落」，就會觸發好景不再的感傷，而見了「燕」之「歸」，就會引起「人未歸」的怨情，就這樣，作者內在的情感便和外在的景物融合在一起，再也分不開了。又如范仲淹的〈蘇幕遮〉詞說：

山映斜陽天接水，芳草無情，更在斜陽外。

這是〈蘇幕遮〉詞上片的末三句，寫的是由「山」而「斜陽」而「水」，以至於「斜陽外」無盡芳草的景致。其中「芳草」，本無所謂無情還是有情，而作者卻予擬人化，認為草無視於人間離別之苦，而漫生無際，使人添增無限的傷離意緒，這不是「無情」是什麼？因此直接說：「芳草無情」，這樣，就越發令人黯然銷魂了。若作進一層的推究，作者在這裡特別挑選「草」，並將它擬人化，以抒發離情，是有原因的，因為「草」逢春而漫生無際，時時可入離人眼目，以襯出離愁之多來，所

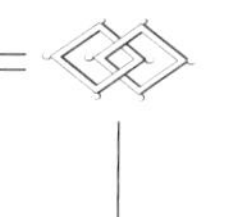

以自來辭章家都喜歡用草來襯托離情。如王維〈送別〉詩說：

春草明年綠，王孫歸不歸？

又盧綸〈送李端〉詩說：

故園衰草遍，離別正堪愁。

而李煜〈清平樂〉詞則說：

離恨恰如春草，更行更遠還生。

諸如此類的例子，多得不勝枚舉。由此可知，用「草」來襯托離情，是十分普遍的。再如溫庭筠的〈更漏子〉詞說：

玉爐香，紅蠟淚。偏照畫堂秋思。眉翠薄，鬢雲殘，夜長衾枕寒。　　梧桐樹，三更雨，不道離情正苦。一葉葉，一聲聲，空階滴到明。

這是詠離情的一首作品。作者首先以起二句，寫美人在閨房內獨對爐香、蠟淚而悲秋的情景，作為敘寫的開端；再以「眉翠薄」三句，針對美人悲秋之情，用眉薄、鬢殘與輾轉難眠，初步作形象之描繪；然後以下片六句，承「夜長」句，寫美人獨聽梧桐夜雨滴階至天明的情景，將悲秋之情，也就是離情，進一層作形象之表出。這樣敘寫，離情便化抽象為具體，不但散入雨聲、爐香、蠟淚與寒衾、寒枕裡，更爬滿薄眉、殘鬢之

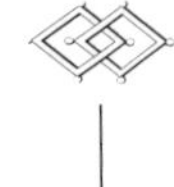

上，使全詞處處含情，有著無盡的感染力。能有這樣的感染力，顯然是由於作者選對了各樣的「物」材以大力地呈顯義蘊（離情）的緣故。又如杜審言〈和晉陵陸丞早春游望〉詩說：

獨有宦遊人，偏驚物候新。雲霞出海曙，海柳渡江春。淑氣催黃鳥，晴光轉綠蘋。忽聞歌古調，歸思欲霑巾。

此詩採先凡（總括）後目（條分）的形式寫成，「凡」的部分為起聯，首句為引子，用以帶出次句，分「偏驚」（特別地會觸動情思）與「物候新」兩軌來統攝屬「目」的三聯。其中「偏驚」統括尾聯，「物候新」統括頷、頸兩聯。而頷、頸兩聯是用以具寫春來「物候新」的寫景的。作者在此，依次以「雲霞」、「梅柳」、「黃鳥」、「蘋」等寫「物」，以「曙」、「春」、「淑氣」、「晴光」等寫「候」，以「出海」、「渡江」、「催」、「轉綠」等寫「新」，使「物候新」由抽象化為具體，產生更大的觸發力，以加強尾聯「歸思」（即歸恨）這種一篇主旨的感染力量。這首詩能產生強烈的感染力量，深究起來，與所選取的「物」實有極為密切的關係，因為「雲霞」、「梅柳」、「黃鳥」和「蘋」，都和作者所要抒發的「歸恨」（離情）有關，首以「雲霞」來說，由於它們經常是飄浮空中、動止不定的，所以辭章家便常用「雲」或「霞」來象徵遊子、行客，以襯寫離情。用「雲」的，如杜甫〈夢李白〉詩說：

浮雲終日行，遊子久不至。

又如韋應物〈淮上喜會梁州故人〉詩說：

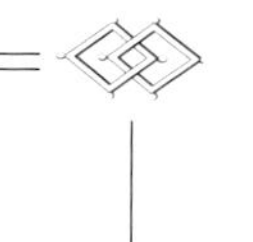

浮雲一別後，流水十年間。

用「霞」的，如賀知章〈綠潭〉篇說：

綠水殘霞催席散，畫樓明月待人歸。

又如錢起〈送屈突司馬充安西書記〉詩說：

海月低雲旆，江霞入錦車。

次以「梅柳」來說，其中「柳」因有長安灞橋折柳贈別的舊俗，自古以來即與別情結了不解之緣，可說十分常見，如宋之問〈途中寒食題黃梅臨江驛寄崔融〉詩：

故園斷腸處，月夜柳條新。

又如王昌齡〈閨怨〉詩說：

忽見陌頭楊柳色，悔教夫婿覓封侯。

而「梅」則由於南北朝時范曄與陸凱的故事，也和離情結了緣。據《荊州記》的記載，陸凱在江南，有一次遇到來自京師的信差，便折下一株梅花託他帶給在長安的范曄，並贈詩說：

折梅逢驛使，寄與隴頭人。江南無所有，聊贈一枝春。

從此，「梅」便被辭章家用來寫相思之情，如宋之問〈題大庾嶺北驛〉詩說：

明朝望鄉處，應見隴頭梅。

又如韓偓〈亂後春日途經野塘〉詩說：

世亂他鄉見落梅，野塘晴暖獨徘徊。

此類例子，真是俯拾皆是。再以「黃鳥」來說，誰都曉得與金昌緒的〈春怨〉詩有關，這首詩是這樣寫的：

打起黃鶯兒，莫叫枝上啼。啼時驚妾夢，不得到遼西。

有了這首詩作媒介，黃鶯（即黃鳥）和它的啼聲便全蘊含著離情了。如高適〈送前衛縣李宷縣尉〉詩說：

黃鳥翩翩楊柳垂，春風送客使人悲。

又如白居易〈三月二十八日贈周判官〉詩說：

柳絮送人鶯勸酒，去年今日別東都。

所謂的「黃鳥翩翩」、「鶯勸酒」，不是將離情更推深了一層嗎？末以「蘋」來說，它本是水生蕨類植物的一種，夏秋之間有花，色白，故又稱「白蘋」。由於俗以為是萍的一種，即大

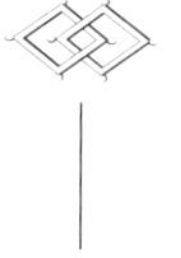

萍，所以和萍一樣，也常被用以喻指飄泊，抒寫離情。如劉長卿〈餞別王十一南遊〉詩說：

誰見汀洲上，相思愁白蘋。

又張籍〈湘江曲〉說：

送人發，送人歸，白蘋茫茫鷓鴣飛。

這裡所謂的「白蘋」，無疑地是特別用以寫離情的。由此看來，杜審言在諸多初春景物中所以選「雲霞」、「梅柳」、「黃鳥」與「蘋」等，是有意藉著景物以襯托離情（歸思）的，這樣取物為材來呈顯義蘊，自然就增強了它的感染力了。再如張可久的〈梧葉兒〉曲說：

薔薇徑，芍藥闌，鶯燕語間關。小雨紅芳綻，新晴紫陌乾。日長繡窗閒，人立秋千畫板。

這首曲寫的是春日所見的景物，依序是「闌」、「徑」旁的薔薇與芍藥、「語間關」的鶯與燕、小雨後的紅芳與紫陌、閒靜的繡窗和站在秋千畫板上的人。作者就透過這些表出孤單之情來。而這種孤單之情，可由他所見之紅芳（含薔薇與芍藥）、鶯燕與秋千透出一些消息，因為花除了象徵美好的時光外，也經常用以象徵所思念之人，而鶯燕，一由於金昌緒的〈春怨〉詩（見前），一由於往往成雙，最適合用來反襯孤單，所以和離情都脫不了關係；至於秋千，見了自然會想起當年盪此秋千之人，更與人的相思分不開。因此這首曲雖未明說是「懷人」，但由於用了這些「物」材，便使得「懷人」的義蘊呼之欲出了。

對這些文內物材之使用，如能以結構表之方式加以呈現，則能收一目瞭然之效。如馬致遠〈題西湖〉中的〈慶東原〉曲：

> 暖日宜乘轎，春風堪信馬，恰寒食有二百處秋千架。向人嬌杏花，撲人衣柳花，迎人笑桃花。來往畫船遊，招颭青旗掛。

此曲用以寫春景，藉轎馬、秋千、畫船、青旗等人文景色，與杏、柳、桃等自然風光予以呈現，呈現得十分熱鬧。其結構表為：

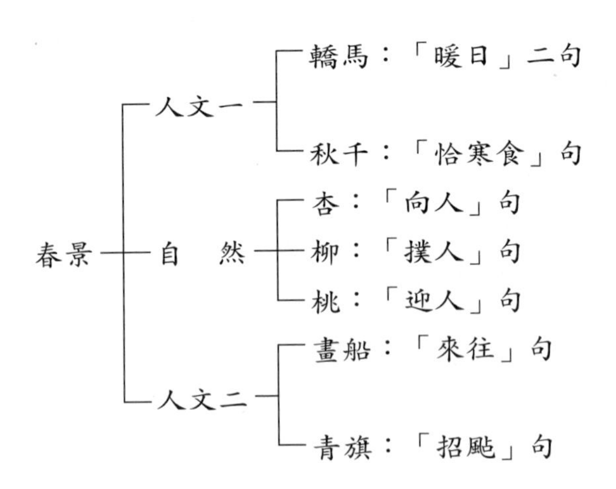

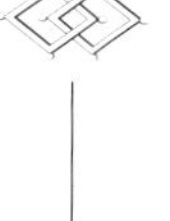

這裡所寫的轎馬、秋千、畫船、青旗與杏、柳、桃等景物，都屬於「象」，帶出喜樂之情（意），從篇外加以統合。又如馬致遠題作「秋思」的〈天淨沙〉曲：

> 枯藤、老樹、昏鴉。小橋、流水、人家。古道、西風、瘦馬。夕陽西下。斷腸人在天涯。

本曲旨在寫浪天涯之苦。它先就空間，以「枯藤」兩句寫道旁所見，以「古道」句寫道中所見；再就時間，以「夕陽」句指出是黃昏，以增強它的情味力量；然後由景轉情，點明浪跡天涯者「人生如寄」、「漂泊無定」的悲痛[20]，亦即「斷腸」作結。其結構表為：

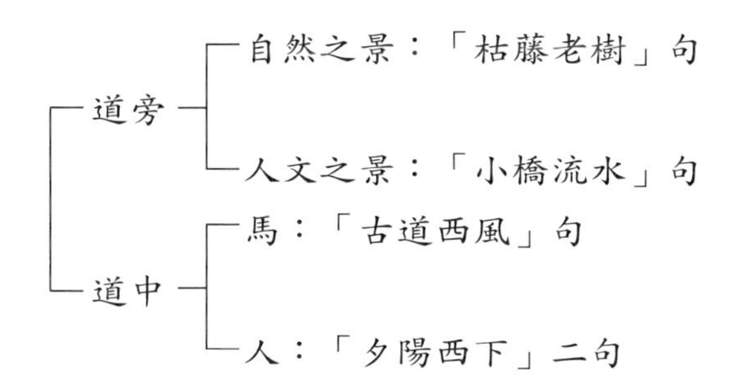

這首曲所搜取的物材特別豐富，但只要稍予歸納，即可看出它的內容成分。很顯然地，它是用「斷腸」之「意」來統合在道中、道旁所呈現之各種「象」的。

20　參見楊棟《中國古代文學名篇選讀》（天津：南開大學出版社，2001年3月一版一刷），頁62。

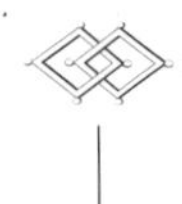

（二）事材

就「事」材來說，凡是發生在天地宇宙之間的事情都可以成為文章的材料。以抽象的事類而言，如取捨、公私、出入、聚散、得失、逢別、迎送、仕隱、悲喜、苦樂、歌舞、來(還）往（去）、成敗、視聽、醒醉、動靜，甚至入夢、弔古、傷今、閒居、出遊、感時、恨別、雪恥、滅恨、修身、齊家、治國、平天下，泛論、舉證、經過、結果……等就是；以具體的事件而言，如乘船、折荷、繞室、讀書、醉酒、離鄉、還家、邀約、赴約、生病、吃糠、遊山、落淚、彈箏、倚杖、聽蟬、接信、拆信、羅酒漿、備飯菜、甚至孝、悌、敬、信、慈……等就是。這些事材，可說俯拾皆是，多得數也數不清。作者通常都用具體的事件來寫，卻在無形中可由抽象的事類予以統括。再說所謂的「事」，可以是事實，也可以出自杜撰。以事實來說，又以過去的事實被運用得最多，而所謂「過去的事實」，則大都為典故。譬如駱賓王〈討武曌檄〉說：

霍子孟之不作，朱虛侯之已亡。

作者在上句，用了霍光輔佐幼主（指漢宣帝）以存漢的典故，表出「現在已沒有像霍光那樣的異姓忠臣來輔助幼小國君（指唐中宗）」的義蘊；而下句則用了劉章誅除諸呂以安劉的典故，表出「現在也沒有像劉章那樣的皇室宗親來誅除為禍的外戚（指武三思等）」的義蘊。這樣由所用典故之不同，將它們含藏於內的不同義蘊表達出來。又如蘇軾的〈超然臺記〉有段說：

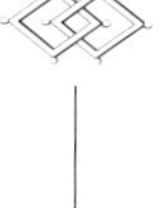

> 南望馬耳常山，出沒隱見，若近若遠，庶幾有隱君子乎？而其東則盧山，秦人盧敖之所從遁也。西望穆陵，隱然如城郭，師尚父齊威公之遺烈猶有存者。北俯濰水，慨然太息，思淮陰之功，而弔其不終。

這段文字，先以「南望」、「而其東」，述及「隱君子」，並用了盧敖隱遁的典故，表達了歸隱的想法；再以「西望」用了姜太公與齊桓公輔佐天子，以建立不朽功業的史實，表達了輔佐天子，一靖天下的強烈意願；然後以「北俯」牽出淮陰侯建立了不朽功業，卻不得善終的故事，表達了對未來仕途的憂慮。而這種憂慮卻沒有使作者因而卻步，因為從這一段運材的秩序上可看出「仕」的意識最後還是掩蓋了「隱」的念頭。這一點，也可從差不多作於同時的一首〈水調歌頭〉詞中看出端倪，他說：

> 吾欲乘風歸去，但恐瓊樓玉宇，高處不勝寒。起舞弄清影，何似在人間！

他在這裡，把自己視作謫仙，把月殿視作理想的歸隱所在。他所以會有歸隱的念頭，顯然與烏臺詩案之逐漸形成，加上他弟弟蘇轍又勸他急流勇退有關；而所謂「高處不勝寒」，卻透露了他無法適應這種歸隱生活的意思。於是在「起舞」兩句裡，進一步地表出了他「隱於仕途、自求多福」的義蘊，這和〈超然臺記〉中「南望」一段所含藏的義蘊是一致的[21]。再如崔顥

21　此即「隱於仕」思想的表現，見陳滿銘《蘇辛詞論稿》（臺北：文津出版社，2003年8月出版一刷），頁51-53。

的〈黃鶴樓〉詩說：

> 晴川歷歷漢陽樹，芳草萋萋鸚鵡洲。

作者藉著這兩句，有意由位於黃鶴樓西北的「漢陽」帶出位於漢陽西南長江中的「鸚鵡洲」來，以表達深沉的身世之感。因為看到了鸚鵡洲自然就會讓人想起那懷才不遇的狂處世禰衡來。據《後漢書．文苑傳》所載，禰衡少有才辯，卻氣尚剛傲，且愛好矯時慢物，所以雖受到孔融的敬愛與推介，然而不但前後見斥於曹操、劉表，最後還死於江夏太守黃祖之手。禰衡死後，葬於一沙洲上，而此一沙洲，因產鸚鵡，且禰衡又曾為此而作〈鸚鵡賦〉，於是後人便以「鸚鵡」為名。這樣看來，作者在這裡，是暗用了禰衡的典故來抒感他懷才不遇之痛的啊！或許有人會以為這種義蘊和此詩的主旨「鄉愁」相牴觸，其實不然，因為身世之感（懷才不遇之痛）和流浪之苦（鄉愁）是孿生兄弟的關係，所以杜甫〈旅夜書懷〉詩說：「名豈文章著，官應老病休（身世之感）。飄飄何所似，天地一沙鷗（流浪之苦）。」可見兩者並敘，是很自然的事。又如辛棄疾的〈永遇樂〉詞：

> 千古江山，英雄無覓，孫仲謀處。舞榭歌臺，風流總被，雨打風吹去。斜陽草樹，尋常巷陌，人道寄奴曾住。想當年、金戈鐵馬，氣吞萬里如虎。　　元嘉草草，封狼居胥，贏得倉皇北顧。四十三年，望中猶記，烽火揚州路。可堪回首，佛貍祠下，一片神鴉社鼓。憑誰問，廉頗老矣，尚能飯否。

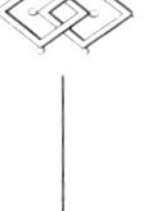

這闋詞題作「京口北固亭懷古」，從頭到尾都用了典。開篇六句，藉發跡於此的首位英雄孫權的典實，以發出如今抗敵無人的慨歎；「斜陽」五句，藉發跡於此的另一英雄劉裕的典實，以抒寫如今無人北伐的悲哀；「元嘉」三句，藉宋文帝草草北伐，致引進敵軍，倉皇北顧的典實，向朝廷提出不能草草用兵北伐的警告；「四十」三句，藉親自目睹四十三年前金兵火焚揚州城的事例，為上三句的警告，提出有力的證據：「可堪」三句，藉北魏太武帝在瓜步山建立行宮（即後來之佛貍祠）的故實，進一層地指明敵勢未衰，不可輕侮，由「知彼」上見出不能草草用兵北伐的原因；「憑誰問」三句，藉戰國時趙將廉頗的故實，把自己譬作廉頗，表示自己雖老，卻還可以大用，假以時日，必能收復中原的意思。作者就這樣靠著這些典故，充分地將自己難於明言的義蘊表達出來[22]。

至於出自杜撰的，以寓言為最常見。如《韓非子・外儲說・左上》有一則故事說：

> 鄭人有欲買履者，先自度其足，而置之其坐。至之市，而忘操之；已得履，及曰：「吾忘持度。」反歸取之。及反，市罷，遂不得履。人曰：「何不試之以足？」曰：「寧信度，無自信也。」

作者在這裡，藉一個鄭人想要買履，只相信自己所量的尺寸，卻不相信自己的雙腳，以致買不成履的虛構故事，以表出人不可逐末忘本的義蘊。這樣比泛泛的說理更具說服力。又如《莊

22　參見陳滿銘《蘇辛詞論稿》，同注21，頁114-115。

子．山木》篇說：

> 莊子行於山中，見大木枝葉盛茂，伐木者止其旁而不取也，問其故，曰：「無所可用。」莊子曰：「此木以不材得終其天年。」夫子出於山，舍於故人之家，故人喜，命豎子殺雁而烹之。豎子請曰：「其一能鳴，其一不能鳴，請奚殺？」主人曰：「殺不能鳴者。」

這則故事告訴我們：沒用的大樹可以活得長久，而沒用的雁（鵝）卻無法倖免。透過這樣的虛構故事，作者明白地表出了「處理任何事都沒有一成不變的準則」的義蘊。再如《列子》中有一則〈愚公移山〉的故事說：

> 太形、王屋二山，方七百里，高萬仞，本在冀州之南、河陽之北。北山愚公者，年且九十，面山而居，懲山北之塞、出入之迂也，聚室而謀曰：「吾與汝畢力平險，指通豫南，達於漢陰，可乎？」雜然相許。
>
> 其妻獻疑曰：「以君之力，曾不能損魁父之丘，如太形、王屋何！且焉置土石？」雜曰：「投諸渤海之尾，隱土之北。」遂率子孫荷擔者三夫，叩石墾壤，箕畚運於渤海之尾。鄰人京城氏之孀妻有遺男，始齔，跳往助之；寒暑易節，始一反焉。
>
> 河曲智叟笑而止之曰：「甚矣，汝之不慧！以殘年餘力，曾不能毀山之一毛，其如土石何！」北山愚公長息曰：「汝心之固，固不可徹；曾不若孀妻弱子。雖我之死，有子存焉；子又生孫，孫又生子；子又有子，子又

有孫；子子孫孫，無窮匱也；而山不加增，何苦而不平？」河曲智叟亡以應。

操蛇之神聞之，懼其不已也，告之於帝。帝感其誠，命夸娥氏二子負二山，一厝朔東，一厝雍南。自是冀之南、漢之陰，無隴斷焉。

在這則著名的寓言故事裡，作者寄寓了「人助天助」、「有志竟成」的義蘊。其中第一段記敘愚公鑑於太行、王屋兩座大山阻礙了南北交通，便決意要剷平它們，並獲得家人讚可的情形，這是針對「有志」來寫的；第二段記敘愚公選定投置土石的地點，並率領子孫及鄰人實際去從事移山工作的經過，這是針對「人助」（包括自助）來寫的；第三段記敘智叟笑阻愚公，而愚公卻不為所動，以為只要堅定信心努力不懈，便必能成功的一段對話，這是為了加強「有志」、「人助」的意思來寫的；而末段則記敘愚公的精神，終於感動了天地，獲得神助，完成了移山願望的圓滿結局，這是針對「天助」、「竟成」來寫的。作者就這樣用一個簡單的故事，使人在趣味盎然中領出義蘊[23]，這可說是寓言故事的普遍特色，是其他各類文體所無法趕上的。其實，這則故事若配合《中庸》思想來看，愚公及家人、鄰居的努力，是屬於「自誠明」的過程，而天神的幫助，則屬於「自誠明」的效用。這樣由「自誠明」的人為努力而發揮「自誠明」的天然效用，真可說是《中庸》一書的精義所在[24]。當然，列子在寫這則寓言時，未必有這樣的意思，但

23 參見周溶泉、徐應佩《古文鑑賞辭典》（南京：江蘇文藝出版社，1987 年 11 月一版），頁 136。

24 見陳滿銘《學庸義理別裁》（臺北：萬卷樓圖書公司，2002 年 1 月初版），頁 393-403。

由故事所留下的空白，我們卻可以這樣添上，這就是正體寓言的好處啊！

對這些文內事材之使用，如能和物材一樣，進一步以結構表之方式加以呈現，則一定增強教學效果。如杜甫的〈石壕吏〉詩：

> 暮投石壕村，有吏夜捉人。老翁踰牆走，老婦出看門。吏呼一何怒，婦啼一何苦。聽婦前致詞：「三男鄴城戍，一男附書至，二男新戰死。存者且偷生，死者長已矣。室中更無人，惟下乳下孫。有孫母未去，出入無完裙。老嫗力雖衰，請從吏夜歸。急應河陽役，猶得備晨炊。」夜久語聲絕，如聞泣幽咽。天明登前途，獨與老翁別。

這首詩旨在寫石壕地方官吏的橫暴，以反映百姓的悲苦與政治的黑暗，乃作於唐肅宗幹元二年（西元七五九年）春。這時，作者正在由洛陽經潼關，返華州任所途中[25]。它先以開端二句，簡述事情發生的原因；再以「老翁踰牆走」二十句，以平提的方式，寫「老翁」潛走與「老婦」被捉的事實。由於被捉的是「老婦」，所以只用「老翁」一句，提明「老翁」的情況，卻以「老婦」十九句，描述「老婦」被捉的經過。就在這十九句詩裡，「老婦」四句，用以泛寫「老婦」在悲苦中無奈地向前「致詞」的事；「三男」十三句，用以具寫「致詞」的內容，它自三男戍、二男死、孫方乳、媳無裙，說到由自己備

25 參見霍松林分析，見《唐詩大觀》（香港：商務印書館香港分館，1986年1月香港一版二刷），頁483-484。

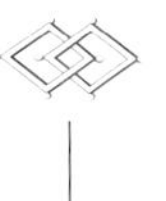

晨炊，層層遞進，道出了一家悲苦至極的慘況；「夜久」二句，用以暗示「致詞」無效，結果「老婦」還是被捉了。最後以「天明」二句，用側收的方式，回應篇首三句，說自己在天明時獨向「老翁」道別。這兩句，從表面看來，只著眼於「老翁」一面加以收結，但實際上，卻將「老婦」一面也包括在內。高步瀛《唐宋詩舉要》說：「結與翁別，為起二句之去路，此一定章法，非獨結老翁潛歸而已。」[26]而劉開揚在《杜甫》中更明確地指出：「結尾寫詩人自己『天明登前途，獨與老翁別』，見得老婦已應徵而去。」[27]如此側收，自然就收到含蓄、洗煉的效果。其結構表為：

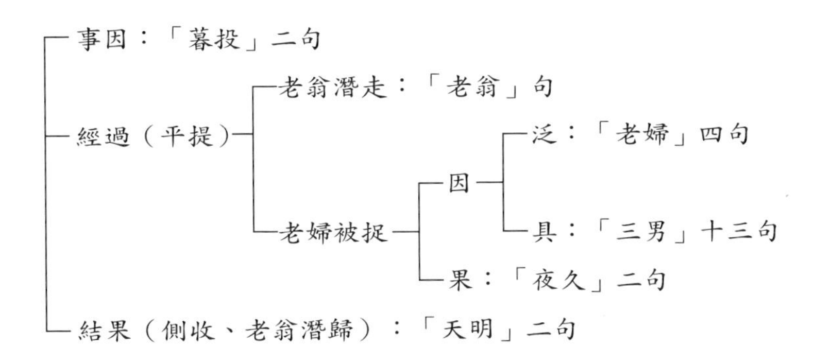

可見它乃藉各種事材，如「吏夜捉人」、「翁踰牆走」、「吏呼」、「婦啼」、「語聲絕」、「泣幽咽」、「與老翁別」等形成「象」，以反映石壕地方官吏橫暴與百姓悲苦之「意」，其結構是極具條理，而內容成分也是一目瞭然的。又如《孝經》的〈廣要道〉章，旨在論實踐孝道的效果，是採「先平提後側注」的結構寫成的，它的「平提」部分為：

26　見《唐宋詩舉要》，同注7，頁68。
27　見《杜甫》（臺北：國文天地雜誌社，1991年7月初版），頁58。

> 教民親愛，莫善於孝；教民禮順，莫善於悌；移風易俗，莫善於樂；安上治民，莫善於禮。

這「平提」的部分，自「教民親愛」起至「莫善於禮」止，先就「齊家」一層，講孝、講悌；然後將範圍擴大，就「治國」一層，講樂、講禮。《論語·學而》說：「孝弟也者，其為仁之本與！」而〈八佾〉又說：「人而不仁，如禮何？人而不仁，如樂何？」這就是說禮樂源自於孝悌，而行孝之效果，由此可見。其結構表為：

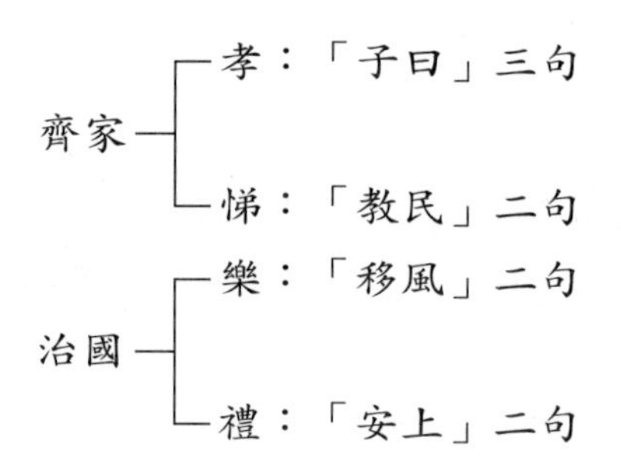

顯然作者以「孝」、「悌」推擴至「樂」、「禮」之「事」（象），來表示「治國」之本在「齊家」、「齊家」之本又在「孝」之「道理」（意），如此凸顯它的內容成分，使人容易掌握。

以上所舉的「物材」，主要用於寫「景（物）」；而「事材」則主要用於敘「事」。所敘寫的無論是「景（物）」或「事」，皆各自有其表現之「意象」（個別）。這樣由個別（章）而整體（篇），便使核心成分與外圍成分融成一體了。而且也由此可知辭章的義蘊與取材的關係極其密切，有的作品雖在篇內已提明主旨（情或理），卻由於主旨是抽象的，所以不經由

「事」與「物」作具體之表出，是不可以的；而有的作品，則將主旨置於篇外，這就非經由作者所用的材料（包括「事」與「物」）去追索它的義蘊不可，不然就不知道作者在寫什麼了。可見讀辭章時據作者所取用的材料（象）去追索它的義蘊（意），是有其必要的。當然，在指導學生作文時，也同樣有其必要。

二、取材角度

一般說來，多數的學生只習慣從「正」、「主」、「實」等方角度去選用材料，而往往不懂得去取用「反」、「賓」、「虛」等方面的材料。譬如〈論藝術教育的重要〉這個題目，學生大都只指出藝術教育所帶來的種種好處，由正面去肯定其重要性；卻很少從反面去探討不重視藝術教育的一些後果。又如民國四十四年度五院校聯考的作文題目是〈我最敬愛的一個人〉，多數考生通篇寫的不外是自己最敬愛之人的種種，卻不曉得去利用和他關係密切的人作陪襯，就像方苞寫〈左忠毅公軼事〉一文，以史可法來映襯左公一樣，以凸顯主旨。又如民國五十六年度大專聯考的作文題目是〈公共道德的重要〉，許多考生僅採泛論式的寫法，而不懂得去編造一些「無中生有」的事例，作進一步的說明。如此一來，可用的材料自然就少，那就難怪會形成「意具材乏」的毛病了。為了避免形成這種毛病，就得熟悉如下幾種常見的取材角度：

（一）賓主

作者想要具體的表出詞章的義旨，除了要直接運用主要材料之外，往往也需要間接的藉著輔助材料來使義旨凸顯，以增強它的感染或說服力量。直接運用主要材料的，即所謂的「主」，而間接運用輔助材料的，則是「賓」。一篇文章裡如有主有賓，則很容易將它的義旨充分的表達出來。譬如：

韓 愈〈送孟東野序〉

大凡物不得其平則鳴。草木之無聲，風撓之鳴。水之無聲，風蕩之鳴；其躍也，或激之；其趨也，或梗之；其沸也，或炙之。金石之無聲，或擊之鳴。人之於言也亦然。有不得已者而後言，其謌也有思，其哭也有懷，凡出乎口而為聲者，其皆有弗平者乎！

樂也者，鬱於中而泄於外者也，擇其善鳴者而假之鳴：金、石、絲、竹、匏、土、革、木八者，物之善鳴者也。維天之於時也亦然。擇其善鳴者而假之鳴：是故以鳥鳴春，以雷鳴夏，以蟲鳴秋，以風鳴冬，四時之相推敚，其必有不得其平者乎！其於人也亦然。人聲之精者為言，文辭之於言，又其精也，尤擇其善鳴者而假之鳴。

其在唐虞，咎陶一禹，其善鳴者也，而假以鳴。夔弗能以文辭鳴，又自假於韶以鳴。夏之時，五子以其歌鳴。伊尹鳴殷。周公鳴周。凡載於詩書六藝，皆鳴之善者也。周之衰，孔子之徒鳴之，其聲大而遠。傳曰：「天將以夫子為木鐸」，其弗信矣乎！其末也，莊周以其荒唐之辭鳴。楚，大國也，其亡也，以屈原鳴。臧孫辰、孟軻、荀卿以道鳴者也。楊朱、墨翟、管夷吾、晏嬰、老聃、申不害、韓非、慎到、田駢、鄒衍、尸佼、孫

武、張儀、蘇秦之屬，皆以其術鳴。秦之興，李斯鳴之。漢之時，司馬遷、相如、揚雄，最其善鳴者也。其下魏、晉氏，鳴者不及於古，然亦未嘗絕也；就其善者：其聲清以浮，其節數以急，其辭淫以哀，其志弛以肆；其為言也，亂雜而無章。將天醜其德莫之顧邪？何為乎不鳴其善鳴者也？

唐之有天下，陳子昂、蘇源明、元結、李白、杜甫、李觀，皆以其所能鳴。其存而在下者，孟郊東野始以其詩鳴。其高出魏、晉，不懈而及於古，其他浸淫乎漢氏矣。從吾遊者，李翱、張籍、其尤也。三子者之鳴信善矣，抑不知天將和其聲，而使鳴國家之盛邪？抑將窮餓其身，思愁其心腸，而使自鳴其不幸邪？三子者之命，則懸乎天矣。其在上也，奚以喜？其在下也，奚以悲？東野之役於江南也，有若不釋然者，故吾道其命於天者以解之。

這是一篇贈序體的文章。作者特以「天假善鳴」來贈送將前往溧陽擔任縣尉的孟郊，以寬解他的「不平」心緒。全文分為「論」與「敘」兩大部分來寫：

1. 論的部分：這個部分由篇首至「奚以悲」句止，是採先總括、後條分的方式寫成的：

（1）總括的部分：即起首「大凡物不得其平則鳴」一句，這是一篇綱領之所在，林西仲說：「『不平』二字，是一篇之線。」[28]是一點也不錯的。

28　見林雲銘《古文析義合編》卷四，同注13，頁219。

（2）條分的部分：這個部分又析為「鳴」與「善鳴」兩截來寫：

第一截：此一截寫「鳴」，自起段次句至段末。依次以草木、水、金石、人言（人聲之粗者）為例，來說明「物不得其平則鳴」的情形。

第二截：此一截寫「善鳴」，包括二、三、四等段。作者在此，先就樂器來寫善鳴的金、石、絲、竹、匏、土、革、木等八音，次就天時來寫善鳴的春鳥、夏雷、秋蟲、冬風等四季的聲音；再就文辭（人聲之精者）來寫善鳴的古今人物：這些古今人物，先是唐虞之際的咎陶、禹、夔，三代的夏五子、商伊尹、周周公，春秋戰國的孔子之徒、莊周、屈原、臧孫辰、孟軻、荀卿、楊朱、墨翟、管夷吾、晏嬰、老聃、申不害、韓非、慎到、田駢、鄒衍、孫武、張儀、秦蘇和李斯，漢代的司馬遷、司馬相如、揚雄、魏晉的一些善鳴者，唐代「以其所能鳴」的陳子昂、蘇源明、元結、李白、杜甫、李觀和「存而在下」的孟郊、李翱、張籍。末就「三子」（孟郊為主，李翱、張籍為賓）之善鳴，發出詠嘆。以為他們是在上以鳴國家之盛，還是在下以鳴自己之不幸，都不足以喜、不足以悲。語語在悲壯之中流露出無限的寬慰之意來。

對這兩截文字，林西仲評說：「篇中從物聲說到人言，從人言說到文辭，從歷代說到唐朝，總以『天假善鳴』一語作骨，把個千古能文的才人看得異樣鄭重，然後落入東野身上，盛稱其詩，與歷代相較一番，知其為天所假，自當聽天所命。又扯李翺、張籍二人伴說，用『從吾遊』三字，連自己插入其中，自命不小！以此視人之得失、升沉，宜不足以入其胸次也。語語悲壯。」[29]見解十分精到。

2. 敘的部分：即末段。作者在此，先以「東野之役於江南也」一句，單結孟郊，敘其行役；再以「有若不釋然者」一句，結出「不平」；然後以「故吾道其命於天者以解之」一句，應上文的四個「天」字作收，就這樣，作者便將所以作序之意明白的交代出來了。

作者在這篇文章裡要寫的，只不過是「孟郊東野以其詩鳴」而已，卻特意地在孟郊之外，扯出許多物、許多人來，作者這樣做，無非是想藉以襯出孟郊「以其詩鳴」的意思罷了。因此寫孟郊「以其詩鳴」的是「主」，而寫「不得其平則鳴」的許多物或人的，則是「賓」。王文濡說：「從許多物、許多人，奇奇怪怪，繁繁雜雜，說來無非要顯出孟郊以詩鳴，文之變幻至此。」[30]看法是十分正確的。又如：

宋　玉〈對楚王問〉

楚襄王問於宋玉曰：「先生其有遺行與？何士民眾庶不譽之甚也！」

宋玉對曰：「唯，然，有之；願大王寬其罪，使得畢其辭。客有歌於郢中者，其始曰下里巴人，國中屬而和者數千人；其為陽阿薤露，國中屬而和者數百人；其為陽春白雪，國中屬而和者，不過數十人；引商刻羽，雜以流徵，國中屬而和者，不過數人而已；是其曲彌高，其和彌寡。故鳥有鳳而魚有鯤。鳳凰上擊九千里，絕雲霓，負蒼天，翱翔乎杳冥之上；夫蕃籬之鷃，豈能與之料天地之高哉？鯤魚朝發崑崙之墟，暴鬐於碣石，暮宿

29　見林雲銘《古文析義合編》卷四，同注13，頁220-221。
30　王文濡校勘《精校評注古文觀止》卷八，同注5，頁33。

> 於孟諸，夫尺澤之鯢，豈能與之量江海之大哉？故非獨鳥有鳳而魚有鯤也，士亦有之。夫聖人瑰意琦行，超然獨處，夫世俗之民，又安知臣之所為哉？」

此文是以一問一答組合而成的：

1. 問的部分：這個部分是本文的引子，主要是在提明問者、被問者及所問者的問題，以引出下面回答的部分。

2. 答的部分：這個部分是本文的主體。首先以「唯，然，有之」承問作了三應，然後以「願大王寬其罪，使得畢其辭」兩句話，委婉的領出所以「不譽」的正式回答來。這個針對「不譽」所作的正式回答，是以先「賓」後「主」的形式表出的：

（1）賓的部分：這個部分自「客有歌於郢中者」至「豈能與之量江海之大哉」止，共含三小節：

第一節：這一節以曲為喻，先依和曲者人數之遞減，條分為四層來說明，以得出「其曲彌高，其和彌寡」的結論，初步為「主」的部分蓄勢。

第二節：這一節以鳥為喻，拿鳳凰和藩籬之鷃作個比較，以得出藩籬之鷃不足以「料天地之高」的結論，進一步的為「主」的部分蓄勢。

第三節：這一節以魚為喻，拿鯤魚與尺澤之鯢作個比較，以得出尺澤之鯢不足以「量江海之大」的結論，又再一次的為「主」的部分蓄勢。

（2）主的部分：這個部分先以「故非獨鳥有鳳而魚有鯤也，士亦有之」兩句作上下文的接榫，再承上文的鯤、鳳凰和「引商刻羽，雜以流徵」的高雅曲子帶出「夫聖人瑰意琦行，

超然獨處」兩句，然後承「尺澤之鯢」、「藩籬之鷃」及「國中屬而和者數千人」、「數百人」等句，引出「世俗之民，又安知臣之所為哉」兩句，以暗示「行高由於品高，不合於俗由於俗不能知」的道理，既回答了楚王之問，也藉以罵倒了那些無知的世俗人，真是單筆短掉，其妙無比啊！林西仲說：「惟賢知賢，士民口中，如何定得人品？楚王之問，自然失當，宋玉所對，意以為不見譽之故，由於不合於俗，而所以不合之故，又由於俗不能知，三喻中不但高自位置，且把一班俗人伎倆、見識，盡情罵殺，豈不快心！」[31]由此看來，這篇短文之所以能獲得古今人之讚譽，並不是沒有理由的。

（二）虛實

所謂的「虛」，指的是「無」，是抽象；所謂的「實」，指的是「有」，是具體。通常一個詞章家在創作之際，在運材上，往往從兩方面著手：一是就「有」，運用當時所見、所聞、所為的實際材料；一是就「無」，運用憑著個人內心的感覺或想像所捕捉或製造的抽象材料。兩者在一篇文章裡是可以並用，也是可以單用的。茲分述如下：

1. 單用者

單用是指全文（甲）內容純屬虛構、（乙）只記事而不抒感或說理、（丙）只寫景而不抒情、（丁）只抒情而不寫景、（戊）只寫未來或無法以目見之遠方等而言，其中（甲）、（丁）、（戊）三類為虛。（乙）、（丙）兩類為實。譬如：

31 見《古文析義合編》卷三，同注13，頁126。

韓非子〈外儲說左上〉一則

鄭人有欲買履者，先自度其足，而置之其坐。至之市，而忘操之；已得履，乃曰：「吾忘持度。」反歸取之。及反，市罷，遂不得履。人曰：「何不試之以足？」曰：「寧信度，無自信也。」

杜甫〈月夜〉

今夜鄜州月，閨中只獨看，遙憐小兒女，未解憶長安。香霧雲鬟濕，清輝玉臂寒。何時倚虛幌，雙照淚痕乾。

上引作品的首篇，是則寓言性質的短文，作者在此，特藉一個鄭人想要買履，卻只相信自己所量尺寸，而不相信自己的雙腳，以致買不成履的虛構故事，以喻世人逐末忘本之非。通篇但就「虛」處著筆，而把所要表達的意思藏於篇外，與《列子》的〈愚公移山〉一文，可說是出自同一機杼的。

次篇是月下懷人的一首詩，作者先以起聯提明自己的妻子在鄜州看月，想念自己，再以頷聯，採旁襯的手法，寫兒女年小，不識離別，惟妻子對此明月，長夜相思；接著以頸聯，承上兩聯，實寫妻對月相思，不辭風霜、鬟濕臂寒的情景；然後以尾聯作期望之詞，用「淚痕乾」三字寫異日月下重逢之喜，藉以大力的反襯出眼前相思之苦來。很顯然地，作者寫這首詩，純從對方著筆，全不說自己如何的想念妻子，卻句句說他的妻子在怎樣地思念自己，這種全虛的手法，與《詩經．陟岵篇》，是完全相同的。

2. 並用者

虛實並用，在一般詞章裡，是最為常見的。茲依其性質，

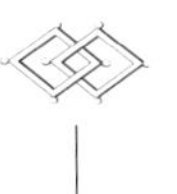

分三方面作簡單的說明。

（1）就情景而言者：虛實就情景來說，情是抽象的，是虛；景是具體的，是實。通常由於單靠抽象的情感，是很難使詞章產生巨大的感染力的，所以詞章家在創作的時候，往往須求助於具體的景物來襯托情感，以增強它的情味力量，譬如：

杜甫〈旅夜書懷〉

細草微風岸，危檣獨夜舟。星垂平野闊，月湧大江流。名豈文章著，官應老病休。飄飄何所似？天地一沙鷗。

辛棄疾〈鷓鴣天・鵝湖歸，病起作〉

枕簟溪堂冷欲秋，斷雲依水晚來收。紅蓮相倚渾如醉，白鳥無言定自愁。　　書咄咄，且休休，一丘一壑也風流。不知筋力衰多少，但覺新來嬾上樓！

首篇是泊舟江邊、觸景生情之作。起聯藉孤舟、風岸、細草，寫江邊的寂寥；頷聯藉星月、平野、江流、寫天地的高曠；這是寫景的部分，為實。頸聯就文章與功業，寫自己事與願違、老病交迫的苦惱；尾聯就旅舟與沙鷗，寫自己到處飄泊的悲哀；這是抒情的部分，為虛。一虛一實，就這樣產生相糅相襯的效果，使得滿紙盈溢著悲愴的情緒。仇兆鰲說：「上半旅夜，下半書懷。」（《杜詩評注》）浦二田也說：「起寫景淒絕，三四開襟曠遠，五六揣分謙和，結再即景自況，仍帶風岸夜舟。筆力高老。」（《歷代詩評解》引）兩人的說法，詳略雖異，而精當則一。

次篇是夏日病起、即景抒情之作。上片寫的是溪堂內外的寂寥夏景，而下片寫的則是作者晚年落寞的情懷。一實一虛，先後相應，把作者廢退後的失意心境，刻畫得非常生動。

（2）就空間而言者：虛實就空間來說，凡窮盡目力，寫眼前所見的，是實；而透過設想，寫遠處情況的，則是虛。由於作品中所收容之空間越大，則越足以使所抒寫的情意產生綿綿不盡的效果，所以自古以來，詞章家都喜歡用實與虛連成一個無盡的空間，以烘托深長的情意。譬如：

韋應物〈秋夜寄邱二十二員外〉

懷君屬秋夜，散步詠涼天。空山松子落，幽人應未眠。

李煜〈浪淘沙〉

往事只堪哀，對景難排。秋風庭院蘚侵階。一桁珠簾閑不捲，終日誰來？　　金劍已沉埋，壯氣蒿萊。晚涼天淨月華開。想得玉樓瑤殿影，空照秦淮。

首篇是秋夜懷人之作。上聯藉涼天散步，實寫自己秋夜「懷君」的情懷；下聯憑著想像，虛寫空山友人「未眠」的情形；將自己對邱二十二員外的懷念，寫得極為動人。唐汝詢說：「涼天散步，敘己之離懷；松子夜零，想彼之幽興。」（《唐詩解》）「想彼之幽興」，適足以增添「己之離懷」，兩者的關係是至為密切的。

次篇是在汴京遙念金陵之作。作者在此，首先以上片起二句，寫自己想及前塵往事所湧生的沉重哀痛，作為綱領，用以貫穿全詞。接著依次以「秋風庭院蘚侵階」句，承上句「對景難排」之「景」，寫秋天寥落的白晝景象；以「一桁珠簾閑不

捲」兩句，承起句的「哀」字，寫極致孤獨的悲哀；以下片起二句，承上片起句的「往事堪哀」，寫故國淪亡、銷盡豪氣的痛苦；以「晚涼天淨月華開」句，承上片的「景」，寫秋月升空的淒涼景象；然後以結兩句，承上句的「月」、「空」，將空間由汴京推擴至金陵，虛寫失國後宮廷內外的冷落月色，表出對過去一切已無可挽回的一種沉哀，寫得真是語語慘然，使人不忍卒讀。十分明顯地，這與前篇一樣，就空間而言，是虛實並用的。

（3）就時間而言者：虛實就時間來說，凡是敘事、寫景或抒情，只限於過去或當前的，是「實」；透過想像，伸向未來的，則為「虛」。因為這和就空間而言的虛實一樣，足以增加情意的感染力量，所以在一般人的作品裡是相當常見的。譬如：

李商隱〈夜雨寄北〉

君問歸期未有期，巴山夜雨漲秋池。何當共剪西窗燭，卻話巴山夜雨時？

張先〈天仙子〉

水調數聲持酒聽，午醉醒來愁未醒。送春春去幾時回，臨晚鏡；傷流景，往事後期空記省。　　沙上並禽池上暝，雲破月來花弄影。重重簾幕密遮燈，風不定，人初靜，明日落紅應滿徑。

首篇是客中寄遠之作，上聯實寫歸期未定、夜聽秋雨的寂寞情懷，下聯則承起句之「歸期」，就未來的某一天，用設問

的手法，虛寫剪燭相對、傾訴今夕寂寞的情景。顯然的，這是採由實而虛的手段寫成的一首作品。

次篇是暮春傷懷之作，首以起二句，寫午醉醒後的一番愁思；次以「送春春去幾時回」四句，承上句的「愁」字，寫流光無情、人事多紛、往事空勞回首、後期徒勞夢想的感傷；再以下片起二句，寫入夜的淒寂景象，而藉「並禽」、「花影」反襯出自己的孤單淒涼；接著以「重重翠幕密遮燈」三句，寫夜半不寐、不敢面對落花的情景；然後以結句，由實轉虛，透過想像，寫明朝落花滿徑的淒涼景象，歸結到送春、惜春之本意上作收。作者這樣由午而至晚，由晚而至夜，再由夜而至明日，層層寫來，實有著不盡的傷春之意。

（三）正反

一般說來，作者尋覓材料加以運用，既可全著眼於「正」的一面，也可專著眼於「反」的一面。前者如沈復的〈兒時記趣〉一文，從頭到尾全著眼於正面的「趣」事，卻未雜以任何反面的材料；後者如李斯的〈諫逐客書〉一文，從頭到尾專著眼於反面的「用客之利」，卻很少雜以正面「逐客之害」的材料。這種清一色的運材方法，在古今人的作品中，是相當常見的。除此之外，作者當然也可以部分用「正」、部分用「反」，使一正一反，兩兩對照，以充分的將辭章的義旨顯現出來。譬如：

司馬遷〈秦楚之際月表序〉

太史公讀秦、楚之際，曰：初作難，發於陳涉；虐戾滅秦，自項氏；撥亂誅暴，平定海內，卒踐帝祚，成於漢

家。五年之間，號令三嬗。自生民以來，未始有受命若斯之亟也。

昔虞、夏之興，積善累功數十年，德洽百姓，攝行政事，考之於天，然后在位。湯、武之王，乃由契、后稷，修仁行義，十餘世，不期而會孟津八百諸侯，猶以為未可；其後乃放弒。秦起襄公，章於文、繆；獻、孝之後，稍以蠶食六國，百有餘載，至始皇乃能并冠帶之倫。以德若彼，用力如此，蓋一統若斯之難也！

秦既稱帝，患兵革不休，以有諸侯也。於是無尺土之封，墮壞名城，銷鋒鏑，鉏豪桀，維萬世之安。然王跡之興，起於閭巷，合從討伐，軼於三代。

鄉秦之禁，適足以資賢者，為驅除難耳。故憤發其所為天下雄，安在無土不王？此乃傳之所謂大聖乎？豈非天哉！豈非天哉！非大聖孰能當此受命而帝者乎？

這篇文章是採先條述、後總括的方式寫成的：

1. 條述的部分：這個部分包括一、二兩段，用一正一反的對照寫法，記漢高受命之快速與先王一統的艱難事實。

(1)「正」的部分：即起段。這段文字，先從秦楚之際天下號令之遞嬗情形說起，用層遞的手法，順次各以「初作難」、「虐戾滅秦」、「撥亂誅暴，平定海內，卒踐帝祚」等句作為引子，分別領出「發於陳涉」、「自項氏」、「成於漢家」三句，以簡述號令遞嬗的過程；然後用「五年之間，號令三嬗」作一總括，並領出「自生民以來」兩句結語，既為下段鋪路，又為末段張本。

(2)「反」的部分：即次段。此段承首段「自生民以來」

句，用「昔」字統攝全段，依次以「虞夏之興」、「湯武之王」、「秦起襄公」等句領頭，分三節採泛寫方式，簡述虞夏、湯武及秦國統一天下的過程，而各以「積善累功數十年」、「修仁行義十餘世」、「稍以蠶食六國；百有餘載」等句，與上段「五年之間，號令三嬗」兩句，正反相較，以見一統的困難，並由此引出「以德若彼」等三句結語，從反面回應上段，並振起下意。

2. 總括的部分：即末段。此段承二段「至始皇乃能并冠帶之倫」句，從反面用「秦既稱帝」一句作引子，先領出「患兵革不休」二句，揭出秦廢封建制度的原因，再用「於是」二字，作上下文的接榫，以「無尺寸之封」五句，敘明秦廢封建制度的措施與期望；然後著一「然」字一轉，先承上節「患兵革不休」二句，由反而正地振出「王跡之興」四句，點明這種平民革命是完全出乎秦皇意外的；再遙承「無尺寸之封」數句，近接「王跡之興」等句，自然地生出「鄉秦之禁，適足以資賢者，為驅逐難耳」的論斷，點明秦廢封建制度的結果，為下文「豈非天哉」的感歎預先作伏。接著用一「故」字，直承上文，帶出「憤發其所為天下雄」二句，指明秦廢封建制度的後果在於成就高祖「無土而王」的大業。繼而先以「此乃傳之所謂大聖乎」一句，緊接上文，讚美高祖是位大聖；再以「豈非天哉」兩句，上承「王跡之興」七句，進一層作重複的詠嘆，認為這是有天意出乎其間的。然後由此一轉一振，興起「非大聖孰能當此受命而帝者乎？」的讚歎，認為秦為漢驅難，雖屬天意，但如非大聖，亦不能獨得天眷，這樣快速地受命為帝，以回應一、二段作結。

在這篇文章裡，作者由「正」（起段）而「反」（次段），

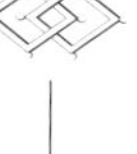

又由「反」（末段前半）而「正」（末段後半）的往復敘寫，寫得真是曲折澹宕，婉妙異常。吳楚材說：「前三段一正，後三段一反，而歸功於漢，以四層詠歎，無限委蛇，如黃河之水，百折百迴，究未嘗著一實筆，使讀者自得之，最為深妙。」[32]評析得極為精當。又如：

彭端淑〈為學一首示子姪〉

天下事有難易乎？為之，則難者亦易矣；不為，則易者亦難矣。人之為學有難易乎？學之，則難者亦易矣；不學，則易者亦難矣。

吾資之昏，不逮人也；吾材之庸，不逮人也。旦旦而學之，久而不怠焉；迄乎成，而亦不知其昏與庸也。吾資之聰，倍人也；吾材之敏，倍人也。屏棄而不用，其昏與庸無以異也。然則昏庸聰敏之用，豈有常哉？

蜀之鄙有二僧，其一貧，其一富。貧者語於富者曰：「吾欲之南海，何如？」富者曰：「子何恃而往？」曰：「吾一瓶一缽足矣。」富者曰：「吾數年來欲買舟而下，猶未能也。子何恃而往？」越明年，貧者自南海還，以告富者，富者有慚色。西蜀之去南海，不知幾千里也；僧之富者不能至，而貧者至焉。人之立志，顧不如蜀鄙之僧哉？

是故聰與敏，可恃而不可恃也。自恃其聰與敏而不學，自敗者也。昏與庸，可限而不可限也。不自限其昏與庸而力學不倦，自立者也。

32　見王文濡校勘《精校評注古文觀止》卷五，同注5，頁4。

此文是作者寫來勉勵子姪「力學不倦」的，全文分泛論、事證與結論三大部分，一路採正反對照的形式寫成：

1. 泛論部分：這個部分包括一、二兩段。起段先就做事談起，而及於為學，指出做事與為學的難易，並不在於「學」與「事」的本身，而在於做與不做、學與不學的行動上，以預為下段更進一層的議論打開路子。二段先承起段的學與不學，配合資材的昏與敏，作更廣泛而徹底的說明，認為人的資質、才能，雖有昏庸與聰敏的分別，但若努力去學，昏庸的自可趕上聰敏的；不努力去學，則聰敏的便和昏庸的沒什麼兩樣。然後以「然則昏庸聰敏之用」兩句，指出昏庸、聰敏是無常的，不可恃的，全力的為末段的結論蓄勢。

2. 事證的部分：這個部分僅一段，即第三段。這一段特舉蜀僧去南海的事例，證明肯努力的終能成功，不肯努力的終將失敗。作者在這個部分裡，先用段首三句，提明蜀之鄙有一富、一貧的和尚；次藉二問二答，敘明毫無所恃的貧者願往南海而富者則否的情事；接著以「越明年」作時間上的聯絡，並引出「貧者自南海還」三句，交代貧者成功、富者羞慚的結果；然後以「西蜀之去南海」六句，將貧者與富者、至與不至作一比較，從而發出人須立志，不能不如蜀僧的感慨，以引出下段結論的部分。

3. 結論的部分：這個部分亦僅一段，即末段。作者在這一段裡，首先承上文的「不為」、「不學」、「聰」、「敏」、「屏棄不用」與「富者不能至」，用「是故聰與敏」四句，從反面指明人若自恃聰敏而不去學習，則必然會走上失敗之路；然後承上文的「為之」、「學之」、「昏」、「庸」、「旦旦而學之」與「貧者至」，用「昏與庸」四句，從正面指出人若不自限昏

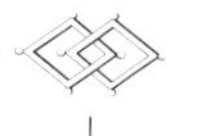

庸而力學不已，則必會走上成功之路，以點明主旨作收。

從形式上看來，本文是最整齊不過的。所以能如此，除了作者用排比的手法來寫之外，和材料的選用也有著密切的關係。通常在選用正、反的材料時，作者大都喜歡以節段作為單元，把正、反兩個部分明顯割開，如上舉的〈秦楚之際月表序〉便是這樣，而本文的作者卻從頭到尾，以對等、交替的方式運用一正一反的材料，把前後串聯成一個整體，造成往而復返，迴環不已的對比效果，這是值得我們去注意、去學習的。

（四）順逆

所謂的順逆，是指本末、輕重（就事理言）、今昔（就時間言）、遠近、大小（就空間言）……等的配排而言。作者創作的時候，如果將採由本及末、由輕及重，由昔及今、由遠及近、由大及小……等的次序來取材的，叫做「順」；那麼採由末而本、由重而輕、由今而昔、由近而遠、由小而大……等的次序來取材的，則稱為「逆」。順與逆，和正反、虛實、賓主等一樣，是可以單用，也是可以並用的：

1. 單用者

單用的又約可分為如下三類：

（1）就事理而言者，如：

《中庸》第二十二章（依朱子《章句》）

唯天下至誠，為能盡其性；能盡其性，則能盡人之性；能盡人之性；則能盡物之性；能盡物之性，則可以贊天地之化育；可以贊天地之化育，則可以與天地參矣。

司馬遷〈報任少卿書〉

太上不辱先，其次不辱身，其次不辱理色，其次不辱辭令，其次詘體受辱，其次易服受辱，其次關木索、被箠楚受辱，其次鬄毛髮、嬰金鐵受辱，其次毀肌膚、斷支體受辱，最下腐刑，極矣！

首則談的是聖人盡性（自誠明）的功用。作者首先從根本的「至誠」說起，然後由本而末地加以推擴，順序說到「盡其（己）性」、「盡人之性」、「盡物之性」、「贊天地之化育」以至於「與天地參」，層層遞敘，條理清晰異常。

次則是〈報任少卿書〉中的一段，太史公在此，從「不辱」的「先」、「身」、「辭令」說到「受辱」的「詘體」、「易服」、「關木索、被箠楚」、「鬄（剔）毛髮、嬰金鐵」、「毀肌膚、斷支（肢）體」及「腐刑」，以指出自己所受腐刑之極辱；這樣由無而輕、由輕而重地分九層遞寫，自然地會使讀者的感觸逐漸增強，達於頂點，收到感染的最大效果。

（2）就空間而言者，如：

馮延巳〈謁金門〉

風乍起，吹皺一池春水。閑引鴛鴦芳徑裡，手挼紅杏蕊。　　鬥鴨闌干遍倚，碧玉搔頭斜墜。終日望君君不至，舉頭聞鵲喜。

辛棄疾〈踏莎行・庚戌中秋後二夕，帶湖篆岡小酌〉

夜月樓臺，秋香院宇，笑吟吟地人來去。是誰秋到便淒涼？當年宋玉悲如許。（下略）

首篇是春日懷人之作。先以起二句，就遠，寫「望君」於池水旁；再以「閑引鴛鴦芳徑裡」兩句，就次遠，寫「望君」於花徑上；接著以「鬥鴨闌干遍倚」兩句，就近，寫「望君」於闌干前；而依次用「吹皺春水」、「手挼紅杏」、「搔頭斜墜」等句襯托出哀愁。然後以結二句，將上面的意思作個總括，而用「鵲喜」的「喜」字反襯出「哀」來。無疑的，這是採由遠及近的手段寫成的一首作品。

次篇是〈踏莎行〉詞的上半闋，作者在這裡，先寫明月下的樓閣，再寫樓閣中的院宇，然後由院宇中的人群收到人群中的一人——以宋玉自比的作者身上。範圍由大而小，層層遞進，讀起來極感明快。

（3）就時間而言者，如：

劉長卿〈逢雪宿芙蓉山〉

日暮蒼山遠，天寒白屋貧。柴門聞犬吠，風雪夜歸人。

辛棄疾〈西江月・遣興〉

醉裡且貪歡笑，要愁那得工夫。近來始覺古人書，信著全無是處。　　昨夜松邊醉倒，問松「我醉何如」。只疑松動要來扶，以手推松曰「去」。

首篇寫的是逢雪夜宿的情景。起句寫行路難至，次句寫宿處寒苦，三句寫門外犬吠，結句寫雪中人歸。這四句，以時間來分，一、二兩句是就「日暮」來寫的，三、四句是就「夜」來寫的，這樣先寫「日暮」，後寫「夜」，所採的正是常見的「順」敘手法。

次篇寫的是醉後的感觸，作者在這首詞的上半闋，寫的是自己目前的感想，也可以說是對當世政治上沒有是非的現狀所發出的一種慨歎；而下半闋寫的則是昨夜的醉態與狂態，也可以說是對當時政治現實不滿的一種表示。這闋詞，就時間上來說，先敘目前，後敘昨夜，顯然已把由昔而今的自然展演順序顛倒過來了，所用的，正好和頭一首相反，是「逆」敘的手法。

2. 並用者

並用的，和單用的一樣，也可分為如下三類：

（1）就事理而言者，如：

《大學》經一章（依朱子《章句》）

古之欲明明德於天下者，先治其國。欲治其國者，先齊其家。欲齊其家者，先脩其身。欲脩其身者。先正其心。欲正其心者，先誠其意。欲誠其意者，先致其知，致知在格物。物格而后知至，知至而后意誠，意誠而后心正，心正而后身脩，身脩而后家齊，家齊而后國治，國治而后天下平。

《中庸》首章（依朱子《章句》）

天命之謂性，率性之謂道，修道之謂教。道也者，不可須臾離也。可離，非道也。是故君子戒慎乎其所不睹，恐懼乎其所不聞。莫見乎隱，莫顯乎微，故君子慎其獨也。喜怒哀樂之未發，謂之中。發而皆中節，謂之和。中也者，天下之大本也。和也者，天下之達道也。致中和，天地位焉，萬物育焉。

前引兩段文字的首段，論的是《大學》八條目的先後次序，共含逆、順兩個部分：第一部分自起句至「致知在格物」止，就出發點，由「明明德於天下」（即平天下）而治國、齊家、修身、正心、誠意，層層遞進，以至於致知、格物，用的是由末及本的逆推手段；第二部分自「物格而后知至」至段末，就終極處，由物格、知至而意誠、心正、身修、家齊、國治，層層遞進，以至於天下平，用的則是由本及末的順推工夫。這是順、逆並用的一個明顯例子。次段論的是《中庸》的綱領與修道的要領、目標。這段文字，依其內容看，也大致可分成兩大部分：第一部分自篇首至「修道之謂教」止。這三句話「一氣相承」，乃《中庸》一書的綱領所在。首先由起句點明「性」與「天」的關係，用「性」字把天道無息之誠下貫為人類天賦之誠的隔閡衝破；再由次句點明「道」與「性」的關係，用「道」字把人類之誠通往天賦之明的大門敲開；然後由末句點明「教」與「道」的關係，用「教」字把人類人為之明邁向人為之誠的過道打通，而與人類天賦之誠與明連成一體。這樣由上（本）而下（末）地逐層遞敘，既為人類天賦之誠與明尋得了源頭，也為人為之誠與明找到了歸宿了。第二部分自「道不可須臾離也」至末。《中庸》的作者在這個部分裡，首先承上一部分的「修道之謂教」句，闡明修道之要領就在於「慎獨」，以扣緊「不可須臾離」的道，為「自明誠」以「致中和」之教奠好鞏固的基礎。接著承上個部分的「率性之謂道」句，就喜怒哀樂未發之性，說「中」說「大本」；就喜怒哀樂「發而皆中節」之情，說「和」說「達道」，以間接指出「慎獨」的目的（修道的內在目標），就在於保持性情的「中和」（盡性），而堅實的為「自誠明」之性架好了一座「復其初」的橋樑。然後承篇首之「天命之謂性」句，直接指出「致中和」之目的（修道之外在目標），就是使「天地位焉，萬物育焉」，以確切的肯定人類「盡性」以「贊天地化育」的天賦能力，為人類的「誠」、「明」開啟了無限向上的道路。顯然地，這樣自下（末）而上（本）地由「慎獨」而「盡性以至於命」（《傳習錄》上），一路「還原」上去，到了最後，不但可以成己，而且也是足以成物的。這樣看來，《中庸》這一大段文字，以形式而言，是採先順後逆的手法寫成的。

（2）就空間而言者，如：

李白〈菩薩蠻〉

平林漠漠煙如織，寒山一帶傷心碧，暝色入高樓，有人樓上愁。　　玉階空佇立，宿鳥歸飛急。何處是歸程，長亭連短亭。

辛棄疾〈酒泉子〉

流水無情，潮到空城頭盡白。離歌一曲怨殘陽，斷人腸。　　東風官柳舞雕牆。三十六宮花濺淚，春聲何處說興亡。燕雙雙。

前引兩首詞裡的首闋，是望遠懷人之作。首以起二句，就遠，寫平林、寒山的淒涼靜景；次以「暝色入高樓」兩句，就近，寫人佇立樓上遠望的情景，拈出「愁」字，喚醒全篇；接著以換頭兩句，一承「有人樓上愁」（近），寫人在發愁的樣子，一承「寒山」、「平林」（遠），寫歸鳥飛急的動景；然後以結二句，將空間由「寒山」、「平林」向無窮的遠方推展出

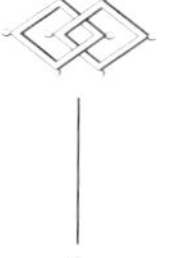

去，寫「長亭連短亭」的歸程，以襯出不見歸人的無限愁思來。十分明顯的，以空間而言，它是採一順一逆的手法寫成的。

次闋是感慨興亡之作，此詞每二句成一組，上片起二句，寫潮打空城的景象，是遼闊的；次二句，寫在空城裡人賦離歌的情景，是縮小的；下片首二句，寫的是金陵故宮的無邊春色；結二句，寫的是在故宮裡能說興亡的小小雙燕。作者將這些或大或小的情景與事物互相間錯起來，便有著無窮的感慨興亡的意思。

（3）就時間而言者，如：

韋莊〈菩薩蠻〉

如今卻憶江南樂，當時年少春衫薄。騎馬倚斜橋，滿樓紅袖招。　　翠屏金屈曲，醉入花叢宿。此度見花枝，白頭誓不歸。

晏幾道〈臨江仙〉

夢後樓臺高鎖，酒醒簾幕低垂。去年春恨卻來時。落花人獨立，微雨燕雙飛。　　記得小蘋初見，兩重心字羅衣。琵琶絃上說相思。當時明月在，曾照彩雲歸。

上引兩首詞中的首篇，是客中感舊之作。作者首先以起句提明重至江南引起快樂回憶的事實，拈出「江南樂」三字，作一總括，以生發下文；接著以「當時年少春衫薄」五句，承上句的「江南樂」，將時間由現在推回到「當年」，寫當年流浪江南的無限樂事；然後以結二句，將時間又由「當時」拉回到現在，反照篇首的「樂」字，寫「未老莫還鄉，還鄉須斷腸」的悲哀作收。很顯然的，這是採先逆後順的形式所寫成的一首作品。

次篇是春暮懷人之作。作者先在上片，以四句就眼前（今），寫醉夢醒後所見室內外的淒涼景象，拈出「春恨」二字，作為一篇的主意；再在下片，以起三句，承上片的「去年」（昔），寫當日初見「小蘋」時的服飾與情意，將所以湧生「春恨」的原因交代清楚；然後以結二句，回筆就現在，藉明月與去年一線聯繫，寫對「小蘋」的無限思念，回應篇首作結。全詞由今而昔而今地寫來，有著無盡的情意。

（五）抑揚

所謂的抑，指的是貶抑；所謂的揚，指的是頌揚。從表面上看，貶抑與頌揚，義恰相反，該是無法並存的。就像一樣東西，好就是好、不好就是不好，不能「模稜兩可」一樣；然而世上的東西，大家都知道是沒有絕對的完美或醜惡的，只要人肯把觀點稍作移動，便可輕易的發現，抑與揚可先後出現在同一事物或人身之上，因此自古以來，當作家寫文章，對人或事有所評論時，既有全從抑或揚來著眼的，也有冶抑與揚為一爐的，譬如：

韓愈〈圬者王承福傳〉

圬之為技，賤且勞者也。有業之，其色若自得者，聽其言，約而盡。問之，王其姓，承福其名；世為京兆長安農夫。天寶之亂，發人為兵。持弓矢十三年，有官勳，棄之來歸，喪其土田，手鏝衣食。餘三十年，舍於市之

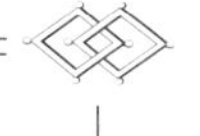

主人，而歸其屋食之當焉。視時屋食之貴賤，而上下其圬之傭以償之。有餘，則以與道路之廢疾餓者焉。

又曰：「粟，稼而生者也；若布與帛，必蠶績而後成者也。其他所以養生之具，皆待人力而後完也；吾皆賴之。然人不可遍為，宜乎各致其能以相生也。故君者，理我所以生者也；而百官者，承君之化者也。任有大小，惟其所能；若器皿焉。食焉而怠其事，必有天殃；故吾不敢一日捨鏝以嬉。夫鏝易能，可力焉；又誠有功，取其直，雖勞無愧，吾心安焉。夫力易強而有功也，心難強而有智也；用力者使於人，用心者使人，亦其宜也。吾特擇其易而無愧者取焉。

嘻，吾操鏝以入富貴之家有年矣！有一至者焉，又往過之，則為墟矣！有再至三至者焉，而往過之，則為墟矣！問之其鄰，或曰：『噫，刑戮也！』或曰：『身既死，而其子孫不能有也。』或曰：『死而歸之官也。』吾以是觀之，非所謂食焉（而）怠其事，而得天殃者邪？非強心以智而不足，不擇其才之稱否而冒之者邪？非多行可愧，知其不可而強為之者邪？將富貴難守，薄功而厚饗之者邪？抑豐悴有時，一去一來而不可常者邪？吾之心憫焉，是故擇其力之可能者行焉。樂富貴而悲貧賤，我豈異於人哉？」

又曰：「功大者，其所以自奉也博；妻與子，皆養於我者也。吾能薄而功小，不有之可也；又吾所謂勞力者，若立吾家而力不足，則心又勞也。一身而二任焉，雖聖者不可能也。」

愈始聞而惑之；又從而思之，蓋賢者也。蓋所謂獨善其

身者也。然吾有譏焉；謂其自為也過多，其為人也過少。其學楊朱之道者耶？楊之道，不肯拔我一毛而利天下，而夫人以有家為勞心，不肯一動其心以畜妻子，其肯勞其心以為人乎哉？雖然，其賢於世之患不得之而患失之者，以濟其生之欲，貪邪而亡道以喪其身者，其亦遠矣。又其言，有可以警余者，故為之傳而自鑑焉。

這篇文章是採先「敘」後「論」的方式寫成的：

1. 敘的部分：這個部分包括一、二、三、四等段：

（1）起段：這一段先以開端兩句一抑，點明「圬」這種行業的性質，而以「賤」字伏下「使於人」句，以「勞」字伏下「用力」句；再以四句一揚，陡然指出一個圬者從事這種行業所顯現的神情與言談特色卻有異於常人的地方，以領起一篇精神，而以「自得」伏下「無愧」、「心安」句，以「約盡」伏下兩個「又曰」；然後以「問之」兩字作接榫，帶出「王其姓」十數句，採代敘的手法，順次交代這個圬者的姓名、世業以及入伍得官、棄官業圬的履歷，很技巧地道出了他動力餘生與不畜妻子的意思。

（2）二、三段：作者在這裡，緊承起段，先以「又曰」二字作引，領出王承福的兩段話來：

頭一段話：是由「粟稼而生者也」至「吾特擇其易為而無愧者取焉」止。首先應起段之「手鏝衣食」句，從衣食的生產談到其他養生之具，說明人所以須分工合作的原因；再藉君臣所負任務之大小，說明人須各盡所長的道理；然後以「食焉怠其事」二句，將上兩節的意思作一總括，從反面指出人若不能分工合作、各盡所長，必得天譴，並且由因而果地順勢引出

「故吾不敢一日捨鏝以嬉」句，拍到自家身上，說出自己不敢「捨鏝以嬉」的事實。接著叩緊「捨鏝」之「鏝」字，並應起段開端數句，分勞力與勞心兩層，解釋自己所以業圬不辭勞賤的緣故。

第二段話，由「嘻」至「我豈異於人哉」止，則先以「嘻」字發出感歎，從而引出「吾操鏝」一句，作為總冒，分「一至」與「再至三至」兩層，敘述自己從事泥水工作以來所見人家由富貴變成廢墟的情形；再以「問之其鄰」一句承上啟下，領出三個「或曰」，藉人家之口，分述他們所以致此的表面原因；接著以「吾以是觀之」一句，作個總括，先應上段「食焉而怠其事」、「無愧」、「心安」、「心難強而有智」及「惟其所能，若器皿焉」等數句，引出「非所謂」六句，並衍生「將富貴」四句，分五疊進一層的推斷他們所以致此的真正原因；然後以「吾心憫焉」四句，發出感喟作收，以點明自己所以自動棄官來歸的緣故。

（3）四段：這一段仍以「又曰」二字作引，帶出王承福的另一段話來。這段話共十句，乃緊承著上段末尾數句來說的，首就功大功小、次就勞心勞力作個分析，說明自己所以不敢畜養妻子的緣故。

2. 論的部分：這個部分僅一段，即末段。作者在此，首先以「愈始聞而惑之」一句一抑，接著以「又從而思之」三句一揚，總結上面「敘」的部分，發出作者個人的評論，認為王承福的言行，雖然有令人疑惑之處，但仍不失為一位能獨善其身的賢人；繼而用「然吾有譏焉」一句一轉，引出「謂其自為也過多」八句，再予一抑，應二、四兩段，就「獨善其身」這一點上論斷他的過失；接著以「雖然」二字再一轉，引出「其賢於世……」四句，應三段，又予一揚，就「賢者」二字來讚美王承福，認為他比那些「貪邪而亡道，以喪其身」的好得多了；然後接以「又其言」三句，說明自己為他作傳的動機收結，將規世的意思懇切的表示出來。

從形式看，這篇文章除篇首與末段用抑用揚以外，其他部分好像都與抑、揚無關；其實就內容材料上來看，全文是沒有一個部分與抑、揚無關的，因為前四段的「敘」，很顯然的全是為末段的「論」而寫的。換句話說，末段的二抑、二揚，如果沒有預先安排於前四段的一些或抑或揚的有關內容材料作為依據，是無法成立的；而連帶的，作者嫉時規世的本旨也就無法表達出來了。所以我們可以這麼說：這篇文章是針對著抑與揚來覓取、運用材料的。又如：

陶淵明〈五柳先生傳〉

先生不知何許人也，亦不詳其姓字。宅邊有五柳樹，因以為號焉。

閑靜少言，不慕榮利。好讀書，不求甚解；每有會意，便欣然忘食。性嗜酒，家貧不能常得；親舊知其如此，或置酒而招之，造飲輒盡，期在必醉；既醉而退，曾不吝情去留。環堵蕭然，不蔽風日，短褐穿結，簞瓢屢空，——晏如也。常著文章自娛，頗示己志。忘懷得失，以此自終。

贊曰：黔婁之妻有言：「不戚戚於貧賤，不汲汲於富貴。」味其言，茲若人之儔乎？啣觴賦詩，以樂其志。無懷氏之民歟？葛天氏之民歟？

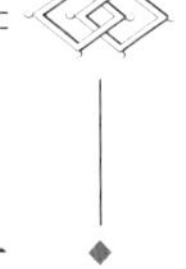

這是全就「揚」的一面來寫的一篇文章。也是跟上篇一樣，採先「敘」後「論」的方式寫成：

1. 敘的部分：這個部分包括一、二兩段：

（1）首段：這一段僅四句，用以點明五柳先生的來歷。寫法是這樣子的：先以首句說他「不以地傳」，再以次句說他「不以名傳」[33]，然後以三、四兩句，說出他所以得號為「五柳」的原因。

（2）次段：這一段主要是寫五柳先生的高尚性行。首先以「閑靜少言」兩句，寫他的性情；再以「好讀書」十二句，分讀書與醉酒兩節，寫他的嗜好；接著以「環堵蕭然」四句，就住、衣、食，寫他的修養；然後以「常著文章自娛」四句，就著書與胸懷，寫他的志趣。

2. 論的部分：這個部分僅一段，即末段。作者在此，仿史傳之例，以「贊曰」二字冠首，引出頌贊的一段文字來。這一段文字，先以「黔婁有言」三句，應上段的「家貧」、「晏如」與「不慕榮利」等句，藉古代高士的話加以印證；再以「味其言」兩句，用疑問的口吻，提出作者自己的看法，認為五柳先生該是「不戚戚於貧賤，不汲汲於富貴」的一類人物；然後以「啣觴賦詩」四句，應上段的「嗜酒」與「常著文章自娛，頗示己志」等句，從五柳先生的嗜好、志趣上來頌揚他是個上古人物作結。

大家都知道這篇〈五柳先生傳〉，等於是陶淵明的自傳。寫自傳，本有諸多限制，是不好全就「揚」的一面來寫的，更何況又夾雜著時代難言的因素，於是作者便只好假五柳先生作

33　見王文濡校勘《精校評注古文觀止》卷七，同注5，頁10。

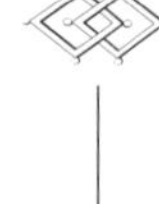

為自己的寫照了。吳楚材說：「淵明以彭澤令辭歸後，劉裕移晉祚，恥不復仕，號五柳先生，此傳乃自述其生平之行也。」[34]看法是正確的。

取材的角度，雖不只限於以上所舉的五種而已，但相信已足以看出取材角度的多樣來了。如果我們在從事讀、寫教學的時候，能夠多加掌握，則增進學生讀、寫的本領，提高教學的效果，當是可以預期的。

第四節　布局

布局就是安排思想材料使成系統的意思。要安排思想材料，使成系統，這就涉及了「章法」。而章法首先要掌握的就是它的規律與類型，茲分述如下：

一、章法類型

章法處理的是篇章中內容材料的邏輯關係[35]。而目前所發現的章法約四十種，如今昔法、久暫法、遠近法、內外法、左右法、高低法、大小法、視角變換法、時空交錯法、狀態變換法、知覺轉換法、本末法、淺深法、因果法、眾寡法、並列法、情景法、論敘法、泛具法、空間的虛實法、時間的虛實

34 見王文濡校勘《精校評注古文觀止》卷七，同注5。

35 見陳滿銘〈論章法與邏輯思維〉，《第四屆中國修辭學國際學術研討會論文集》（臺北：中國修辭學會、輔仁大學中文系，2002年5月），頁1-32。

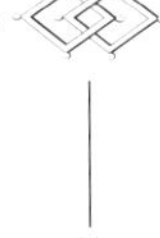

法、假設與事實法、凡目法、詳略法、賓主法、正反法、立破法、抑揚法、問答法、平側法、縱收法、張弛法、插敘法、補敘法、偏全法、點染法、天人法、圖底法、敲擊法等[36]。茲就「求異」與「求同」兩層概介於後：

（一）就「求異」言：其主要類型有：

1. 今昔：這是將時間中的「今」（現在）與「昔」（過去），依篇章需求作適當安排的一種章法。其中「由昔而今」的順敘方式，是最為常見的敘述方式，也是最符合事物本身的發展規律的，而合乎規律的東西就是真的，就是美的。至於「由今而昔」地逆敘，是將美感情緒波動最急促、最密集的部分先呈現出來，非常醒目。而「今、昔、今」的結構方式，會將激烈的美感情緒再次重現，形成呼應，有餘韻不絕的感受，是僅次於順敘結構外，最為常見的結構類型。還有其他「今昔迭用」的結構，「今」與「昔」之間會形成一再的、強烈的呼應，美感也因此而產生[37]。

2. 久暫：這是將文學作品中的長、短時間作適當安排的一種章法。其中久、暫的時間安排，是配合情感的波動，所形成的長時與瞬時的對照。當文學作品呈現「由暫而久」的時間設計，則「暫」會更強調出「久」，而時間的悠久本身即會產

---

36 詳見陳滿銘〈談辭章章法的主要內容〉，《章法學新裁》，同注 11，頁 319-360。又見〈論幾種特殊的章法〉（臺北：臺灣師大《國文學報》31 期，2002 年 6 月），頁 193-222。另見仇小屏《文章章法論》（臺北：萬卷樓圖書有限公司，1998 年 11 月初版），頁 1-510、《篇章結構類型論》上下（臺北：萬卷樓圖書有限公司，2000 年 2 月初版），頁 1-620。

37 參見仇小屏《篇章結構類型論》上，同注 36，頁 40-42。又參見其《古典詩詞時空設計美學》（臺北：文津出版社，2002 年 11 月初版一刷），頁 169-183。

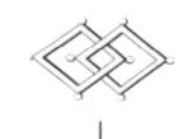

生美感，而且最有利於歷史感的帶出。至於「由久而暫」的設計類型，則是強調出「暫」，選取情意量最為豐富的一剎那，來作特寫的呈現[38]。

3. 遠近：這是將空間遠、近變化記錄下來而形成的一種章法。其中「由近而遠」的空間變化中，距離由近而遠地拉開，附著於空間的景物也漸次的呈現在讀者眼前，造成一種「漸層」的效果；而且空間若向遠方無限延伸時，常會使人湧起一股崇高感，並使其中醞釀的情緒得到最大的加強。而「由遠而近」則會將空間拉近，並讓近處的景物得到最大的注意。此外尚有多種「遠近迭用」的空間結構，這一方面可以滿足愛好新奇變化的審美心理，而且也合乎中國傳統遠近往還的遊賞方式[39]。

4. 內外：這是將文學作品中所出現建築物內、外的空間轉換表達出來的一種章法。它因為有建築物（門、窗、帷、牆……）在「隔」，因此這種內外空間造成的「漸層」效果最好，也因此而特別有一種幽深曲折的美感，最適合用來醞釀幽邃的境界[40]。

5. 左右：這是將空間在左、右之間移動，而造成的橫向變化紀錄下來的一種章法。其中向左、右延展的空間，最能傳達出「均衡」的美感，而且特別容易造成遼闊的空間感，也因此而產生安定靜穆的感受。此外，這種空間很容易凸顯出在

---

38 參見仇小屏《篇章結構類型論》上，同注 36，頁 50-51。又參見其《古典詩詞時空設計美學》，同注 37，頁 183-190。

39 參見仇小屏《篇章結構類型論》上，同注 36，頁 67-69。又參見其《古典詩詞時空設計美學》，同注 37，頁 54-66。

40 參見仇小屏《篇章結構類型論》上，同注 36，頁 82-83。又參見其《古典詩詞時空設計美學》，同注 37，頁 66-74。

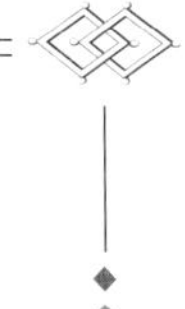

左、右造成均衡的物（或人），這也是特色之一[41]。

6. 高低：這是記載文學作品中空間高、低變化的一種章法。其中在「由低而高」的空間中，方向是往上的，因此給人一種輕鬆、自由的感受；而且當它創造出一個高偉的空間時，容易使審美主體由靜觀而融合，終於達致崇高的情境。至於「由高而低」的置景法，則方向是往下的，因此沉重、密集、束縛，可是力量也因此而非常驚人。而「高低迭用」的空間，則可靈活的收納上上下下的景物，以烘托出作者的主觀情感。[42]

7. 大小：這是將空間中大的面與小的面之間，擴張、凝聚的種種變化記錄下來的一種章法。這種大小空間展現的是平面美。形成的若是「由大而小」的包孕式空間，則最後會凝聚在小小的一「點」上，具有最強大的集中效果。「由小而大」的輻射式空間剛好相反，會有擴大、奔放的效果，是平面美的極致。而「大小迭用」的空間，則會形成「大者更擴散、小者更集中」的效果[43]。

8. 視角轉換：這是不從單一的角度去描摹景物，而是將空間三維——長、寬、高互相搭配，造成視角的移動，並將此種變化體現在文學作品中的一種章法。

按照中國傳統的觀照方式即是仰觀俯察、遠近遊目，因此特別容易形成視角變化的空間。這樣的空間結構方式，一方面可以自由的收羅不同空間的不同景物；而且空間的轉換，會造

41　參見仇小屏《篇章結構類型論》上，同注 36，頁 89-90。又參見其《古典詩詞時空設計美學》，同注 37，頁 77-83。

42　參見仇小屏《篇章結構類型論》上，同注 36，頁 102-103。又參見其《古典詩詞時空設計美學》，同注 37，頁 83-91。

43　參見仇小屏《篇章結構類型論》上，同注 36，頁 120-121。又參見其《古典詩詞時空設計美學》，同注 37，頁 91-97。

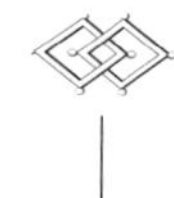

成「躍動性的空間美」，十分靈動[44]。

9. 時空交錯：這是在文學作品中，分別關顧了時間的流逝，以及空間的呈現，使兩者之間相輔相成，以求篇章內容完整、美感多元的一種章法。人處在四維時空中，都有空間知覺與時間知覺，體現在作品中，會形成空間時間的混和美；這種美，美在同時掌握流動的時間與廣延的空間，因而更凸顯出人處在宇宙的一點中，種種作為、感受的意義，營造出一個專屬於作者個人的「小宇宙」[45]。

10. 狀態變化：這是將外在世界中，萬事萬物某一狀態本身的變化，呈現在文章中的一種章法。由於人對某一對象的某種特徵的注意越集中，在大腦皮層的相應部位就越能引起優勢興奮中心，這就是「有意注意優勢」，借助於此，人們可以達到非常有效的觀察。創作者對觀察的結果感覺到美，便會用文字準確地傳達出來，於是出現對狀態變化的刻畫；但這與其說是對事物形態的模擬，還不如說是對美感情緒波動的模擬。[46]

11. 知覺轉換：這是在篇章中描摹不只一種的知覺，藉此展現創作者對大千世界多面認識的一種章法。人的任何一種知覺活動，都離不開感覺；因此人的感覺器官接收客觀世界的訊息，經過審美心理的運作後，就產生了種種的知覺美。在這之中，視覺和聽覺出現的次數最頻繁，與美的關係也最密切，因此這兩種知覺特稱為「美的知覺」；不過，各種知覺之間，都是彼此輔助的；而且最終都會匯歸為「心覺」，在心覺中獲得

---

44 參見仇小屏《篇章結構類型論》上，同注 36，頁 133-134。又參見其《古典詩詞時空設計美學》，同注 37，頁 100-104。

45 參見仇小屏《篇章結構類型論》上，同注 36，頁 145-146。又參見其《古典詩詞時空設計美學》，同注 37，頁 237-255。

46 參見仇小屏《篇章結構類型論》上，同注 36，頁 179-180。

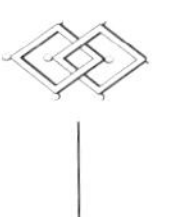

內在統一，這才是目的與極致[47]。

12. 因果：這是由一因一果所組合而成的一種章法。「因為……所以……」的構句方式是十分常見的；相反地，由「所以」至「因為」的情形也有；甚至「因為」與「所以」多次交互出現的情況也屢見不鮮。因此，這樣的思維方式，其應用範圍擴大到篇章時，那就形成因果法了。因果邏輯的應用是十分廣泛的，所以因果法在文學作品中也就相當的常見。其中最常出現的型態是「由因及果」，這樣可以因順推而產生規律美，也可以全面地弄清楚事情的前因後果。而「由果溯因」的結構，因為「果」一開始就出現，很能夠挑起讀者的「期待欲」。而其他的變化類型，除了變化的美感外，也借助「因」與「果」的多次呈現，來更深入內容[48]。

13. 衆寡：這是將多數與少數形成相應成趣的一種章法。其中 「由眾而寡」的結構，會凸出一個焦點，是為「寡」；而「由寡而眾」的結構，則會因涵蓋範圍的擴大，而有一種放大的作用。而且眾、寡的變化也可以打破沉悶，造成新鮮感。[49]

14. 情景：這是借重具體的景物（實），來襯托抽象的情意（虛），以增強詩文的情味力量的一種章法。在主客關係中，主體佔了主導的位置；主體依據其特殊的情意，檢擇適合的景象，此即所謂的「知覺定勢」。因此景與情的關係是相應相生的，所以可以產生一種「調和」的美感；所給予人的是欣賞而不是推理，是領悟而不是說教[50]。

---

47 參見仇小屏《篇章結構類型論》上，同注36，頁160-161。

48 參見陳滿銘〈論「因果」章法的母性〉（臺北：《國文天地》18卷7期，2002年12月），頁94-101。又參見參見仇小屏《篇章結構類型論》上，同注36，頁223-224。

49 參見仇小屏《篇章結構類型論》上，同注36，頁234。

15. 論敘：這是將抽象的道理與具體的事件結合起來，使之相輔相成的一種章法。作者依據其特殊的需要，去揀擇適合的事件來表達主觀的情意，然後體現在篇章，因此「敘」與「論」必然是可以相適應的；而且從具體的事物中提煉出抽象的理論，揭示了客觀真理，這個過程本身即會產生美感[51]。

16. 泛具：這是將泛泛的敘寫和具體的敘寫結合在同一篇章中的一種章法。本來它的涵蓋面很廣，可涵蓋「情景」、「敘論」、「凡目」、「虛實」等章法，卻由於「情景」、「敘論」、「凡目」、「虛實」等章法，十分常見，必須抽離出去，各自獨立，以顯現其特色，因此在此僅存「事」與「情」、「景」與「理」之兩種類型。在這種情形下，「抽象」和「具象」一方面會分別形成抽象美和具象美，一方面也會因為互相適應而達成調和的美感[52]。

17. 空間虛實：這是將眼前所見的實空間，以及設想得來的虛空間糅雜於篇中，使空間處理靈活而有彈性的一種章法。在想像力的奔放縱馳下，虛、實空間轉換自如，是最能展現空間變化之美的；而且「實」與「虛」之間的相生相濟，為文學作品增添了靈活調和的美感[53]。

---

50 參見仇小屏《篇章結構類型論》上，同注36，頁261-264。又參見陳佳君《虛實章法析論》（臺北：文津出版社，2002年11月一版一刷），頁47-67。

51 參見仇小屏《篇章結構類型論》上，同注36，頁285-286。又參見陳佳君《虛實章法析論》，同注50，頁68-90。

52 參見仇小屏《篇章結構類型論》上，同注36，頁295。又參見陳佳君《虛實章法析論》，同注50，頁34-46。

53 參見仇小屏《篇章結構類型論》上，同注2，頁318。又參見其《古典詩詞時空設計美學》，同注37，頁154-162。又參見陳佳君《虛實章法析論》，同注50，頁159-174。

18. 時間虛實：這是將「實」時間〔昔、今〕與「虛」時間〔未來〕糅雜於篇章中，以求敘事〔寫景〕、抒情〔議論〕的最好效果的一種章法。這種章法能掌握過去、現在、未來，是其他章法所沒有的優勢。而且「實」與「虛」之間互相聯繫、滲透、轉化，而生生不窮，也就是由局部性的交流所產生的靈動美，趨向整體統一的和諧美[54]。

19. 假設與事實：這是將假設與事實作對應安排的一種章法。此處的「假設」，指的是虛構的事物；而「事實」，指的是現實世界中已發生的一切；兩兩對映、結合，組織成文學作品。所謂的「事實」是指從現實世界中提煉出來的真實；而「假設」在文學中更佔有特別的地位，是人類心理的直接投射，是出乎現實而超乎現實，可以說是比真實更真實。而當此二者在作品中相互呼應時，輝耀出的是客觀世界與主觀世界所共同彰顯的真實[55]。

20. 凡目：這是在敘述同一類事、景、情、理時，運用了「總括」與「條分」來組織篇章的一種方章法。這種章法的形成，基本上是運用了歸納、演繹的邏輯思考；也就是說歸納式的思考會形成「先目後凡」的結構，演繹式的思考會形成「先凡後目」的結構，而「凡、目、凡」、「目、凡、目」的結構，則是綜合運用了歸納、演繹的推理方式而形成的。所以「凡」是總括，具有統括的力量；「目」則是條分，條分的項

54 參見仇小屏《篇章結構類型論》上，同注 36，頁 318。又參見其《古典詩詞時空設計美學》，同注 37，頁 228-235。又參見陳佳君《虛實章法析論》，同注 50，頁 145-158。

55 參見仇小屏《篇章結構類型論》下，同注 36，頁 331-332。又參見陳佳君《虛實章法析論》，同注 50，頁 189-205。

目是並列的，因而有一種整齊美。而且「凡、目、凡」和「目、凡、目」結構還有一個特點，那就是具有對稱（均衡）與統一的美感[56]。

21. 詳略：這是將詳寫、略寫的筆法在篇章中相互為用，以突出主旨的一種章法。通常美感的一個很大的來源是「比例」，「比例」指的就是兩部分配稱或不配稱。而詳寫、略寫都必須以凸出主旨為第一考量，所以這就涉及了部分與全體的比例是不是很適當的問題；不只如此，詳寫與略寫之間也要配合得恰到好處，這就是部分與部分的比例協調。當部分與全體、部分與部分之間都配置得十分亭勻時，自然會給予人極大的審美享受[57]。

22. 賓主：這是運用輔助材料〔賓〕，來凸顯主要材料〔主〕，從而有力地傳達出主旨的一種章法。這種章法通常根據「相似」聯想，去尋找輔助的「賓」，以烘托出「主」，因而產生調和之美；而且有主有從，都是為了托出主旨而服務，這就會形成繁多的統一，因此而產生映襯與和諧美[58]。

23. 正反：這是將極度不同的兩種〔或兩種以上〕的材料並列起來，作成強烈的對比，藉反面的材料襯托出正面的意

---

56 參見陳滿銘〈談見於詩詞裡的凡目結構〉（臺北：《第一屆中國修辭學學術研討會論文集》，中國修辭學會、臺灣師大國文系，1999年6月），頁95-116。另參見仇小屏《篇章結構類型論》下，同注36，頁355-356。又參見陳佳君《虛實章法析論》，同注50，頁91-118。又參見涂碧霞《凡目章法析論》（臺北：臺灣師大國研所碩士論文，2003年7月），頁1-190。

57 參見仇小屏《篇章結構類型論》下，同注36，頁371-372。又參見陳佳君《虛實章法析論》，同注50，頁119-144。

58 參見仇小屏《篇章結構類型論》下，同注36，頁398-401。又參見夏葳葳《賓主章法析論》（臺北：文津出版社，2002年11月初版一刷），頁391 402。

思，以增強主旨的說服力與感染力的一種章法。這種章法是在「對比」的原理上產生的，對比因為具有極大的差異性，因而有鮮明、醒目、活躍、振奮的強烈感受。而且有「相對立的形態」出現在篇章中，反而能使主體〔正〕的特點更凸出、姿態更優美。除此之外，還可以增強主旨的感染力，這又再一次證明了「繁多的統一」這一美學至理[59]。

24. 立破：這是將「立」與「破」之間形成針鋒相對，使得所欲探討的主題更加是非分明的一種章法。它是根據對比的原理而成立的，但是因為強調「針鋒相對」，所以效果更加的強烈。而且「立」通常是積非成是的成見，也就是「心理的惰性」，當它被「破」推翻時，自然會促成讀者理解上的飛躍，效果極為突出[60]。

25. 問答：這是藉著「問」與「答」來組織篇章的一種章法。不過，「連問不答」既有組織的效果，而且「對話」也應包括在其中。通常語言具有「刺激」與「反應」的雙重屬性，前者會形成「問」，後者會形成「答」，而且一般的對話也會形成「刺激—反應」的關係，因此可以將兩個不同的部分連結起來。並且「問」有懸疑的效果，「答」則會帶來撥雲見日的輕鬆感。至於「連問不答」則因意脈的流貫而連結為一個整體，而且因為一直沒有回答，於是造成了懸宕的特別效果[61]。

26. 平側：這是平提數項的部分，和側注其中一、二項的部分，兩者結合起來所形成的一種章法。這種章法最大的優點，就是很容易藉著側注，凸顯出重心來。而且平提的部分也

59　參見仇小屏《篇章結構類型論》下，同注 36，頁 432-434。
60　參見仇小屏《篇章結構類型論》下，同注 36，頁 455-456。
61　參見仇小屏《篇章結構類型論》下，同注 36，頁 501。

同時具有收束和拓開的作用，這也會帶來美感[62]。

27. 縱收：這是將「縱離主軸」、「拍回主軸」的手段交錯為用的一種章法。所謂 「縱」就是放開，「收」就是拉回。當美感情緒四處流溢時，其表現出來的形態就是「縱」，但這其實是為了收束美感情緒，使之集中到一點上，也就是「收」。放開、收束的交互作用，可以藉著因落差而產生的力量，來推深作品中的情意，增強美感[63]。

28. 張弛：這是造成文章中緊張與鬆弛的不同節奏，並使之互相配合的一種章法。通常審美情緒波動大時，產生「張」的節奏；波動小時，產生「弛」的節奏。前者予人緊張感，後者則是舒緩的；張、弛節奏若作更多次不同的搭配，會有起伏呼應的效果，韻律感會更強[64]。

29. 偏全：這是將局部或特例與整體或通則兩相搭配起來的一種章法。這裡所謂的「偏」，是指局部或特例；而「全」，是指整體或通則。作者在創作詩文之際，往往會用「局部」與「整體」、「特例」與「通則」的相應條理來組合情意材料。這種作法可以兼顧「整體」與「通則」，以及「局部」與「特例」，而且兩兩對照之下，更能顯出深長的情味[65]。

---

62 參見陳滿銘〈談平提側收的篇章結構〉(高雄：《第二屆中國修辭學學術研討會論文集》，2000 年 6 月)，頁 193-214。參見仇小屏《篇章結構類型論》下，同注 2，頁 527-528。又參見高敏馨〈平側章法析論〉(臺北：臺灣師大國研所碩士論文，2004 年 5 月)，頁 1-172。

63 參見傅更生《中國文學欣賞舉隅》(臺北：萬卷樓圖書有限公司，2002 年 11 月初版)，頁 80-88。又參見仇小屏《篇章結構類型論》下，同注 36，頁 547-548。

64 參見仇小屏《篇章結構類型論》下，同注 36，頁 566-567。

65 參見陳滿銘〈論幾種特殊的章法〉，同注 36，頁 176-181。

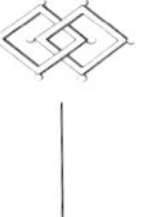

30. 天人：這是將「自然」與「人事」形成層次來描寫的一種章法。所謂「天」，指的是「自然」；所謂「人」，指的是「人事」。如就寫景來說，「天」就是自然之景，「人」就是人事之景；若就說理而言，則「天」就屬於天道，「人」就屬於人道。當同一篇作品中出現「天」與「人」時，則兩者之間產生交流，自然界因而增添情味，人事界也獲得開展，因此產生了溫潤自由的美感[66]。

31. 圖底：這是組合焦點與背景而形成的一種章法。在篇章中出現的材料，有一些是焦點所在的「圖」，有一些是充當背景的「底」，兩兩配合起來，就形成邏輯層次。「底」相對於「圖」而言，能起著烘托的作用，「圖」相對於「底」而言，卻有著聚焦的功能，因此一烘托、一聚焦，篇章就會顯得豐富有層次，而且焦點凸出[67]。

32. 敲擊：這是用正寫與側寫來安排篇章的一種章法。「敲」專指側寫，「擊」專指正寫，所以敲擊法就是側寫、正寫兼用的。一般說來，側寫、正寫兼用時，會造成「旁敲正擊」的效果，所以一方面具有側寫帶來的橫宕、流溢的美感，一方面又具有正寫所造成的痛快淋漓的感受，所以是一種非常具有美感的章法[68]。

以上三十二種章法類型，是比較常見的。其中每種章法，又至少可形成四種（如「凡目」法可形成「先凡後目」、「先

66　參見陳滿銘〈論幾種特殊的章法〉，同注 36，頁 187-191。

67　參見陳滿銘〈論幾種特殊的章法〉，同注 36，頁 191-196。又參見仇小屏〈論「圖底」章法的空間結構——以幾首唐詩為例〉（臺北：《國文天地》17 卷 5 期，2001 年 10 月），頁 100-104。

68　參見陳滿銘〈論幾種特殊的章法〉，同注 36，頁 196-202。

目後凡」、「凡、目、凡」、「目、凡、目」）結構。換句話說：在已發現的約四十種章法，就可以形成約一百六十種的結構。而這種章法與結構，也會繼續增加[69]。因為章法是「客觀的存在」，只要有作者將這種「客觀的存在」的邏輯條理新用於辭章之創作上，即可被發現，而增加新的章法與結構。這樣就將經由「發現章法現象，以求得通則」的研究方式，持續下去，就會更豐富章法與其結構的內容。

（二）就「求同」言

由於章法與章法之間，原本就存在著一些藕斷絲連之關係，因此如就宏觀的角度，來歸納某些章法一般性的共同特色，也就是從通則來作大致的分類，則可製成章法家族分類表如下[70]：

69 王希杰：「陳教授的章法系統是開放的，不是封閉的。他並沒有宣稱他已經窮盡了章法現象，而是在繼續發現、繼續尋找新的章法現象。一來已經存在的文章中有我們還沒有發現的章法問題，二來，文章本身在發展著，新的文章將創造出新的章法現象，所以這一發現和尋找的過程將永遠也不會結束。」見〈章法學門外閑談〉（臺北：《國文天地》18卷5期，2002年10月），頁97。

70 參見陳佳君〈論章法的族性〉，《修辭論叢》（福州：海潮攝影藝術出版社，2002年12月一版一刷），頁145-163。

家　族	章　　法		美感
圖底家族	（一）時間類	1. 今昔法　2. 久暫法　3. 問答法	立體美
	（二）空間類	1. 遠近法　2. 大小法　3. 內外法 4. 高低法　5. 視角變換法 6. 知覺轉換法　7. 狀態變化法	
因果家族	1. 本末法　2. 淺深法	3. 因果法　4. 縱收法	層次美
虛實家族	（一）具體與抽象類	1. 泛具法　2. 點染法　3. 凡目法 4. 情景法　5. 敘論法　6. 詳略法	變化美
	（二）時空類	1. 時間的虛實法　2. 空間的虛實法 3. 時空交錯的虛實法	
	（三）真實與虛假類	1. 設想與事實的虛實法　2. 願望與實際的虛實法　3. 夢境與現實的虛實法 4. 虛構與真實的虛實法	
映襯家族	（一）映照類	1. 正反法　2. 立破法　3. 抑揚法 4. 眾寡法　5. 張弛法	映襯美
	（二）襯托類	1. 賓主法　2. 平側（平提側注）法 3. 天人法　4. 偏全法　5. 敲擊法 6. 並列法	

以上章法的四大家族，都包含了「調和」與「對比」的兩種類型。如果由此切入，則近四十種章法，則顯然又可以用「調和」與「對比」加以統合。也就是說，在「(0)一、二、多」邏輯原理的涵蓋下，章法結構所體現的正是取「二」為中，以徹上徹下的現象，因此必然會呈現二元對待的情形，所以從二元對待的角度切入，凸出「調和」與「對比」，最能掌握章法結構在徹上、徹下時所起的關鍵的聯貫作用。

因此，近四十種章法所形成的二元對待的結構，雖看似型態紛繁，而實則可以用「對比」與「調和」加以統括[71]。將此種「對比」與「調和」的觀念，落實到章法上，則意味著章法

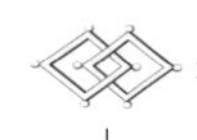

的二元結構不是以對比的方式、就是以調和的方式來造成對待；所以從這個角度，掌握了「二」(「調和」與「對比」)，對章法加以分類，當然就容易往下統合各種章法結構所形成之「多」，並且往上貫通章法二元對待的「一（0）」源頭，以凸顯主旨，從而探求出所造成的美感效果來。

基於上述的推論，章法除上述四大家族外，又可依此大致分作三類：對比類、調和類、中性類。運用前二類章法時，在材料的選取上，就必然會選用對比或調和的材料，因此毫無疑問地會造成對比美或調和美；而且在此二類之下，針對材料的來源，還可再分成三類，即同一事物造成對待者、不同事物造成對待者，以及皆有可能者。至於第三類章法則是二元所造成的對待關係尚未確立，可能是對比、也可能是調和，必須進一步檢視所選用的材料，才可以確定造成的是對比或是調和的關係，因此稱作中性類；而且此類所涵蓋的章法甚多，其中又以用「底」來襯托「圖」者最多，因此可以區分出圖底類[72]，無法歸入此類者，皆歸入其他類。

不過需要說明的是：插敘法、補敘法無法列入此三類中。那是因為此二種章法是與文章的主體產生對待關係，無法單獨明確地抓出對比或調和的關係，所以不加以分類。

關於各個章法詳細的歸類，可以參看下表[73]：

---

71 參見夏方《美學：苦惱的追求》（福州：海峽文藝出版社，1988年5月一版一刷），頁108。

72 「圖底類」與「圖底法」並不等同。若以「集合」的觀念來說明，則圖底類是一個大集合，圖底法是一個小集合，圖底法從屬於圖底類之下，因此其相同點在於都是以「底」襯「圖」，不過此「底」與「圖」若是能從今昔、久暫、遠近……等其他章法的角度切入來分析，就歸入今昔、久暫、遠近……等其他章法，無法用其他章法切入的，就歸入圖底法。

對比類	1. 同一事物：立破法、抑揚法、縱收法 2. 不同事物：正反法 3. 皆可：張弛法
調和類	1. 同一事物：本末法、淺深法、因果法、泛具法、凡目法、平側法、點染法、偏全法 2. 不同事物：賓主法、並列法、情景法、論敘法、敲擊法 3. 皆可：知覺轉換法
中性類	1. 圖底類： ⑴時空類：今昔法、久暫法、遠近法、內外法、左右法、高低法、大小法、視角變換法、時空交錯法 ⑵虛實類：空間的虛實法、時間的虛實法、假設與事實法 ⑶其他類：詳略法、天人法、眾寡法、圖底法 2. 其他類：狀態變換法、問答法

以上兩種統合章法的角度，都各有其依據，可助大眾對章法的認識與了解。此外，如此藉由「比較」深入章法現象，來嘗試理清其內在的理則，相信對於章法學的研究與應用，也是會有助益的。尤其是對國語文的讀、寫教學來說，助益更大。

二、章法規律

所謂「章法」，涉及的是篇章內容的邏輯結構，也就是聯句成節（句群）、聯節成段、聯段成篇的關於內容材料之一種組織。因此對它的注意，是極早的，但集樹而成林，確定它的範圍、內容及原則，形成體系，而成為一個學門，則是晚近之事[74]。到了現在，可以掌握得相當清楚的章法，約有四十種。

73　這種歸類表，由臺南成功大學中文系副教授仇小屏所提供。

74　鄭頤壽：「臺灣建立了「辭章章法學」的新學科，成果豐碩，代表作是臺灣師大博士生導師陳滿銘教授的《章法學新裁》（以下簡稱「新裁」）及其高足仇小屏、陳佳君等的一系列著作。……臺灣的辭

這些章法，全出自於人類共通的理則，由邏輯思維形成[75]，都具有形成秩序、變化、聯貫，以更進一層達於統一的功能。而這所謂的「秩序」、「變化」、「聯貫」、「統一」，便是章法的四大律。其中「秩序」、「變化」與「聯貫」三者，主要是就材料之運用來說的，重在分析；而「統一」，則主要是就情意之表出來說的，重在通貫。這樣兼顧局部的分析（材料）與整體的通貫（情意），來牢籠各種章法，是十分周全的。茲分述如下：

（一）秩序律

所謂「秩序」，是將材料依序加以整齊安排的意思。任何章法都可依循此律，經由「移位」（順、逆）而形成其先後順序。茲舉較常見的十幾種章法來看，它們可就其先後順序，形成如下結構：

章章法學體系完整、科學，已經具備成『學』的資格。」見〈中華文化沃土，辭章學圃奇葩——讀陳滿銘《章法學新裁》及其相關著作〉，《海峽兩岸中華傳統文化與現代化研討會文集》（蘇州：「海峽兩岸中華傳統文化與現代化研討會」，2002 年 5 月），頁 131-139。又王希杰：「『章法』一詞是多義的。『章法』是文章之法，但是，有兩種『章法』。一種是一種客觀存在的『章法』，它顯然是與文章同時出現的。有文章就有章法，不同的文章有不同的章法，但是沒有完全沒有章法的文章，不過是章法的好和壞罷了。另一種『章法』，是研究者的認識或主張，是知識和理論，是文章的研究者的辛勤勞動的成果，它當然是文章出現後的事情。後一種『章法』，即對章法的研究，也是早就有了的，中國古人對章法的論述很多，但是『章法學』的誕生是比較晚的事情。……章法學已經初步形成了一門科學。陳滿銘教授初步建立了科學的章法學體系。」見《章法學門外閑談》，同注 69，頁 92-95。

75 見吳應天《文章結構學》（北京：中國人民大學出版社，1989 年 8 月一版三刷），頁 345。

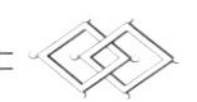

1. 今昔法：「先今後昔」、「先昔後今」。
2. 遠近法：「先近後遠」、「先遠後近」。
3. 大小法：「先大後小」、「先小後大」。
4. 本末法：「先本後末」、「先末後本」。
5. 虛實法：「先虛後實」、「先實後虛」。
6. 賓主法：「先賓後主」、「先主後賓」。
7. 正反法：「先正後反」、「先反後正」。
8. 敲擊法：「先敲後擊」、「先擊後敲」。
9. 立破法：「先立後破」、「先破後立」。
10. 平側法：「先平後側」、「先側後平」。
11. 凡目法：「先凡後目」、「先目後凡」。
12. 因果法：「先因後果」、「先果後因」。
13. 情景法：「先情後景」、「先景後情」。
14. 論敘法：「先論後敘」、「先敘後論」。
15. 底圖法：「先底後圖」、「先圖後底」。

這些經由「順」或「逆」之「移位」所形成的結構，隨處可見，如孟浩然〈宿桐廬江寄廣陵舊遊〉詩：

山暝聽猿愁，滄江急夜流。風鳴兩岸葉，月照一孤舟。
建德非吾土，維揚憶舊遊。還將兩行淚，遙寄海西頭。

據詩題，可知此詩為作者乘舟停泊桐廬江畔時所作，旨在抒發自己對揚州（廣陵）友人的懷念之情與自己的身世之感（愁）[76]，是以「先底後圖」的結構寫成的。「底」（背景）的

[76] 見喻守真《唐詩三百首詳析》（臺北：臺灣中華書局，1996年4月臺二三版五刷），頁161。

部分，為「山暝」三句，一面就視覺，將空間推擴，呈現了黃昏時的山色、江流與岸樹；一面又訴諸聽覺，依序寫山上猿啼、江中急流、風吹岸樹的幾種聲音；把作者在舟上所面對的空間，蒙上一片「愁」的況味，為底下「孤舟」上主人翁（作者）的抒情，作有力的烘托，十足地發揮了「底」（背景）的作用。而「圖」（焦點）的部分，則為「月照」五句，用「先點後染」順序來寫。其中「孤舟」句，經由「月」之照，將焦點集中在「孤舟」上的作者身上，作為抒發懷念之情的落足點，為「點」的部分。「建德」二句，指此地（桐廬）不是自己的故鄉（賓），以加強對揚州舊遊的懷念（主），所謂「雖信美而非吾土兮，曾何足以少留」（王粲〈登樓賦〉），使「愁」又加深一層；而「還將」二句，則由泛而具，透過凝想，將自己的眼淚遠寄到揚州，大力地深化對揚州舊友的思念之情（愁）；這是「染」的部分。作者就這樣，主要以「先底後圖」（篇）和「先點後染」、「先賓後主」、「先泛後具」（章）的結構，形成「秩序」來寫，寫得「旅況寥落」、「情深語摯」[77]，極為動人。附結構分析表如下：

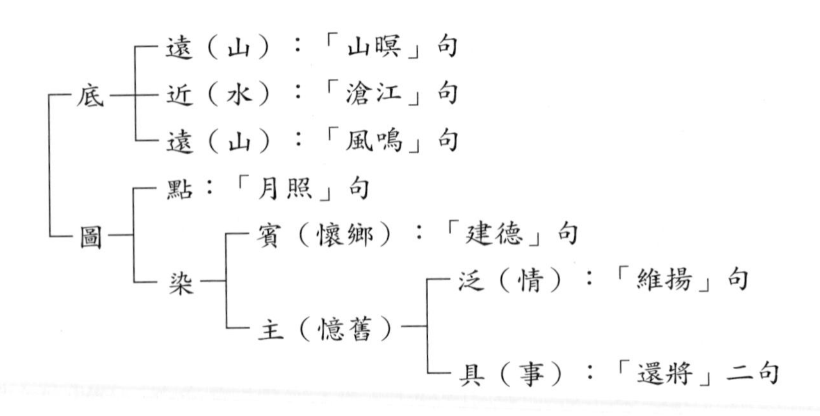

可見此詩，除了用一個「遠、近、遠」的轉位[78]結構外，主要用了「先底後圖」、「先點後染」、「先賓後主」、「先泛後具」等移位結構。也就是說，「秩序」（移位）中雖有「變化」（轉位），但還是以「秩序」（移位）為主，而且全部都是屬於調和性的結構，這對懷舊之情，是有深化作用的。其分層簡圖如下：

上層　　　　次層　　　三層　　　底層

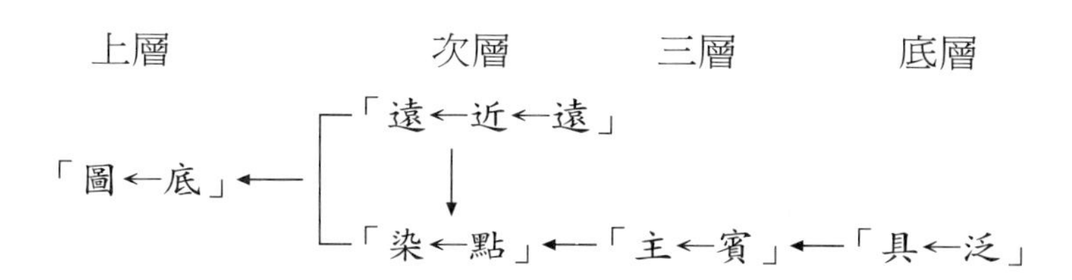

這些，如對應於「多、二、一（0）」，則以「泛具」、「遠近」、「賓主」、「點染」等各一疊所形成之結構與節奏（韻律）為「多」、一疊「圖底」所形成之結構為「二」，即核心結構，藉以徹下徹上；而以懷舊（含思鄉）之情、「清而不寒」[79]之風格與其所串成之一篇韻律，為「一（0）」。

又如王維的〈輞川閑居贈裴秀才迪〉詩：

> 寒山轉蒼翠，秋水日潺湲。倚杖柴門外，臨風聽暮蟬。
> 渡頭餘落日，墟里上孤煙。復值接輿醉，狂歌五柳前。

77　見高步瀛選注《唐宋詩舉要》，同注 7，頁 438-439。

78　見仇小屏〈論辭章章法的移位、轉位及其美感〉，《辭章學論文集》上（福州：海潮攝影藝術出版社，2002 年 12 月一版一刷），頁 98-122。

79　見沈家莊《歷代名篇賞析集成》上（北京：中國文聯出版公司，1988 年 12 月一版一刷），頁 618。

此詩乃作者與裴迪秀才相酬為樂之作。在一特定時空之下，作者藉自然景物與人物形象之刻劃，以寫自己閒適之情。它一面在首、頸兩聯，具體描繪了「輞川」附近的水陸秋景與暮色，勾勒出一幅有色彩、音響和動靜的和諧畫面；另一面又在頷、末兩聯，於一派悠閒之自然圖案中，很生動地嵌入了作者自己倚杖聽蟬，和裴迪狂歌而至的人事景象；使兩者相映成趣，而形成了物我一體的藝術境界。李浩說此詩「全詩具有時間的特指〔『落日』時分〕和空間位置的具體固定，通過『〔柴門〕外』、『〔渡〕頭』、『〔墟〕里』、『〔五柳〕前』等方位名詞，勾勒出景物的相互位置關係，景物具有空間開發性，既活潑無礙，又彼此依存，是構成整個畫面諧調的一個部分。讀這樣的詩，應該在一個時間的片刻裡從空間上去理解作品，把握詩人用最高的藝術手腕所凝定下來的富有包孕性的瞬間印象」[80]，這種體會十分深刻。附結構分析表如下：

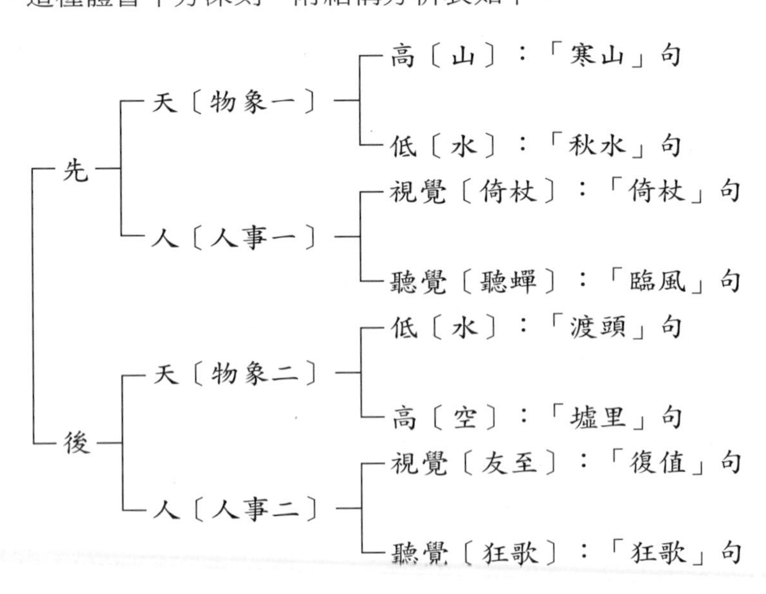

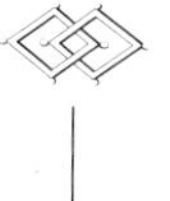

可見此詩主要以「今（後）昔（先）」、「天（物象）人（人事）」、「遠近」、「高低」與「知覺（視、聽）轉換」等章法，形成其移位結構，以「調和」全詩。其中除「今昔」之外，又將「天人」、「高低」、「知覺轉換」組成雙疊的形式，以增添其節奏流轉之美；尤其是天與人對照，將空間拓大，又擴展了氣象；這些都強化了作者閒逸之趣。其分層簡圖如下：

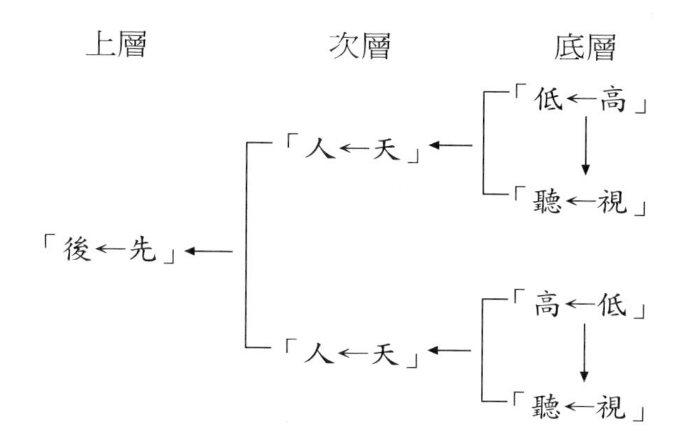

這些，如對應於「多、二、一（0）」，則以「遠近」、「高低」（二疊）與「知覺（視、聽）轉換」（二疊）等章法所形成之移位結構與節奏（韻律），算是「多」；以二疊「天人」（含「今（後）昔（先）」）自為陰陽所形成之移位結構與節奏（韻律），以徹下徹上，算是「二」；以「閒適之趣」之主旨與所形成之飄逸風格、韻律，算是「一（0）」。高步瀛說此詩「自然流轉，而氣象又極闊大」[81]，道出了本詩的特色。

　　這種合於「秩序」的移位結構，無論順、逆，都是作者將

80　見《唐詩的美學闡釋》（合肥：安徽大學出版社，2000 年 4 月一版一刷），頁 255 。

81　見高步瀛《唐宋詩舉要》，同注 7 ，頁 422 。

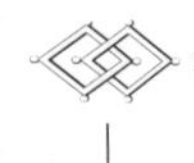

寫作材料，訴諸人類求「秩序」的心理，經過邏輯思維，予以組合而成的。

（二）變化律

所謂「變化」，是把材料的次序加以參差安排的意思。每一章法依循此律，也都可經由「轉位」而造成順、逆交錯的效果。同樣以上舉十幾種常見章法來看，可形成如下結構：

1. 今昔法：「今、昔、今」、「昔、今、昔」；
2. 遠近法：「遠、近、遠」、「近、遠、近」；
3. 大小法：「大、小、大」、「小、大、小」；
4. 本末法：「本、末、本」、「末、本、末」；
5. 虛實法：「虛、實、虛」、「實、虛、實」；
6. 賓主法：「賓、主、賓」、「主、賓、主」；
7. 正反法：「正、反、正」、「反、正、反」；
8. 抑揚法：「抑、揚、抑」、「揚、抑、揚」；
9. 立破法：「立、破、立」、「破、立、破」；
10. 平側法：「平、側、平」、「側、平、側」；
11. 凡目法：「凡、目、凡」、「目、凡、目」；
12. 因果法：「因、果、因」、「果、因、果」；
13. 情景法：「情、景、情」、「景、情、景」；
14. 論敘法：「論、敘、論」、「敘、論、敘」；
15. 底圖法：「底、圖、底」、「圖、底、圖」。

這些「順」和「逆」交錯的「轉位」結構，也隨處可見。如杜甫的〈聞官軍收河南河北〉詩：

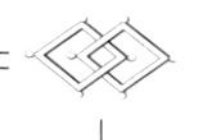

劍外忽傳收薊北，初聞涕淚滿衣裳。卻看妻子愁何在，漫卷詩書喜欲狂。白日放歌須縱酒，青春作伴好還鄉。即從巴峽穿巫峽，便下襄陽向洛陽。

這首詩旨在寫「聞官軍收河南河北」時「喜欲狂」之情，是以「先點後染」的結構寫成的，而「染」又自成「目、凡、目」的結構類型。它「首先在起聯，針對題目，寫『聞官軍收河南河北』時自己喜極而泣的情形，藉『忽傳』、『初聞』寫事出突然，藉『涕淚滿衣裳』具寫喜悅；接著在頷聯，採設問的形式，由自身移至妻子身上，寫妻子聞後狂喜的情狀，很技巧地以『卻看』作接榫，帶出『漫卷詩書』作具體之描寫。以上全用以實寫『喜欲狂』，為『目一』的部分。而緊接著『漫卷詩書』而來的『喜欲狂』三字，正是一篇的主旨所在，為『凡』部分。繼而在頸聯，由實轉虛，以『放歌縱酒』上承『喜欲狂』、『作伴好還鄉』上承『妻子』，寫春日攜手還鄉的打算（時）；最後在結聯，緊接上聯『還鄉』之打算，一口氣虛寫還鄉所準備經過的路程（空）。以上全用以虛寫『喜欲狂』，為『目二』的部分。如此，由『忽傳』而『初聞』、『卻看』而『漫卷』、『即從』而『便下』，以單軌一氣奔注[82]，將自己與妻子『喜欲狂』的心情，描摹得真是生動極了。」[83]這樣，全詩就維持一致的情意了。附結構分析表如下：

82　見趙山林《詩詞曲藝術論》（杭州：浙江教育出版社，1998年6月一版一刷），頁124。

83　見陳滿銘《章法學新裁》，同注11，頁383。

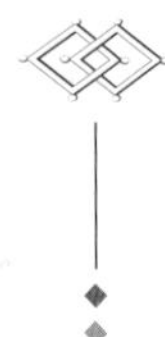

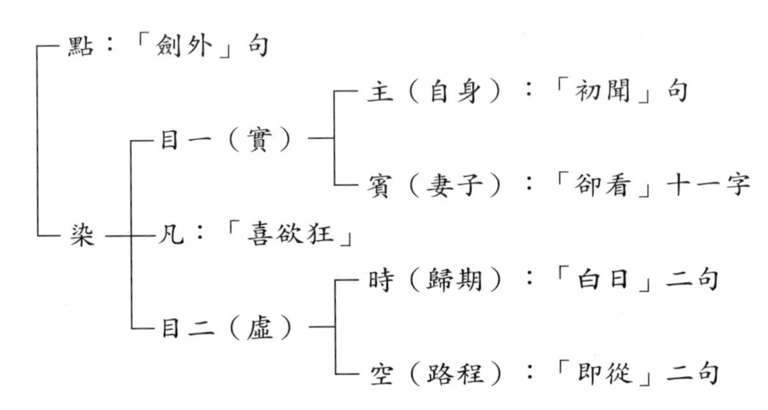

由此看來，此詩結構，主要除了用「目（實）、凡、目（虛）」（篇）的轉位結構外，也用「先點後染」、「先主後賓」、「先時後空」（章）等的移位結構，以組合篇章，使全詩前後呼應，亦即「目」（實）與「目」（虛）、「因」與「果」、「賓」與「主」、「時」與「空」作局部之呼應，而以「凡」（喜欲狂）統攝一「實」一「虛」的兩個「目」，以統一全詩的情意。其分層簡圖如下：

上層　　　　三層　　　　次層

「染←點」←「目←凡←目」←┬「賓←主」
　　　　　　　　　　　　　│　　↓
　　　　　　　　　　　　　└「空←時」

如對應於「多、二、一（0）」來看，則由「因果」、「時空」、「賓主」各一疊所形成之移位性調和結構與節奏（韻律），可視為「多」，由「凡目」自為陰陽徹下徹上所形成之變化（轉位）性結構與節奏（韻律），可視為「二」，而由此呈現的「喜欲狂」之主旨與「酣暢飽滿」[84]的風格、韻律，則可視為「一（0）」。

在此，值得注意的是：「漫卷詩書」的人，通常都以為是杜甫自己[85]，其實，「漫卷詩書」是妻子（賓）的動作，乃「愁何在」這一「問」之「答」，也就是「妻子」愁雲煙消雲散的具體憑據。這和詩人自己（主）「涕淚滿衣裳」的樣子，正好構成了一幅家人「喜欲狂」的畫面。如此以賓（妻子）主（詩人自己）來切入此詩，似乎比較能使前後平衡，而且「一以貫之」，而合於章法之聯貫原理。又如文天祥的〈正氣歌〉：

> 天地有正氣，雜然賦流形；下則為河嶽，上則為日星，於人曰浩然，沛乎塞蒼冥。皇路當清夷，含和吐明庭；時窮節乃見，一一垂丹青。
>
> 在齊太史簡，在晉董狐筆，在秦張良椎，在漢蘇武節；為嚴將軍頭，為嵇侍中血，為張睢陽齒，為顏常山舌；或為遼東帽，清操厲冰雪；或為出師表，鬼神泣壯烈；或為渡江楫，慷慨吞胡羯；或為擊賊笏，逆豎頭破裂。是氣所磅礴，凜烈萬古存。當其貫日月，生死安足論？地維賴以立，天柱賴以尊。三綱實繫命，道義為之根。

這是〈正氣歌〉的前三段文字，主要在論正氣在扶持倫常綱紀、延續宇宙生命上的莫大價值。其中首段共十句，首先以「天地」二句，拈出「正氣」〔浩然之氣〕，作一總括，以引出

84 見趙山林《詩詞曲藝術論》，同注 82，頁 241。

85 如史雙元之説，見《中學古詩文鑑賞辭典》（南京：江蘇古籍出版社，1988 年 7 月一版一刷），頁 68。又如霍松林之説，見《唐詩大觀》，同注 25，頁 543。

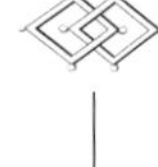

下面的議論；這是「凡」的部分。然後以「下則」八句，採「先平提、後側注」的順序，先平提天、地、人，以正氣之無所不在，說明其重要，再側注到「人」身上，指出它是人類氣節的根源，以見其影響之大；這是前一個「全」的部分。次段共十六句，承上段之「側注」〔人〕，舉出因發揮浩然正氣而「一一垂丹青」之十二件古哲的忠烈節義事蹟，以為例證；這是「偏」的部分。三段共八句，先以「是氣」四句，由十二古哲之正氣擴大到全人類，由時空的當下擴大到無限的時空，依然側注於「人」，肯定「正氣」的存在與作用；次以「地維」四句，推及於「地」、「天」，作進一層的說明；末以「三綱」二句，總括上面六句，指出「正氣」是維繫天、地、人生命的根源力量；這是後一個「全」的部分。依此看，其結構表可畫成這樣：

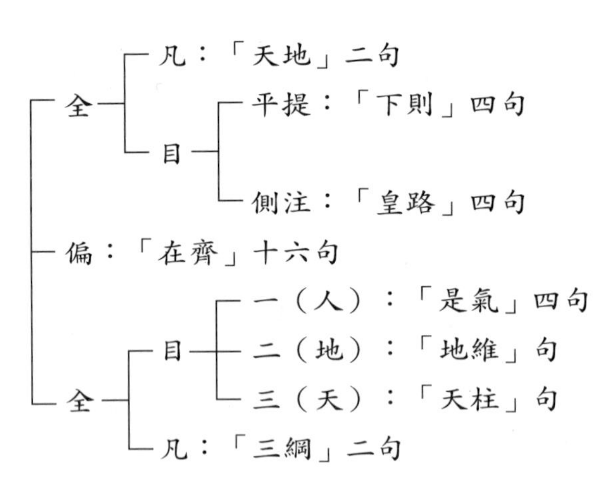

由上述可知這篇詩歌共用了「偏全」、「凡目」（二疊）、「平提側注」、「平列」等章法，以形成其篇章結構。其分層簡圖如下：

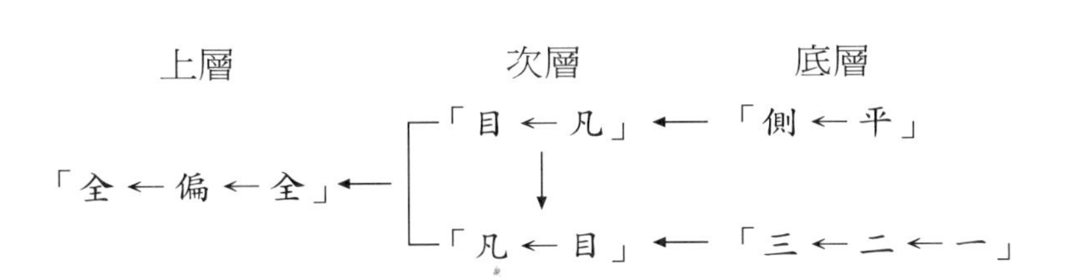

如對應於「多、二、一（0）」來看，則由「凡目」（二疊）、「平提側注」、「平列」章法所形成之調和性結構，可視為「多」、由「偏全」自為陰陽徹下徹上所形成之轉位性結構，可視為「二」，而由此呈現的「褒揚正氣，抒懷明志」之一篇主旨與「豪邁雄放，氣勢磅礡」[86]的風格，則可視為「一（0）」。

這種將「順」和「逆」結合在一起所形成的轉位結構，比起單「順」與單「逆 」者，要來得複雜而有變化。

（三）聯貫律

「所謂『聯貫』，是就材料先後的銜接或呼應來說的，也稱為『銜接』。無論是那一種章法，都可以由局部的『調和』與『對比』，形成銜接或呼應，而達到聯貫的效果。在約四十種章法中，大致說來，除了貴與賤、親與疏、正與反、抑與揚、立與破、眾與寡、詳與略、張與弛……等，比較容易形成『對比』外，其他的，如今與昔，遠與近、大與小、高與低、淺與深、賓與主、虛與實、平與側、凡與目、縱與收、因與果……等，都極易形成『調和』的關係。」[87]一般說來，辭章裡全篇純然形成「對比」者較少，而在「對比」（主）中含有「調和」（輔）

86　參見徐軍評析，見《中國歷代詩歌名篇鑑賞辭典》（唐山：農村讀物出版社，1989年12月一版一刷），頁1095-1096。

87　見陳滿銘〈論辭章章法的四大律〉，《辭章學論文集》上，同注78，頁68-77。

者則較常見；至於全篇純然形成「調和」者則較多；而在「調和」（主）中含有「對比」（輔）者，則較少見；這種情形，尤以古典詩詞為然。不過，無論怎樣，都可以收到前後呼應、聯貫為一的效果[88]。如辛棄疾的〈賀新郎〉詞：

> 綠樹聽鵜鴂，更那堪、鷓鴣聲住，杜鵑聲切！啼到春歸無尋處，苦恨芳菲都歇。算未抵人間離別：馬上琵琶關塞黑，更長門翠輦辭金闕。看燕燕，送歸妾。　將軍百戰身名裂，向河梁回頭萬里，故人長絕。易水蕭蕭西風冷，滿座衣冠似雪。正壯士、悲歌未徹。啼鳥還知如許恨，料不啼清淚長啼血。誰共我，醉明月。

這闋詞題作「別茂嘉十二弟。鵜鴂、杜鵑實兩種，見《離騷補註》」，是用「先賓後主」的順序寫成的。其中的「賓」，先以「綠樹」句起至「苦恨」句止，從側面切入，用鵜鴂、鷓鴣、杜鵑等春鳥之啼春，啼到春歸，以寫「苦恨」；這是頭一個「敲」的部分。再以「算未抵」句起至「正壯士」句止，由「鳥」過渡到「人」，採「先平提後側收」[89]的技巧，舉古代之二女〔昭君、歸妾〕二男〔李陵、荊軻〕為例，用「先反後正」的形式，來寫人間離別的「苦恨」，暗涉慶元黨禍，將朝臣之通敵與志士之犧牲，構成強烈的對比，以抒發家國之恨[90]；

88　除此效果外，「對比」與「調和」還可以影響一篇辭章之風格，通常「對比」會使文章趨於陽剛，而「調和」則會使文章趨於陰柔。參見仇小屏《古典詩詞時空設計美學》，同注 37，頁 323-331。

89　見陳滿銘〈談「平提側收」的篇章結構〉，《章法學新裁》，同注 11，頁 435-459。

90　見鞏本棟《辛棄疾評傳》（南京：南京大學出版社，1998 年 12 月一

這是「擊」的部分。末以「啼鳥」二句，又應起回到側面，用虛寫（假設）方式，推深一層寫啼鳥的「苦恨」；這是後一個「敲」的部分。而「主」，則正式用「誰共我」二句，表出惜別「茂嘉十二弟」之意，以收拾全篇。所謂「有恨無人省」，作者之恨在其弟離開後，將要變得更綿綿不盡了。附結構分析表如下：

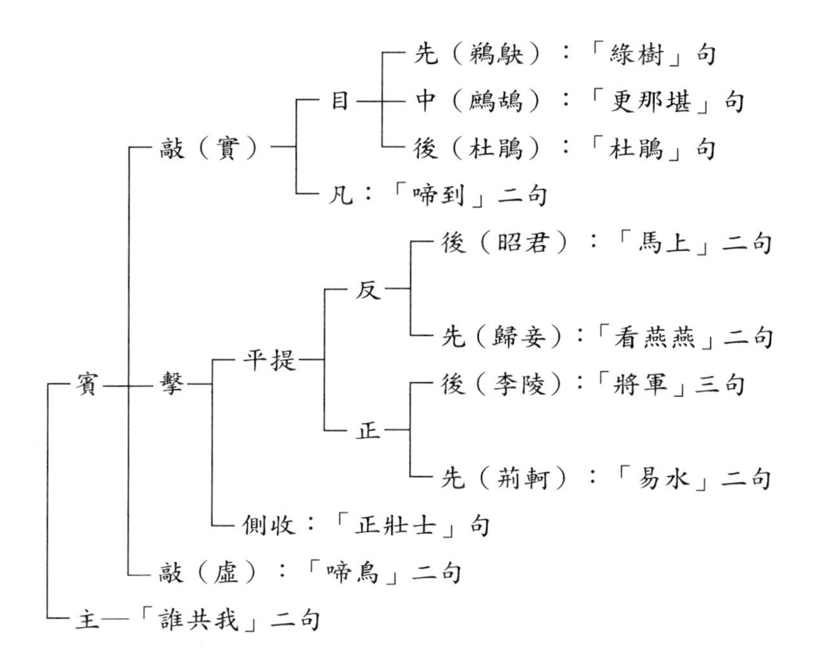

如此，既以「賓」和「主」、「敲」和「擊」、「虛」和「實」、「凡」和「目」、「平提」和「側收」、「先」（昔）後「後」（今）等移位結構，形成「調和」，又以「正」和「反」

版一刷），頁400-401。又見陳滿銘〈唐宋詞拾玉〔四〕——辛棄疾的〈賀新郎〉〉（臺北：《國文天地》，1996年6月，12卷1期），頁66-69。

之移位形成「對比」、「敲」和「擊」之轉位形成「變化」；也就是說，在「調和」中含有「對比」，在「順敘」中含有「變化」。而這「變化」的部分，既佔了差不多整個篇幅，其中「對比」又出現在篇幅正中央，形成核心結構，且用「擊」加以呈現，這樣在「變化」的牢籠之下，特用「對比」結構來凸顯其核心內容，使得其他「調和」的部分，也全為此而服務，所以這種安排，對此詞風格之趨於「沉鬱蒼涼，跳躍動盪」[91]，是大有作用的。其分層簡圖如下：

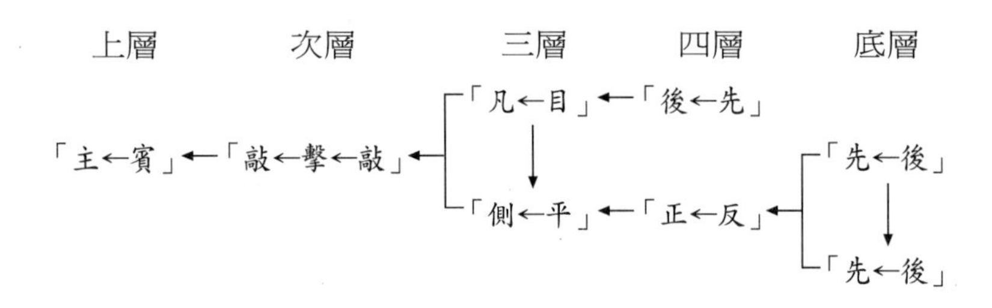

掌握了這個圖，則此詞「多、二、一（0）」之結構，就一清二楚，那就是：「多」指的是用「平側」（一疊）、「凡目」（一疊）、「正反」（一疊）、「先後（今昔）」（三疊）等所形成的移位性結構與節奏（韻律），「二」指的是「敲擊」（含賓主）自為陰陽徹下徹上所形成轉位性的核心結構與節奏（韻律），「一（0）」指的是「家國之恨」的主旨與「沉鬱蒼涼，跳躍動盪」之風格、韻律。

又如李文炤的〈儉訓〉：

91 見陳廷綽《白雨齋詞話》卷一，唐圭璋編《詞話叢編》4，同注12，頁3791。

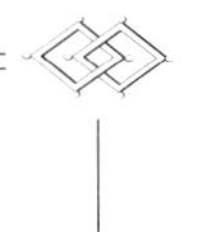

儉，美德也，而流俗顧薄之。

貧者見富者而羨之，富者見尤富者而羨之。一飯十金，一衣百金，一室千金，奈何不至貧且匱也？每見閭閻之中，其父兄古樸質實，足以自給，而其子弟羞向者之為鄙陋，盡舉其規模而變之，於是累世之藏，盡費於一人之手。況乎用之奢者，取之不得不貪，算及錙銖，欲深谿壑；其究也，諂求詐騙，寡廉鮮恥，無所不至；則何若量入為出，享恆足之利乎？

且吾所謂儉者，豈必一切捐之？養生送死之具，吉凶慶弔之需，人道之所不能廢，稱情以施焉，庶乎其不至於固耳。

此文旨在勉人養成節儉美德，以免因奢侈浪費而寡廉鮮恥，無所不至，是用「先凡後目」的結構寫成的。「凡」的部分為起段，採開門見山的方式，提明「儉」是美德（正），而流俗卻反而輕視它（反），作為全篇總冒，以統攝下文。而「目」的部分，則先從反面論「流俗顧薄之」，即次段；然後回到正面來論「儉美德也」，即末段。就在論「流俗顧薄之」的次段，作者首以「貧者見富者」五句，泛論因奢侈而致「貧且匱」的道理；次以「每見閭閻之中」七句，舉常例來說明因奢侈而致敗家的必然後果；末則依序以「況乎用之」四句，指出「奢者」之慾望無窮，以「其究也」四句，指出這樣的結果是「寡廉鮮恥，無所不至」，以「則何若」二句，由反面轉到正面，勸人節儉以享恆足之利。至於論「儉美德也」的末段，作者特以「且無所謂」二句作一激問，帶出「養生送死」四句的回答，指明「儉」不是要捐棄一切，而是要在「人道」上「稱情以施」，以免流於固陋。附結構分析表如下：

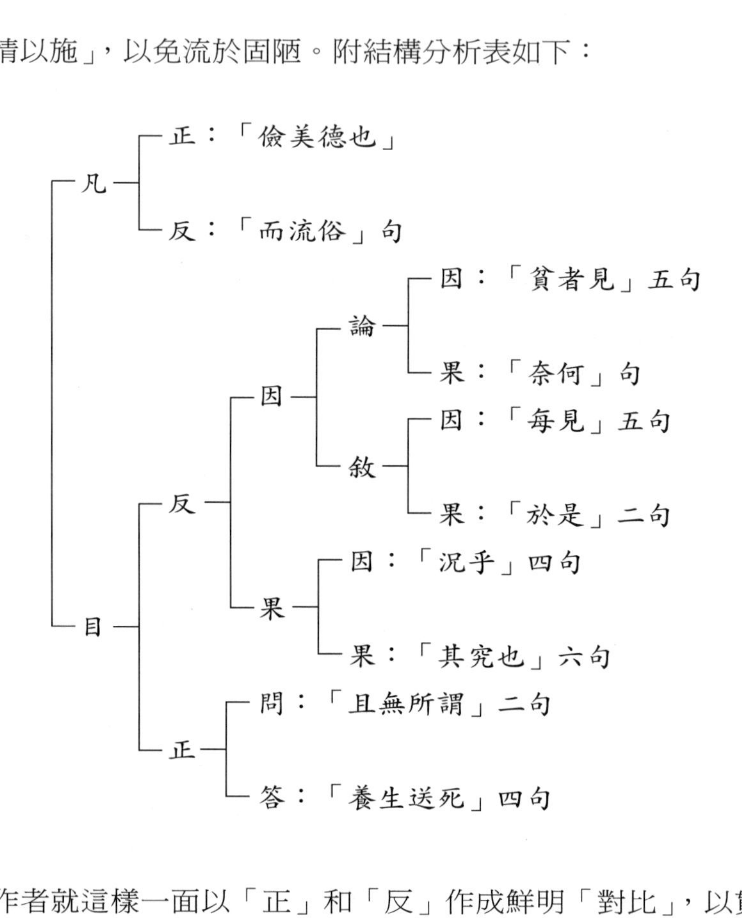

作者就這樣一面以「正」和「反」作成鮮明「對比」，以貫穿「凡」和「目」；一面又以「因」和「果」、「敘」和「論」、「問」和「答」，兩兩呼應，形成「調和」；使得此文在「對比」中帶有「調和」，將全部移位結構聯貫成一個整體，成功地闡發了「儉美德也」的道理。其分層簡圖如下：

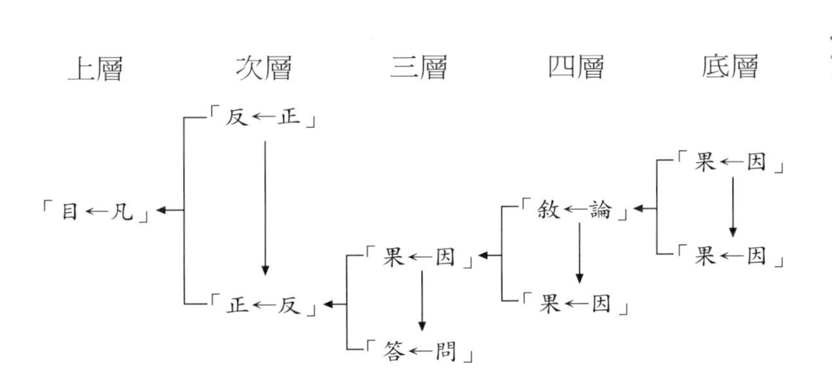

如對應於「多、二、一（0）」來看，以「因果」（四疊）、「敘論」（一疊）、「問答」（一疊）和「正反」（二疊）所形成層層之移位結構與節奏（韻律），是屬於「多」；以「凡目」自成陰陽所形成的核心（移位）結構與節奏（韻律），以徹下徹上，是屬於「二」；以結合形象思維與邏輯思維所凸顯的「儉美德也」的主旨與趨於嚴整雅健之風格、韻律，是屬於「一（0）」。

要使一篇辭章形成「調和」與「對比」，如果僅就局部（章）的組織來說，其思考基礎，和形成「秩序」或「變化」的，沒多大差異；如果落到整體（篇）之聯貫、統一而言，則顯然要複雜、困難多了。不過，對「秩序」、「變化」或「統一」，更有結合的作用，並且在顯示出她在形成「秩序」、「變化」與「統一」之「美」時，可充當必要的橋樑。

（四）統一律

所謂的「統一」，是就材料情意的通貫來說的。這裡所說的「統一」，乃側重於內容（包含內在的情理與外在的材料）而言，與前三個原則之側重於形式（條理）者，有所不同。也就是說，這個「統一」，和聯貫律中由「調和」所形成的「統一」，所指非一。因此要達成內容的「統一」，則非訴諸主旨（情意）與綱領（大都為材料的統合）不可。而綱領既有單軌、雙軌或多軌的差別，就是主旨也有置於篇首、篇腹、篇末與篇外的不同[92]。一篇辭章，無論是何種類型，都可以由此「一以貫之」。如王安石的〈讀孟嘗君傳〉一文：

> 世皆稱孟嘗君能得士，士以故歸之，而卒賴其力，以脫於虎豹之秦。
>
> 嗟呼！孟嘗君特雞鳴狗盜之雄耳，豈足以言得士！不然，擅齊之強，得一士焉，宜可以南面而制秦，尚何取雞鳴狗盜之力哉！
>
> 雞鳴狗盜之出其門，此士之所以不至也。

這篇翻案文章，一開頭就直接以「世皆稱」四句，先立一個案，採「先因後果」的條理，藉世人之口，對孟嘗君之「能得士」，作一讚美，並從中拈出「卒賴其力，以脫於虎豹之秦」，隱含「雞鳴狗盜」之意，以作為「質的」，以引出下文之「弓矢」。再以「嗟呼」句起至末，在此用「實、虛、實」的條理，針對「立」的部分，以「雞鳴狗盜」扣緊「卒賴其力，以脫於虎豹之秦」，予以攻破。所謂「質的張而弓矢至」，真是一箭而貫紅心，雖文不滿百字，卻有極強的說服力。

附結構分析表如下：

92　見陳滿銘〈談辭章章法的主要內容〉，《章法學新裁》，同注 11，頁 351-359。

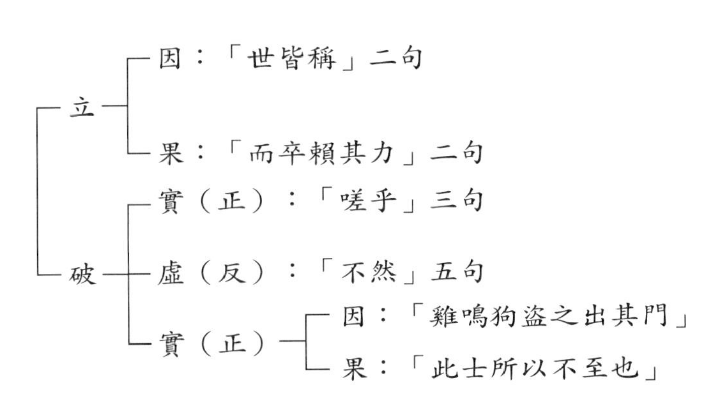

可見此文在「篇」的部分，以「先立後破」的移位性核心結構，形成對比。但一樣的在對比中卻含有調和的成分，因為就「章」而言，在「立」的部分，既以「先因後果」的移位結構形成了調和；在「破」的部分，又先以「實（正）、虛（反）、實（正）」的轉位結構形成對比，再以「先因後果」的移位結構形成調和。這樣以「對比」、「移位」為主、「調和」、「轉位」為輔，其節奏（韻律）、風格自然趨於強烈、陽剛。其分層簡圖如下：

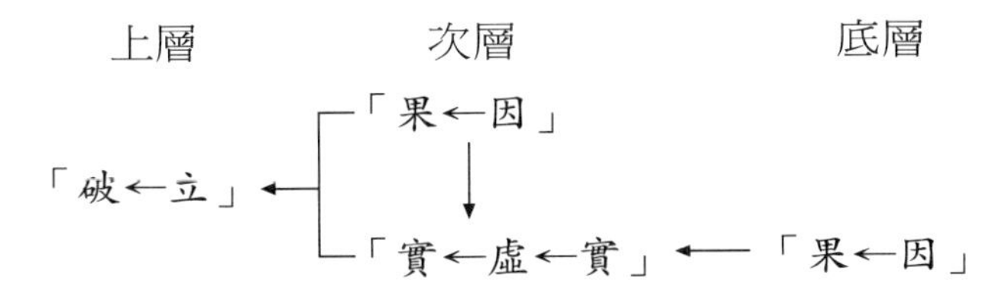

如此由底層而次層而上層，以兩疊「因果」、一疊「虛（反）實（正）」，來支撐一疊「立破」，其結構雖僅有四個，卻十分完整。如對應於「多、二、一（0）」而言，則此文以兩層移位性的「先因後果」與轉位性的「實、虛、實」結構與節奏（韻

律），形成了「多」；以「先立後破」的核心（移位）結構與節奏（韻律），自為陰陽對比，形成了「二」，以徹下徹上；而以孟嘗君「未足以言得士」之主旨與所形成的毗剛風格、韻律，所謂「筆力簡而健」[93]，則形成了「一（0）」。這篇短文之所以有極強之氣勢與說服力，與這種邏輯結構有著密切之關係。

又如袁宏道的〈晚遊六橋待月記〉：

> 西湖最盛，為春為月。一日之盛，為朝煙，為夕嵐。
>
> 今歲春雪甚盛，梅花為寒所勒，與杏桃相次開發，尤為奇觀。石簣數為余言：「傅金吾園中梅，張功甫玉照堂故物也，急往觀之。」余時為桃花所戀，竟不忍去湖上。
>
> 由斷橋至蘇隄一帶，綠煙紅霧，瀰漫二十餘里。歌吹為風，粉汗為雨，羅紈之盛，多於隄畔之草，豔冶極矣。然杭人遊湖，止午、未、申三時。其實湖光染翠之工，山嵐設色之妙，皆在朝日始出，夕舂未下，始極其濃媚。月景尤不可言，花態柳情，山容水意，別是一種趣味。此樂留與山僧遊客受用，安可為俗士道哉！

此文旨在藉西湖六橋風光之盛來寫待月之樂。作者首先在起段即以開門見山的方式提明西湖六橋最盛的，是春景、是月景（久），而一日最盛的，是朝煙、夕嵐（暫），這是「凡」的部分；接著以二、三兩段，透過梅、桃、杏之「相次開發」與

93 見郭預衡《中國散文史》中（上海：上海古籍出版社，2000年3月一版一刷），頁485。

「歌吹」、「羅紈」之盛來具寫春景，這是「目一」的部分；然後以末段「然杭人遊湖」等七句，取湖光、山色作陪襯，來具寫朝煙和夕嵐，這是「目二」的部分；末了以「月景尤不可言」等六句，拿花柳、山水作點綴，來具寫月景，以帶出「樂」，這是「目三」的部分。這樣以「春」為一軌、「月」為二軌、「朝煙」和「夕嵐」為三軌，作為一篇綱領，採「先凡後目」的結構來寫，層次極為分明，而全文也由此通貫而為一。附結構分析表如下：

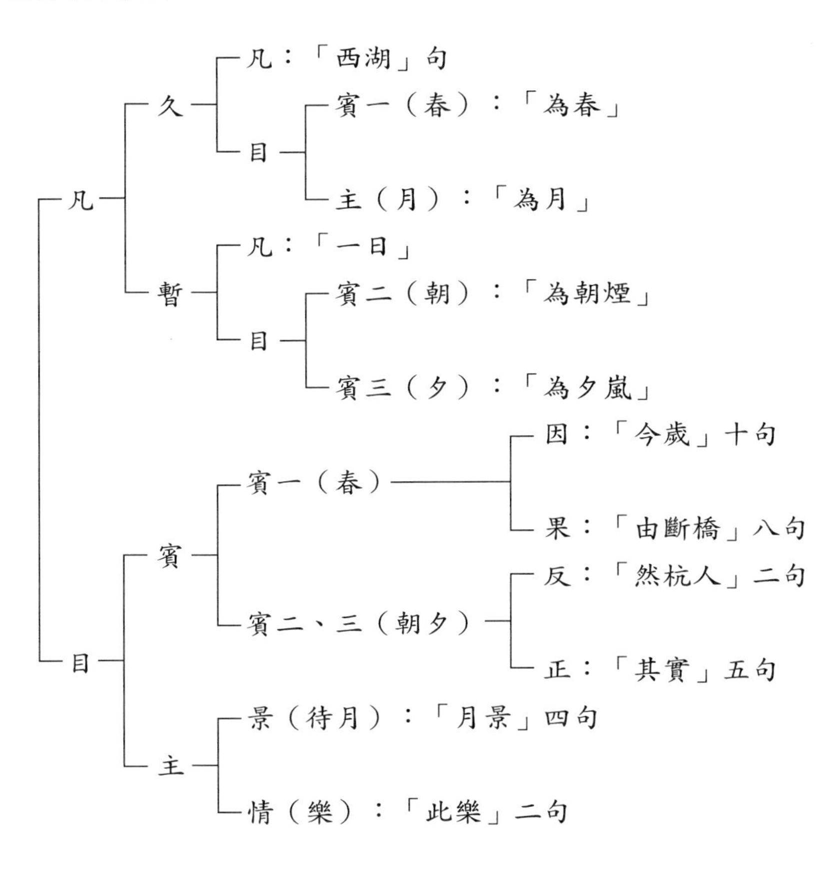

可見此文共用「先凡後目」（三疊）、「先久後暫」（一疊）、「先賓後主」（二疊）、「先景後情」（一疊）、「先因後果」（一疊）、「先反後正」（一疊）與兩疊並列（賓二、三，賓一、二、三）結構形成層層節奏而串聯為一篇之韻律。其中除了「先反後正」呈對比性外，都屬於調和性之移位結構，這對其風格、韻律之趨於「清麗峻快」[94]，是有所關聯的。其分層簡圖如下：

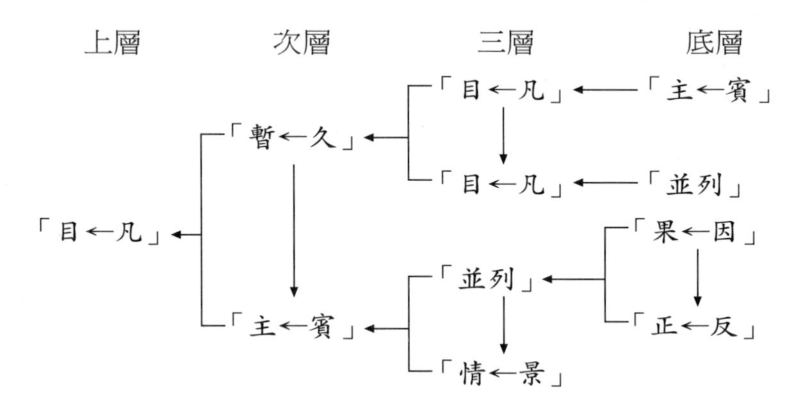

這樣對應於「多、二、一（0）」，上層的「凡目」為核心結構，為關鍵性之「二」，次、三、底層的「久暫」、「賓主」、「凡目」、「並列」、「景情」、「因果」、「反正」等結構，為「多」，而一篇之主旨「待月之樂」與「清麗峻快」之風格、韻律，則為「一（0）」。

一篇辭章，用核心的情、理（主旨）或統合的材料（綱領）來作統一，使全文自始至終維持一致的意思，以凸出焦點內容，而呈現其風格、形成韻律，是一篇辭章寫得成功與否的關

94　見王英志《古文鑑賞辭典》下冊（上海：上海辭書出版社，1997年4月一版三刷），頁1705。

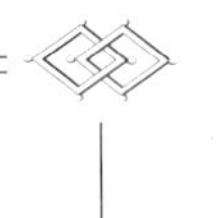

鍵所在。這不但在閱讀教學要加以掌握，對寫作教學而言，也是不可忽視的。

第五節　措辭

措辭是控馭文字以適當表達思想情意的意思。這一項指引，如同立意、取材、布局一樣，主要還是靠講授課文時候來完成。通常在講授課文之際，對作者措辭之技巧，都要把握要點，加以提示。茲分「詞彙與語法」與「修辭與辭格」兩方面加以探討。

一、詞彙與語法

詞彙與語法關係密切，但前者以形象思維為主，而後者則以邏輯思維為主，是有所區別的。

（一）就詞彙來說

形象思維的最小單位就是詞彙；要能精準地選擇詞彙，就要先了解詞彙。關於詞彙，可以著力的方向有幾種，其一是詞彙的構成方式（如偏正式、述賓式、後補式……等），其二是詞彙的形音義，其三是詞類，其四是熟語（含成語、諺語、歇後語等），其五是「同義詞」與「反義詞」，其六是「準確」與「模糊」。在此僅就第五、六兩類來作一說明。

1.「同義詞」與「反義詞」

同義詞就是意思相近的詞語，不過儘管相近，卻還是有一

點點不同，這一點點不同常常表現在感情褒貶、搭配對象、範圍廣狹、語意輕重、風格差異……上。而反義詞就是詞語之間的意思是相反、相對的。

同義詞最顯而易見的優點是可供作抽換詞面用。譬如羅家倫〈運動家的風度〉：

「勝固欣然，敗亦可喜」，正是運動精神之一。

「欣然」和「可喜」正是同義詞，交替使用讓文章不覺得單調。

至於反義詞則最常用來表現強烈的對比。譬如王勃〈送杜少府之任蜀州〉：

海內存知己，天涯若比鄰。

「天涯」與「比鄰」是反義詞，出現在同一句中，而且用「若」字聯繫起來，充分表現了作者的心聲。

2.「準確」與「模糊」

「準確」與「模糊」是兩個相對待的概念，反映在詞語上，首先當然會力求詞語意義明確，前面探討的「同義詞」與「反義詞」，在運用時其實就是力求準確；可是也有所謂的「模糊詞」，模糊詞就是指用來表達外沿不明確的概念的詞語。而且並非準確詞就是好，模糊詞就是不好，應該視情況而定，譬如希望迴旋空間大一點、含蓄一點，或是別有深意時，就常常會運用到模糊詞語。魯迅〈孔乙己〉就是一個例子：

我現在終於沒見——大約孔乙己的確死了。

「孔乙己的確死了」雖是準確詞語，但是前面加上了模糊詞語「大約」，在「大約」之後隱含的是：由於孔乙己地位低微，連姓名都沒人知道，所以他的死活無人關心，只是因為「我現在終於沒見」，才使人估計孔乙己「的確」是死了。這不是把人心的冷酷無情，以及被科舉制度摧殘的知識份子的悲慘命運告訴大家了嗎？

（二）就語法來說

《語法初階》中說：「語法就是組詞成句的規律。」[95]因為組詞成句之後，方能積句成段、聯段成篇，因此對於寫作來說，熟悉語法是很基礎而重要的工作。至於如何以語法知識來輔助寫作，有兩個重點，其一為句子的「簡單化」與「複雜化」，其二為「常式句」和「變式句」；而且兩者都可以用「原型」、「變型」的觀念來統攝，也就是「簡單化」的句子和「常式句」是「原型」，「複雜化」的句子和「變式句」是「變型」。

1. 句子的「簡單化」與「複雜化」

首先，一個句子只要有主語、謂語就可以成句（稱為「主謂句」），但是「主語」和「謂語」所包含的成分可以非常簡單，也可以非常複雜。一般說來，「主語」以及「謂語」當中所包含的「表語」或「述語」加「賓語」，是句子的基本成分，構成句子的主幹；對這些基本成分加以修飾的，都是句子

95　見上海師範大學中文系漢語教研室著《語法初階》（臺北：書林出版有限公司，1999年5月一版二刷），頁1。

的附加成分，稱為「定語」、「狀語」、「補語」等，這些成分可以讓句子所傳達的意思更完整細緻。

因此最簡單的主謂句，就譬如以下的兩個句子：

花美。
我讀書。

這兩個句子的主語分別是「花」、「我」，謂語分別為「美」、「讀書」，「美」是表語（又稱形容詞性謂語），「讀書」是動賓結構作謂語用（又稱動詞性謂語），都可以說是成分最單純的主謂句。

但是一般所見的句子，都並非如此簡單，通常是在句子的基本成分上來擴充，也就是在句子的主幹上加有繁多的枝葉（即「定語」、「狀語」、「補語」等）。譬如：

一朵開在晨曦中的玫瑰花美得脫俗。
我讀著一本有趣的童話書。

前此是就順向來說，句子是由「簡單化」向「複雜化」轉變，但是也可以逆向操作，將「複雜化」的句子「簡單化」，以凸顯出作者的用心。譬如蔣勳〈石頭記〉：

它還要傾全力奔赴這千萬年來便與它結了不解之緣的粗礪岩石啊！

這個句子的主語是「它」，根據前文，我們知道「它」是「澎

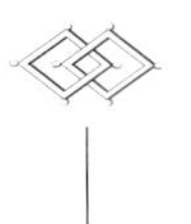

轟的大浪」，而「還要傾全力奔赴這千萬年來便與它結了不解之緣的粗礪岩石啊」則全是謂語，因此這個句子的變化全在謂語上。可以依序簡化為：

它（還要）傾全力奔赴（這千萬年來便與它結了不解之緣的）粗礪岩石啊！
它（傾全力）奔赴（粗礪）岩石（啊）！
它奔赴岩石。

2.「常式句」和「變式句」

所謂的「常式句」，就是可以區分出「主語」和「謂語」，而且一定是先「主語」、後「謂語」的句子，譬如舒國治〈賴床〉：

早年的賴床，亦可能凝鎔為後日的深情。

這個句子雖然用逗號分開，但是仍是一個句子。其中「早年的賴床」是「主語」，「亦可能凝鎔為後日的深情」是謂語，是一個標準的主謂句。

至於「變式句」又可分兩類：「省略句」和「倒裝句」。「省略」是指句子成分的省略，任何省略句都有其相對應的常式句，因此省略句是變型，常式句才是原型。就如逯耀東〈豆汁爆肚羊頭肉〉中的一段：

在小販吆喝聲間歇裡，不知是誰家高牆內，又傳奏出低沉的三絃聲，將胡同點綴得更詩情畫意了。

最後的「將胡同點綴得更詩情畫意了」是一個省略句，是承前省略了主語——「低沉的三絃聲」，因此將省略的成分補上去，常式句為「低沉的三絃聲將胡同點綴得更詩情畫意了」。

至於另外一種變式句——「倒裝句」，則是指顛倒句子原本的組成型態，並且與省略句一樣，任何倒裝句也都有其相對應的常式句，而且倒裝句是變型，常式句才是原型。譬如楊牧〈那一個年代〉：

花香裡有人黯黯發愁，為我。

「花香裡有人黯黯發愁，為我」是倒裝句，還原之後的常式句應為「花香裡有人為我黯黯發愁」。至於為什麼要倒裝呢？那是因為要強調「為我」。

二、修辭與辭格

進行修辭之探討時，除了要關注單一辭格的掌握外，還須注意「兼格」的問題，蔡宗陽《應用修辭學》說道：「所謂兼格的修辭，是指在語文中，含有兩種或兩種以上的修辭格的一種修辭技巧。」[96]而且美感的探求也是很重要的，因為運用修辭格就是求措辭的美化，所以如果只注意現象的辨析而沒有掌握到美感，那也是一大疏漏。

---

96 見蔡宗陽《應用修辭學》（臺北：萬卷樓圖書有限公司，2001年12月初版），頁13。

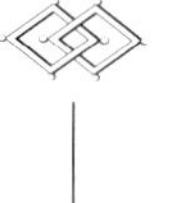

（一）修辭與辭格之功用

修辭之基礎在於辭格，其功用以舉例之方式簡述如下：

1. 就辭格而言：辭格有多種，余光中〈思蜀〉就運用了其中之轉化格：

> 半世紀後回顧童年，最難忘的一景是這麼一盞不時抖動的桐油昏燈，勉強撥開周圍的夜色。

其中「一盞不時抖動的桐油昏燈，勉強撥開周圍的夜色」是將「桐油昏燈」人性化，而且「勉強撥開」用得很好，完全能傳達桐油昏燈的那個「昏」字。

2. 就兼格而言：堅格十分普遍，周芬伶〈汝身〉中的一段文句，就用了借代和轉化修辭格：

> 女人身體的老去意味著性魅力的消失。那草原的清香、牛乳的芳香和母體的幽香離她漸漸遠去。

在這篇文章中，「女人身體的老去」指的是「苦楝日」，所以在年老時回顧過去，所謂「草原的清香」是指童年時代（水晶日），「牛乳的芳香」是指少女時代（水仙日），「母體的幽香」是指少婦時期（火蓮日），因此「草原的清香」、「牛乳的芳香」、「母體的幽香」是運用了借代格，而且此三者「離她漸漸遠去」，可見得被「人性化」（轉化格）了，所以這段文句兼用了借代和轉化修辭格來修飾。

3. 就修辭美感而言：修辭美感很豐富，可以將「原型」

（未經修辭格修飾）與「變型」（經過修辭格修飾）作成比較，來幫助我們掌握美感。譬如張曉風〈我的幽光實驗〉中的一段文句：

> 茶香也就如久經禁錮的精靈，忽然在魔法乍解之際，紛紛逸出。

這段文句還原成「原型」，就是：

> 茶香在一經沖泡後，緩緩飄出。

「變型」中的文句運用了譬喻格和轉化格（因為譬為「精靈」，而且又說「紛紛逸出」，可見得已經將茶香人性化了），「原型」則完全刪落這兩種修辭格。兩段文句做個比較，何者較為鮮明生動，可說是高下立判[97]。

（二）修辭與辭格舉隅

教師在平日教學時，不單單要學生辨明辭格，更要指出用了這些辭格所造成的效果。因為只知其然而不知其所以然，對學生措辭能力的提高，是沒多大用處的。現在就以國、高中（職）的國文課文為範圍，依黃慶萱教授著《修辭學》[98]所用名稱、次序與界說，分二十個辭格，依次舉例，簡述於後：

---

97 以上詞彙、語法、修辭部分，均參見《限制式寫作之理論與應用》（臺北：萬卷樓圖書有限公司，2005年10月初版），頁29-35

98 見黃慶萱《修辭學》（臺北：三民書局，2002年10月增訂三版一刷），頁1-920。

1. 感歎：這是以呼聲表露喜怒哀樂情感的一種修辭方法。作者通常都利用歎詞或助詞來構成感歎句，以振起文章的精神。常用的歎詞，在文言文中，有噫、嘻、於、吁、嗚呼、嗟乎等；在語體文中，則有啊、呀、哦、嘿、咦、呦、喲、唉、哎、噯、呸、哼、啐、哦喲、喔唷等。常用的助詞，在文言文中，有矣、也、乎、哉等；在語體文中，則有呀、喲、哇、哪、喏、哦、啊等。如：

哦！可惡！

唉！我不知何時再能與他相見。

噫！菊之愛，陶後鮮有聞。

噫！習之中人甚矣哉！

嗟夫！誰知吾卒先汝而死乎！

釃酒臨江，橫槊賦詩，固一世之雄也，而今安在哉！

2. 設問：這是在行文中忽變平敘語氣為詢問語氣的一種修辭方法。它的類型有如下三種：

（1）疑問：這是內心確有疑問的一種設問。如：

客問元方：「尊君在不？」

老殘心裡想道：「如此佳景，為何沒有什麼遊人？」

蘇子愀然，正襟危坐而問客曰：「何為其然也？」

（2）激問：這是為激發本意而發問的一種設問。如：

到了長成，責任自然壓在你的肩頭上，如何能逃躲？

說明：本意是「不能逃躲。」

沒有大理智，何來大感情？

說明：本意是「有大理智，才有大感情。」

覽物之情，得無異乎？

說明：本意是「不能無異。」

（3）提問：這是為提取下文的答案而發問的一種設問。如：

在千門萬戶的世界裡的我，能做些什麼呢（問）？只有徘徊罷了，只有匆匆罷了（答）。

你知道中國最有名的人是誰（問）？提起此人，人人皆曉，處處聞名。他姓差，名不多（答）。

予嘗求古仁人之心，或異二者之為，何哉（問）？不以物喜，不以己悲（答）。

3. 摹寫：這是對事物的感覺加以形容描寫的一種修辭方法。它的對象，除了視覺印象外，還包括聽覺、嗅覺、味覺、觸覺的感受。如：

那黑雲邊上鑲著白雲，漸漸散去，透出一派日光來，照耀得滿湖通紅。湖邊山上，青一塊，紫一塊，綠一塊；樹枝上都像水洗過一番的，尤其綠得可愛。

說明：屬視覺的摹寫。

轉軸撥絃三兩聲，未成曲調先有情。絃絃掩抑聲聲思，似訴平生不得志。低眉信手續續彈，說盡心中無限事。輕攏慢撚抹復挑，初為霓裳後綠腰。大絃嘈嘈如急雨，小絃切切如私語。嘈嘈切切錯雜彈，大珠小珠落玉盤。間關鶯語花底滑，幽咽泉流水下灘。水泉冷澀絃凝絕，凝絕不通聲漸歇。別有幽愁闇恨生，此時無聲勝有聲。銀瓶乍破水漿迸，鐵騎突出刀槍鳴。曲終收撥當心畫，四絃一聲如裂帛。

說明：屬聽覺的摹寫。

4. 引用：這是在文中援用別人的話或典故、俗語，以訴諸權威或大眾的一種修辭方法。它可依援引方式的不同，分為明引與暗引兩種。

（1）明引：這是明白指出引文出處的一種引用。又分為全用、略用兩類：

甲、全用：引文時不加刪節或更改的一種引用方式，如：

古人說：「從前種種，譬如昨日死；以後種種，譬如今日生。」

說明：語見明袁黃《了凡四訓・立命訓》。

孔子所以說：「無入而不自得」，正是這種作用。

說明：語見《禮記・中庸》。

2. 略用：引文時加以刪節或更改的一種引用方式，如：

曾子還說哩：「任重而道遠」、「死而後已，不亦遠乎？」

說明：語本《論語・泰伯篇》：「曾子曰：『士不可不弘毅，任重而道遠，仁以為己任，不亦重乎？死而後已，不亦遠乎？』」，稍加刪節而成。

黃山谷說過：「三日不讀書，便覺言語無味，面目可憎。」

說明：語本何良俊《世說新語補・言語篇》：「黃太史云：『士大夫三日不讀書，則義理不交於胸中，便覺面貌可憎，言語無味。』」，稍加刪節並更改而成。

（2）暗引：這是不指明引文出處的一種引用。也分為全用與略用兩種。

甲、全用：引文時不加刪節、更改的一種引用方式，如：

一切都具體而微以後，我喜愛牠們又甚於那些老鳥。

說明：語出《孟子・公孫丑篇》：「冉牛、閔子、顏淵，則具體而微。」

夫臺灣固海上之荒島爾！篳路藍縷，以啟山林，至於今是賴。

說明：語出《左傳》宣公十二年：「訓之以若敖、蚡冒

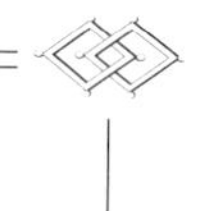

篳路藍縷、以啟山林。」

乙、略用：引文時加以刪節、更改的一種引用方式，如：

余憶童稚時，能張目對日，明察秋毫。

說明：語本《孟子・梁惠王篇》：「明足以察秋毫之末」，稍加刪節而成。

水可以載舟，亦可以覆舟。

說明：語本《荀子・王制篇》：「水則載舟，水則覆舟」，稍加更改而成。

5. 析字：這是在行文時故意就文字的形、音、義加以分析，以增加文章意趣的一種修辭方法。這種修辭方法有多種，其中屬文字的「離合」、「借形」者，稱化形析字；屬文字的「借音」、「合音」者，稱諧音析字；屬文字的「牽附」、「演化」者，稱衍義析字。如：

談笑有鴻儒，往來無白丁。

說明：借「鴻」之音為「紅」，以與「白」對，是屬借音的諧音析字。

投諸渤海之尾，隱土之北。

說明：「諸」為「之於」的合音，是屬合音的諧音析字。

魏武嘗過曹娥碑下，楊修從。碑背上見題作「黃絹幼婦外孫虀臼」八字。
魏武謂修曰：「解不？」答曰：「解。」魏武曰：「卿未可言，待我思之。」
行三十里，魏武乃曰：「吾已得。」令修別記所知。修曰：「黃絹，色絲也；於字為『絕』。幼婦，少女也；於字為『妙』。外孫，女子也；於字為『好』。虀臼」，受辛也；於字為『辤』；所謂『絕妙好辭』也。」魏武亦記之，與修同。乃歎曰：「我才不及卿，乃覺三十里。」

說明：「黃絹」先演化為「色絲」，再離合而成「絕」字；「幼婦」先演化為「少女」，再離合而成「妙」字；「外孫」先演化為「女子」，再離合而成「好」字；「虀臼」先演化為「受辛」，再離合而成「辤」字。這是屬於兼具化形與衍義的綜合析字。

6. 轉品：這是將一個詞彙的原本詞性加以改變使用的一種修辭方法。可分為如下數類：

（1）以名詞為動詞，如：

開軒面場圃，把酒話桑麻。

說明：名詞「面」、「話」用作動詞。

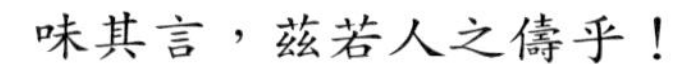
味其言，茲若人之儔乎！

說明：名詞「味」用作動詞。

（2）以名詞為形容詞，如：

苔痕上階綠，草色入簾青。

說明：名詞「苔」、「草」用如形容詞。

岸芷汀蘭，郁郁青青。

說明：名詞「岸」、「汀」用如形容詞。

（3）以名詞為限制詞，如：

火紅的太陽也滾著火輪子回家了。

說明：名詞「火」用如限制詞。

四方之民，獸奔鳥竄。

說明：名詞「獸」、「鳥」用如限制詞。

（4）以動詞為名詞，如：

於是使騎捕，屬之廷尉。

說明：動詞「騎」用作名詞。

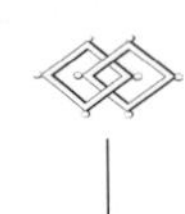

此則岳陽樓之大觀也。

說明：動詞「觀」用作名詞。

（5）以動詞為形容詞，如：

落日照大旗，馬鳴風蕭蕭。

說明：動詞「落」用如形容詞。

不假良史之辭，不託飛馳之勢。

說明：動詞「飛馳」用如形容詞。

（6）以動詞為限制詞，如：

甲上冰霜迸落，鏗然有聲。

說明：動詞「迸」用作限制詞。

六藝經傳，皆通習之。

說明：動詞「通」用作限制詞。

（7）以形容詞為名詞，如：

縈青繚白，外與天際。

說明：形容詞「青」、「白」用作名詞。

乘堅策肥，履絲曳縞。

說明：形容詞「堅」、「肥」用作名詞。

（8）以形容詞為動詞，如：

楊柳枯了，有再青的時候。

說明：形容詞「青」用如動詞。

親賢臣，遠小人。

說明：形容詞「遠」用如動詞。

7. **婉曲**：這是用委婉閃爍的言詞，曲折地烘托或暗示出本意來的一種修辭方法。如：

世上有多少好事，被壞人破壞了！也有多少好事，被好人辦壞了。

說明：曲折地指出我們做事需要耐性。

心胸間淤塞了如山的塵垢、如海的煩惱，何曾騰出一絲空隙來，在枯寂的心靈中插上一枝生命的花朵。

說明：含蓄地指出一般人缺乏大自然的洗禮。

憑誰問，廉頗老矣，尚能飯否？

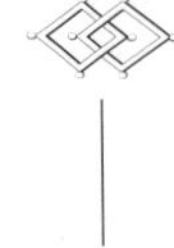

說明：曲折地道出自己壯心未已而無人加以重視的悲慨。

8. 夸飾：這是在描寫事物時故意誇張鋪飾，使超過客觀事實，以引人注意的一種修辭方法。這種修辭方法，可依夸飾對象之不同，分為空間、時間、物象、人情等四種類型。如：

夏蚊成雷，私擬作群鶴舞空。

說明：屬物象（聲音）方面的夸飾。

壯志飢餐胡虜肉。笑談渴飲匈奴血。

說明：屬人情方面的夸飾。

其餘各峰，卻高可摩天。

說明：屬空間（高度）方面的夸飾。

今日割五城，明日割十城，然後得一夕之安，起視四境，而秦兵又至矣。

說明：屬時間方面的夸飾。

9. 譬喻：這是借此喻彼，用易知、具體來說明難知、抽象的一種修辭方法。它是由「本體」（所要說明的事物主體）、「喻體」（用以比方、說明此一主體的另一事物）和「喻詞」（聯接本體和喻體的語詞）三者配合而成的。通常可依本體、

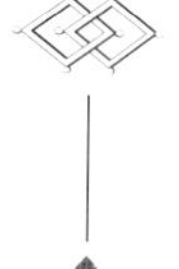

喻體、喻詞的省略或改變情形，分成如下五種：

（1）明喻：這是本體、喻詞、喻體三者皆備的一種譬喻。如：

所以朋友真像是一本一本的好書。

說明：「朋友」為本體，「像」為喻詞，「一本一本的好書」為喻體。

太史公疑子房以為魁梧奇偉，而其狀貌乃如婦人女子。

說明：「其狀貌」為本體，「如」為喻詞，「婦人女子」為喻體。

（2）隱喻：這是具備本體和喻體，而喻詞則由繫詞代替的一種譬喻。如：

這景色不見得很美，卻是一幅秋日風情畫。

說明：「這景色」為本體，「是」為繫詞，「一幅秋日風情畫」為喻體。

好與壞，卻是南極和北極。

說明：「好與壞」為本體，「是」為繫詞，「南極和北極」為喻體。

（3）略喻：這是具備本體、喻體而略去喻詞的一種譬喻。

如：

嘈嘈切切錯雜彈，大珠小珠落玉盤。

說明：上句為本體，下句為喻體，中間省略喻詞「如」。

樹欲靜而風不止，子欲養而親不待也。

說明：上句為喻體，下句為本體，兩者未用喻詞「如」加以聯接。

（4）借喻：這是只具備喻體而省略本體、喻詞的一種譬喻。如：

俗語說：「斬草不除根，春風吹又生。」所以我們要革除一種惡習慣，便須下一個極大的決心。

說明：借「斬草不除根」兩句俗語，以喻除惡務盡。

所以一個人做人做事該當飲水思源，滿懷感激。

說明：借「飲水思源」，以喻知恩圖報。

（5）假喻：這是用「譬如」、「比方」等詞以舉例說明的一種假性譬喻。如：

這種精神，常從體育的運動場上，帶進了政治的運動場

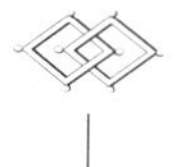

上。譬如這次羅斯福與威爾基的競選，在競選的時候，雖然互相批評；但是選舉揭發以後，羅斯福收到的第一個賀電，就是威爾基發的。

說明：以羅斯福與威爾基的競選為例，說明服輸的精神。

意念可以從外界的事物收得，如觀察某一件東西，經驗某一件事情，可以收得許多意念。

說明：以觀察、經驗某一事物為例，說明意念可從外界的事物收得。

10. 借代：這是在行文中不用通常使用的本名或語句，而另以其他名稱或語句來代替的一種修辭方法。它的類型，依陳望道《修辭學發凡》[99]，可分為如下八種：

（1）以事物的特徵或標幟代替事物，如：

黃髮、垂髫並怡然自樂。

說明：「黃髮」代老人，「垂髫」代兒童。

臣本布衣，躬耕於南陽。

說明：「布衣」代平民。

---

99 見陳望道《修辭學發凡》（香港：大光哲出版社，1961年2月版），頁84-94。

(2) 以事物的所在所屬代替事物，如：

石崇以奢靡誇人，卒以此死東市。

說明：「東市」代刑場。

猥以微賤，當侍東宮。

說明：「東宮」代太子。

(3) 以事物的作者或產地代替事物，如：

汝來床前，為說稗官野史可喜可愕之事。

說明：「稗官」代小說。

這兒是華格納與約翰・史特勞斯的天下。

說明：「華格納」與「約翰・史特勞斯」代他們的音樂作品。

(4) 以事物的資料或工具代替事物，如：

無絲竹之亂耳，無案牘之勞形。

說明：「絲竹」代管絃。

公閱畢，即解貂覆生。

說明：「貂」代皮衣。

（5）部分和全體相代，如：

天下既定，則卷甲而藏之。

說明：「甲」代所有兵器。

沙鷗翔集，錦鱗游泳。

說明：「鱗」代魚類。

（6）特定和普通相代，如：

慈烏復慈烏，鳥中之曾參。

說明：「曾參」代孝子。

雖有賁、育，無所復施。

說明：「賁、育」代勇士。

（7）具體和抽象相代，如：

讓心靈掙脫七情六慾的枷鎖。

說明：「枷鎖」代束縛。

絕不可以一時之波瀾，遂自毀其壯志。

說明：「波瀾」代挫折。

（8）原因和結果相代，如：

則兒雖死，亦瞑目地下矣。

說明：「瞑目」代死得安心。

吾年未四十，而視茫茫，而髮蒼蒼，而齒牙動搖。

說明：「視茫茫」、「髮蒼蒼」、「齒牙動搖」代衰老。

11. 轉化：這是在記一件事物時，轉變其原來性質，化成另一種本質截然不同的事物而加以描述的一種修辭方法。它有如下三個類型：

（1）人性化：這是擬物為人的一種轉化。如：

跟著提燈的螢火蟲在美麗的夏夜裡愉快地旅行。

說明：用「提燈」、「愉快地旅行」使螢火蟲人性化。

小草偷偷地從土裡鑽出來。

說明：用「偷偷地」使小草人性化。

（2）物性化：這是擬人為物的一種轉化。如：

唯獨這一件，和我拉上了情感的長線。

說明：用「長線」使情感物性化。

一切的不滿也都能昇華為同情。

說明：用「昇華」使不滿的情緒物性化。

（3）形象化：這是擬虛為實的一種轉化。如：

夏蚊成雷，私擬作群鶴舞空。

說明：用「雷」、「群鶴舞空」，擬物為物，使夏蚊之飛鳴形象化。

好銳利的喜悅刺上我的心頭。

說明：用「刺」擬人為人，使喜悅形象化。

12. 映襯：這是在行文中將兩種不同的、相反的觀念或事物加以對列比較，以使語意凸顯的一種修辭方法。它通常可別為如下三種類型：

（1）反襯：這是對一種事物，特用與這種事物的現象或本質恰恰相反的副詞或形容詞加以描寫的的一種映襯。如：

他日日在那裡盡責任，便日日在那裡得苦中真樂。

說明：以「苦中」形容「真樂」，為反襯。

有運動家風度的人，寧可有光明的失敗，決不要不榮譽的成功。

說明：以「光明」形容「失敗」、「不榮譽」形容「成功」，為反襯。

（2）對襯：這是用兩種不同的觀點來描述兩種不同的人、事、物的一種映襯。如：

犯的事小，她等到第二天早晨我睡醒時才教訓我；犯的事大，她等到晚上人靜時，關了房門，先責備我，然後行罰。

說明：以「犯的事小」與「犯的事大」形成對襯。

燕子去了，有再來的時候；楊柳枯了，有再青的時候；桃花謝了，有再開的時候；但是，聰明的，你告訴我，我們的日子為什麼一去不復返呢？

說明：以「燕子再來」、「楊柳再青」、「桃花再開」與「日子一去不復返」形成對襯。

（3）雙襯：這是用兩種不同的觀點來描述同一人、事、物的一種映襯。如：

她是慈母，兼任嚴父。

說明：用「慈」與「嚴」來形容同一個「她」，為雙襯。

人生須知道有盡責任的苦處，才能知道有盡責任的樂處。

說明：用「苦」與「樂」來形容「盡責任」，為雙襯。

13. 倒反：這是將正面的意思倒過來說的一種修辭方法。其中不帶諷刺成分的，叫倒辭；含諷刺成分的，叫反語。如：

她說：「你沒有老子，是多麼得意的事，好用來說嘴。」

說明：不得意而說「多麼得意」，帶諷刺成分，為反語。

一陣風過，葉兒又被劈下來。拾起一看，葉蒂已齧斷了三分之二，又是螞蟻幹的好事，哦，可惡！

說明：是壞事而說成好事，不帶諷刺成分，為倒辭。

我那時真是聰明過分，總覺得他說話不大漂亮，非自己插嘴不可。但他終於講定了價錢，就送我上車。他給我揀定了靠車門的一張椅子，我將他給我做的紫毛大衣鋪好座位。他囑我路上小心，夜裡要警醒些，不要受涼；又囑託茶房好好照應我。我心裡暗笑他的迂，他們只認得錢，託他們真是白託；而且我這樣大年紀的人，難道還不能料理自己麼？唉！我現在想想，那時真是太聰明了！

說明：是太笨了而說成「聰明過分」、「太聰明」，不帶諷刺成分，為倒辭。

晏子曰：「樂哉！今日嬰之遊也，見怯君一，而諛臣二。」

說明：不樂而說成「樂」，帶諷刺成分，為反語。

14. 鑲嵌：這是在使用詞語時故意插入虛字、數目字、特定字、同義或異義字，以拉長文句的一種修辭方法。可分為如下數類：

（1）鑲字：這是在有實際意義的字間插入無關緊要的虛字或數目字的一種鑲嵌。如：

如果我學得了一絲一毫的好脾氣。

說明：在「絲」和「毫」字上各鑲入一數目字「一」。

賞景的人群自四面八方不斷的向這裡湧來。

說明：在「面」、「方」字上，鑲入數目字「四」、「八」。

（2）嵌字：這是用特定的字嵌入語句中的一種鑲嵌。如：

東市買駿馬，西市買鞍韉，南市買轡頭，北市買長鞭。

說明：嵌入「東」、「西」、「南」、「北」四字。

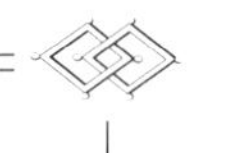

春不得避風塵，夏不得避暑熱，秋不得避陰雨，冬不得避寒凍。

說明：嵌入「春」、「夏」、「秋」、「冬」四字。

（3）增字：這是重複同義字的一種鑲嵌。如：

溫馨是說溫暖而芬芳。

說明：「芬」即「芳」、「溫」即「暖」。

汝以一念之貞，遇人仳離，致孤危託落。

說明：「仳」即「離」。

（4）配字：這是用一個平列而異義的字作陪襯而不用其義的一種鑲嵌。如：

既醉而退，曾不吝情去留。

說明：「去留」只取「去」義而不用「留」義。

世上多少好事，被壞人破壞了。

說明：「多少」只取「多」義而不用「少」義。

15. 類疊：這是接二連三地使用同一字詞、語句的一種修辭方法。可分為疊字、類字、疊句、類句等四種類型：

（1）疊字：這是一種字詞接連的類疊。如：

翠綠的葉子片片枯萎。

說明：單用「片片」一疊字。

大絃嘈嘈如急雨，小絃切切如私語；嘈嘈切切錯雜彈，大珠小珠落玉盤。

說明：兩用「嘈嘈」、「切切」兩疊字。

（2）類字：這是一種字詞隔離的類疊。如：

紅的像火，粉的像霞，白的像雪。

說明：以「的像」為類字。

那雙眼睛，如秋水，如寒星，如寶珠，如白水銀裡頭養著兩丸黑水銀。

說明：以「如」為類字。

（3）疊句：這是一種語句連接的類疊。如：

阿兄歸矣，猶屢屢回頭望汝，嗚呼哀哉！嗚呼哀哉！

說明：以「嗚呼哀哉」為疊句。

陳將軍足下：無恙，幸甚！幸甚！

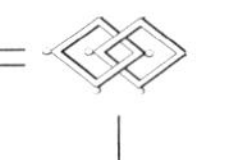

說明：以「幸甚」為疊句。

（4）類句：這是一種語句隔離的類疊。如：

吾質之昏，不逮人也；吾材之庸，不逮人也。

說明：以「不逮人也」為類句。

生乎吾前，其聞道也，固先乎吾，吾從而師之；生乎吾後，其聞道也，亦先乎吾，吾從而師之。

說明：以「其聞道也」、「吾從而師之」為類句。

16. 對偶：這是使上下文句字數相等、句法相同、平仄相對的一種修辭方法。通常可分為句中對、單句對、隔句對、長對等四種，茲就其中的前三種舉例說明如左：

（1）句中對，如：

使之沖煙飛鳴，作青雲白鶴觀。

說明：「青雲」對「白鶴」。

月落烏啼霜滿天，江楓漁火對愁眠。

說明：「月落」對「烏啼」、「江楓」對「漁火」。

（2）單句對，如：

白日依山盡，黃河入海流。欲窮千里目，更上一層樓。

說明：一二句、三四句相對。

亂石崩雲，驚濤裂岸。

說明：上下句相對。

（3）隔句對，如：

契丹和宋，止歲輸以金繒；回紇助唐，原不利其土地。
夜郎滇池，解辮請職；朝鮮昌海，蹶角受化。

說明：以上二例，均一三、二四相對。

17. 排比：這是用結構相似的句法接二連三地表出同範圍、性質的意象的一種修辭方法。如：

人若能知足，雖貧不苦；若能安分，雖失意不苦菊，花之隱逸者也；牡丹，花之富貴者也；蓮，花之君子者也。
前太守臣逵，察臣孝廉；後刺史臣榮，舉臣秀才。
終日而愈，艾可治也；越旬而愈，藥可治也。
吾心信其可行，則移山填海之難，終有成功之日；吾心信其不可行，則反掌折枝之易，亦無收效之期也。
臣聞求木之長者，必固其根本；欲流之遠者，必浚其泉源；思國之安者，必積其德義。

18. 層遞：這是在行文時依序層層遞進的一種修辭方法。可分為單式和複式兩種類型。

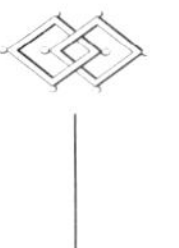

（1）單式層遞，如：

雖我之死，有子存焉；子又生孫，孫又生子；子又有子，子又有孫；子子孫孫，無窮匱也。

說明：屬前進式的單式層遞。

縫衣要布，說到布就不可沒有織布的工人；布是紗織成的，說到紗就不能沒有紡紗的工人；紗由棉花紡成的，就不能沒有種棉的耕作者。

說明：屬後退式的單式層遞。

孔子說：「知之者不如好之者，好之者不如樂之者。」

說明：屬比較式的單式層遞。

（2）複式層遞，如：

群臣吏民能面刺寡人之過者，受上賞；上書諫寡人者，受中賞；能謗譏於市朝，聞寡人之耳者，受下賞。

說明：屬雙遞式的複式層遞。

夫儉則寡欲，君子寡欲，則不役於物，可以直道而行；小人寡欲，則能謹身節用，遠罪豐家。故曰：「儉，德之共也。」侈則多欲，君子多欲，則貪慕富貴，枉道速禍；小人多欲，則多求妄用，敗家喪身。

說明：屬並立式的複式層遞。

19. 頂真：這是用前一句的結尾作下一句起頭的一種修辭方法。通常包括下列兩種形式：

（1）聯珠格：這是用在同一段文句間的一種頂真。如：

今天的事推到明天，明天又推到後天。

道狹草木長，夕露沾我衣；衣沾不足惜，但使願無違。

有村舍處有佳蔭，有佳蔭處有村舍。

禮、義、廉、恥，國之四維；四維不張，國乃滅亡。

古之學者必有師。師者，所以傳道、受業、解惑也。

非兵不利，戰不善，弊在賂秦。賂秦而力虧，破滅之道也。

（2）連環體

這是用在段與段間的一種頂真。如：

（第一段）……有人管牠叫野鴿子，而我們做孩子的，都管牠叫七姑姑。

（第二段）七姑姑，這名字是由牠的叫聲來的。

（第一段）……遂步至承天寺，尋張懷民。懷民亦未寢，相與步於中庭。

（第二段）庭中如積水空明，……。

（第二段）……我們擁有最真實的存在，——只要我們有根。（第二段）

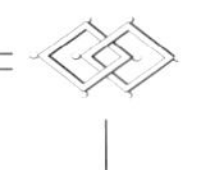

只要我們有根，縱然沒有一片葉子遮身，……

20. 倒裝：這是特意將語文的文法順序加以顛倒的一種修辭方法。如：

問女何所思？問女何所憶？

說明：順序當作「問女所思（為）何？問女所憶（為）何？」

他日繼吾志事，惟此生耳。

說明：順序當作「他日惟此生繼吾志事耳。」

汝之詩，吾已付梓；汝之女，吾已代嫁。

說明：順序當作「吾已付梓汝之詩，吾已代嫁汝之女。」

圜廬不葺，污穢不治，燥濕不調。

說明：順序當作「不葺圜廬，不治污穢，不調燥濕。」

惟兄嫂是依。

說明：順序當作「惟依兄嫂」，而作者卻將止詞「兄嫂」倒置於述詞「依」之前，而加「是」字。

舞幽壑之潛蛟，泣孤舟之嫠婦。」

說明：順序當作「（使）潛蛟舞（於）幽壑、嫠婦泣（於）孤舟。」

上舉遣詞造句之一些技巧，如果能經由課文（經典作品）之閱讀，一一辨明，指導學生「取法乎上」，則除了能提高閱讀能力外，也同樣能運用在自己之寫作上，以增強其寫作本領。

第四章

批　改

學生經過指引，依所命的題目習作之後，做教師的必須對這些習作一一給予批改，使學生除了知道自己所寫的有什麼不妥的地方外，更能使他們「取法手上」，逐漸地掌握到寫作的要領與技巧，把作文寫得更好。因此，批改在作文教學上是件重要的事。而所謂的「批」，是批指的意思，用以批示修改的理由或指導改進的方法；所謂的「改」，是修改的意思，用以改正不妥的地方。一個教師對於學生習作的思想材料以及用詞、作法有不妥之處，不但要修改，還要加以批指，讓學生確實曉得自己文章的缺陷，這樣才能收到批改的真正效果。以下就依序對批改的原則、方式、項目、符號與評分、用語與角度等，作簡要的說明。

第一節　批改原則

批改為了要收到最大的效果，使學生不但知所改進，更能樂於寫作，便不能不守住如下幾個原則：

一、保留習作的原意

批改學生習作時，在思想材料方面，如果發現有什麼不妥當的地方，應儘量保留它的原樣，而用批語在眉端指出它來，進而說明理由，並提出正當路向，以免改得滿紙通紅，使學生的自尊心既受損，而又失去了寫作的信心與興趣。譬如學生寫道：

核能發電會產生大量的二氧化碳，使空氣遭到嚴重的污染。

這和已知的事實不符，因為核能發電是不會產生二氧化碳，以造成污染的。這個事實，可透過眉批告訴學生，而不必直接修改。又如學生寫道：

孔子重視「仁」而往往忽略了「智」。

這也不合事實，因為孔子是主張由「智」而「仁」，以至於最後達到「仁」、「智」合一境界的，也就是說，孔子重視「仁」，也不忽略「智」，他所主張的「仁」，是「仁」中有「智」的；所主張的「智」，是「智」中有「仁」的。這種道理，可藉眉批作簡要的說明。當然，有的錯誤比較單純，又不牽連前後文意，是可以直接修改的，如：

八月二十七日是教師節。

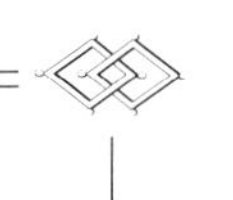

這是記憶出的錯，可直接將「八月二十七」改「九月二十八」。又如：

黃昏時看見一彎彩虹出現在西方。

這句話的問題出在「西」字，因為黃昏時的彩虹應出現在東方，所以直接將「西」字改為「東」就好了，但一定要眉批告知學生這樣修改的理由。

二、儘量切近學生的程度

批改學生的作文，一定要設法切近學生的程度。這樣，一方面可以使學生真正了解教師所以這麼修改的原因，產生「深獲我心」的感受；一方面對學生寫作的能力，更會有提升的作用。不然，改得再好，對學生而言，是起不了什麼作用的，因為所批改的不在他們可以接受、領會的範圍之內，怎麼能讓他們「知其然」，又「知其所以然」呢？譬如學生寫道：

東坡一直都有置身於邊疆來保衛國土的心。

如果改成：

東坡一直都存有「西北望，射天狼」的報國願望。

這「西北望，射天狼」六字，出自東坡題為「密州出獵」的〈江城子〉詞。這首詞，據題目，知道作於密州。其中「天狼」，是星名，主侵掠，用以代指西夏。引東坡本人的作品來改，確實比原作好，但學生卻無法了解，因為無論國中或高中的學生讀過這一首詞的人並不多啊！又如學生寫道：

朱子比較注重實際，王陽明比較注重理想，各不相同。

如果改寫：

朱子側重「自明誠」，而王陽明則側重「自誠明」，是各有所偏的。

這樣改，確實比較具體，且能突出朱、王兩人思想的特色，但學生大都無法理解，就是高三的學生讀過《中國文化基本教材》第六冊所選《中庸》的幾章內容，也一樣不能完全了解「自明誠」與「自誠明」的精義與兩者的區別所在，所以這樣改，顯然超越了學生的程度，是必須避免的。

三、多作積極的指導、少作消極的批評

對學生習作的內容與形式，發現有什麼不當的地方，固然教師要分別給予指正，作消極的批評，但也該緩和語氣，避免作直接無情的貶責，把學生的作品批評得體無完膚，使他們的自尊心受損，而喪失了寫作的信心與興趣。如學生寫道：

想及母親在寒風凜冽的清晨，早起作飯時那布滿皺紋的臉，以及她在大雨滂沱中為子女送衣送傘的情景，更想

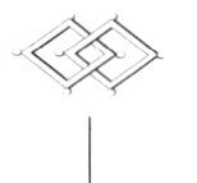

及她知足常樂的樸實行為，十分對生活感到幸福的心情。昏暗的燈光下，母親那雙粗糙而又溫暖的手，又重新在我的腦中浮現，使我更為心酸。

這節文字可改為：

想及母親在寒風凜冽的清晨，早起作飯時那布滿皺紋的臉，以及她在大雨滂沱中為我們送衣送傘，昏暗的燈光下，用那雙粗糙而又溫暖的手，不停地為我們工作的情景，使我更為心酸。

如果這樣下眉批：

文詞枝蔓，不知剪裁。

學生看了這兩句評語，信心一定會受到相當的打擊。如果下這樣的眉批：

「更想及她知足常樂的樸實行為」起，至「又重新在我的腦海中浮現」止，文意不聯貫，所以刪去枝蔓的文詞，使上下連成一氣。

顯然地，這種批語比較會為學生所樂於接受。這樣措語一改，結果就會大不相同，做教師的何樂而不為呢？至於學生表現優美或必須給予指引的地方，更要加以讚賞或指導，以提高他們寫作的興趣與能力。如：

有了母親，我們在人生艱難的旅程上，不至於感到驚慌害怕，有了母親，使我們不再焦急和失望。慈母，不絕地賜給我們鼓舞和溫暖，就像是一粒永遠永遠都不熄滅的火種，默默的燃燒，給子女一種安定的力量。

這節文字可改寫：

母親，使我們在人生艱難的旅程上，不至於感到驚慌害怕，母親，使我們不再焦急和失望。母親，不斷地給予我們鼓舞和溫暖，就像是一把永遠永遠都不熄滅的火種，默默地燃燒，給子女一種安定的力量。

並且下這樣的眉批，加以指導：

「慈母」改為「母親」，目的在於和上二句「母親，使我們……母親，使我們」的「母親」二字，構成「隔離類疊」的修辭效果，以加強語勢。

又如學生寫道：

拿破崙引《聖經》的話說：「上帝因為不能親自照顧每一個人，所以才創造了母親。」

可下這樣的眉批，加以讚賞：

引用名言作為文章的引言，既能顯示主旨，又能增加文

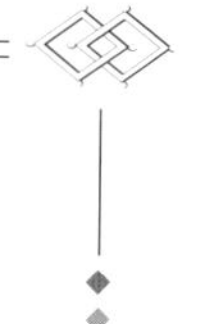

章氣勢。[1]

（以上例子取材自曾忠華先生《作文命題與批改》）

能這樣作積極的指導或讚賞，學生看了以後，自然能受到莫大的鼓勵，而樂於寫作，並逐漸提高他們的作文能力。

四、須作適當的眉批與總批

教師對於學生作文時有關審題、主意、運材、布局、措辭的優劣得失，都要加以指點。其中屬於局部性質，寫在文章眉端的，稱為眉批；屬於整體性質，寫在文章末尾的，稱為總批。這種批指關係到學生寫作能力之提升，是不可少，而且是要兩者兼顧的。而所用的文字，為收到實際的效果，必須淺明中肯，確切具體，不宜用一些空洞膚泛的語句，如「行文清順」、「用語妥帖」、「內容貧乏」、「情意不真」等批語，對學生的寫作，實在不會有多大的啟發作用，只是浪費筆墨而已，這是應該極力避免的。至於比較具體中肯的批語，用於文章眉端的，如：

從社會現況說明充實自己的重要性，起筆切實有力。
本段論須依靠學問以提高生活品質，極有見地。
本段自「相信是無人能推翻的」以下各句，均係敘述千古不變的道理，非主題所需，故宜刪去。
舉反例以證主旨，可獲「正反相生」之效；惟舉證之

[1] 以上諸例取材自曾忠華《作文命題與批改》（臺北：臺灣師範大學中等輔導委員會，1992年6月初版），頁67-200。

> 後，應就反面之意加以申論，以充實內容。

這些評語，或重在指導，或重在讚賞，對學生的寫作，都會有相當的助益。而用於文章末尾的，如：

> 從真實的鏡子，說到「心鏡」，而以「心鏡」為主，論述在人生不同的歷程中，如何善用「心鏡」，使人生更充實，更有意義。立意不俗，對人生的體驗也很深刻，小小年紀有此境界與寫作技巧，真是難得。(〈一面鏡子〉)
>
> 先論今日社會的現況，以說明充實自己、提升生活品質的重要，一開頭即能以簡潔的文筆點破題意；接著就個人與國家的關係，論述充實自己、提升生活品質的相關性，頗能開拓題材的領域；結束論述以「學問」為提升生活品質之原動力，從個人推論到全人類，眼光遠大。本文取材結構都能把握題旨；不過應注意刪去一些多餘的文詞。(〈充實自己，提升生活品質〉)
>
> 本文各段，皆能緊扣「現實與理想」的題意，加以闡述，議論詳盡，段落分明，文意亦頗聯貫。但對「理想」一詞的定義，認識不夠深刻，以致第二段與第三段中，某些文句含意欠明晰，略顯零亂。末段既是總論，宜更求簡潔周詳。(〈現實與理想〉)
>
> 用語詼諧自如，文句暢順活潑，但是沒有抓住重點作深廣的發揮，只就生活的一面而發揮，使內容顯得狹窄。(〈物質與精神〉)[2]

2　參見曾忠華《作文命題與批改》，同注1。

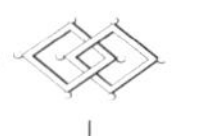

這些評語，都能針對全文加以批指，發揮了指導、讚賞的相當功用。另外，必須一提的是：總批所涉及的角度如果多樣，則最好以條舉的方式來寫，如：

> 一、首段以連續設問之法，逼出人生學習之必要；從題目之側背下手，饒富匠心。
> 二、中段分別以井蛙、碗沙、海川、風袋等四則譬喻，或詳或略的自正面或反面疏解文義，極盡具體且曲折委婉之妙。
> 三、結尾復以精簡文字容賅前文，並予點題收束，無過無不及，實為難能可貴之佳作。（林義烈老師評趙弘舜〈虛心〉）

> 一、生老病死悲歡離合，人間的故事何其多，就命題來說，敘寫一段自己或別人的過往，足可交代；本文卻跳出窠臼，以戰爭來經緯人類的故事，顯示了獨特的創意與視野。
> 二、行文含蓄而有張力，字裡行間意象飽滿，詩化的文字，韻致別具。
> 三、「然而戰爭也可看作人類社會中一種存優汰劣的方法」，這樣的觀點令人不寒而慄！偏確是人間的真實；細細想來，人世種種紛擾，像剪不斷理還亂的死結，終致不得不決絕一戰，一戰之後，所有的衝突與糾葛往往才有了紓解的轉機，慘痛的代價誠可浩嘆！
> 四、可惜末兩段表達粗糙；沙場上的殊死戰畢竟不是人

生內容的常態，怎樣藉戰爭來縮影人類的種種奔競以回應本文起首的主張，是結語應該正視的課題；否則便是為寫戰爭而寫戰爭，不是「故事」。（郭麗華老師評翟永祥〈故事〉）

（以上取材自《建中八十年度文選》）

很明顯地，這種分條列舉的評語，是比較容易讓學生一目瞭然的。

五、批改前應先遍覽全文

教師在批改學生作文之前，一定要先將全文看一遍，對全文的主旨、結構及聯絡照應的情形，獲致大概的了解，然後才能著手批改。不然，不該刪的刪了，而該刪的卻沒刪；不該改的改了，而該改的卻沒改，這樣，前後的照應不能照顧得很周到，也將增加批改的時間，以求彌補。這是非常不妥當的事情。譬如：

心靈有如一泓寧靜的湖水，而反省則是湖中源源不斷的清流，湖水的湛藍得力於清流不捨晝夜的湧入，而心靈的透明清澈也需仰賴反省時時的砥礪。

反省的第一個收穫，是讓我們清楚的認識自己，我們常常由於環境的影響，和慾望的誘惑，被迫戴上不同的面具，我們以不同的面具面對著不同的人事，雖可八面玲瓏，左右逢源，但我們卻忘記了我們原本的面貌，忘了我們的真性情，而反省此時有如一把利刃，劃開了我們

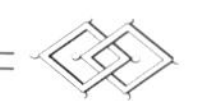

的面具，揭開了我們不輕易示人的本性，而我們的善良和天真，就自然而然的顯現了，我們被邪惡侵襲的創痛，也可得到清涼的洗滌，無怪乎曾子曰：「吾日三省吾身。」

反省的第二個收穫，就是能使我們撿拾錯誤所遺留的教訓，而不會重蹈錯誤的軌跡，日本名將德川家康，每回打了敗仗，總會坐在木椅上咬著指甲凝神苦思，總要找到錯處方得心安。犯錯並不是一件可恥的事，但一錯再錯，卻不是任何人所能忍受的，而反省，正是防止一再犯同樣錯誤的南鍼，孔子曾經讚美顏回「不貳過」，又誇獎顏回道：「吾見其進也，未見其止也。」

由此可見反省能使人記取教訓，精進不已。

反省的第三個收穫，是讓我們明辨事物的道理，我們如果把一件我們與他人交涉過的事情拿來細細思量一番，我們會發現我們做事的缺點。和別人處世的真機，於是徹底明白了是非曲直，真偽之辨，進而如古人所說：「見賢思齊，見不賢而內自省。」使得自己的智慧更加圓融。

擁有活躍的心靈才能擁有完美的人生，因此我們必須時時為死寂的心湖添入奔流的清泉，時時反省，才能開發自己的潛能，創造生命的價值。

（蔡青松〈論自我反省的收穫〉）

此文採「凡、目、凡」的形式寫成，將自我反省的收穫很有層次地交代清楚。教師在看這一篇文章時，如果在第二段的開頭，將「第一個」改成「第一大」，則第三、四段就該順著把

「第二個」、「第三個」改成「第二大」、「第三大」，並且還要看看有沒有此種層遞的關係。又如果由於第二段末尾引曾子的話，與本段「清楚地認識自己」的主意既不十分切合，又一樣地可移用於第三、四段，而把它刪除，就會有不匀稱、不劃一的毛病，因為第三、四兩段，作者都訴諸權威，各引了孔子的話來加強說服力，所以保留它，總比刪除的好。由此可見，在批改之前先把全文看一遍，是個相當重要的原則。

第二節　批改方式

批改學生習作的方式，約有如下數種：

一、傳統批改

這是將學生的習作收齊後，帶回辦公室或家裡批改的一種方式。這種方式因佔有時、空的自由，最為教師所樂用。但由於它只能透過文字來呈現批改內容，總是有它的侷限，不容易把要說的話表達得一清二楚，使學生徹底了解，以發揮批改的最大功效，所以仍有它的缺陷。不過，這是目前最慣用的一種批改方式，有能採行長久的一個優點。

二、當面批改

這是讓學生坐在旁邊，一面改一面說明的一種批改方式。這種方式因為可以當面把批改的種種說明清楚，所以效果最

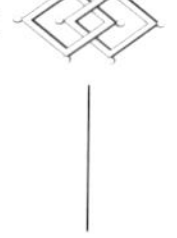

好，但也最費時，差不多一篇文章須費一、二小時。因此不可能經常這麼做，只能針對特別需要個別指導的對象，偶一採行而已。

三、公開批改

這是挑選一、二篇習作讓全班學生一起參與批改的一種方式。這種方式的批改，在從前，一定要將習作抄在黑板上來進行，頗為麻煩；到了現在，既可借用投影機，也可用影印的方式，讓學生面對習作，已經方便多了。由於這種方式能對不妥的地方，一一充分討論、訂正，所以影響力也格外地大。不過，這也和當面批改一樣，只能偶一採行，因為它實在太費時了。

四、重複批改

這是在看學生習作時，遇有不妥之處先打上批指符號，讓學生依照符號的指示，自行修改，再由教師正式批改的一種方式。要採行這種方式，一定要讓學生也熟悉各種批指符號，知道符號所代表的是什麼意思，才能如願進行。這種方式由於由學生自己對不妥的地方能充分斟酌後加以修改，所以效果也特別好。不過，這樣做，等於是讓學生重複寫作、教師重複批改，偶爾為之還好，若是經常如此，那就都要喊吃不消了。

第三節　批改項目

學生的習作需要教師糾正其中錯誤或缺失的項目，雖然很多，但重要的約有如下數種：

一、文字書寫錯誤者

這是字形的錯誤，也就是所謂的錯字或別字，茲分述如下：

（一）錯字

是指錯寫了本來就沒有的一種字形，也就是筆畫錯誤的字。如「步」字寫成「歩」、「初」字寫成「衩」，這「歩」和「衩」，是本來就沒有的兩個字形，就是所謂的錯字。這種錯字形成的原因，大致可歸為下列幾種：

1. 增加筆畫而誤：如「染」寫成「梁」、「迎」寫成「迊」、「翰」寫成「韓」、「盡」寫成「盡」。

2. 減少筆畫而誤；如「隆」寫成「隆」、「盜」寫成「盗」、「陽」寫成「陽」、「膝」寫成「膝」。

3. 改換偏旁而誤：如「假」寫成「假」、「券」寫成「劵」、「別」寫成「別」、「虐」寫成「虐」。

4. 移易部位而誤：如「吉」寫成「𠮷」、「號」寫成「虢」、「晃」寫成「𣌭」、「矺」寫成「乇石」。

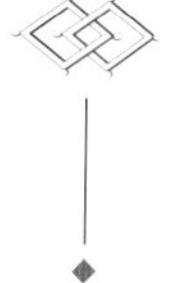

（二）別字

是指使用錯誤的字，又叫「白字」。所以顧炎武在《日知錄》上說：「別字者，本當為此字，而誤為彼字也，今人謂之白字，乃別音之轉。」這種別字形成的原因，也可歸為下列數種：

1. **字形相似而誤**：如「斡旋」寫成「幹旋」、「諂媚」寫成「謟媚」、「綠肥紅瘦」寫成「綠肥紅庾」、「枵腹從公」寫成「楞腹從公」。

2. **字音相似而誤**：如「大都」寫成「大多」、「乾淨」寫成「乾靜」、「以見一斑」寫成「以見一般」、「按部就班」寫成「按步就班」。

3. **字義相似而誤**：如「屈服」寫成「曲服」、「嗚咽」寫成「嗚噎」、「喪心病狂」寫成「傷心病狂」、「倚老賣老」寫成「依老賣老」。

4. **形聲俱似而誤**：如「收穫」寫成「收獲」、「煩惱」寫成「煩腦」、「天清日晏」寫成「天清日宴」、「破釜沈舟」寫成「破斧沈舟」。

對於這些錯別字，教師在它們的旁邊都應打上「×」號，並把它們改正，或在眉端畫一個方格子，讓學生自行改正。這樣的改正，如果效果不大，最好要求學生將他們所寫的錯別字，依下列表格來分析形成錯、別的原因，以加深他們的印象：

⑴錯字形成原因分析表：

篇次	錯字	訂正	錯字形成原因分析				備考
			增加筆劃	減少筆劃	移易部位	改換偏旁	
	步	步	✓				
	初	初		✓			
	假	假				✓	
	吉	吉			✓		

⑵別字形成原因分析表：

篇次	實例	別字	訂正	別字形成原因分析				備考
				字形相似	字音相似	字義相似	形聲相似	
	天清日宴	宴	晏				✓	
	依老賣老	依	倚			✓		
	大多	多	都		✓			
	幹旋	幹	斡	✓				

二、詞語使用失當者

詞語使用不當，是學生在習作時最容易犯的毛病。一般說來，約可分為如下三類：

（一）詞語使用錯誤

有些詞語的意義相近，而作用不同，學生卻往往不能分辨清楚。如：

她站的姿態很好看。

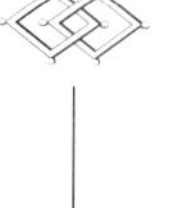

「姿態」一詞多用於動態的描寫，而站是靜態的，所以應改為「她站的姿勢很好看。」或「她走路的姿態很好看。」又如：

我們首先應該正確學習態度。

「正確」是形容詞，不是動詞，而這裡卻該用動詞，因此應改為「我們首先應該端正學習態度。」或「我們首先應該樹立正確的學習態度。」又如：

他的好處真是罄竹難書啊！

「罄竹難書」是個貶義成語，常用於形容罪狀多得寫也寫不完，所以用在這裡是不妥的，應改為「他的好處真是不勝枚舉啊！」或「他的好處真是舉不勝舉啊！」

（二）詞語搭配不良

詞語在習慣或邏輯上是要求前後互相搭配的，但很多時候，學生卻顧此失彼，不能作很好的配合。如：

下星期一是我們的畢業典禮。

「下星期一」是日子，而「畢業典禮」是一種儀式，彼此是不能搭配的，所以應改為「下星期一是我們舉行畢業典禮的日子。」或「我們將在下星期一舉行畢業典禮。」又如：

我們是以發表教師論文為主的一種學術性刊物。

原句可縮短為「我們是學術性刊物」，而「我們」與「學術性刊物」，一人一物，是兩碼子事，是不能搭配在一起的，因此應改為「我們的雜誌是以發表教師論文為主的一種學術性刊物。」或「我們這種學術性刊物是以發表教師論文為主的。」又如：

這種困難，只要不怕麻煩，並不是不能成功的。

在這個句子裡，顯然「困難」與「成功」兩詞不能搭配，因為困難是要去克服的，是不能說成「成功」的，所以應改為「這種困難，只要不怕麻煩，並不是不能克服的。」或「只要不怕麻煩，這種困難並不是不能克服的。」

（三）詞語順序不當

每個詞語在語言結構中是有它一定的順序與位置的，如果弄亂了這種順序與位置，就會引起意義上的混亂，使人弄不清你在寫什麼。如：

那兒的情況，對我們已十分了解了。

在這個句子裡，「情況」是不能作主語用的，作主語的該是「我們」，所以應改為「我們對那兒的情況已十分了解了。」或「對那兒的情況，我們已十分了解了。」或「我們已十分了解那兒的情況了。」又如：

我們去準備日本旅遊，共約了十幾個人一起。

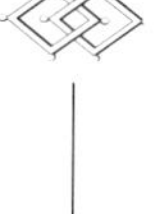

這一句的語序，也是不當的，「共約了十幾個一起」是限制性的詞語，應該提前在「日本旅遊」之上，而「去」的位序也不對，因此應改為「我們共約了十幾個人，準備一起去日本旅遊。」又如：

不但他長得好，也做人很成功。

在這個句子裡，「不但」和「也」的位序不當，應改為「他不但長得好，做人也很成功。」

三、章句經營無方者

學生的習作，在章句經營方面，需要改正的弊病也很多，大致說來，有如下數種：

（一）文法不通

學生由於不諳文法，往往會造出不通的語句來。這類弊病約可歸成兩種：

1. 成分殘缺：指殘缺應有的成分，如主語、謂語、賓語、補語等而言。如：

他的干擾，寫錯了好幾個字。

這個句子缺少主語，應改為「我由於他的干擾，寫錯了好幾個字。」或「他的干擾使我寫錯了好幾個字。」或「由於他的干擾，我寫錯了好幾個字。」又如：

我們要閱讀增廣見聞、涵養品德。

這個句子缺少賓語，句中的「閱讀」在下文沒有相應的賓語，所以應改為「我們要閱讀增廣見聞、涵養品德的書刊。」

2. 成分多餘：句子裡不可少了應有成分，也不可多了不應有的成分。如

我此後非要努力用功。

這個句子多個「非」字，應刪去，改成「我此後要努力用功。」如果與「非」搭配，在「用功」下加「不可」二字，則又多個「要」字，也應刪去，改成「我此後非努力用功不可。」又如：

職員正式的薪資應不低於或高於試用期薪資。

「不低於」包括「等於」與「高於」，與「高於」連用在一起，會出現重複的毛病，所以應刪去「不低於或」或「或高於」，改成「職員正式的薪資應高於試用期薪資。」或「職員正式的薪資應不低於試用期薪資。」

3. 結構雜糅：學生的習作，有時會把兩種句式雜揉在一起，使得句式和句義都糾纏不清。如：

他努力不懈的精神是值得我們學習的榜樣。

這個句子有兩個句式糾纏在一起：一為「他是我們學習的榜

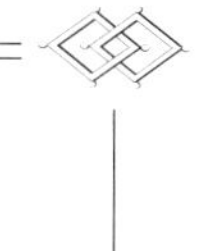

樣。」二為「他努力不懈的精神是值得我們學習的。」因此應改為如上兩句或「他努力不懈的精神值得我們學習。」以求結構劃一、句義明晰。又如：

他借口有病為理由不參加朝會。

這個句子也雜揉了兩個句式：一為「他借口有病不參加朝會。」二為「他以有病為理由不參加朝會。」因此批改時可以改成上述兩句中的任何一句。

（二）體現不切

這是不能針對主旨來運用思想材料的毛病。學生在習作時，往往會忽略主旨，運用一些不該用的思想材料，如〈苦雨〉這個題目，卻寫道：

窗外夜雨正在淅瀝淅瀝地下著，我靠在床上，隨手拿起一本《湖濱散記》來讀，這真是人生的一大享受啊！

又寫道：

雨啊！不要做一個沉默的聽眾，要看了我的未來。古人說：「學如逆水行舟，不進則退。」活在回憶中的人，永無光明的希望，只有把握將盡的今日，突破瓶頸，力求發展。雨！雨！你能了解我嗎？

這個題目，本來是要求學生寫雨帶給人們或自己的不便與苦惱的，而這兩節文字，卻一寫內心的享受，一寫奮進的意願，顯然與題目都不相切合，這就是體現不切所引起的弊病。關於這個問題，黃錦鋐在《中學國文教材教法》一書中曾舉例說：

> 例如以〈初夏〉為題，學生大做「夏天」的文章。有以〈秋〉為題的，學生大寫穀類對人類的貢獻。有的學生則喜歡亂用形容詞，如明月先生中天跳舞、黃鶯小姐枝上唱歌。以「汪汪」形容流水的聲音，用「颯颯」描述下雨的情態，不一而足。這些都屬於體現不切的毛病。[3]

對於這些毛病，教師應悉予刪去，並加眉批加以指導。

（三）語氣不合

這是指說話的人與所敘之事，關係不相稱的毛病。譬如曹植在〈武帝誄〉中說：「尊靈永蟄。」在〈明帝誄〉中說：「聖體浮輕。」所謂「永蟄」、「浮輕」，對武帝和明帝來說，是不夠尊重的，因此《文心雕龍．指瑕》說：

> 浮輕有似蝴蝶，永蟄頗擬於昆蟲。施於尊極，豈其有當乎？

可見用詞是要合於身分、地位的。又蔣伯潛在《中學國文教學法》一書中所附〈一封家信〉一文中有這麼一節話說：

3　見黃錦鋐《中學國文教材教法》（臺北：教育文物出版社，1981年2月初版），頁258。

> 氣候已漸漸冷起來了，寒衣趕快寄來，切勿遲誤！費神之處，容後面謝可也。

這封家信是寫給父母的，而在這節文字裡，卻說：「趕快寄來，切勿遲誤」，是上對下命令的口氣，而「費神之處，容後面謝可也」，又是平輩的客套話，這都是一個兒子對父母不該有的語氣，所以在這節文字之上，批改的先生下了這樣的眉批：

> 「切勿遲誤」，是命令語；「費神」、「面謝」，又太客氣，對父母均不合。[4]

像這樣，語氣既然不合，就該把可以修改的地方修改，必須刪除的部分刪除，並且加上眉批加以指導了。

（四）體式不純

　　這是文言與白話夾雜、記敘與論說糾纏，使語句的型態錯亂的一種毛病。通常學生都喜歡賣弄文墨，在寫作白話文時，故意夾用文言，本來是想要使文章典雅的，結果卻損傷了文氣，弄巧成拙。如：

> 書在人類文明史上，始終扮演著文化命脈的神聖工作。縱使吾儕「前不見古人，後不見來者」，但依然可藉著書的聯繫，使我們將時空超越之，與之溝通也。

4　見蔣伯潛《中學國文教學法》（臺北：泰順書局，1972年5月再版），頁124。

又云：

> 書的內容，舉凡天文、地理、人文、藝術等，無所不包，凡「不偏不倚」者皆謂之良書也，豈可勝道哉！

在這兩節文言中，所謂「吾儕」、「超越之」、「與之溝通也」、「謂之良書也」、「豈可勝道哉」等，都是文言語句。它們夾雜在白話中間，都顯得格格不入，不但沒有使文章變得典雅，反而破壞了文章體式的純一，這真是得不償失啊！所以教師看到這些文言語句，是必須把它們改成白話的。此外，學生也喜歡把記敘與論說夾纏在一起，當然，以全篇而論，先記敘、後論說（如周敦頤〈愛蓮說〉）或先論說、後記敘（如蘇軾〈超然臺記〉），是可以的，但片段地將論說夾在記敘裡或將記敘夾在論說裡，就會造成錯亂。如：

> 易水淒咽地迴盪著，離開的一刻終於來臨了。荊軻帶了一把匕首，藏在地圖裡。為了謀刺秦王，這是扭轉乾坤的偉大使命，歷史是會為他的萬丈豪情作見證的。於是登車而去，馳向暴秦的宮殿。

又如：

> 「松柏後凋於歲寒，雞鳴不已於風雨」，沒有風雨，怎見雞的忠誠；沒有寒冬，怎見松柏的堅貞。我昨天經過公園，看到長青的松柏，突然地領悟了這個道理。因為一個禁得起考驗的人，他的人生再怎樣崎嶇，只要奮鬥不

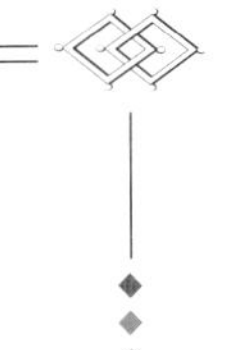

懈，一定會有否極泰來的一日。

在上舉兩例中，前例的「為了謀刺秦王，這是扭轉乾坤的偉大使命，歷史是會為他的萬丈豪情作見證的。」是論說的句子，卻夾在記敘文字中間；而後例的「我昨天經過公園，看到長青的松柏，突然地領悟了這個道理。」是記敘的句子，卻夾在論說文字中間，都產生了前後不調和的現象，是應該悉予刪除的。

（五）組織不良

這是文章剪裁、安排的工夫不良的一種毛病。這又可分為兩種情形：

1. 剪裁的不良：這是就所取材料或欠缺不全或繁簡失宜來說的。這類的弊病，很容易犯上，即使名家也難免，例如溫庭筠的〈夢江南〉詞：

> 梳洗罷，獨倚望江樓。過盡千帆皆不是，斜暉脈脈水悠悠。腸斷白蘋洲。

這闋詞寫別恨。起二句，寫一早倚樓凝望的情事，以「梳洗罷」與「獨倚」透出孤單、激切之情，預為下二句的敘寫鋪路。「過盡」兩句，寫凝望所見：先是千帆過盡，不見歸人；後是斜暉脈脈，綠水悠悠，將情寓於景，作進一層的敘寫。寫到這裡，可以說已有綿綿不盡的離情了，而作者卻加上了一句「腸斷白蘋洲」，使得空間變小、意味變淺，所以傅庚生先生認為這一句：

甚無謂，蓋即調未完而意已盡，故為玉玷也。……蓋意盡而辭冗，辭冗則無當於剪裁，尤且有妨於含蓄。[5]

這樣畫蛇添足，當然就「無當於剪裁」了。名家既難免如此，那麼學生就更不用說了，如：

從這篇〈留侯世家〉中看出，只要是漢高祖做了不對的事，張良就會去勸諫。即使是退隱了，看到高祖要廢太子而另立寵姬之子時，還安排了四位長者去暗諫，可說是非常忠心的。而漢高祖也很英明，雖然忠言逆耳，卻有接受勸諫的雅量，而成為千古美談。但張良的兒子不疑，就因犯了「不敬」之罪，被削侯了。不知道是因為他不如他的父親那樣會講話、做事，還是因為觸犯了天子，造成「不敬」的罪名，我就不清楚了。

這段文字，主要在寫張良忠諫之功，本來寫到「而成為千古美談」，文意已足，而作者卻特地加上「但張良的兒子不疑」七句，這七句既對張良忠諫之功沒有推深一層的作用，而又說「我就不清楚了」，使得所敘事例的可信度降低，因此應該把這七句完全刪去，不然就犯了剪裁不良的毛病了。

2. 安排的不良：這是就行文顛倒錯亂來說的，也就是該先說的，落在後面，而該後說的，反而置於前面。如：

「三思而後行」即是勸人做任何事之前要能考慮清楚，

---

5 見傅庚生《中國文學欣賞舉隅》（北京：北京出版社，2003年1月一版一刷），頁189。

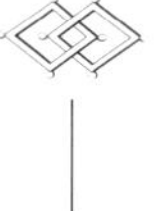

> 明辨事理。
>
> 人非聖賢，犯錯是任何人不可避免的，因此做事之前要能慎思，不可逞匹夫之勇，否則必敗無疑；明辨更為重要，不可為短利、私情所蒙蔽、迷惑，要能正確的明辨事理。

這是學生習作的頭兩段，題目是〈慎思與明辨〉。作者在這裡，一開端就訴諸權威，稍嫌突兀，所以曾忠華在《作文命題與批改》一書中曾作眉批說：「此段宜置於第二段末尾，藉以說明題文之重要性，而以第二段之評析法為開頭，如此文章之氣勢必能增強。」[6]這樣子的調整，確實將原作安排不良的毛病改過來了。又如題為〈堅百忍以圖成說〉的學生習作是這樣寫的：

> 沒有海上的驚濤駭浪，就造不出凌波踐花、技藝純熟的水手，沒有困阨環境的磨礪，就鑄造不出成撥亂反正、精幹有為的奇才。因此，我們想要奮臂飛揚，有所作為，幹一番英雄造時勢的利國福民大事業。就必須鼓起勇氣，接受眼前的考驗，面對困難，以堅毅不拔的精神迎接挑戰，用當仁不讓的氣度掃平障礙，建立一番旋轉乾坤的大功勞。
>
> 逆境的到來，正是國人要動心忍性，增益其所不能以磨鍊心志之時，無論這些逆境是如何坎坷崎嶇，我們可以確信通過此一障礙，將使我們更接近光明的未來；「行

6　見曾忠華《作文命題與批改》，同注 1，頁 185。

百里者半九十」，因此我們絕不可因一時的拂逆而氣餒，要終底於成，捨堅忍以圖成外，更無他道。我們必須鞭撻自己勇往前進，忍耐眼前的痛苦，奔向既定的目標，則成功將必屬於我們了。

春秋時越王勾踐，忍受做吳王僕隸之辱，臥薪嘗膽，經過十年生聚，十年教訓後，終於大舉克吳、滌除會稽之恥；楚漢暴秦時，張良忍辱納屣，終於得到圯上老人的真傳，貴為帝師，名列三傑；漢初對匈奴取卑屈和親之策，經過數十年的隱忍和休養，終於在漢武帝時大雪前恥，消除國家大患；清末 國父領導革命，歷經艱難險巇，屢仆屢起，終於推翻滿清，創建民國。這些都是堅忍圖成的鐵證！

當困難來時，有人因之一飛沖天，有人因之倒地不起，其差別就在能否以堅忍的精神，克服逆境。只有堅百忍才能圖成，只有堅毅、忍耐，才能迎向光明的前途！

這篇文章的二、三段，曾忠華以為應對調，他在第二段之上作了眉批說：「本段諄諄以堅忍自勵勵人，應是例證後總結語氣，故移為第三段為宜。」又在第三段之上作了眉批說：「本段應移為第二段，以作例證。」[7]如果我們仔細理清這篇文章的意脈，便知道這種調整是合理的。

（六）浮辭累贅

作文首求簡明雅潔，如果盡說些重複或不相干的話，就會

[7] 見曾忠華《作文命題與批改》，同注 1，頁 126-127。

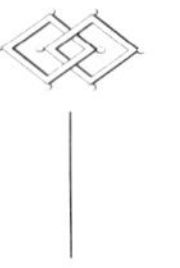

令人讀而生厭。如：

> 明天對我來說，是很重要的，因為它是我媽媽辛苦懷胎十月在醫院生下我的紀念日。

說了這麼一大堆話，表達的只是「明天是我的生日」的意思而已，所以除了這七字外，其餘的全屬廢話，應予刪除。又如：

> 孩子們唯一的愛護者是何人？這是每個人都知道的，不用你猜，也不用我猜，就知道是慈愛的母親。

作者在這裡採提問的形式來寫，或許能提振一點文章的精神，但太過累贅了，因此還是改為判斷簡句來敘述的好，也就是只應保留「孩子們唯一的愛護者是母親」十二字，而把其餘的整個刪掉。

四、陶鍊工夫拙劣者

陶鍊工夫是指字句、篇章的修飾技巧。就字句的修飾而言，主要的是求字句生動，要做到這點，有時便要以積極的修辭方式來修改學生的習作。如：

> 就讓絲絲細雨打在我臉上吧！

這個句子是通順的，但生動不足，所以可用轉化（擬人）法改為「就讓絲絲細雨輕柔地撫摩著我的臉吧！」又如：

小雨散發出明亮的光輝。

此句也明順，但太平板了，因此可用譬喻法改為「小雨像珍珠一般散發出晶瑩的光輝。」對於這種字句的修飾，黃錦鋐曾在《中學國文教材教法》一書中舉例說：

> 有時可以直說，有時則應用曲說，如韓愈〈畫記〉不說驢四頭，而偏說「橐駝三頭，驢如橐駝之數而加其一焉」。就是採用曲說，以免文章板滯的毛病。其他有倒裝的如韓愈〈羅池廟碑〉：「春與猿吟兮，秋鶴與飛」（秋鶴與飛就是秋與鶴飛的倒裝）。有用婉曲的，如李清照詞：「新來瘦，非關病酒，不是悲秋。」有的用夸飾的，如李延年詩：「一笑傾人城，再笑傾人國」。有用諱飾的，如《紅樓夢》裡說棺材稱那件東西……。這些都是求語句美化的關係，因為文章說得太直截了。使一覽無遺，便索然無味，教師應該視實際情況，使學生文句通順之後，更進一步求形式的和諧與內容的善美。[8]

要「更進一步求形式的和諧與內容的善美」，確是我們做教師的人所應致力的事。就篇章的修飾而言，主要的是求篇章合乎秩序、聯貫、統一的原則。學生的習作，凡是不合這三大原則的，便要直接加以修改或用眉批，總批加以指引。如：

在上一輩人的心中，都市代表著進步、富貴，而鄉村卻

---

[8] 見黃錦鋐《中學國文教材教法》，同注 3，頁 259-260。

代表著落後、貧賤。然而風水輪流轉，在現代人眼中，都市卻是罪惡的淵藪，而鄉村竟是令人嚮往的樂園。

我出生在一個小村莊裡，小時候看到的，不是人，就是牛，而很少看到汽車。一直到七歲，還不知道都市這種地方。整天只知道在水河中嬉水、抓魚，在田埂上奔跑、釣青蛙。這種鄉村生活的情趣，經過了幾年都市繁華富裕的生活之後，到現在才真正體會出來。

都市除了生活枯燥無味外，更增添了不安與不適，整天懼怕不良分子的騷擾、宵小的光顧，和交通壅塞、空氣汙染等。而鄉村現在又逐漸都市化了，大河成了水泥做的小水溝，田地、魚池也爭相聳立著大樓。我真怕有一天鄉村會從地球上消失，再也看不到小山、小河、樹木、花草，也聽不到鳥鳴、蟲叫、雞啼。

既然鄉村都市化，已是必然的趨勢，而都市也該鄉村化，以減少它的缺點。

所以讓都市與鄉村互助並存，才是我所希望的。

這篇文章題作〈都市與鄉村〉，撇開別的不談，單在篇章結構上，就有不少該修正的地方：先就「秩序」（含變化）來說，作者在首段以今昔觀點說明一般人對都市與鄉村看法之轉變，次段用自己的經驗寫鄉村生活的情趣，三段論都市生活的不安和對鄉村都市化的憂慮，末段點明「都市與鄉村互助並存」的主旨。這樣寫，層次實在不夠分明。照末段的結論來看，最好先在第二段論鄉村都市化，再在第三段論都市鄉村化，以求合於秩序的要求。再就「聯貫」來說，第二段是由首段末尾「樂園」帶出的，而末段開端又與第三段「鄉村現在又逐漸都市化了」互相聯絡，可說已注意到段落的聯貫；但第三段起句寫「都市除了生活枯燥無味外」，卻十分突然，顯然有「上無所頂」的缺憾，為了彌補這個缺憾，應該將第二段末尾「都市繁華富裕生活」句中的「繁華富裕」改為「枯燥無味」，來為下段的論述預鋪路子。末就「統一」來說，這篇習作把一篇的主旨置於末段，主張經由「都市鄉村化，鄉村都市化」來「讓都市與鄉村互助並存」，但在前三段裡卻始終找不到針對這個主旨來論述的文字，所以應該大作調整，從第二段開始採「先目（條分）後凡（總括）」的形式來寫，以使全文能「一以貫之」，收到統一的效果。

五、格調氣味腐惡者

這是文章的內容思想或措辭聲情有了偏差所形成的一種弊病。學生的習作，有時文句雖然通順，但它的內容思想或措辭聲情卻令人讀之生厭作嘔，這好比一個人的五官四肢不是不端正，而口齒也不是不伶俐，但和他一接談，卻會讓人覺得面目可憎、言語無味一樣。這種弊病可分兩類：

（一）格調的腐敗

這是抄襲濫調套語所犯的毛病。對於這種惡習的形成，王更生先生在《國文教學新論》中作了這樣的說明：

> 從前應酬書文，常有一套應酬話，無論論史事、評人物，總離不開那些老套，現在一般人談國計民生、談反共復國、談人生、談志願、談愛情、寫物、狀景，也莫

> 不如此。坊間書報雜誌，隨處可見，學生讀了，喜其意義廣泛、文辭平易，略加搬動，即可大派用場，於是視為至寶，東施效顰。漸漸一題到手，竟不用心思考，先搜索這些新體八股，這不僅使一篇習作格調腐敗，正怕積久成習，還會倒了創作的胃口。[9]

這樣說來，格調腐敗實在是件嚴重的事，是要嚴加防範或糾正的。就防範而言，如果有人不管合不合題旨，便不經心地寫：

> 光陰似箭，歲月如流。
> 一年之計在於春，一日之計在於晨。
> 燕子去了，有再來的時候；桃花謝了，有再開的時候；但是日子為什麼一去不復返呢？

這些文句，原就寫得很好，偶爾引用，是會添加新趣的。但引用多了，便變成陳腔濫調了。所以在寫作之前，就該告訴學生儘量不要引用這些人家一引再引的套語，以免積久成習。就糾正而言，如果學生這樣寫：

> 我們一定要記取「十年生聚」、「毋忘在莒」的教訓，效法　國父孫中山先生和先烈十次革命的精神，奮發圖強，力爭上游，這樣才會有成功的一天。

這節文字，前者是有關時局的濫調，後者為有關史實的濫調，

---

9 見王更生《國文教學新論》（臺北：明文書局，1983年8月再版），頁214。

是十分常見的。教師對於這類文字，應該儘量刪除，並用眉批加以指引，使學生能運用自己的慧心去把蘊藏於內的思想情意適切地表達出來。

（二）氣味的惡劣

這是由刻薄、佻達、鄙俗、狂妄、猥褻等氣味所形成的毛病。對於這種毛病，王更生在《國文教學新論》中也加以說明說：

> 刻薄是指「寬於待己，苛於責人。」先不自省己過，而妄事辱罵別人，以刻薄當幽默。佻達是指黃色新聞，性感語句，拿肉麻當有趣，還自以為是福至心靈。鄙俗是指造語粗野，動輒三字經，出口臭氣薰天，尚以為是鄉土文學，而不自知其文之俚俗。狂妄是指目空一切、顛倒是非，不分黑白，而驟下斷語，還自以為獨出心裁，曠古未聞者是也。猥褻是指學習低級，賣弄風流，自以為儒雅、得意，事實上氣味惡劣，令人敬鬼神而遠之。這些作品，大都與學生人格、氣質、交遊、習染，或課外讀物有關，教師於此處如不注意糾正，則學生還沾沾自喜，以為無傷大雅，理所當然，一旦日久成習，便貽害終身矣。[10]

這種毛病一犯再犯，確實會日久成習，而貽害終身，所以教師必須加以糾正。譬如學生寫道：

10　王更生《國文教學新論》，同注9，頁224-225。

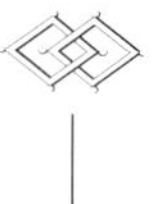

> 現在主事的人，全是飯桶，只會吃飯，不會做事；出了事情，就互相推諉責任。如果換成是我，一定負責到底，以維護中華文化，繼承中國道統為己任。

或這樣寫道：

> 他們真是一群蠢豬，都拿不出辦法來解決問題，該來聽聽我的高見，包準佩服得五體投地。

這兩個例子，出語都刻薄、狂妄，但真的要他負責到底，或表示高見的時候，又做不到或拿不出任何東西來。對於這類文句，教師不但要用眉批給予糾正，同時也該指導學生多讀正當的課外讀物，使他們改掉這種毛病，走向正途。

第四節　批改符號與評分

在此先介紹批改符號，然後討論評分方法與標準。

一、批改符號

教師批改學生的習作，除了要用文字批指不妥的地方外，還要用一些符號來標明他們不同的錯誤。這種符號的名稱、種類與用途，張學波參考章微穎《中學國文教學法》及江應龍〈作文的命題與批改〉所述，在所著《中學國文教學理論研究》[11]中列舉如下：

1. ～　倒鉤　詞語顛倒
2. ×　斜叉　文字錯寫別寫，詞語典實誤用
3. ……　密點　思想純正，見解卓越
4. ○○　雙圈　詞句優美
5. ﹏﹏　曲線　思想錯誤
6. ？　問號　詞句意義不明
7. ━━　粗線　文法不通，論理背謬（粗線畫在句旁）
8. ⊂　破鑼　文句空泛，不切題目（起訖各用一個）
9. 〈　斜角　見解幼稚或誤解題意（起訖各用一個）
10. ←　箭頭　文意不相銜接
11. ＝　雙線　語句或文義重複
12. ／　斜線　脫字增添
13. ——　細線　刪除（細線畫在句中）
14. △△△　掛角　已刪復用

這十四種符號的名稱與用途，最好能影印給學生，或直接印在習作簿上，使學生能熟悉它們，以提高批改的功效。

二、評分方法

批改學生的習作後，教師照例要一一評定分數或等第，使學生知道自己習作的優劣。它的方法有下列三種：

1. 等級法：有兩種：

（1）三等級：這是分甲（A）、乙（B）、丙（C）三等以評定學生作文優劣的方法。每等又可分為上、下兩級或上、中、

11　見張學波《中學國文教學理論研究》（臺北：明文書局，1993年12月初版），頁193-194。

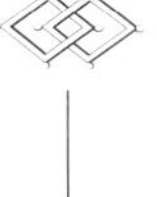

下三級。這種方法很簡便，但很難藉以分出細微的差別，又何況在結算學期總成績時，還得換算成以一百分為滿分的分數，以求統一，所以學校裡已少採用這種評分法了。然而在各級升學考試時，如大考中心卻輔之以較細密的評分標準，採「九級制」加以評分；而基測中心也準備採用「六級制」來評分；這是新趨勢，值得大家重視。

（2）四等級：這是分甲（A）、乙（B）、丙（C）、丁（D）四等以評定學生習作優劣的方法。每等又可分為上、下兩級成八級，或分上、中、下三級成十二級。

2. 百分法：

這是以一百分為滿分，以評定學生習作優劣的方法。這種方法可用一分之差分出高下，比較可以辨出細微的差別。在評分的時候，可以就習作的審題、立意、運材、布局、措辭等方面去考量，給予適當的分數，這是目前被採用得最廣的一種評分法。

3. 分項評分法：

這是把學生習作所應注意的重要因素分為若干項，訂出各項所佔分數的百分比，以逐項評定分數的方法。章微穎在《中學國文教學法》一書中就分為八項，並作了如下說明：

> 第一項為意思切題，其要求由切題而入精審豐富，佔百分之幾。第二項為詞語準確，其要求由準確而更進於雅潔優美，佔百分之幾。第三項為句法順妥，而要求更進於精煉，佔百分之幾。第四項為層次清楚，前後聯絡照應妥貼，而要求更進於結構緊密，變化靈活，佔百分之幾。第五項為運材措辭適當合度，第六項為對於所習詞

> 語章句法則能把握應用，第七項為寫作語體文（或文言文）字數達若干以上，並能使用新式標點，第八項為錯別字不超過若干，書法整潔，又各佔百分之幾。這樣，僅以為取得學生習作成績標準之用，已比籠統打一個分數合理得多。[12]

分這些項目來評分，確實可以評得比較客觀，但是每一篇都要這樣評分，而且還要把分項的分數按比例打好後，再加起來算出總分，是相當繁瑣而費時的工作，所以採用的人很少。不過，由於這種評分法有比較客觀的優點，所以可予簡化採行，即項目可濃縮為四項，那就是：

1. 立意取材：佔百分之四十。
2. 結構組織：佔百分之二十。
3. 遣詞造句：佔百分之三十。
4. 其他（錯別字、格式與標點符號）：佔百分之十。

這樣就簡便得多了。而且教師可用項目與佔分比率，刻成橡皮章如下列附圖，蓋在每篇題目的上端，分項評分，使學生明白自己之優劣所在，作為加強或改進的依據。再說，在每學期終了時，又可以分項檢討得失，以作為教師個別指引學生的參考，可說一舉數得啊！

12 見章微穎《中學國文教學法》（臺北：蘭臺書局，1973年10月再版），頁116。

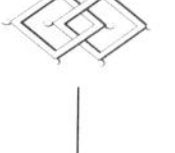

附圖：

項　　目	分項分數	總　　分
立意取材（40％）		
結構組織（20％）		
遣詞造句（30％）		
其　　他（10％）		

三、評分標準

教師平時評閱作文，其標準大都模糊地存在腦中，而不予明訂。但進行統一考試或升學、就業考試時，則必須明訂標準，以作為評分之依據。下面就就「通則」與「特例」分別舉例，供作參考。

1. 通則：茲依據國民中學學生基本學力測驗推動工作委員會所編製「國民中學學生寫作測驗評分規準一覽表」，特分「立意取材」（主題、意象、文體、風格）、「結構組織」（章法、文法）、「遣詞造句」（詞彙、修辭）、「錯別字、格式及標點符號」等項，按「六級分」加以整理，呈現如下表[13]：

13　見陳嘉英、陳智弘〈由六級分看國中寫作與教學〉（臺北：《國文天地》21卷9期，2006年2月），頁75-82。

級分	說明	立意取材	結構組織	遣詞造句	錯別字、格式、標點符號
六	文章十分優秀	能依據題目及主旨選取適當之材料，並能進一步闡述說明，以凸顯文章之主旨。	文章結構完整，段落分明，內容前後連貫，並能運用適當之連接詞連貫全文。	能精確使用語詞，並有效運用各種句型，使文句流暢。	幾乎沒有錯別字及格式、標點符號運用上之錯誤。
五	文章在一般水準之上	能依據題目及主旨選取相關材料，並能闡述說明主旨。	文章結構大致完整，但偶有轉折不流暢之處。	能正確使用語詞，並運用各種句型，使文句通順。	少有錯別字及格式、標點符號運用上之錯誤，不影響文意表達。
四	文章已達一般水準	能依據題目及主旨選取材料，但不能有效地闡述說明主旨。	文章結構稍嫌鬆散，或偶有不連貫、轉折不清之處。	能正確使用語詞，文意表達尚稱清楚，但有時會出現冗詞贅句，句型較無變化。	有一些錯別字及格式、標點符號運用上之錯誤，但不至於造成理解上太大困難。
三	文章是不充分的	嘗試依據題目及主旨選取材料，但選取之材料不夠適切或發展不夠充分。	文章結構鬆散，且前後不連貫。	用字遣詞不夠精確，或出現錯誤，或冗詞贅句過多。	有一些錯別字及格式、標點符號運用上之錯誤，以至於造成理解上之困難。
二	文章在各方面表現都不夠好，在表達上呈現嚴重問題	雖嘗試依據題目及主旨選取材料，但所選取之材料不足或未能加以發展。	結構本身不連貫，或僅有單一段落，但可區分出結構。	用字、遣詞、構句常有錯誤。	不太能掌握格式，不太會使用標點符號，且錯別字頗多。

級分	說明	立意取材	結構組織	遣詞造句	錯別字、格式、標點符號
一	文章顯現出嚴重缺點，雖提及文章主題，但無法選擇相關題材、組織內容，並且不能於文法、字詞及標點符號之使用上有基本之表現	僅解釋提示，或雖提及文章主題，但無法選取相關材料加以發展。	沒有明顯之文章結構，或僅有單一段落，且不能辨認出結構。	用字遣詞有很多錯誤或甚至完全不恰當，且文句支離破碎。	完全不能掌握格式，不會運用標點符號，且錯別字極多。
零	離題、重抄題目或缺考				

2. **特例**：茲分「略例」與「詳例」舉例如下：

(1)略例

題目：學與思

提示：人要終身學習，而學習與思考是要並重的；既不能「學而不思」，也不能「思而不學」。請著眼於「思與學」兩者這種互動的關係，加以論述發揮。文長不拘。

主旨內容大意：

一、闡明「學而不思則罔，思而不學則殆」（《論語．為政》）的意思。

評分標準：

一、內容並重「學與思」，而能凸顯兩者互動之關係，論點深入，論據有力，行文流暢，結構嚴謹者，可給甲等。

二、內容並重「學與思」，而未能強調兩者互動之關係，論點明白，論據普通，措辭平順，層次清楚者，可給乙等。

三、內容側重「學」或「思」，而忽略兩者互動之關係，論點偏頗，論據缺乏，用語粗俗，序次淩亂者，可給丙等。

四、內容空洞而少，文筆拙劣而多錯別字者，可給丁等。

⑵詳例

甲、大考中心八十九年度「第二部分：非選擇題」題目

（甲）文章賞析（佔十八分）

> 荖濃溪營地附近，雪深數尺。溪水有一段已結冰。冷杉林下的箭竹全埋在雪下。冷杉枝葉上也全是厚厚的白，似棉花的堆積，似刨冰。有時因枝葉承受不住重量，雪塊嘩然滑落，滑落中往往撞到下層的枝葉，雪塊因而四下碎散飛濺，滑落和碰撞的聲音則有如岩石的崩落，在冰冷謐靜的原始森林間迴響。

這是陳列〈八通關種種〉裡的一段文字，其中並沒有任何艱難晦澀的詞句，可是寫得非常精彩。請細細咀嚼，加以鑑賞分析。

提示：請就上引文字，由「遣詞造句」、「氣氛營造」、

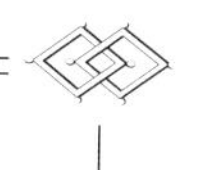

「文章風格」三方面綜合賞析。

（乙）作文（佔二十七分）

注意：須抄題；二題任擇一題作答，不可二題皆答。

（一）許多人都有傾注心力，投入某一件事的經驗，其原因不一而足：或出於興趣，或迫於無奈，或機緣巧合……。

請以「我最投入的事」為題，寫一篇文章，文長不限。

提示：內容應包括：⑴投入的對象

⑵投入的過程、心情

⑶投入的得失、感想

（二）過〈桃花源記〉我人都知道，「桃花源」是陶淵明心中的「烏托邦」。對你而言，「烏托邦」或許是太遙遠的世界，但只要是人，都有他的嚮往。這「嚮往」也許是一個具體的目標，也許是一種抽象的境界，或許只是區區卑微的願望。也許是永不可能達成的幻想，卻都代表了內心的願景。

請以「我的嚮往」為題，寫一篇文章，文長不限。

提示：內容應包括：⑴自己的嚮往是什麼

⑵為何有這樣的嚮往

⑶如何追求這嚮往

⑷自我的感懷

乙、大考中心八十九年度「第二部分：非選擇題」評分標準

（甲）評分共同原則

※第一題

（一）「提示」規定由「遣詞造句」、「氣氛營造」、「文章風格」三方面進行賞析，若三項皆寫，具賞析清晰、具體、正確、完整，並有文采，則可給至A等。

（二）若少寫一項，至多給予B等；若少寫兩項，至多給予C等。

（三）若三項皆寫，但只是泛論（或抄錄課本題解），未具體舉例說明，則至多給予B 等；若三項皆寫，但所論空洞、錯誤，或僅抄錄原文，則至多給予C等。

（四）風格部分，可從寬認定。

※第二題

一、我最投入的事

（一）文章包含「提示」要求之三項內容，且文章流暢，具啟發性者，可給至A。

（二）文章缺少「提示」要求三項中之一項內容者，原則上至多給B等。

（三）未抄題、或改動題目者，至多給予C 等。抄題。但另加副題則無妨。

（四）試卷上明白規定「不可二題皆答」，故已寫本題，又寫「我的嚮往」者，給予0分。

二、我的嚮往

（一）文章內容能彰顯題旨，說明題旨之緣由，且文字流暢，並具啟發性者，可給至A。

（二）寫「目標」、「願望」未能提出「具體作法」者，或寫「境界」、「幻想」未能側重「為何有此嚮往」者，原則上至多給B等。

（三）未抄題、或改動題目者，至多給予C等。抄題，但另加副題則無妨。

（四）試卷上明白規定「不可二題皆答」，故已寫本題，又寫「我最投入的事」者，給予0分。

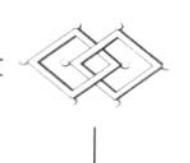

（乙）各題評分說明

※第一題　文章賞析

甲、評閱原則：

A	符合命題要求，詞句、氣氛、風格三者兼備；賞析具體、清晰、正確；並有文采。
B	大致符合命題要求；賞析或欠具體，或過於簡略，或有所偏差。
C	未能掌握命題要求，內容嚴重偏離；賞析含糊不清、空洞浮泛。

乙、標準卷評分說明：

A－（甲）	一、符合命題要求，遣詞造句、氣氛營造、文章風格皆有著墨。 二、賞析文字清晰具體，且能掌握重點。 三、略欠細膩深入。
A－（乙）	一、符合命題要求，遣詞造句、氣氛營造、文章風格皆有著墨。 二、氣氛營造之分析相當精彩，但其餘兩項略嫌偏枯。
B	一、大致符合命題要求。 二、引申太過，賞析未盡適當。
C	一、文字尚可，但並未針對「文本」賞析，偏離命題要求。

※第二題之一　我最投入的事

甲、評閱原則：

A	文章包含「提示」要求的三項內容，且文筆流暢，感想深刻者。
B	一、文章雖包含「提示」要求的三項內容，但內容較簡，文筆平常者。 二、文章雖包含「提示」要求的三項內容，但發揮有所偏差者。 三、文筆流暢，但內容缺少「提示」要求三項中之一項者。
C	一、主詞不是「我」者。 二、文筆拙劣、內容空洞者。 三、用論說文方式論「投入」者。

乙、標準卷評分說明：

A－	一、內容包含「提示」的三項要求。 二、文筆通順達意。 三、突顯投入前後的差異，啟示性強。
B	一、內容包含「提示」的三項要求。 二、文筆平常。 三、主題陳述不足，發揮有所偏差。
C	一、敘述第一項，理由牽強。 二、敘述第二項（過程、心情），極簡略模糊。 三、文筆不佳。 四、內容太少。

第二題之二　我的嚮往

甲、評閱原則：

A	內容能彰顯題旨，具體說出嚮往之緣由，文字流暢，並具啟發性者。
B	一、寫「目標」、「願望」而未能提出「具體作法」者。 二、寫「境界」、「幻想」而未能側重「為何有此嚮往」者。 三、結語不夠強而有力者。
C	一、題旨不明者。 二、文筆拙劣者。 三、以論說文方式論「嚮往」者。

乙、標準卷評分說明：

A－	首段能點明題旨。次論嚮往之形成，層次清楚，能與首段相呼應。再次能具體說明持續充實法律素養，以期貢獻社會大眾。終以從基礎做起，努力以赴，得以品嘗甜美果實，能使題旨充分表出。
B＋（甲）	以境界論述「嚮往」，層次不低。其有心改革社會，從道德入手，觀念正確，結語強調人本精神落實生活，能使嚮往達成，不尚空言，頗為可取，唯部分詞句欠完整，且有錯字，不免減色。
B＋（乙）	全文就題落筆，頗為簡要。其嚮往自然，回歸純樸生活，能反映時下青年之心境，取用典故亦尚切，唯結語則薄弱。

B	首段以「理想國」為嚮往，所論能切題旨；次段指出目下社會弊端，乃為利所蔽，進而呼籲應正視此問題，終則祈齊心努力，恢復良好秩序，故能先後連貫，然該文部分詞句欠完整，故不免損及通暢。
C	作者以大學生作為一己之嚮往，能切題旨，然二、三段敘述凌亂無序，平淡無奇，結尾與首段亦欠關聯。

各評閱委員有了這些評分原則與說明作參考，再去試閱三十分試閱卷，並作充分溝通協調之後，可以說已能掌握共同的評分標準，而且在正式閱卷時，遇有疑義，又可隨時與各該組協同主持人商定，因此閱卷就能儘量求得相對的最大公平[14]。

四、實例分析

茲舉基測習作評分實例作說明，以見一斑。大體說來，由基測的評分規準出發加以修正的綜合評分法，已經嘗試運用在坊間學生練習試題的閱卷工作[15]，茲舉一實例於下，以明此法運用情形以供參考：

1. 題目

題目：幸福很簡單

說明：什麼是幸福？事業有成？高官厚祿？還是金榜題名時？其實，只要我們懂得珍惜身邊擁有的人事物，懂得知足，心懷感激與感恩，幸福就在我們身旁。

14 以上資料見陳滿銘〈改革有成——談大考中心八十九學年度學科能力測驗國文科「非選擇題」的命題與閱卷〉（臺北：《國文天地》15卷11期，2000年1月），頁5-18。

15 目前，文揚資訊股份有限公司開發的寫作模擬題庫已加以採用，詳見「文揚資訊股份有限公司」網站：「模擬考相關施測消息」部分。

請你寫出一篇至少涵蓋下列條件的文章：

◎「幸福」的定義。

◎「幸福很簡單」的原因。

◎請舉一個以上的例子，證明「幸福很簡單」。

※不可在文中暴露自己的姓名

※請勿使用詩歌體

2. 評分綜合說明

本題係以記述為骨幹的說明文，由於題目所要求的事例於生活周遭俯拾即是，加上題旨的要點也在說明文字中點明，因此屬於難度較易的題目，應試學生絕大多數都能表現出三級分以上的水準。僅有少數的學生囿於「幸福」二字，反覆置辭，為二級分，一級分的文章則幾乎沒有，因此下文的例文未加舉例。不過，由於本文屬條件式命題作文，因此寫作時必須符合三項條件，閱卷時仍應特別注意學生文章是否已達到此三項要求。

由於說明的引導及條件要求，一般程度的學生以此題目為文多半以論述為主。文章的開頭先引申說明文字，在點明「幸福」及「簡單」的原因後，再敘述事件，最後才於篇末作結，這樣的構思十分常見。通常，判斷文章為三級分或四級分的關鍵有三：

⑴「很簡單」的體會與闡述：「很簡單」為本文的題旨中的核心部分，三級分文章多半忽略此部分或一筆帶過。

⑵事例的選擇是否恰當：「幸福」事例的選擇對國三生而言極容易，但要合於「很簡單」的完整題旨要求則有部分學生無法做到。因此，事例選擇若尚能闡釋「很簡單」者為四級

分，反之則為三級分。

(3)文字的生澀與否：三級分代表文字能力的不足，因此，即使題旨勉強達到，但文辭有限而生澀，仍應置於三級分。

以上三項若有一項相符，即為不充分的三級分作品。相對於三、四級分的差異，本篇文章要成為五級分以上（含）的優秀作品則必須注意以下要點：

(1)對「很簡單」的體會深入，在「不刻意追求」事例中的描寫中，即使文字平平，但仍能反映出心靈的轉折與領悟，讓體會有層次。

(2)能藉重修辭、文法或結構布局讓「幸福很簡單」的體認生動的摹寫出來。

(3)一般程度的學生在開頭的論述較強，文章末尾針對事例的體會與論述稍弱，因此無法使文章全文保持一定強度，表現出虎頭蛇尾的情形。若能將事例與論述同時發展，相互結合，讓具象的事例與抽象的「幸福很簡單」互為呼應支援，即為表現凸出，超越一般的四級分水準。

上述的三者若能兼及兩者即為六級分的好文章。

以上係泛就學生可能答題的情形重點敘述，以下即就「立意取材」、「結構組織」及「遣詞造句」等三個重要向度進一步說明其內容：

首先是立意取材（含主題、文體、風格等）：在材料方面，幸福的對象，可以是人，是事物，也可以是某個時間，或某個場所的氣氛。只要是作者心中認定的幸福，都是幸福的範疇，而幸福取材的內容必須包含「很簡單」的內涵方才為真正合題。在立意方面，學生能將焦點著眼於「幸福很簡單」的事例，將事例的前因後果，經過情形、寫出，並透過事例闡述對

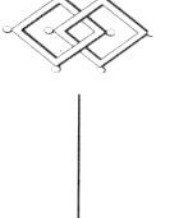

題旨的體會，記述與論述兼具者，為一般表現——四級分(含)以上的水準。也就是說：本題「幸福很簡單」有三個層次要注意：

⑴敘寫主體必須是幸福；

⑵簡單代表內心的一種認定，代表不刻意追求；

⑶陳述經驗與感受。

其中以描寫幸福如何簡單，以及如何將事例與論述完整結合，是本題寫作較難的部分。

茲描繪關係圖如下，以協助了解：

完全離題

「幸福」：基本方向，偏題情形嚴重，視文章發展給一至三級分。

「很簡單」：進一步限定幸福就在身旁，事例具備，視文辭表現給三至四級分。

「幸福」、「很簡單」兼具：完全合題，生動敘寫經驗與感受或論述深刻，至少五級分，敘論完整結合，文辭表現佳者給六級分。

其次是結構組織（章法）：根據題目說明及條件要求，本文通常是：藉記敘以議論的方式來表現，因此文章多半以「敘述—論說」的方式布局。也就是說，循理性的途徑來闡釋題旨文章佔有絕大部分。從級分的角度來說，以理性為文，表現在結構上常見的方式約有以下三種：

⑴以「先敘後論」的方式表現，此為最直接簡單的方式，略具程度的學生都能運用此一方式，運用此一方式布局者大約是三級分的水準，屬部分符合的表現。

⑵以「論→敘→論」的結構表現，此一布局乃是將簡單的「先敘後論」作些微變化。學生在運用時若能前後呼應，並且使前後兩個論述有深淺之別，則屬一般水準以上的凸出表現。不過，學生在結尾的「論」的部分一般多無法同時將事例與論述適當結合，因此仍然只能視為一般表現。

⑶就本文而言，「敘」、「論」結合的成功與否，為本文高分的關鍵。通常，學生多半為敘述分開，若能「敘」、「論」有效結合，甚至夾敘夾議，層層推論，將能充分發揮題旨，表現出一般水準以上，甚或優秀的布局能力。（參見六級分範文）。至於記敘未見條理者、顛三倒四者，屬水準之下的表現，不會超過二級分。

又其次是遣詞造句（含詞彙、修辭、文法）：良好的遣詞造句必須與題旨相關（偶見的美辭佳句是很難為文章真正增色的），題旨的具體表現即為各種不同的文體型態。具體來說，不同型態的文章應該有相應地、較容易學習、有力的遣辭造句方式，來為特定文體型態增添光采。以本文來說，學生通常以「敘述—論說」結合完成，而「記敘」與「論述」兩個不同型態在遣詞造句上較為簡單而合適的搭配情形如下：

⑴就記敘的部分而言，運用顯著有力的修辭（如：類疊、譬喻、轉化）能使本文敘寫部分得到高分；而變化多端語句型態或適當的虛詞運用，也能為文章事件的描述增添生氣。

⑵就論述的部分而言，適時的運用詞彙學上的成語、俗語，將成語、俗語簡單、深刻而有力的語意與自己的體會精確

結合，能為文章文詞表現贏得好的成績。至於不只一次詞語使用不精確，或主要以口語或外國文法為文而不合文法，且不通順者，僅能視為一般水準以下的表現，為部分缺陷的文章，通常不會超過三級分。而文句破碎，詞語運用有多處明顯之錯誤，是為嚴重缺陷，最多二級分。

最後是錯別字、格式與標點符號（涉及詞彙、文法、章法、體裁、風格等）：如錯別字多、格式不符、標點符號不明，應予適當之扣分，將級分降級。由於本題目不涉及格式問題，所以只要注意錯別字及標點符號就可以了。

3. 範文及例文說明

（1-1）六級分範文：

幸福很簡單

幸福是每個人都想擁有的東西，但是幸福是什麼呢？有些人認為能夠吃飽就很幸福了，有些人認為能穿著名牌，開著轎車才算幸福，有些人認為能和心愛的人在浪漫的夜晚約會就是幸福。幸福應該是一種心中產生的快樂感覺，像是枯黃的小草忽然被豐潤了起來，春季來臨，萬物更新的一種暖洋洋的喜悅。

有些人花了一生的時間來追逐幸福，幸福卻離他越來越遠，因為他只顧著眼前的路，卻沒發現路旁的鮮花綠草已經冒了出來，小鳥已在新芽上築巢，河邊的頑童正玩得不亦樂乎。幸福其實就在身邊，只要細心、平靜的活在當下，就能找到當下的幸福。只要能夠耐心的享受生命，任何小事都會讓自己感到幸福。

現在的我，每天都繞著考試在打轉，今天考了十張，明天考八張，學校考完了，補習班再繼續考，只要能夠休息一整天，就是極大的幸福了，能夠把心平靜下來，看看耀眼的藍天，就是一種幸福了，沒有苦，哪會有樂？沒有痛苦，怎麼會懂得珍惜身邊小小的幸福？

能夠知足、惜福的人，到了哪裡都是幸福的，能夠珍惜現在所擁有的，幸福永遠不會離你而去，幸福，其實很簡單，只要心懷感激與感恩，永遠都能找到身邊的幸福。

（1-2）範文說明：

甲、立意取材：表現優秀。

（甲）自身旁小事之中取材，加以發揮題旨，取材得宜。如進一步來看，本文中所舉的「幸福很簡單」事例，可發現多半屬於自然範疇。而大自然在繁忙的人事中最容易忽視，卻又無所不在，廣大包容，只要細心即能有所得，因此是最適合本題題旨中「幸福『很』簡單」的「很」字要求。除此之外，自然事例尚能暗合繁忙現代社會中，人類對自然自由的呼喊，讓讀者容易有所領悟與共鳴，因此在選材上是「簡單」幸福的恰當材料。

（乙）立意方面，自周遭可見之事例出發，夾敘夾議，層層發為議論，體會細膩深入而有層次。從「幸福」的成功喻寫，再透過有些人發為「很簡單」議論，再說到個人考試經驗的體會，皆能扣緊「幸福」二字，而「很簡單」中的「很」發揮尤為透徹，充分凸顯題旨。

乙、結構組織：表現優秀。

（甲）本文第一段寫「幸福」，第二段正面論述「很簡單」的真義，第三段具寫自己的經驗與體會，第四段總結。各段之

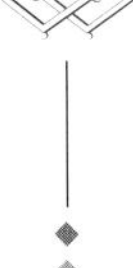

中夾敘夾議，無論以論說為主、事例為輔，亦或以事例為主、論說為輔，敘與論的結合都融合無間。且立論由淺而深，層層逼進，安排至當。綜觀全文主體，乃能從常見的「論→敘→論」結構中脫出，以層層包覆、由淺而深的議論手法行文，布局成功而完整。

（乙）段落銜接方面，文中各段銜接順暢，雖未使用連接詞，然各段仍能彌縫無跡，自然轉折。

（丙）次要結構中，本文的前三段都是敘論結合，有的是「先敘後論」(第三段，有的則是「論→敘→論」結合變化（第一、二段)，將容易的敘論手法化入內文，手法特出而成功。

丙、遣詞造句：表現優秀。

（甲）詞彙修辭方面，摹寫出色，意象頻出，而筆鋒帶有感情。如第二段對身旁的「鮮花綠草」、「小鳥」、「河邊的頑童」的敘述，第三段準備考試期間短暫的休息時，注意到「耀眼藍天」等都十分成功。

能運用適當譬喻，將抽象的「幸福感」成功凸顯，如第一段「幸福」「像是枯黃的小草突然被豐潤了起來，春季來臨，萬物更新的一種暖洋洋的喜悅」。

（乙）文法方面，能有效運用各種句型，巧妙精當。文章前半段以敘述句為主，佐以排比，於平穩中見力量，如第一段。文章後半（第三段）以反問句加上排比，強調個人議論，力量強大。漸入佳境，輕重得宜，安排妥善。此外，虛字使用出色，讓文章活潑有生氣，帶有節奏感，達到虛實相濟的地步。如第三、四段對比賽過程及過往的敘寫生動。如：第一段的「才算幸福」、「就是幸福」，第二段的「卻離他越來越遠」、「只顧著眼前的路」、「已經冒了出來」、「已在新芽上築巢」、「正玩得不亦樂乎」，第三段的「就是」等等。

丁、錯別字及標點符號：

（甲）幾乎沒有錯別字。

（乙）標點符號使用略有瑕疵，句號使用仍可改進。如第三段句中僅有一個句號，第四段句中無句號。

整體而言，本篇文章立章取材，結構組織、遣詞造句上都屬於表現優秀的高水準，為成功的六級分優秀範文。

（2-1）、五級分例文：

幸福很簡單

幸福，什麼是幸福？它是一種會讓心靈，感受到溫暖和快樂的東西。

我想我是世上最幸福的小孩了，每天早上有媽媽準備好的早餐；中午有媽媽的愛心便當；到了晚上還有營養十足的晚餐，當我在吃晚餐時，別人總是用著羨慕的眼神看著我，總讓我有些不好意思，但使我更肯定自己是幸福的小孩。

曾經，我也覺得自己不幸福，天天面對著功課壓力，還得聽父母的人生大道理，讓我感到很煩燥，直到老師對我說：「有些人很想要父母，家庭的關懷和愛，偏偏老天爺開了他們一個玩笑，他們想要卻得不到！」這真是一語點醒夢中人，使我們對周遭的人事物，從以為別人就該這樣到去珍惜去把握，就這樣我找到了未曾感受過的幸福。

有人認為考試考高分、得到自己想要的物品或是擁有大筆大筆的金錢；才是真幸福，他們花了大半輩子的時間；去追求物質上的滿足，到頭來都是一場空，有的

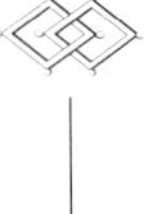

只是空虛和寂寞罷了。其實幸福很簡單，只要懂得知足，用心去感受生活的一切，珍惜周遭的人事物，你就會發現；幸福其實一直在我們身旁。

（2-2）、例文說明：

甲、立意取材：在一般水準以上，但未臻於優秀。

（甲）以家人、老師等身旁事例為主要材料，藉以發揮個人對「幸福很簡單」中「簡單」的體會，取材恰當。

（乙）立意方面，本文以個人家庭的溫暖照顧為全文綱領，從個人將家庭中母親細心照顧視為平常，到個人看到同學羨慕眼神的側面描寫，最後老師一席「驚醒夢中人」的言語，使本文的題旨——「幸福很簡單」能從個人的領悟中生發，在驚醒中使文章的重心「很簡單」得到強調，表現出一般水準以上的程度，使內心的體會與轉折成為本文的一大特色。

不過，本文的第二段仍有近一步描寫的空間。本段以家庭溫暖幸福的領悟前後為主體，其中領悟前後的記述變化，仍可以進一步細膩描寫，以強化前後的不同對比，藉以豐富文章內容，凸出題旨，襯托出第二段的幸福體會，以及末段的題旨申述。

乙、結構組織：一般水準以上。

（甲）本文第一段點題，簡單論及幸福的定義。第二至第三段以記敘為主，敘寫作者對家庭幸福的領會，末段則藉此領會發為議論，正式深入地論及「幸福很簡單」之重心題旨。全文為「論→敘→論」的結構，此結構就本文而言雖屬常見，然前後的論述部分由輕而重，由淺而深，亦可見其妥善安排，使文章能漸入佳境，因此是一般水準以上的表現第四段論述題旨為主，能從前三段的有限經驗提煉普遍化。因此文章為「先敘後論」的結構，表現平平。

（乙）段落銜接方面，能運用連接詞（「曾經」）銜接文章，表現流暢。

（丙）次要結構中，敘的部分乃是由今而昔的逆向思維安排，手法凸出，能強化敘述的力量，藉以凸出「領悟」之題旨。

丙、遣詞造句：表現平平，偶有凸出表現。

（甲）詞彙修辭方面，雖無明確的修辭技巧，但辭彙尚稱豐富，如第二段中對媽媽早午晚餐的敘述，由簡單的「早餐」二字，到中午的「愛心便當」四字，再到晚上的「營養十足的晚餐」七字，漸進深入，讓平平的文字讀來不致乏味。

（乙）文法方面，尚能見到不同句型，連接詞運用得當，文章流利。如第三段能選擇對話來強調轉折，對話內容精確，同時也能強化關鍵處的力量。可惜本段過去的敘述不足，減弱了對話的精彩。

（丙）偶有冗詞贅字，如：第三段倒數第二行「從以為別人就該這樣到去珍惜去把握。

丁、錯別字及標點符號：

（甲）幾乎沒有錯別字。

（乙）標點符號使用部分有誤，少見句號。

整體而言，本篇文章在立章取材、結構組織上都屬水準以上的表現，遣詞造句的表現也在水準中上，因此能較為深入地闡明題旨，超出一般表現。不過，由於本文在敘寫上仍然有不足之處，因此是未臻至優秀的五級分之典型文章。

（3-1）、四級分例文：

幸福很簡單

有些人常問我：「為什麼妳這麼幸福？總是那麼自由，不像我，就像一隻成天被囚禁的籠中鳥。」但是，真的只要自由就一定幸福嗎？其實，幸福是因人而異的，每個人對「幸福」兩個字都有不同的定意。只要得到什麼或擁有什麼，會讓他心中產生溫暖、感動，這對他來說就是一種幸福。

有人認為有錢、有權、有地位就是幸福。也有人認為自由、可以每天處去玩，不用整天盯著煩人的書本就是幸福。但是這些都太難了，要能不付出代價就可以呼風喚雨或者每天大玩特玩，毫不用考慮生活費，完全沒一丁點煩惱。太難了，而且這些又能維持多久呢？一輩子嗎？根本不可能。但是，難道我們都不能擁有幸福嗎？不是的，只要我們懂得珍惜、關心、留意身邊的事物，就會發現其實幸福到處都是。

像我，我就認為我很幸福，因為每天身邊都很多好朋友、常鼓勵我的老師和關心我的父母，他們每天都陪在我身邊，讓我覺得很幸福。

幸福時期很簡單，只要試著多多關心自己身邊的人，甚至多感受一下大自然，身邊的幸福處處都是，不是沒有，是我常乎略了它們，只要用心體會，就會感受得到。

（3-2）例文說明：

甲、立意取材：表現平平。

（甲）以議論為主要內容，個人身旁的人事為輔佐材料，藉此發揮「幸福很簡單」之題旨，尚能取材以符合題旨要求。

（乙）立意方面，本文主體為議論，第一、二及末段皆申論題旨，其中第一段言幸福的定義，第二段則論幸福「很簡單」，最末段總結，簡單複述前文，議論的發展有虎頭蛇尾之病。

細部來說，就論述內容來說，作者以「幸福到處都是」（第二段末）寫「幸福很簡單」，對於「很簡單」當中的內心層面，如幸福的領會與轉折不夠深刻，因此僅能視為尚能闡述題旨，屬四級分的一般表現。就第三段的事例部分，本部分作者經營欠佳，流於表面。由於沒有具體的事件，使本段雖符合題旨要求，卻成為全文最明顯的敗筆。

整體而言，本文雖能表現「幸福很簡單」含義，但僅能屬於尚能闡釋題旨的層次，對於自身體會及事例敘寫皆有明顯的改進空間。

乙、結構組織：一般水準表現，略為偏下。

（甲）本文頭重腳輕，乃是國中學生面對議論文題目時，由於少有安排的經驗，急於闡釋題旨所造成。就本文結構來說，由於題旨要求與說明文字，作者以「論→敘→論」布局，僅能視為一般表現。不過，由於未能將事例及議論妥善安排，所以虎頭蛇尾，在結構組織上屬一般水準偏下的情形。

（乙）段落銜接方面，各段之間少有詞語的連接，但尚能讀懂。

丙、遣詞造句：一般水準表現。

（甲）詞彙修辭方面，偶見類字出現（第二段開頭），但其他部分表現平平，敘事摹寫的能力尤為平凡。

（乙）文法方面，尚能見到不同句型。文章偶有佳處，如

首段以對話展示；亦偶有口語化毛病，如次段一連串的自問自答。就文法表現而言，僅能視為一般表現。

（丙）有冗詞贅句，行文不甚流暢。如：第二段有多處冗贅，最末段的「身邊的幸福處處都是，不是沒有」，其中的「不是沒有」可以考慮整句刪除。

丁、錯別字及標點符號：

（甲）有錯別字，如首段的「定意」，末段的「乎略」。

（乙）標點符號的運用尚可，但句號的使用仍有改進空間，如第三段「太難了，」第三、四段的文字雖短，仍應視情形使用，少見句號。

整體而言，本篇文章在立章取材、結構組織及遣詞造句等三個主要向度雖都有所表現，但多屬於一般水平，其背後皆有明顯的改進空間，所以將本篇文章歸入四級分。

（4-1）三級分例文：

幸福很簡單

我覺得要得到幸福很簡單，因幸福它代表了很多，而我覺得心中只要有愛與包容，有一顆關懷別人的心就會很幸福，這也是我對幸福的定義。

而要得到幸福很簡單，例如：和男朋友一起出去會讓你感到有幸福的感覺，或是和家人一起去旅遊，吃飯等等的事情都會有幸福的感覺，但對我來說幸福是一個很重要的寶物，因為一個人沒有了幸福，他就沒有了愛與包容跟關懷，而且幸福的感覺有好幾百種，所以幸福很簡單。

對我來說，我很珍惜我所得到的幸福，因為幸福是一種讓人感到很安心的寶物，而選擇自己想要的幸福去

好好的真惜及保護它。

（4-2）例文說明：

甲、立意取材：表現在一般水準以下。

（甲）本文舉簡單的「男朋友」及「家人」共處的感覺為材料，藉以敘述「幸福很簡單」之題旨。不過，「男朋友」及「家人」兩樣重要材料都沒有展開，也幾乎看不到具體事例，因此在取材上尚有未盡之處。

（乙）立意方面，本文雖已具備題旨的三項要求，但就題旨的發揮而言則相當有限。首先，本文對「幸福」的認識很淺，僅反覆地以「愛與包容」、「關懷」等詞彙取代說明，在這幾個有限的詞彙之外，作者對「幸福」幾無個人見解。就更深一層的「很簡單」來說，本文的事例（第二段）敘寫流於浮泛，「很簡單」的論說更是點到為止，連「就在身旁」的簡單體認也很難看到，內心的刻畫幾乎沒有。整體而言，本文在立意雖勉強符合題旨，但存在著明顯的缺點，作者自身的體會極少，文章流於簡單的敘述與論說，讓本文的論述說服力極為薄弱。

整體而言，本文雖能舉出事例，但對於事例的敘寫以及論述等方面都有明顯的缺憾，因此是發展不充分的三級分水準。

乙、結構組織：屬一般以下水準。

（甲）本文為「論→敘→論」的結構，而布局安排與題目要求有明顯的關連。首先，文中第一段先回答「幸福」的定義，第二段則寫幸福很簡單，佐以事例，第三段則抒發個人感想，作為議論以簡單作結。看起來三段各有重心，不過細看可以發現，文章的主體：第二段的敘述與論述未見條理，而第三段的內容則未能再次強調題旨，也不能與首段呼應。因此，本

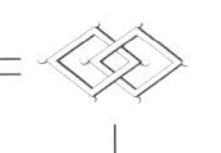

篇文章在結構組織上雖有大概雛型，但存在明顯的缺陷，屬一般水平以下的作品。

（乙）段落銜接方面，文章各段之間頗多跳脫不連貫之處，第二段「而」的使用失當，但尚能讀懂。

丙、遣詞造句：在中等以下，為表現不足的水準。

（甲）詞彙修辭方面，表現在水準以下。辭彙的表現上，變化有限，「幸福」、「感覺」、「寶物」、「愛與包含」等重複出現，幾乎沒有什麼修辭技巧可言。

（乙）文法方面，句型有限而簡單，其中雖有連接詞但運用不甚恰當，「因為」「所以」的運用尤其冗贅，以致文章讀來有生澀之感。

（丙）冗詞贅句頗多，各段皆可見。如第一段：「因幸福代表很多」為贅句、第二段後半段與題旨「很簡單」的關係也不明顯，可以考慮刪除改寫。

丁、錯別字及標點符號：

（甲）有錯別字，如末段的「真惜」。

（乙）標點符號的運用有誤，各段皆僅有一個句號。

整體而言，本篇文章在立章取材、結構組織、遣詞造句為一般水準以下，但又勉強可見題旨，因此是三級分的不充分文章，其文章表述能力明顯不及格。

（5-1）二級分例文：

幸福很簡單

當我們不開心的時候，我們身邊的家人、朋友會來關心我們，或許有些人覺得沒有什麼，但是有些人會感覺到很幸福，就算只是一件小事，也會感到幸福。

我們身邊的每一位家人、朋友做的每一件事都是為了我們好，也許我們現在想起來，還會覺得很煩，可是過了一段時間以後，搞不好我們會開始覺得我們是身在福中不知福，明明幸福就在身旁，而我們一直都沒有發現。

有一次，當我為了某件事不開心的時候，身旁的朋友會來關心我，她們還會說一些滿奇怪的事情想逗我開心，雖然感覺很奇怪，但是我會比較開心，每次遇

（5-2）例文說明：

甲、立意取材：表現不佳。

（甲）僅空泛地以「家人」、「朋友」等詞彙為主要材料，藉以發揮題旨，然選材亦僅限於此，文中難以看到具體的事例、經過與發展，因此屬取材不足的情形。

（乙）立意方面，本文前兩段大多重複，有反覆置辭之嫌，因此可以考慮合併刪減。此二段無論就事例本身與議論發展，都流於泛說。至於第三段的例證說明部分，文未終篇，發展不足。不過即使以已成形的三行多內容來看，本文作者仍然僅能簡單以「開心」二字描寫申論「幸福」，而申論「開心」的內容亦嫌薄弱，如：「她們還會說一些滿奇怪的事情想逗我開心，雖然感覺很奇怪，但是我會比較開心」，此段例證舉朋友「感覺奇怪的關心」言及「自己比較開心」，說明失當，與題旨仍隔一層。

整體來說，全文雖可略見題旨之闡釋，但較不充分的三級分表現更少，置於二級分位置。

乙、結構組織：文未終篇，結構表現上有嚴重缺點。

（甲）全文以議論與敘述構成，前兩段以議論為主，但兩段人意重複，侷限在「身在福中不知福」的空泛引伸之中。第

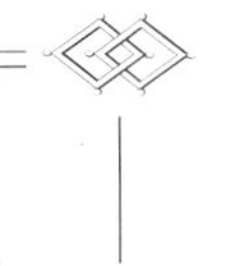

三段以事例為主，描寫未完，因此最後也未能以議論作結。由此，則本文在結構上有重大瑕疵。有嚴重的組織安排問題。

（乙）段落銜接方面，各段之間銜接尚能明其語意。

丙；遣詞造句：文辭能力表現有限。

（甲）有冗詞贅字，如第二段「~~搞不好我們~~會開始覺得我們是身在福中不知福」。

（乙）詞彙有限，而有反覆之病。如題旨「幸福」二字在前二段重複出現，未能見其他意象辭彙取代。末段則以「開心」取代「幸福」，亦反複出現。

（丙）幾乎沒有修辭表現。

丁、錯別字及標點符號：

少有錯別字，但標點符號運用能力不足，各段文中皆僅以逗號斷句，句號作結。

整體而言，本篇文章在立章取材、結構組織、遣詞造句及標點符號等四個向度的表現都相當少，表達上有嚴重問題，因此為二級分水準[16]。

大體說來，國中基測寫作測驗提出的整體評分法和四個核心技巧的評分方式基本上是切中評分要點、合乎評分基本要求的，已具有相當的客觀性與可靠性。由國中基測寫作測驗公開的評分規準開始，與寫作評分相關的評分理論、評分者內在的具體過程，以及評分規準的細密與具體化，也許會隨著此一公開的寫作批改規準展開更深入討論，找出最理想之評分方式，以適應各層級不同的教學或考試。本書特舉一評分實例來印證，僅是一初步之嘗試，提供參考。

16　以上實例分析，參見謝奇懿〈國中基本學力測驗寫作測驗評分實例舉隅〉（臺北：《國文天地》23卷1期，2007年6月），頁57-66。

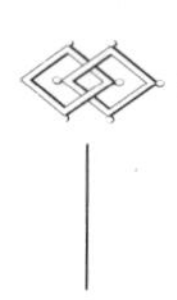

第五節　批指用語與角度

批改學生的作文，在該藉批指來糾正或指引時，要使用什麼語言？又該從哪個角度去批指，這實有一談的必要，現在就分述如下：

一、批指用語

批指是用以糾正或指引學生作文的，所用之語一定要淺顯易懂。從前有許多教師模仿或直接襲用前賢的評語，如：

> 秦之過，止在結語「仁義不施，而攻守之勢」二句，通篇不提破，千迴萬轉之後，方徐徐說出便住，從來古文無此作法。尤妙在論秦之強處，重重疊疊，說了無數，纔轉入陳涉，又將陳涉之弱處，重重疊疊，說了無數，再轉入六國，然後以秦之能功不能守處，作一問難，迫出正意。段段看來，都是到水窮山盡之際，得絕處逢生之妙。此等筆力，即求之西漢中亦不易得也。（林西仲評〈過秦論〉）

> 通篇以「風俗與化移易」句為上下過脈，而以古今二字呼應，曲盡吞吐之妙。（林西仲評〈送董邵南序〉）
> 此先秦古書也。中間兩三節，一反一覆，一起一伏，略加轉換數個字，而精神愈出，意思愈明，無限曲折變

態，誰謂文章之妙，不在虛字助詞乎！（吳楚材評〈諫逐客書〉）

太宗縱囚，囚自來歸，俱為反常之事，先以不近人情斷定，末以不可為常法結之，自是千古正論。通篇雄辨深刻，一步緊一步，令人無可躲閃處，此等筆力，如刀斫斧截，快利無雙。（吳楚材評〈縱囚論〉）

這些評語，或長或短，無不下得典雅有致，可以說它們本身就是「妙文」，但他們所用之語，由於太典雅了，實在不宜直接取用，因為學生的能力是無法接受的。所以教師在需作批指時，該採學生能一看就懂的用語，而且最好採用白話，如：

從命題而言，「出走」與「歸返」是在生命的追尋過程中的兩極態度，而作者從「歸返生命的本質」立意，去反襯三毛之死是對生命的一種「出走」行為，而做成批判。不但跳出了雙扇格局的糾葛，更開出了「生命追尋」的題旨。雖然布局不夠嚴密，但以課堂習作而言，已屬難能可貴了。（編輯小組評蘇正文〈從「出走」與「歸返」談追尋——從三毛之死談起〉）

全文從孤島的譬喻起筆，已自不俗，而用理性自覺的築堤為結語，不但深刻而且呼應得很好。如果在第三段部分能夠把少年所受到的誘惑，作更廣闊的推演與開展，那麼本文的架構就會更完足了。（編輯小組評吳允元〈談校園外的誘惑〉）

> 全文不落俗套，意在言外，淡淡寫來，卻是人間最誠摯的情思與最華麗的文字。秋天的蕭瑟與落寞，常是秋愁興起的源頭，也是常態命題難以擺脫的宿命。本題卻獨以「瀟灑」命意，而作者也能應題作文，別出機杼，真是題文雙妙，難得之至。（朱賜麟老師評林哲宇〈又是一季秋瀟灑——知了忘了告訴我們的故事〉）

當然，對高年級的學生，用淺易的文言，還是可以的，如：

> 本文記敘抒情相間，藉瑣事以表母親之美德。且今社會型態改變，功利主義盛行，其母不向聲背實，執意將枝頭鳳凰喚回巢，誠令人激賞，通篇貴在能以淡筆暗示母親平凡中之偉大。（紀雪華老師評蘇有朋〈一個影響我最深的人——我的母親〉）

> 凡為文「動思」應當要意遠，若是論文，務斷其是非，故詞宜剛；若為抒情，則走筆宜柔，本文「文、筆」皆有可取，若再言之，則「意在筆先」也，極為卓越。（姚守衷老師評黃博聲〈小大之間〉）

> 起筆開門見山，直指核心，行文不枝不蔓，論說鞭辟入裡，惜未舉例以證，為本文之缺失。（趙台生老師評何恭安〈奉承與毀謗〉）
>
> （以上取材自《建中八十年度文選》）

像這樣的文言，淺白易懂，和白話沒多大差別，是可以採用

的。

二、批指角度

批指學生作文中不妥或需改進的地方，可從許多角度著手，以下是其中比較重要的幾種：

（一）字形

對於字形的錯誤，最好是在字旁打上「×」號，讓學生在眉端自行更正，但遇到一些容易一錯再錯的字，就該直接用批語加以指正。如：

步　下半不作「少」字。

節　從竹即聲。「即」是楷書，「卽」是宋體字。

裡　從「衣」不從「示」。

「即使」之「即」，不應作「既」。

漆　從「木」不從「來」。

（二）詞義

作文，在詞義方面，由於未能了解徹底，往往會使用錯誤。教師對於這些使用錯誤的詞，有時在意義上要加以指引。如：

「狼狽」一詞，用以形容進退失據之狀，而小孩失母，竟說他「狼狽」，是不妥的。

「萬斛泉源」用以形容水源盛大。
「萬把」是指一萬左右的數目。如「萬把塊錢」。
「白髮蒼蒼」已足以表示年老的意思。
「移時」是「一會兒」的意思。

（三）用詞

這是包括文法與修辭等方面來說的，上述「字形」與「詞義」的指引，幾乎全用於眉批，而「用詞」則既可施於眉批，又可施於總批。如：

「之」字用在動詞下，必是止詞，也必有所指，如「行之有年」。
「我總會想到母親對我的期望」的上一「我」字，可承上省略。
引用名言，既能凸顯主旨，又能增強說服力。
末段首二句以層遞的技巧、次二句以譬喻的手法精細地表現了父母關愛子女之情。
以擬人法描述黑板擦，使擦黑板的平凡事情，產生了高度的情趣。

（四）內容

有關思想情意或運材的指引，對學生作文能力的提升，幫助相當大。這和「用詞」一樣，可用於眉批，也可用於總批。如：

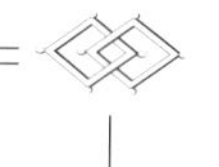

提到「一些小事」，宜舉一、二例作證，以充實內容。

以孟子之說，做為「施行仁義則得民心」之實證，頗能加強說服力。

舉反例以顯主旨，可獲正反相生之效；惟舉例證之後，宜就反面之意加以申論，以充實內容。

工作中自得其樂，必能忘卻辛勞，享受工作的樂趣。

舉例恰當，符合題旨的需要。

（五）結構

教師在批改學生習作時，對於習作中在剪裁、安排與聯絡照應上的缺失，也應用眉批或總批加以糾正或指引。如：

此段宜與第二段調換，並再舉例證，以為呼應。

末段歸納現實與理想的關係來收筆，與首段正相呼應。

全文採「凡、目、凡」的形式來寫，結構十分嚴謹。

此段與題旨無關，宜刪。

末段收結力弱，不足以回抱全文。

（六）其他

所謂「其他」，包括書法、標點符號等。這方面的指引，也是不可少的。如：

筆畫應力求正確、清晰。

字跡有點潦草。

以「大吉」為反諷，宜加用引號。

同時列舉幾件事物時，應用頓號點開。

標點符號標得不夠清晰，凡語意完整的，可用句號；未完的，可用逗號。[17]

綜上所述，可知「批改與評分」不但直接影響日常的作文教學，也影響學生參加升學與就業考試的結果。不過，寫作教學畢竟是由「命題」而「指引」而「批改」而「評分」的整體歷程，因此其中任何一環節都同樣重要，所謂「牽一髮動全身」就是這個意思。尤其是新式的作文教學，由於結合各層「語文能力」加以實施，正處於由「萌芽」的階段，所以更需大家投進來共同耕耘，使它能逐漸趨於「茁壯」而開花結果。這樣，提升學生作文能力的目標，才有可能達成。

第六節　批改範例

批改作文是一件繁重的工作，雖不容易做好，卻必須努力以赴。底下就列舉幾個範例，俾供參考：

---

[17] 見以上評語參考或取材自蔣伯潛《中學國文教學法》，同注4，頁123-134；又曾忠華《作文命題與批改》，同注1，頁80-191。

一、範例一（一封家信）

節　從竹，即聲。
陰曆七八九三月是秋季，故八月十五日叫做中秋節。
九月十五日，便不是中秋了。
「明」字已有「皎潔」之意。
「月光」不得謂之「一輪」。
掛在樹梢頭者，是月亮，不是月光，更不是從樹上掛下來。
舉　從與。　低　從人氐聲。
「之」字用在動詞之下，必是此詞必有所指。此句「思親之念」是主詞，故「之」字省。
青州。
鏡子即指明月，故加「這」[illegible]二字。
裡　從衣。　團　從專。　膝

一封家信

親愛的爸爸媽媽：
今天又是陰曆九月十五日中秋節了。天鏡子似的一輪皎潔的明月，
光又已從樹梢上掛了下來。舉頭望明月，低頭思故鄉，
思親之想油然生之，隔千里，共明月，我想故鄉
兩老在月光之下，也對月懷念我吧！可是我不能在這鏡子裡看見
兩老的面容。到你們月光雖然團圓了，我何日得能再團圓，承歡膝下呢？

「享天倫之福」句，「福」字不妥。

冷 清冷、熱 生熟、

因為是男女同學的，所以上句說「子女」。但上句用「我們」，下句用「我」，作者是女生，故「弟」字不妥。改作「姊妹」，意思比較妥當，視我為姊，比我大者視我為妹，方覺妥適。

「敬」指師長，「愛」指同學。

非常用功，大有進步，語太誇大。

語句「遠念」四字應移置段之末。

步 少字。下來不是 零 從令、

「切勿遲誤」，是命令語，「費神面謝」又太客氣，對父母的語氣不合。

「大表哥可託他帶來」不如

下，享天倫之福呢？

女

我在校中，冷熱自然能知小心，勿要遠念！先生對

我們如自己的子女，同學們對我如自己的弟妹，我

也很愛惜他們，至於功課，也非常用功，大有進步，可

甚堪告以安慰你們，零用更當節省。

天氣候，已漸漸冷起來了，寒衣請快寄來，切勿遲

誤！費神之處，容後面謝可也。大表哥可託他帶來回

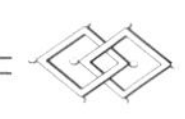

常　常常嘗嘗誤。商

寄衣而託他帶，是一件事；現在託他帶阿膠回來，另是一件事，當分別言之。

阿膠，從前用山東阿井水熬驢皮膠，故名。

「馬」字誤。

「你們」與「你們的」都不著。

為他嘗來往經商，託他帶衣上，是很便的。（現在託他帶上）計馬膠一包，半斤，是給（請）媽媽吃的。媽媽，你的身體已復原了不（想）要太勞苦了吧！祝你們康健。

你們的女兒梅英上

陰曆九月十五日晚。

先就九月十五之月抒寫懷念之情，次就選課、功課、零用，及校園中師生同學敘述校中之事，末段說到膠堂寄衣來，託人帶阿膠等頭東、層次清楚。惜詞句疵累尚多，語氣亦間有未合；當於遣詞造句上極外注意。別字亦宜留心！

（取材自蔣伯潛《中學國文教學法》[18]）

[18] 見蔣伯潛《中學國文教學法》，同注4，頁123-126。

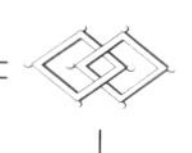

二、範例二（我的第一次成功）

我的第一次成功	
眉　批	本　　　文
脫筆不凡	成功總是甜蜜的，而我的第一次成功，卻帶著點苦澀。
描寫環境，創造氛圍，渲染氣氛，為下文作鋪墊。	書畫室的大廳裡，墨香四溢；光滑的大理石地面上，一塵不染。我揣著一顆忐忑的心步入大廳，一眼望去，只見四壁掛滿軸幅。我仔細觀賞著每一幅字畫，無不是書苑精華，畫壇錦繡。 在這兒，我是個嫩手。我心裡想著，掃視了一眼廳內眾人。幾位老先生正拿著幾帖字研究著，另有一群人圍在那裡看什麼，還不時議論品評幾句。
先寫了一同齡人的「成功」，以襯「我」。	「好！」人群中轟地一聲喝采。我不由地擠進人群，見一少年懸腕揮毫，正在落款，隨後，一方陰陽文相間的大印蓋上紙末。那紙上寫著「生龍活虎」，虎字寫成狂草，氣勢非凡，最後一筆極瀟灑。 有人贊歎著：「到底是省少年書法比賽冠軍，確有實力！」
接著寫「我」急忙出場，語言動作的描寫表現自己好鬥的性格。	我一向好鬥，此時，好勝心鬥敗了恐懼，立刻上前一步，朗聲說道：「我也寫一幅！」說完，隨手從書案上拿過一張熟宣鋪開，並從書包裡往外掏其餘三寶。四周的人都是有學問者，大都涵養極好，除了少數人知道我是「雛兒」，大都含笑不語，拭目以待。
寫「硯」「筆墨」非同一般意在說明我身分和實力也非同一般。	我掏出一方硯，立刻引起騷動，這是外祖父送我的，價逾三百。我又拿出筆墨，眾人又一陣嘖嘖——這些都是精品啊！
準確、真實地寫出當時自己的心理狀態。突出強調了「第一次」上陣的特點。	拿起筆，心裡突然擂鼓般跳起來，耳膜冬冬響著，我這才意識到自己還是怯場了，然而手抖抖嗦嗦已觸及紙面。糟了，如果再耽擱，紙上便會立刻出現一個墨疙瘩。這時，我似乎看見那位獲獎少年

	正撇嘴笑我，笑他的同齡人不過是個雛兒，上場昏。說時遲，那時快，我一咬牙，心猛地往下一沉，紙上立刻行雲流水般現出個「生」字。耳膜不再響了，我和往日練字一樣，心只隨著筆尖在紙上揮灑。
寫旁觀者的議論，既突出了「成功」，也暗示了因驕傲而失敗的「苦澀」。	轉眼之間，又一個「龍」字寫罷，兩旁觀者紛紛議論：「他的造詣絕不在剛才那位之下！」「這龍字最好，極是飄逸，很大氣度，行筆間有太白詩句之灑脫！」「……」我美美地聽著，一個「活」字又躍然紙上，緊接著，就聽有人喝采：「真是寫活了！」
寫關鍵時刻自己的驕傲情緒，為下文出現敗筆作鋪墊。	我心裡蕩起一陣成功後快樂的漣漪，突然覺得身子輕了許多，彷彿腳踏祥雲，飄飄然已成書仙。我成功了！我終於得以嶄露頭角，儼然已是書壇強者了！
點出了驕傲的後果，敗筆。層層深入，有如剝筍，直到場面的中心。	心馳神蕩之際，虎字已到最後關鍵一筆，偏偏我心未收回，一筆下去，波波折折，如病夫枯藤一般。我頓時清醒了，旁邊眾人一陣嘆息聲又傳入耳中：「可惜，最後一筆本應是點睛之筆，卻反成為敗筆！」「可惜！可惜！」 我手裡拿著筆，呆呆地望著紙上欲飛欲舞的那四個大字，心裡真不知是什麼滋味。 我忽然覺得有人拉了拉我的胳膊，回頭看時，見是那位獲獎少年。他笑著對我說：「你的字真漂亮，比我寫得好！」
下面寫少年和老者的言行，都是圓場之筆。	一位老者指著那個虎字對我說：「一個人難免有些敗筆，但關鍵在於要總結一下，到底是水平發揮上的原因還是心理上的原因。書法界以後屬於你們，只要戒驕戒躁，希望大著呢！」 那少年碰了碰我：「快題款吧，雖然有一處敗筆，但畢竟還是上乘之作，給我行嗎？」 我擱下筆，堅決地說：「要我送字，以後再寫。這幅我要一直留著。」

這是我的覺醒，是思想內容的中心。 總結全文。 點出主旨。	這便是我的第一次成功，同時也是失敗。我有技藝上和心理上的成功，而感受最深的還是心理上的失敗。這失敗，正是我成功的甜蜜中的苦澀。 　　我要走向新的成功，走向完全的成熟。
總　　評	
這篇記敘文，立意新穎，構思精巧。著重寫了「我」在一次書法比賽中的活動和感受，體現了第一次成功的甜蜜和因驕傲而失敗的苦澀及因此而得到的啟發和教益。文章對比賽的環境及圍觀者都做了適度的描述，對晚輩關懷鼓勵的長者，對同齡人理解鼓勵的那位少年都給讀者留下深刻的印象。	

（取材自《初中作文教與學》[19]）

三、範例三（秋天的田野）

【原作】

秋天的田野是美麗的；秋天的田野是迷人的。

一個晴朗的日子裡，我興致勃勃地回老家去欣賞秋天的田野。遠遠望去，黃澄澄的稻田，翻騰著滾滾金波。近了，我看清稻穀快成熟了，沉甸甸的，壓得稻子直不起腰來。可是，它們還是使勁地隨風搖擺。我踏著田間小路一邊前行，一邊聞著稻穀的清香，彷彿看到了人們揮鐮收割的情景。

忽然，我的眼前呈現出一望天際的白色。我立即跑過去，原來是棉花桃吐出了雪白的棉花，迎接人們的採摘。你看，棉田裡，年老的，年輕的，年少的，個個腰繫竹簍摘得多歡哪！姑娘和小伙子嘴上哼著豐收小調，兩手穿梭似的摘個不停，一

19　見李懌主編《初中作文教與學》（北京：北京師範大學出版社，19977月二版三刷），頁122-125。

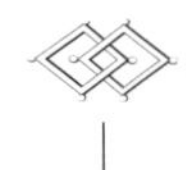

朵朵棉花紛紛落入竹簍。幾個和我差不多大小的頑童，一會兒摘棉花，一會兒在棉花叢中捉迷藏，就像一群快樂的小鳥。

「沙沙，沙沙……」多麼富有節奏的音樂啊！原來，我到了玉米田，秋風吹拂著玉米葉發出「沙沙」的響聲。吐著紅纓的玉米棒子，在黃綢帶似的玉米葉間時隱時現，多麼誘人……

「穎穎，來看奶奶啦？」奶奶家的鄰居王大媽一邊在玉米林裡喊我，一邊掰下幾個玉米棒子，扔了過來，「帶回家去燒著吃吧！」眼前的大玉米棒子，早就饞得我直流口水了，我不客氣地提起玉米棒子，說了聲「謝謝！」就回奶奶家去了……

【優點評說】

作者按移步換景的順序進行觀察，精心選取了秋天田野最有典型性的稻田、棉花、玉米，深情而具體地描繪了秋天田野景色的特點，表達出熱愛之情。其間注意了動態和靜態的描寫，對人物活動的描寫繪聲繪色，富有情趣。

【缺點解剖】

要把景物寫活，重要的是要展開合情合理的想像，用比喻、擬人等手法將景物寫得「活」起來，「動」起來，會收到意外的效果。如稻田可想像為「燦爛的彩霞灑落田野」、「沙沙」聲可想像為「秋風指揮玉米葉演奏『豐收之歌』」等。

【升格作文】

秋天的田野是美麗的；秋天的田野是迷人的。

一個晴朗的日子裡，我興致勃勃地回老家去欣賞秋天的田野。遠遠望去，黃澄澄的稻田，翻騰著滾滾金波，好像燦爛的

彩霞灑落田野。近了，我看清稻穀快成熟了，沉甸甸的，壓得稻子直不起腰來。可是，它們還是使勁地隨風搖擺，好像在為金色的秋天舞蹈。我踏著田間小路一邊前行，一邊聞著稻穀的清香，彷彿看到了人們揮鐮收割的情景。

忽然，我的眼前呈現出一望天際的白色，像是白雲飄蕩田野。我立即跑過去，原來是淘氣的棉花桃焦急地咧開了大嘴，爭先恐後地吐出自己雪白的棉花，迎接人們的採摘。你看，棉田裡，年老的，年輕的，年少的，個個腰繫竹簍摘得多歡哪！姑娘和小伙子嘴上哼著豐收小調，兩手穿梭似的摘個不停，一朵朵棉花紛紛落入竹簍。幾個和我差不多大小的頑童，一會兒摘棉花，一會兒在棉花叢中捉迷藏，就像一群快樂的小鳥。

「沙沙，沙沙……」多麼富有節奏的音樂啊！原來，我到了玉米田，是秋風在指揮玉米葉演奏「豐收之歌。」吐著紅纓的玉米棒子，在黃綢帶似的玉米葉間時隱時現，多麼誘人……

「穎穎，來看奶奶啦？」奶奶家的鄰居王大媽一邊在玉米林裡喊我，一邊掰下幾個玉米棒子，扔了過來，「帶回家去燒著吃吧！」眼前的大玉米棒子，早就饞得我直流口水了，我不客氣地提起玉米棒子，說了聲「謝謝！」就回奶奶家去了……

秋天的田野，充滿了生機，充滿了活力。

（取材自《讓作文躍上新臺階》[20]）

20　見閻銀夫主編《讓作文躍上新臺階》（北京：北京大學出版社，2000年6月一版一刷），頁195-197。

附：國文科（作文）行為目標教學活動設計實例

<table>
<tr><td>教學科目</td><td>作文</td><td>教學單元</td><td>論孝</td><td>教學時間</td><td>一百分鐘</td></tr>
<tr><td>教學班級</td><td>三年十六班</td><td>人　　數</td><td>四十九人</td><td>設計教學者</td><td></td></tr>
<tr><td>教
學
研
究</td><td colspan="5">一、教材分析
（一）文題：論孝
（二）寫作要點：
1. 內容：⑴先簡單的解釋文題，肯定孝的價值。說明孝道的重要性。
⑵以歷史史實、民間故事、前賢名言、成語俗諺引喻假設等來印證渲染。
⑶強調孝的實踐。
⑷最後加上個人的感想，總括全文作結。
2. 形式：採用論說文的體材寫作。
二、教學重點：
用提示法來引起寫作動機，用講解、問答、討論法引導學生審題、立意，選材、布局、修辭、修改、撰稿、寫作。</td></tr>
<tr><td></td><td colspan="2">單元目標</td><td colspan="3">具體目標</td></tr>
<tr><td>教
學
目
標</td><td colspan="2">一、認知方面
1. 能了解論說文的寫作技巧。

2. 能在指定的範圍內進行審題、構思、取材及組織內容。

二、技能方面：
3. 能了解自己作品的優、缺點；鑑賞別人的佳作。

4. 能用適當文句闡明事理，完成文章。</td><td colspan="3">1－1 能說出作文前的準備工作。
1－2 能說出作文時應注意事項。
1－3 能說出論說文的寫作要點。
2－1 能說出題目涵義。
2－2 能說出寫作題旨。
2－3 能選取適當的寫作材料。
2－4 能說出論說文例證之運用。
2－5 能說出全文布局。
3－1 能自我評量。
3－2 能了解評語的意思。
3－3 能和老師共同評鑑優缺點。
3－4 能欣賞他人的佳作。
4－1 能審視文題、確立中心思想。</td></tr>
</table>

	單元目標	具體目標
教學目標	三、情意方面： 5. 能針對文題，認真習作。 6. 能透過本文習作，了解固有道德的重要，培養孝親的觀念，實踐孝順的美德。	4－2 能蒐集適當材料，引用例證，擬定各段章旨。 4－3 能運用適當文句表情達意。 4－4 能正確使用標點符號。 5－1 能專心習作。 5－2 能喜愛寫作。 6－1 能認識孝順的重要。 6－2 能報告自己及他人的孝行。 6－3 能引導學生探究孝的真諦及行孝的具體方式。 6－4 由孝於父母，擴大到忠於國家，盡到對民族的大孝。

	節次	月	日	教學重點
時間分配	一	4	24	（一）共同訂正前一單元習作、佳作欣賞。 （二）研討本單元寫作要點。
	三	4	24	全體學生習作。

教學目標		教學活動	教具	時間	教學效果評量	備註
教學過程	1－1 1－2	甲、準備活動 一、課前準備 1. 學生蒐集寫作資料。 2. 教師課前準備教材。			能事先準備。	
	3－1 3－2 3－3 3－4	二、檢討鑑賞： 1. 共同訂正： (1)認題不清、立意不明。 (2)例證、譬喻、引言不當。 (3)遣詞造句不妥。	印發講義	12'	能指出錯誤，並說明理由。	

教學目標		教學活動	教具	時間	教學效果評量	備註
教學過程		(4)標點錯誤。				
		(5)錯別字。				
	3－3	2. 佳作欣賞：		7'		
	3－4	(1)立意。	印發講義			
		(2)結構。			能舉出文中的佳句及要點。	
		(3)修辭。				
	3－1	3. 成果評量：		3'		
	3－2	(1)全班評鑑。				
	3－3	(2)優缺點的研討。				
		（前一單元結束）			能了解自己作品的優缺點。	
		三、引起動機，提出文題：		7'		
	3－4 5－2	1. 由「教孝月」談起。				
		2. 請同學講述孝順的事。	掛圖			
		3板書文題：論孝。			能接受提示、思考題旨。	
		乙、發展活動				
		一、討論重點：				
		1. 審題：		2'		
	2－1 2－2	(1)題意的解釋及其內容。			能說出題意，能指出文體。	
		(2)應採何種文體？				
	2－2	2. 立意：確立中心思想——孝順的重要。		1'		
		3. 選材：		8'		
	2－3 2－4	(1)從歷史事實、民間故事、前賢名言、成語			能舉出有關實例。	

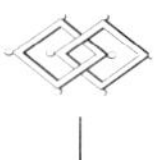

教學目標		教學活動	教具	時間	教學效果評量	備註
教學過程		俗諺、假設事例來聯想。				
	4—1	(2)從生活中體驗。				
	1—3	二、指導寫作技巧：		5'		
	2—3	1. 論說文的四要點：	掛表			
	2—4	(1)主張。				
	4—2	(2)例證。				
	4—3	(3)說理。		5'	能提出答案，舉出例證。	
		(4)結論。	掛表			
		2. 文的布局：				
	4—4	(1)是什麼、為什麼、怎麼樣、結論法。				
	5—1 5—2	(2)起、承、轉、合法。			能了解論說文的作法，並能靈活運用。	
		(3)演繹法。				
		(4)歸納法。		60'		
		（第一節結束）	掛表			
	6—1	丙、綜合活動				
	6—2	一、各自習作。				
	6—3 6—4	（巡視行間、個別指導、解答疑難。）			能擬定大綱，撰寫本文。能專心習作。	
		二、檢討鑑賞（下一單元前舉行）				

（本例由陶德群老師提供[21]）

21　見王更生先生《國文教學新論》，同注9，頁198-201。

【附錄一】

文章的體裁

文章的體裁，單就它的作法來說，可依據現行國民中、小學及高中（職）國文課程的分法，分為記敘、論說、抒情與應用四種。茲分述如下：

一、記敘文

記敘文是據所見、所聞、所思、所感，以記敘人、事、物等各種靜態或動態的一種文章。這種文章，通常可依它的內容性質，分為記人、敘事、狀物、寫景、記遊等五類。

（一）記人的記敘文

主要用以記敘人的姓名、年齡、身分、形貌、個性、嗜好、專長或言行等。如：

> 我的媽媽姓王名美滿，今年四十歲，不高不矮，不胖不瘦的……她的嗜好有：賞花、品茶、談天、旅行、閱覽書刊、欣賞音樂和唱歌。（廖惠如）

在這節文字裡，作者就記敘了她媽媽的姓名、年齡、形貌和嗜

好。又如：

> 這位許老師個性隨和，有著天真的童稚之心，是初出茅廬的老師，和學生大同小異，因此能和我們融洽相處，她的臉圓圓的，字也圓圓的，正如她圓熟的處事態度，絕不會有稜有角，和別人爭論不休，也能虛心的接納別人的意見，我總是把她當成知己好友，和她談天說笑，遊戲玩耍，不亦樂乎。她善長繪畫，並寫一些意境深刻的抒情短文。（洪敬倫）

作者在這節文字裡，則記敘了他老師的姓氏、身分、個性、形貌、言行與專長等，依序寫來，井井有條。

（二）敘事的記敘文

主要用以記敘一、二件或多件事的經過情形，如：

> 溜冰場滿大的，裡面有許多人在溜冰，其中有一個小弟弟，身上穿了一件黃外套，在溜冰場上橫衝直撞，看他雖然小，可是技術還真不賴，連我都得甘拜下風呢！看他「哇！」大喊一聲就衝了過來，再來個急轉彎，嘻！他真像一顆陀螺，煞不住了就滴溜溜地轉個不停，然後又「碰！」的一聲跌坐在地上，躺下去像死了一般，一動也不動的，過了好一會兒才起身，然後又開始笑嘻嘻地繼續玩耍，真是可愛呀！另外還有個小男生，穿著白色的褲子，看起來像個溜冰生手，一直跌倒，腳上自然也是一塊紫、一塊紅，但他還是一副不服輸的樣子，還

> 不斷地努力練習，看到他不畏艱難、努力奮鬥的樣子，真令我佩服呀！（吳蒔涵）

在這段文字裡，作者記述了她到溜冰場練習溜冰的經過，所記的是一件事情。又如：

> 有一個星期日，我跟同學們約好到台灣大學的操場上去玩。我帶著飛盤、躲避球等好玩的運動器材，同學們都爭先恐後的向我借飛盤，我們玩得非常高興。不久，有一位同學借給我一輛腳踏車，我騎了好久，都騎不好。那位同學教我學腳踏車的技巧，可是，我還是不會騎，好不容易，才騎了一、兩步，但是，卻摔破了皮，我忍著痛，心裡想：一定要把它克服。經過不斷的練習，不氣餒，不膽怯，跌倒了再爬起來，終於學會了。（黃柏鈞）

作者在這兩段文字裡，先記敘了玩飛盤的情形，再記敘了學腳踏車的經過，所記的是兩件事情。

（三）狀物的記敘文

主要用以記敘靜、動物的形態、性質或功用等，如：

> 從山海關到嘉峪關，有一面全長一萬二千七百公里的長牆，很像一條從山上躺到海邊的巨龍，這條巨龍就是中國有名的萬里長城！（陳彥呈）

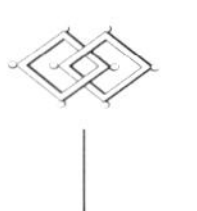

在這段文字裡，記敘了萬里長城（靜物）的形態，作者將它比喻作龍，十分貼切。又如：

> 只要有一撮泥土，
> 我就能萌芽；
> 只要有一滴露珠，
> 我就會微笑。（林若凡）

這是一首題作「小草」新詩中的一段，在這兒，作者採擬人的手法，記敘了小草無地不生的性質，很活潑生動。再如：

> 我家的狗是一隻全身都是黃毛的「混血兒」狗，但卻比價值幾萬塊的狗還珍貴、可愛。牠有那烏溜溜的大眼，也有那捲捲的尾巴，看起來真是可愛極了！……牠不論什麼時候都可以帶給我們快樂。（賴亭秀）

在這節文字裡，作者記敘了小狗的形態與功用，所記的是動物，與上兩例有所不同。

（四）寫景的記敘文

主要用以記敘自然景象。如：

> 大自然是那麼奧妙，大自然是那麼的奇異，大自然是那麼的多采多姿，大自然是讓人探索不完，大自然是令人捉摸不定。它彷彿就是一位大畫家，畫出了世界的美。雨，一滴滴的落在大地上，好像在跳芭蕾舞似的，多麼

的輕盈優美。

風，一陣陣的吹在花草的身上，好像在說笑話，笑得花兒低了頭，草兒也彎了腰，多麼的活潑快樂。

雲，一朵朵的飄來飄去，它有著各式各樣的變化，代表著自由，多麼的潔白純淨。

月，閃爍著光芒，像光澤亮麗的珍珠，綴飾在柔軟的黑緞子上，真是皎潔呀！

海，輕拍著沙灘，低低吟唱著，無邊無際，是那麼的浩瀚寬闊。

山，一座座翠綠的山，要是從山上俯瞰著大地，那種感覺，只有親身體會才能知道。壯麗的山，真是高聳啊！

太陽，高興時，會笑得合不攏嘴，將口中的光芒照耀著我，使農作物生長得好。有時，又像一個酒醉的人，紅著臉，回家休息。太陽！太陽！好像是個紅火球呀！

大自然的世界是千變萬化的，希望我們這些靈長動物——人，能夠好好的愛護，讓美妙的大自然充滿著整個地球！使到處都和諧、快樂。（吳怡珍）

這篇文章題作「大自然」，採「凡（總括）、目（條分）、凡（總括）」的形式，將雨、風、雲、月、海、山和太陽所構成的自然美景，描述得非常清新動人。

（五）記遊的記敘文

主要用以記敘旅遊或參觀行程中的種種經歷。如：

今天是一個晴空萬里的好天氣，也是我們最快樂的一

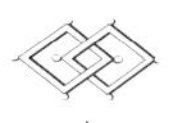

天，因為老師要帶我們去動物園參觀，增進我們的知識。

我們先去參觀半球體放映室，題目是「速度」，是把影片快速的放出，使觀眾更有臨場感。然後我們到教育中心參觀，最令我印象深刻的是犁牛，牠生長在很高的山上，身上長滿了又粗又密的長毛，是為了要適應寒冷的天氣。還有滿州虎，牠是一種凶猛而殘忍的動物，牠有伸縮自如的爪子和銳利的牙齒，所以可很快的捕捉到獵物。而蒙苦馬是一種矮種馬，牠跑得很快，所以古代的蒙古人常常騎著牠在草原上奔跑。

這時已經十二點了，老師帶我們去可愛動物區去用餐，那裡有許多可愛的動物，其中最可愛的是小猩猩，牠會學人做動作，牠的智商也不比平常人低哦！我又看到了三隻小豬，牠們身上長滿又黑又短的毛，看上去一副懶洋洋的樣子，真是名副其實的「豬哥」，我們吃完飯後，老師就帶我們去地下室上課，那裡的老師放了許多有關鳥的圖片給我們看，有軍艦鳥、信天翁、藍腹鷴……等，牠們的築巢方法也各有不同，有的用石頭，有的用唾液，真是五花八門。

看完了幻燈片介紹，我們坐車到鳥園去賞鳥，那裡最特別的是聞花官悉鳥，牠的嘴巴很大，身上長滿了彩色的羽毛，非常鮮艷。還有一種禿鷲，產於非洲，喜歡吃動物的屍體，也算是一種環保清潔工吧！我們又從亞洲動物區逛到非洲動物區，裡面最特別的是——河馬，最重達二、三噸，具有特殊比重，所以能在水中自由行走，我們又看到：查普曼斑馬、劍角羚羊、弓角羚羊、食火

> 雞、阿拉伯直角羚羊……等。
>
> 這一次到動物園參觀，我的收穫非常多，使我對動物的了解也更多了，牠們的產地、特性我也都一清二楚，這種活動，好處很多，希望常常有機會再去參觀。（洪敬霖）

這篇文章題作〈動物園參觀記〉，依次記敘了作者參觀動物園裡半球體放映室、教育中心、可愛動物區、鳥園、亞洲動物區、非洲動物區的經過，把所見到的動物，一一加以簡要的介紹，對小朋友而言，是一篇可讀性頗高的記遊記敘文。

一般說來，記敘文只是記人、敘事、寫景、狀物、記遊而已的話，文章的感染力是會大打折扣的。因此，作者往往會藉著它來抒發議論或感想，上舉的〈大自然〉與〈動物園參觀記〉二文就是如此，這樣，不但可凸顯文章的中心意旨，更能增強文章的感染力。

二、論說文

論說文是發表自己主張、批評他人意見，以說服讀者的一種文章。這種文章由於是合議論與說明兩者而成的，所以稱為論說文。從表面上看來，議論該有主觀的主張，而說明則可憑客觀的闡述，但兩者實在很難藉主、客觀來畫分清楚，因此國民中小學與高中的國文課程標準就把它們合為一類。

論說文就它的內容性質，可大別為論人、論事、論物等三類：

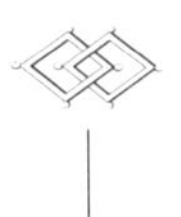

（一）論人的論說文

最早見於古代的史書，這些史書在敘完一人或多人的事蹟以後，往往以「贊曰」或「論曰」作引，用簡短的文字，對歷史人物的一生表現作頌贊或評論，如〈史記〉的〈孔子世家贊〉、〈漢書〉的〈蘇武傳論〉便是。不過，這可說是附屬性質的文字，真正以單篇形式寫作的，到了後來就日漸多了起來，如宋代的蘇軾就有〈范增論〉、〈留侯論〉、〈賈誼論〉等文。

（二）論事的論說文

是最為常見的，如題作〈論交友〉、〈談母愛〉、〈論虛心〉、〈談禮節〉、〈生存與奮鬥〉、〈理想與現實〉、〈助人為快樂之本〉、〈論課外閱讀的重要〉、〈我對自願就學方案的看法〉等，都是這一類的論說文。底下舉一篇文章作例子看看：

> 成功與失敗是相對的。當你成功時，也許你是嚐盡了各種失敗才得到這份喜悅的，所以就更加珍惜了。即使是一次就成功，但也不十分珍貴，往後或許會失敗也說不定。反正，就是沒有由失敗而成功的那份喜悅，那份濃厚的成就感。
>
> 成功是「甜」的，失敗是「苦」的。任何一個人都喜歡成功，有誰喜歡失敗呢？但當你經歷過種種失敗後，那麼成功的果實，就更加甘醇，更加有味了，不是嗎？
>
> 古今中外，哪一個偉人不是飽盡辛酸苦辣，才獲得成功的。

像美國的萊特兄弟，為了發明一架飛機，實現了人類自古以來想在天空翱翔的夢想，製作過程中花費了不少人力，財力和物力，嚐盡各種的挫折，一再的修改，一再的試驗，終於為交通史上創下了輝煌的成就。

春秋時代，越王勾踐被吳王打敗，在吳國受盡凌辱，臥薪嚐膽，經過了十年的生聚教訓，終於打敗了吳王，這就是由失敗而成功的典型例子。這許許多多的歷史都在訴說著，成功的背後都是血淚辛酸，而且唯其如此，成功才更顯得可貴。

凡是經得起考驗的人，在失敗之後，會抹去淚水，再一次的接受挑戰，直到成功為止。

人生不如意者十之八九，人本來就是由不斷的失敗中吸取經驗，成功的人永遠是面對現實，接受挑戰的；但失敗也不可恥，只要記取失敗的教訓，就會有成功的一天。沒有打不倒的敵人，沒有衝不破的難關，更沒有不勞而獲的事情。這種種都是上帝給予的磨練，我們就更應該去接受挑戰，跨越失敗，迎向成功之路。（葉佳綺）

這篇文章題作〈成功與失敗〉。首、次兩段為緒論，用破題法揭示論點；三、四、五、六等四段為本論，用「凡（總括）、目（條分）、凡（總括）」的形式，舉中外人的故事作為例子，來證明首、次兩段的論點；末段為結論，總結上兩個部分的意思作收。顯然地，這是採論說文中最常見的「緒論（凡）、本論（目）、結論（凡）」的結構所寫成的一篇文章。

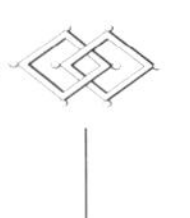

（三）論物的論說文

比起論事的論說文來，雖然較為少見，但也不乏這類的作品。如題作〈談海〉、〈說月〉、〈談虹〉、〈說鳥〉、〈談地球〉、〈談大自然〉、〈論人造花〉、〈談行道樹〉、〈談歲寒三友〉等，都是這類的作品。茲舉例如下：

> 有這樣一個故事。
>
> 有人問，世界上什麼東西的氣力最大？回答紛紜得很，有的說「象」，有的說「獅」，有人開玩笑似的說；是「金剛」。金剛有多少氣力，當然大家全不知道。
>
> 結果，這一切答案完全不對，世界上氣力最大的，是植物的種子。一粒種子所可以顯現出來的力，簡直是超越一切的。
>
> 這兒又是一個故事。
>
> 人的頭蓋骨結合得非常緻密，堅固，生理學家和解剖學家用盡了一切的方法，要把它完整地分開來，都沒有成功。後來忽然有人發明了一個方法，就是把一些植物的種子放在要剖析的頭蓋骨裡，給與溫度和濕度，使種子發芽。一發芽，這些種子便以可怕的力量，將一切機械力所不能分開的骨骼，完整地分開了。植物種子力量之大如此。
>
> 這也許特殊了一點，常人不容易理解。那麼，你見過被壓在瓦礫和石塊下面的一棵小草的生長嗎？它為著嚮往陽光，為著達成它的生之意志，不管上面的石塊如何重，石塊與石塊之間如何狹，它總要曲曲折折地，但是

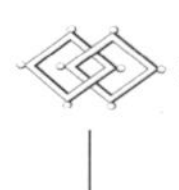

頑強不屈地透到地面上來。它的根往土裡鑽，它的芽望地面挺，這是一種不可抗的力，阻止它的石塊結果也被它掀翻。一粒種子力量之大如此。

沒有一個人將小草叫做大力士，但是它的力量之大，的確世界無比。這種力是一般人看不見的生命力。只要生命存在，這種力就要顯現，上面的石塊絲毫不足以阻擋它，因為這是一種「長期抗戰」的力，有彈性，能屈能伸的力，有韌性，不達目的不止的力。

如果不落在肥土中而落在瓦礫中，有生命力的種子決不會悲觀，嘆氣，它相信有了阻力才有磨鍊。生命開始的一瞬間就帶著鬥志而來的草才是堅韌的草，也只有這種草，才可以傲然地對那些玻璃棚中養育著的盆花哄笑。

（夏衍）

這篇文章題作〈野草〉，作者在此，先以兩個故事作引，說明植物種子力量之大；再扣緊題目，以被壓在瓦礫或石塊下一棵小草的生長過程，證明它力量之大；然後發出議論，將「生命只有奮鬥才能傲然生存」的一篇主旨，作有力的表達。敘次既明晰，而議論也極精闢，是一篇不可多得的好文章。

論說文由於往往須藉人、事、物來說理，所以在文中大都夾有記敘的文字，如上舉的〈成功與失敗〉一文，在本論的舉例部分，即屬記敘的文字；再如上舉的〈野草〉一文，在開端藉兩個故事作引的部分，則是採夾敘夾議的手法寫成的，因此，論說文中夾有記敘的文字，是極為普遍的現象。

還有，一篇完整的論說文，應具有論點、論據和論證三大要素。論點也稱論題，是作者對論述的問題所提出的看法和主

張；論據是說明論點的理由和材料；論證是用論據證明論點的推理過程和方法。就以上舉的〈成功與失敗〉一文來說，首先提論點（緒論），次舉論據（本論），然後作一總結（結論），將論點作進一層的發揮，用的是「凡、目、凡」，即融合演繹與歸納而成的論證方法；而〈野草〉一文，則先舉論據，再提論點，用的是歸納的論證方法。可見這兩篇文章都具備了論說文的三大要素，可說是完整的議論文。

三、抒情文

抒情文是抒發內在情感，以激起共鳴的一種文章。這類文章，以題材的來源來分，可大別為懷人、觸景、感事、感物等類。懷人的，用以抒寫生離死別的情感、親情或戀情；觸景的，用以抒寫觸及外界景象所引起的情思；感事的，用以抒寫對於事件所激起的感想；感物的，用以抒寫由客觀之物所引生的思想情意。如：

> 春雨，古今中外有多少人讚美你！「隨風潛入夜，潤物細無聲」這是杜甫描述你偷偷來到人間的佳句。春雨，你可知道農民是怎樣地盼望你呀！
>
> 春雷一聲，你可來臨了，無聲無息地下著，雨絲如煙似粉。竹林裡新撥節的翠竹，田野裡的綠苗，池塘邊的垂柳，剛剛綻開的粉色桃花，在水霧碎雨中，綠瑩瑩，細潤潤。
>
> 暖融融的雨絲好像一串串的珍珠，又好像春姑娘的鞭子，抽打著冬天的陰影，驅趕著料峭的寒意。你是那樣

> 的纖細，卻又是如此不可抗拒。你粉碎了堅冰的頑抗，瓦解了積雪的防禦；你把冰冷的硬殼化作了裊裊飄飛的水霧，化作了潺潺的小溪，化作了滔滔滾動的潮水。
>
> 柔情的春雨，你多麼像一位天使，從山那邊跑來，你拖著乳白的寬大的裙子，罩著整個村莊，乾渴的大地等待著你的擁抱；你滿頭插著潔白的花，在雲霧中吻著土地。你看：所有的種子都翻個身，打著滾兒，揉揉惺忪的眼睛，伸個懶腰，打個哈欠，一切復甦了。
>
> 一場溫暖的春雨，亮晶的雨絲，綿綿的雨絲，又好像春姑娘撥動的琴弦，春風是你輕柔的手指，彈出了一首首動人的歌曲。你又好像春姑娘手中繡花的針線，一針針，一線線，繡出了一片清新和翠綠，也有點點耀眼的金黃；你繡啊！繡啊！繡出了嫩生生、水靈靈的新葩新蕾！還有翩翩起舞的蜜蜂……
>
> 春雨，我希望你永駐人間！（林力）

這篇文章題作〈春雨〉，乍看起來，像是篇記敘文，但它寓情於景，含有作者強烈的主觀情感，所以它只是描寫了春雨之下大地所呈現的生機勃勃、春意盎然之景象而已，卻通過這些，反映了作者對生命、民族，甚至家國的由衷熱愛、擁護與讚美之情。這也就是王國維所說的「一切景語，皆情語」啊！因此，這是一篇「寓情於景」的抒情文。

由於情感的抒發，通常不只借助一種題材而已，所以上述懷人、觸景、感事、感物等題材，都可能同時出現在同一篇文章裡。如：

校園周圍的木棉樹已落盡了繁花，棉絮迎風而起。鬱郁的樟樹，即將充滿了知了的叫聲。知了、知了，我們都知了，一個分離的時刻即將來臨，我們即將告別六年的小學生涯，心中油然升起一股因別離而肝腸寸斷的感覺，夾雜著一些因將升上國中而興奮莫名的情緒。

校園裡，每一株草、每一棵樹、每一個角落，每一個廊柱，都帶著我們的回憶和許許多多的笑聲，這一切的一切都像是衣物染上了油墨，擦也擦不掉，洗也洗不掉。多少個旭日東升，多少個彩霞滿天，我和老師、同學一起切磋學藝，而今必須面對別離，有誰能忍得住滿眶熱淚呢？童年的腳步聲，越走越遠。我常聽國中的大哥哥、大姊姊說：「快樂的童年已經走遠了，所以要好好捉住少年的黃金時光喔！」

歲月的磨練，使我們不再懵懂無知；成長，教我們學會珍惜人生。辛勤的師長們，傳授了我們更多的知識，付予我們分辨是非善惡的能力，尤其讓我們有足夠的勇氣去面對困難、面臨考驗，在一次次的跌倒中站起來。展望未來，似錦的前程正等待著我們去開發。六年來，我們得到的太多：師長們貼心的關懷，同學們如手足般親蜜的友誼，使我沐浴在充滿愛的天堂中。我永遠會記住：校長的諄諄訓示、老師的循循善誘、校園裡青翠的草木、上課的悠悠鐘聲。

畢業不是結束，而是另一個階段的開始。再見了！母校，我們將帶著無數的回憶，離開您溫暖的懷抱，再見了！師長，帶著您們的祝福，奔向萬里前程。今日我們以幸安為榮，期待他日幸安以我們為傲。（劉鳳琳）

這篇文章題作〈回憶那一串晶瑩的日子〉，是透過回憶，抒發依依離情的作品。共分四段：首段主要由校園裡的棉絮的迎風與知了的叫聲（景），來觸生離情；次段主要先由校園裡的草、樹、角落、廊柱（物），來襯托離情，再由與老師、同學（人）一起切磋學藝的回憶（事），來渲染離情；三段主要由師長（人）的教誨（事）、同學（人）的友誼（事），來推深離情；末段總括上三段的意思，藉揮別母校與期待未來，表出依依離情作收。很明顯地，這是冶人、景、事、物為一爐的一篇文章。

經由上舉的例子，可知抒情文，也和論說文一樣，時常要用到記敘的文字，有人因此以為記敘文是其他各體之根本，這個看法是一點也沒錯的。

四、應用文

記敘文是用以記敘事物情狀的，所重在「象」；論說文是用以闡明事物道理的，所重在「理」；抒情文是用以抒發內在情思的，所重在「情」；而應用文，則將以上各種體裁應用到一定的格式裡，所重在「用」。

應用文就它的用途與格式，大約可分為公文、書信、規章、契約、對聯、題辭、會議文書、啟事、柬帖、簡報、名片、日記、條據、慶弔等類。其中與學校的一般作文最有關聯的，只有日記與書信，茲各舉一例，以見一斑。

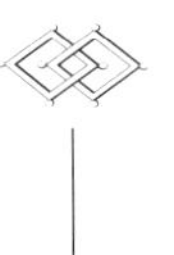

1. 日記，如：

今天是兒童節，天氣非常好，是個旅遊的好日子，一家人一起去中山科學研究院玩，一家人約好了時間就出發了。

中山科學研究院是個風景優美的地方，裡面有寬闊的草地、藍藍的天空，和青翠的松樹、柏樹。

中山科學研究院，不但風景怡人，也是我們國家科學的搖籃，這個地方有研究飛彈、戰車和國防武器，所以進去和出來都必需要有通行證。

我們一家人除了弟弟以外，出去玩都喜歡悠悠閒閒的，所以我們很喜歡這個地方。如果你仔細一聽，一定能聽到許多鳥叫聲、蟲叫聲和你從來沒聽過的聲音。

我們在中山科學研究院的草原上玩球、丟飛盤、打羽毛球、放風箏，玩得非常高興，尤其是放風箏，跑得我都快累「死」了，它還是飛不起來，這時我生氣了，把風箏用力一甩，沒有想到風來了，咻的一聲飛起來了，我高興得叫了起來。

我的家人喜歡這個地方，也希望我的朋友也喜歡這個地方。（吳維新）

本篇題作〈日記一則〉，記敘作者一家人到中山科學院去玩的經過情形，是採記敘體裁所寫成的作品。日記除了要記日期、天候外，最主要的就是求真，不能無中生有，也不必推砌詞藻，這是一般記敘文不同的地方。

2. **書信**，如：

親愛的如琪：

你好嗎？我好想念你，你在美國過得好不好？當你去美國之前，曾說過你永遠都是我的好朋友。不知道你現在還記不記得這句話。

班級的成績單公布了，我的成績退步了，因為自然考壞了，所以分數被拉下來。想起以前，老常常常誇獎你品學兼優，相信，你現在還是被老師肯定為「乖寶寶」。

你來信問我說，你不知道交朋友的訣竅，因為那裡都是外國人，使你不知所措，而且語言又不通，實在很難交朋友。我認為，你應該不要緊張，先去尊重別人，主動找他們玩，不可畏畏縮縮，古人說：「愛人者，人恆愛之，敬人者，人恆敬之。」這句話說得一點也不錯。還有不要因為別人做錯了事，便大發脾氣。這樣別人就會疏遠你。「嚴以待己，寬以待人。」希望你能記住這句話，而能交到許多朋友。

最近我在學游泳，因為剛學，所以一開始就喝了好幾口水，咳了老半天，難過得很。你以前在班級裡，是大家公認的游泳好手，請你教教我游泳的方法，好不好？

現在五年級要舉辦班級的合唱比賽，因此，我常在家裡大展歌喉，把家人吵得受不了了，我只好閉緊嘴巴，免得家人又要跟我抱怨了。

談了這麼多，也想聽聽你的消息。請趕快回信吧！

祝

身體健康

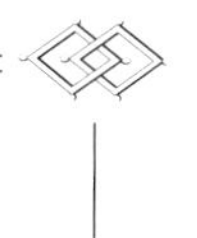

學業進步！

友張卓文　敬上

八十一年四月二十一日

這封信，有開端的「稱呼」與末尾的問候語（祝身體健康、學業進步）、署名（張卓文）、敬辭（敬上）、時間（八十一年四月二十一日）和正文，是用新式書信結構寫的。在正文的部分裡，首段抒情，次段敘事，三段說理，四、五與末段敘事，將記敘、論說、抒情融為一體，最可看出應用文與其他文體間的關係。

（原載《十里長的蛙鳴——文章的體裁》，臺北：錦繡文化企業、圖文出版有限公司，1993 年 8 月初版，頁 3-35）

【附錄二】

談辭章聯絡照應的幾種技巧

辭章的各種材料，除了要排定它們的先後次序外，是須進一步的用有形或無形的銜接手段，把它們聯成一氣的。這就像裁剪一件衣料，在排好各個部位的順序後，須再用絲線，或內藏，或外露，將它們連綴起來，否則就無法使它們聯貫成一個整體了。這種銜接的手段，大致說來，可分為兩種：一是有形的，稱基本聯絡；一是無形的，稱藝術聯絡。茲依序舉例說明如次：

一、基本的聯絡

這種聯絡，據黃錦鋐著《中學國文教材教法》一書所舉，有聯詞、聯語、關聯句子與關聯節段等四種方式。茲依其所分，舉例說明如左：

（一）用聯詞作上下文之接榫

這是詞章最基本的聯絡方式，大約可分為如下數種：

1. 以直承聯詞作上下文接榫者：常用作上下文接榫的直承聯詞，有因、因之、因為、乃、遂、故、是以、是故、所以、

於是等，如：

- 我因詆諆時政，狂名日著，及詩草刊行，益為清吏所忌。
- 李老伯事前擘畫周詳，因禹州有他所設商號，令我往避。
- 自歎不能在家歡笑一堂，因之更加想念你的活潑神態，不能忘懷。
- 正因為這裡的竹子們創造了它們獨特的風格，創造了它們獨特的姿態，所以，喜歡這些竹林的人是很多的。
- 管仲曰：「老馬之智可用也。」乃放馬而隨之，遂得道。
- 至是，德威求公之骨不可得，乃以衣冠葬之。
- 念無與樂者，遂步至承天寺，尋張懷民。
- 是以滿政府一日不去，中國一日不免於危亡；故欲保全國土，必自驅滿始。
- 試用於昔日，先帝稱之曰「能」，是以眾議舉寵為督。
- 此皆良實，志慮忠純，是以先帝簡拔以遺陛下。
- 孔子曰：「三人行，則必有我師。」是故弟子不必不如師，師不必賢於弟子。
- 如果一件事業能夠成功，便能夠享大名。所以我勸諸君立志，是要做大事，不要做大官。
- 上行出中渭橋，有一人從橋下走出，乘輿馬驚。於是使騎捕，屬之廷尉。
- 其取蜜也，分其贏而已矣，不竭其力也。於是故者安，新者息。

2. 以轉折聯詞作上下文接榫者：常用作上下文接榫的轉折聯詞，有而、然、然而、然則、但、但是、第、顧、否則、不過、可是等，如：

- 當夜來的時候，整個城市裡都是繁絃急管，都是紅燈綠酒。而我們在寂靜裡，我們在黑暗裡。
- 凡此瑣瑣，雖為陳述，然我一日未死，則一日不能忘。
- 吾黨菁華，付之一炬，其損失可謂大矣！然是役也，碧血橫飛，浩氣四塞。
- 於是人人都成了一個差不多先生。——然而中國從此就成了一個懶人國了。
- 雖命之所存，天實為之，然而累汝至此者，未嘗非予之過也。
- 而死後之有知無知，與得見不得見，又卒難明也。然則抱此無涯之憾，天乎，人乎，而竟已乎！
- 他有一雙眼，但看的不很清楚；有兩隻耳朵，但聽的不很分明。
- 她是慈母兼任嚴父，但她從來不在別人面前罵我一句，打我一下。
- 這些舊道德，中國人至今還是常講的。但是現在受外來民族的壓迫，侵入了「新文化」。
- 兒死不足惜，第此次之事，未曾稟告大人，實為大罪！
- 顧自民國肇造，變亂紛乘，黃花岡上一坏土，猶湮沒於荒煙蔓草間。
- 他得遵守交通規則，尊重一切別人的權利。否則，他的車子或許早已四輪朝天。

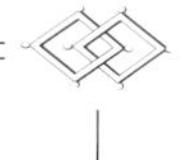

- 祖母的話，老天爺什麼的，我覺得是既多餘，又落伍的。不過，我卻很尊敬我的祖父母。
- 許多做大事成功的人，不盡是在學校讀過書的，也有向來沒有進過學校的，不過那種人是有他天生的長處。
- 今天走同明天走，也還差不多；可是火車公司未免太認真了。

3. 以推展聯詞作上下文接榫者：常用作上下文接榫的推展（含假設）聯詞，有也、又、亦、或、而、而或、尤其、至於、至若、若夫、若是、如、如果，假如、例如、譬如、甚至、並且、還有、苟或、也許等，如：

- 我的日子滴在時間的流裡，沒有聲音，也沒有影子。
- 昂首觀之，項為之強。又留蚊於素帳中，徐噴以煙，使之沖煙飛鳴。
- 岸芷汀蘭，郁郁青青。而或長煙一空，皓月千里，浮光耀金，靜影沈璧。
- 一切都要照著新生活的六項原則——整齊、清潔、簡單、樸素、迅速、確實——切實做到，尤其是整齊、清潔、格外要緊。
- 一個人能憑良心做事，那就好了。至於其他一切，還是能夠想得開、看得遠來得好。
- 至若春和景明，波瀾不驚，上下天光，一碧萬頃。
- 若夫霪雨霏霏，連月不開；陰風怒號，濁浪排空。
- 如使平民皆習於兵，彼知有所敵，則固以破其奸謀，而折其驕氣。

- 鄉下人家照例總要養幾隻雞，你如果從他們的門前屋後走過，定會瞧見一隻母雞，率領一群小雞，在竹林中覓食。
- 平常你們總說：「沒人知道我。」假如有人知道你們，能用你們，又可以有什麼表現呢？
- 不過在稍稍複雜的情形之下，我們就往往不容易明白關係的所在。譬如有了疾病，不請醫生而求祐於神道。
- 我是個主張趣味主義的人，倘若用化學化分「梁啟超」這件東西，把裡頭所含一種原素名叫「趣味」的抽出來，只怕所剩下的僅有個零了。
- 人們可以拿茶杯在井中舀水，絕不需繩索等工具。甚至用一支筷子往地下一扎，拔起來便是一線清泉。
- 常數月營聚，然後敢發書。苟或不然，人爭非之。
- 努力之於成功，一如水到自然渠成。也許，有時候我們發現：經由辛勤的付出，卻未必有所獲得。

4. 以總括聯詞作上下文接榫者：常用作上下文接榫的總括聯詞，有都、總之、凡此、總此、如此、這樣等，如：

- 無論是澎湃的思潮，或涓涓的情致，發而為一首詩、一篇文，或一支歌，都是一種珍貴的泉水。
- 總之，讀書要會疑，忽略過去，不會有問題，便沒有進益。
- 凡此瑣瑣，雖為陳跡，然我一日未死，則一日不能忘。
- 總此十思，弘茲九德。
- 今募天下入粟縣官，得以拜爵，得以除罪；如此，富人

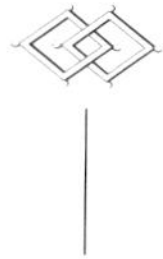

有爵，農人有錢，粟有所渫。

- 個個學生能夠愛清潔，尚整齊，身體強，精神好，這樣一定可以成為一個健全的國民。

（二）用聯語作上下文之接榫

聯貫辭章的上下文，通常只用一般聯詞，是不夠的，必須另用一些上舉聯詞以外的詞語來擴充，才能應付裕如。而所謂的「語」，其實也是詞，只不過為了與上舉的聯詞有所區別，所以稱為「語」罷了。如：

- 一日，見二蟲鬥草間，觀之，興正濃，忽有龐然大物，拔山倒樹而來。
- 如果別人都不迎接，我們就負責把光明迎來。這時，或許有一個早起的孩子走了過來。
- 忽然間，看見蘆叢後火光一閃，一會兒，又一閃。
- 近幾年來，父親和我都是東奔西走，家中光景，一日不如一日。
- 但他終於不放心，怕茶房不妥帖；頗躊躇了一會。其實，我那年已二十歲。
- 後來他在一個錢鋪裡做夥計；他也會寫，也會算。
- 他說完了這句格言，就絕了氣。他死後，大家都很稱讚差不多先生樣樣事情看得破，想得通。
- 縣人來，聞蹕，匿橋下。久之，以為行已過。
- 我愛鳥。從前我常見提籠架鳥的人，清早在街上遛達。
- 以上四點，僅僅是個人日常生活上的幾種習慣，平淡無奇的，沒有什麼大了不起。

- 孟子曰：「有為者，譬如掘井；掘井九仞，而不及泉，猶為棄井也。」成敗之數，觀此而已！
- 吃過晚飯，又到隄上閒步。這時北風已息，誰知道冷氣逼人。
- 稚暉先生在北平的時候，曾經教過我的書。那時，我住宿、讀書都隨著他在一起。
- 先生見了我，第一句話就笑著問：「你嘗試經過怎麼樣？」當時，我也不知道從何說起。一個月後，我把這十四年來的經過，寫成一篇報告，送給先生看。
- 這天，先生顯得特別和藹可親，慈祥笑容伴著銳利的目光，這一位老人的影子，是我永遠不能淡忘的。此後，我每次從江西到重慶，都要去看他。
- 如果你到過巴黎，你會覺得它不但是法國人的都市，而且是你自己的都市；同樣地，北平不僅是中國人的都市，也是全世界人士的都市。
- 鄒君海濱，以所輯黃花岡烈士事略，丐序於予。時予方以討賊督師桂林。
- 昔者先王知兵之不可去也，是故天下雖平，不敢忘戰。
- 今者治平之日久，天下之人，驕惰脆弱，如婦人孺子，不出閨門。
- 當是時也，商君佐之，內立法度，務耕織，修守戰之具，外連衡而鬥諸侯。

除了上引例子之外，另有因修辭技巧，如感歎、呼告、鑲嵌、類疊、頂真等，也使某些詞語充當了上下文接榫的，如：

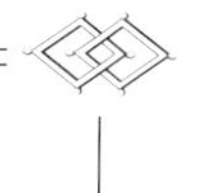

- 苟或不然，人爭非之，以為鄙吝。故不隨俗靡者蓋鮮矣。嗟乎！風俗頹敝如是，居位者雖不能禁，忍助之乎！
- 可是，不管你選擇什麼路，必須要不停留地一步步地走去。朋友，只管走過去吧！
- 春不得避風塵，夏不得避暑熱，秋不得避陰雨，冬不得避寒凍。
- 那雙眼睛，如秋水，如寒星，如寶珠，如白水銀裡頭養著兩丸黑水銀。
- 道狹草木長，夕露沾我衣。衣沾不足惜，但使願無違。

（三）用關聯句子作上下文之接榫

寫作辭章，如果關聯語詞已經不夠用，那就得運用關聯句子來作上下文的接榫了。如：

- 她說：「你總要踏上你老子的腳步，我一生只曉得這一個完全的人，你要學他，不要跌他的股。」她說到傷心處，往往掉下淚來。
- 十天之中，總有八、九天我是第一個去開學堂門的。等到先生來了，我背了生書，才回家吃早飯。
- 我隨口回答：「娘（涼）什麼！老子都不老子呀。」我剛說完了這句話，一抬頭，看見母親從家裡走出，我趕快把小衫穿上。
- 胡漢傑，他家開的是雞蛋店，還有林湖，他父親是警員。一想到他們，我就覺得人生充滿了意義。

- 心之所向，則或千或百，果然鶴也。昂首觀之，項為之強。
- 舌一吐而二蟲盡為所吞。余年幼，方出神，不覺呀然驚恐。
- 那年冬天，祖母死了，父親的差使也交卸了，正是禍不單行的日子。喪事完畢，父親要到南京謀事，我也要回北京念書，我們便同行。
- 信中說道：「我身體平安，惟膀子疼痛得厲害，舉箸提筆，諸多不便，大約大去之期不遠矣。」我讀到此處，在晶瑩的淚光中，又看見那肥胖的青布棉袍、黑布馬褂的背影。
- 黔婁之妻有言：「不戚戚於貧賤，不汲汲於富貴。」味其言，茲若人之儔乎？
- 差不多先生差不多要死的時候，一口氣斷斷續續地說道：「活人同死人也差……差……差……不多，……」他說完了這句格言，就絕了氣。
- 祇是面前的冰，插得重重疊疊的，高出水面有七、八寸厚。再望上游走了一、二百步，祇見那上游的冰，還一塊一塊地慢慢價來。
- 於是故者安，新者息，丈人不出戶而收其利。今其子則不然：園廬不葺，污穢不治。
- 漁歌互答，此樂何極！登斯樓也，則有心曠神怡、寵辱偕忘、把酒臨風，其喜洋洋者矣。
- 至今每吟，猶惻惻耳。且置是事，略敘近懷。僕自到九江，已涉三載，形骸且健，方寸甚安。
- 這篇序文裡面，我有兩句話說：「革命之學，大學也；

革命之道，大學之道也。」大家要知道，革命的學問，並不是外國來的學問，而是一個中國固有的學問。

- 是其曲彌高，其和彌寡。故鳥有鳳而魚有鯤。鳳凰上擊九千里，絕雲霓，負蒼天……。
- 夫尺澤之鯢，豈能與之量江海之大哉？故非獨鳥有鳳而魚有鯤也，士亦有之。夫聖人瑰意琦行，超然獨處，夫世俗之民，又安知臣之所為哉？

（四）用關聯節段作上下文之接榫

作者在行文時，往往也會用一節或一段文字來作上下文的接榫，以補關聯詞語和句子之不足。如范仲淹〈岳陽樓記〉的第二段，於敘述了岳陽樓的大觀，亦即常景之後，有節文字說：

> 然則北通巫峽，南極瀟湘，遷客騷人，多會於此，覽物之情，得無異乎？

有了這節文字作上下文之接榫，藉「然則」這個聯詞作一轉折，帶出「北通巫峽」四句，從而逼出「覽物之情，得無異乎」的兩句話來，自然的就可以把常景一截過到變景一截、用三、四兩段來實寫「覽物異情」的種種，而末段也就有了有力的憑藉，以反照出古仁人之用心，並進而得出「先天下之憂而憂，後天下之樂而樂」的篇旨來。所以這一節文字雖短，卻是肩負著有聯貫和照應上下文的重大任務的。又如李陵〈與蘇武書〉，在一開端，描述北方苦寒景象與自身「絕於漢後，不得

歸，久辱於外之苦」（林雲銘《古文析義》卷三）之後，說：

> 嗟呼子卿！人之相知，貴相知心。前書倉卒，未盡所懷，故復略而言之。

作者就由這一節文字作引，帶出一大段話來，追述當年以五千之眾對十萬之軍，不得已而投降的經過與用心。顯然的，這節文字是專門作承上啟下用的。又如劉鶚的〈黃河結冰記〉，它的第二段，主要是用以描寫黃河水面上擠冰的情景，而第三段則主要是描寫黃河水面上打冰的情景。就在這兩者中間，作者寫道：

> 老殘復行望下游走去，過了原來的地方，再望下走，只見……。

這一節文字，無疑的也是用作上下文接榫的。另外，作者在第四段描述了遠近雪月交輝的景致後，接著於第五段寫：

> 老殘就著雪月交輝的景致，想起謝靈運的詩：「明月照積雪，北風勁且哀」兩句，若非經歷北方苦寒景象，那裡知道「北風勁且哀」的一個「哀」字下得好呢？

作者在這裡，引謝靈運的詩，轉景為情，拈出一個「哀」字，以上收一、二、三、四等段之景，並下啟末段之情。這樣，不但聯貫了四、六兩段，也把全文貫穿成一個整體了。又如《史記・孟荀列傳》，在記孟子與騶衍事蹟之間，有段文字

云：

> 其（孟子）後有騶子之屬，齊有三騶子：其前騶忌，以鼓琴干威王，因及國政，封為成侯，而受相印，先孟子。其次騶衍，後孟子。

而在記騶衍與稷下諸子，如淳于髡、慎到、田駢、接子、環淵、騶奭等人事蹟之間，又有段文字云：

> 自騶衍與齊之稷下先生，如淳于髡、慎到、環淵、接子、田駢、騶奭之徒，各著書，言治亂之事，以干世主，豈可勝道哉！

這兩段文字，很清楚的可以看出是作為引渡用的；有了這些文字作引渡，便把原本各自獨立的片段，很緊密的聯成一氣了。又如胡適的〈母親的教誨〉一文，首段採泛寫的方式，從每天天剛亮寫到天大明，由喊醒、指錯寫到催上學，以寫出他母親關心他學業，並在晨間於他犯事小時訓誨自己的情形。而第三段，則採實寫的方式，記一個夜晚，因自己穿衣說了輕薄話而受到母親重罰，以致生病的經過，寫出了他母親關心他健康，並在夜裡於他犯事大時訓誨自己的情形。就在這兩段間，作者這樣寫道：

> 我母親管束我最嚴，她是慈母兼任嚴父。但他從來不在別人面前罵我一句，打我一下。我做錯了事，她只對我一望，我看見了她的嚴厲眼光，便嚇住了。犯的事小，

> 她等到第二天早晨我睡醒時才教訓我。犯的事大，她等到晚上人靜時，關了房門，先責備我，然後行罰，或罰跪，或擰我的肉。無論怎樣重罰，總不許我哭出聲音來。她教訓兒子，不是借此出氣叫別人聽的。

由於一、三段，一寫清晨，一寫夜晚，一寫犯事小，一寫犯事大；都各自獨立，無法連成一體，於是作者又安排了這一段文字，以作為承上啟下之用。顯而易見的，這一段自首句起至「便嚇住了」句止，是同時照應一、三兩段的；「犯的事小」兩句，是上應起段來寫的；自「犯的事大」起至段末，是下應第三段來寫的。這樣，一面收起段，一面啟後段，十足的發揮了聯貫的作用。又如杜預的〈春秋左氏傳集解序〉一文，在依次說明了《春秋》、《左氏傳》與《集解》的體例、特色之後，接著說：

> 或曰春秋之作，左傳及穀梁無明文，說者以為仲尼自衛返魯，修春秋，立素王，丘明為素臣。言公羊者亦云：黜周而王魯，危行言遜，以避當時之害，故微其文、隱其義。公羊經止獲麟，而左氏經終孔子卒，敢問所安？

藉著這段文字，作者將古來有關孔子作《春秋》、黜周王魯與經止何時等問題，以「或曰」二字帶出，然後分段依問作答，使得原本碎亂且各自獨立的問題，貫成一個整體，技巧可以說是相當高妙的。

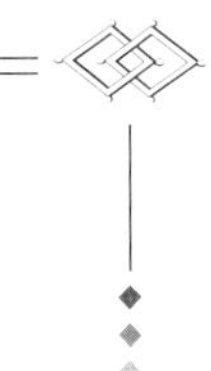

二、藝術的聯絡

這種聯絡，據黃錦鋐著《中學國文教材教法》一書所列，有首尾呼應、暗伏明應、一路照應、層遞接應、過渡聯絡等五種。茲概括為局部性的前呼後應與整體性的一路照應兩類，分別舉例說明於後：

（一）前呼後應

這是就前後局部材料或思想情意的一種呼應而言，常用於各類辭章。

詩如：

杜審言〈和晉陵陸丞早春遊望〉

獨有宦遊人，偏驚物候新。雲霞出海曙，梅柳渡江春。淑氣催黃鳥，晴光轉綠蘋。忽聞歌古調，歸思欲霑巾。

杜甫〈曲江〉

一片花飛減卻春，風飄萬點正愁人。且看欲盡花經眼，莫厭傷多酒入脣。江上小堂巢翡翠，苑邊高塚臥麒麟。細推物理須行樂，何用浮榮絆此身？

孟浩然〈宿桐廬江寄廣陵舊遊〉

山暝聽猿愁，滄江急夜流。風鳴兩岸葉，月照一孤舟。建德非吾土，維揚憶舊遊。還將兩行淚，遙寄海西頭。

首篇就呼應來看，凡分兩組：一是「偏驚」與「歸思欲霑巾」句，一是「物候新」與「雲霞出海曙」四句，兩組分別照應，藉早春的物候，充分的襯托出了作者讀陸丞詩後所湧生的無限別恨。次篇和首篇一樣，也分兩組來呼應：一是用起聯「一片花飛減卻春」兩句與頸聯「江上小堂巢翡翠」兩句，藉飛花減春、翡翠巢堂、麒麟臥塚的殘敗景物，暗寓萬物好景無常的盛衰道理，以照應結聯的「細推物理」；二是用頷聯的「且看欲盡花經眼」兩句，藉飲酒賞花，表出珍惜光陰、及時行樂的意思，以照應結聯的「須行樂」，從而引出「何用浮榮絆此身」一句，發生感慨收束，脈絡是十分清晰的。末篇就材料的呼應上來說，大約也可分為兩組：一是就「陸」上呼應，一是就「水」上呼應。前者以起首「山暝」句一呼，由「風鳴」句與「建德」兩句回應；後者以「滄江」句一呼，由「月照」句與「還將」兩句回應。這樣水陸相間地詠來，自然能馭繁為簡，顯得有條不紊了。

詞如：

韋莊〈菩薩蠻〉

人人盡說江南好，遊人只合江南老。春水碧於天，畫船聽雨眠。　　壚邊人似月，皓腕凝霜雪。未老莫還鄉，還鄉須斷腸。

蘇軾〈念奴嬌・赤壁懷古〉

大江東去，浪淘盡、千古風流人物。故壘西邊，人道是、三國周郎赤壁。亂石崩雲，驚濤裂岸，捲起千堆雪。江山如畫，一時多少豪傑。　　遙想公瑾當年，小

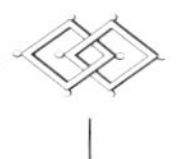

喬初嫁了，雄姿英發。羽扇綸巾，談笑間、檣櫓灰飛煙滅。故國神遊，多情應笑我，早生華髮。人間如夢，一尊還酹江月。

辛棄疾〈清平樂・題上盧橋〉

清泉犇快，不管青山礙。十里盤盤平世界。更著溪山襟帶。　　古今陵谷茫茫，市朝往往耕桑。此地居然形勝，似曾小小興亡。

首闋就呼應來說，與上舉的三首詩一樣，也分為兩組：一是以起句「人人盡說江南好」先呼，而以「春水碧於天」四句回應；一是以次句「遊人只合江南老」先呼，而以結二句回應。這樣，經由抽象（虛）與具體（實）作先後的呼應，作者便將他那有家歸不得，必須終老江南的悲哀，巧妙的抒發出來了。次闋則約分三組來先後呼應：一是就「水」上呼應，先以「大江東去」一呼，後由「浪」、「驚濤裂岸，捲起千堆雪」、「江」回應；二是就「山」上呼應，先以「故壘西邊」、「赤壁」一呼，後由「亂石崩雲」、「山」回應；三是就「人」上呼應，先以「千古風流人物」一呼，後由「三國周郎」、「多少豪傑」為應，從而領出下半闋來敘寫「人」事，成功的將年老華白、一事無成的自己與當年雄姿英發、建立不朽功業的周瑜，作成尖銳的對照，以寫年華虛度、「人間如夢」的深切感慨來。這樣由「江」（含人）、「山」（含人）而折到「人」事，彼此前後呼應，章法是相當綿密的。末闋則和首闋一樣，共分兩組來呼應：一是由上片「清泉犇快」四句，實寫上盧橋周遭的美麗風景，以照應篇末的「此地居然形勝」句；一是由下片開頭的「古今陵谷茫茫」兩句，透過想像，虛寫陵谷、市朝的變幻，以照應結尾的「似曾小小興亡」句。如此一呼一應，作者就把感慨興亡的意思作了充分的表達。

散文如：

王安石〈讀孟嘗君傳〉

世皆稱孟嘗君能得士，士以故歸之，而卒賴其力，以脫於虎豹之秦。嗟呼！

孟嘗君特雞鳴狗盜之雄耳，豈足以言得士！不然，擅齊之強，得一士焉，宜可以南面而制秦，尚何取雞鳴狗盜之力哉！雞鳴狗盜之出其此士之所以不至也。

這篇短文，是採正反映照的技巧寫成的；也就是說：針對孟嘗君是「得士」抑或「特雞鳴狗盜之雄」來加以議論。其中「世皆稱孟嘗君能得士，士以故歸之」與「豈足以言得士」、「得一士焉」、「此士之所以不至也」等句，或正或反，彼此相互呼應；而「特雞鳴狗盜之雄」也與「尚何取雞鳴狗盜之力哉」、「雞鳴狗盜之出其門」等句，先後呼應，以表出孟嘗君始終不能得士的一篇旨意來。尤其是在用「嗟呼」二字陡然一轉之後，作者仿回文的技巧，將「雞鳴狗盜」（甲）與「得士」（乙）聯貫成甲而乙、乙而甲、甲而乙的形式，使得文章產生往復呼應的效果，手法是極為高明的。又如：

韓愈〈進學解〉

國子先生，晨入太學，召諸生立館下，誨之曰：「業精於勤荒於嬉，行成於思毀於隨。方今聖賢相逢，治具畢

張。拔去兇邪，登崇俊良。占小善者率以錄，名一藝者無不庸。爬羅剔抉，刮垢磨光。蓋有幸而獲選，孰云多而不揚？諸生業患不能精，無患有司之不明；行患不能成，無患有司之不公。」

言未既，有笑於列者曰：「先生欺余哉！弟子事先生，於茲有年矣。先生口不絕吟於六藝之文，手不停披於百家之編；紀事者必提其要，纂言者必鉤其玄；貪多務得，細大不捐，焚膏油以繼晷，恆兀兀以窮年；先生之業，可謂勤矣。

觝排異端，攘斥佛老；補苴罅漏，張皇幽眇；尋墜緒之茫茫，獨旁搜而遠紹；障百川而東之，迴狂瀾於既倒；先生之於儒，可謂有勞矣！

沈浸醲郁，含英咀華；作為文章，其書滿家；上規姚姒，渾渾無涯；周誥、殷盤，佶屈聱牙；春秋謹嚴，左氏浮誇；易奇而法，詩正而葩；下逮莊騷，太史所錄，子雲相如，同工異曲；先生之於文，可謂閎其中而肆其外矣！少始知學，勇於敢為；長通於方，左右具宜；先生之於為人，可謂成矣！然而公不見信於人，私不見助於友，跋前躓後，動輒得咎；暫為御史，遂竄南夷；三年博士，冗不見治。命與仇謀，取敗幾時！冬煖而兒號寒，年豐而妻啼飢。頭童齒豁，竟死何裨？不知慮此，而反教人為！」

先生曰：「吁！子來前！夫大木為杗，細木為桷；欂櫨侏儒，椳闑扂楔；各得其宜，施以成室者，匠氏之工也。玉札、丹砂、赤箭、青芝、牛溲、馬勃、敗鼓之皮；俱收並蓄，待用無遺者，醫師之良也。登明選公，

雜進巧拙，紆餘為妍，卓犖為傑；校短量長，惟器是適者，宰相之方也。

昔者孟軻好辯，孔道以明，轍環天下，卒老於行。荀卿守正，大論是弘，逃讒於楚，廢死蘭陵。是二儒者，吐辭為經，舉足為法，絕類離倫，優入聖域；其遇於世何如也？

今先生學雖勤而不繇其統，言雖多而不要其中，文雖奇而不濟於用，行雖修而不顯於眾。猶且月費俸錢，歲糜廩粟，子不知耕，婦不知織，乘馬從徒，安坐而食。踵常途之促促，窺陳編以盜竊。然而聖主不加誅，宰臣不見斥，茲非其幸歟？動而得謗，名亦隨之；投閒置散，乃分之宜。若夫商財賄之有亡，計班資之崇痺、忘己量之所稱，指前人之瑕疵，是所謂詰匠氏之不以杙為楹，而訾醫師以昌陽引年，欲進其豨苓也。

這篇文章凡分三大段：自篇首至「無患有司之不公」，設為先生誨言，是第一大段；自「言未既」至「不知慮此而反教人為」，設為弟子難詞，是第二大段；自「先生曰吁」至篇末，設為先生解答，是第三大段。這三段的文字，前呼後應者，隨處可見，茲依段落之先後列舉如次：

在第一大段裡，開端的「業精於勤荒於嬉，行成於思毀於隨」兩句，與段末的「諸生業患不能精，無患有司之不明；行患不能成，無患有司之不公」四句，彼此前後呼應。而段末的四句，既用以勉學者，更為通篇議論張本。

第二大段共分五節，首節述先生廣研經、史、子、集，長年勤苦不休，這是針對首段「業精於勤」四字來說的；所以過

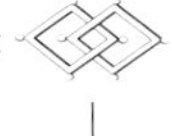

商侯說：「以上稱其勤于己業，是一段。」(《古文評注》卷八）次節述先生攘斥佛老，維護道統，這也是針對首段的「業精於勤」來說的；所以過商侯說：「以上稱其有功于儒，徵其業之精，是二段。」（仝上）三節述先生文有所本，閎中肆外，這同樣是照應首段的「業精於勤」來說的；所以過商侯說：「以上稱其有得于文，徵其業之精，是三段。」（仝上）四節述先生志立道通，這是針對首段的「行成於思」來說的；所以過商侯說：「以上稱其為人之成立。上三段論業精，此只論行成，是四段。」（仝上）五節述先生位卑祿薄，這是照應首段「有司之不明」、「有司之不公」來說的；所以過商侯說：「此段駁言先生業精行成如彼，而有司之不明、不公如此，是先生之教全不足信矣。此結是尾」(仝上)。

第三大段共分三節，首節以匠用木、醫用藥為喻，說明宰相用人有巧拙長短之不同，這是應首段「登崇俊良，占小善者率以錄，名一藝者無不庸」三句來說的。次節述孟、荀業精行成，優入聖域，卻不能期其必遇。其中「昔者孟軻好辯」四句，是應次段的「頭童齒豁」句來說的；而「荀卿守正」四句，是應次段的「竟死何裨」句來說的；至於「吐辭為經，舉足為法」兩句，是應首段的「業精於勤」、「行成於思」兩句來說的。三節則先生故作謙詞，表示無怨尤之意作結。其中「今先生學雖勤而不繇其統」句，用以「解上『口不絕吟』一段」（林雲銘《古文析義》卷五）；「言雖多而不要其中」句，用以「解上『觝排異端』一段」（仝上）；「文雖奇而不濟於用」句，用以「解上『沈浸醲郁』一段」（仝上）；「行雖修而不顯於眾」句，用以「解上『號寒』、『啼飢』句」（仝上）；「乘馬從徒」四句，用以「解上『三年博士』句」（仝上）；「然而聖主不加誅」三句，用以「解上『不見信』、『不見助』句」（仝上）；「動而得謗」兩句，用以「解上『動輒得咎』句」（仝上）；「投閒置散」兩句，用以「解上『冗不見治』句」（仝上）；「若夫財賄之有無」四句，用以總應次段第五節「不明」、「不公」之指責；「是所謂詰匠氏之不以杙為楹」兩句，用以「抱前（三段首節）二喻」（仝上）；可以說句句都與前文互相呼應，手段之高，是不得不令人讚佩的。

林雲銘總評此文說：「首段以進學發端，中段句句是駁，末段句句是解，前呼後應，最為綿密。」（《古文析義》卷五）經過上文大略的分析，的確已足以看出韓愈此文呼應之綿密來了。又如：

文天祥〈跋劉翠微罪言稾〉

崔子作亂於齊，太史以直筆死，其弟嗣書而死者二人，書者又不輟，遂舍之。崔子豈能舍書己者哉？人心是非之天，終不可奪；而亂臣賊子之暴，亦遂以窮。

當檜用事時，受密旨以私意行乎國中，簸弄威福之柄，以鉗制人之七情，而杜其口。胡公以封事貶，王公送之詩、陳公送之啟俱貶。檜之窮凶極惡，自謂無誰何者矣。而翠微劉公，猶作罪言以顯刺之，公固自處以有罪，而檜卒無以加於公。噫！彼豈舍公哉？當其垂殁，凡一時不附和議者，猶將甘心焉。公之罪言，直未見爾。由此觀之，賊檜之逆，猶浮於崔；而公得為太史氏之最後者。祖宗教化之深，人心義理之正，檜獨如之何哉？

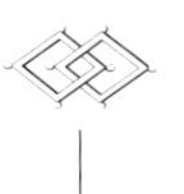

公之孫方大，出遺？示予，因感而書。

本文凡分三段，其中末段敘作跋因由，我們可以把它放在一邊，不予理會。而一、二兩段，就呼應上來說，則顯然兩兩比並，前後映照，條理清晰異常。首先是首段的「崔子作亂於齊」句，與二段「當檜用事時」五句，彼此呼應。其次是首段的「太史以直筆死」句，與二段的「胡公以封事貶」句，兩相呼應。再其次是首段的「其弟嗣書而死者二人」三句，與二段的「王公送之詩」兩句，先後呼應。又其次是首段的「崔子豈能舍書己者哉」句，與二段的「噫，彼豈舍公哉」六句，兩兩照應；最後是首段的「人心是非之天」四句，與二段的「由此觀之」七句，遙相照應。可見這篇跋文，從前呼後應這一點看，與上舉韓愈的〈進學解〉，是一樣綿密、巧妙的。

（二）一路照應

這是就全篇思想情意或材料的一種照應而言，也常見於各類辭章。

詩如：

劉長卿〈新年作〉

鄉心新歲切，天畔獨潸然。老至居人下，春歸在客先。嶺猿同旦暮，江柳共風煙。已似長沙傅，從今又幾年？

杜甫〈聞官軍收河南河北〉

劍外忽傳收薊北，初聞涕淚滿衣裳。卻看妻子愁何在？漫卷詩書喜欲狂。白日放歌須縱酒，青春作伴好還鄉。

即從巴峽穿巫峽，便下襄陽向洛陽。

白居易〈賦得古原草送別〉

離離原上草，一歲一枯榮。野火燒不盡，春風吹又生。
遠芳侵古道，晴翠接荒城。又送王孫去，萋萋滿別情。

首篇是新歲懷鄉的作品。首句點題直起，將一篇的主旨「鄉心新歲切」拈出，以貫穿全詩。次句「天畔獨潸然」，敘獨處天涯，流淚不止，緊承起首，把新歲時所觸生的深切「鄉心」，作初步具體的表出。頷聯敘宦途不順，春先歸而己則還鄉無期，進一步的將「新歲鄉心」作渲染。頸聯寫客地新歲所見的淒涼景物，寓情於景，又把「新歲鄉心」推深了一層。結聯述「今既處境與賈生無異，惟不知此種生活何日得了」(見黃振民教授著《歷代詩評解》)，使得新歲所湧生的「鄉心」更「切」了。作者就這樣以「鄉心新歲切」從頭一路照應到篇末，令人讀後也感受到濃濃的鄉愁來。次篇是抒寫喜情的作品。起聯也和首篇一樣，點題直起，以「初聞涕淚滿衣裳」把自己一聞官軍收河南河北後「喜欲狂」的心情，先作具體的描述。然後於頷聯，由自身推及「妻子」身上，採設問的修辭技巧，藉妻子「漫卷詩書」的喜悅動作，帶出「喜欲狂」的一篇主旨來，以統一全篇。到頸聯以後，則改實寫為虛寫，透過想像，先於頸聯寫春日結伴還鄉的打算，再於結聯寫還鄉的路程，藉「放歌」、「縱酒」、「即從」、「便下」等詞的輔助，將「聞官軍收河南河北」後「喜欲狂」的心情，作進一層的描述，使得全詩從頭到尾都洋溢著「喜欲狂」的熱烈情緒。一路照應如此，那就難怪王右仲要說「此詩句句有喜躍意，一氣流

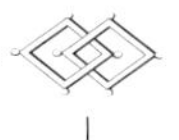

注而曲折盡情」(《歷代詩評解》引)了。末篇是抒寫別情的作品。起聯寫草生茂盛,先藉以帶出一份「別情」;頷聯寫草生無間,再藉以帶出一份「別情」;頸聯寫草生無邊,又藉以帶出一份「別情」。這三聯,從表面上看,是全針對著「原上草」來寫的,但所謂景中含情,就像《楚辭·招隱士》所說的「王孫遊兮不歸,春草生兮萋萋」,又如王維〈送別詩〉所說的「春草明年綠,王孫歸不歸」,已充分的透過「萋萋」之草,積累無限的離魂,以逼出尾聯不盡的「別情」來。這樣一路以草襯托離情貫穿到底,自然使全詩到處充盈著無限「別情」了。

詞如:

韋莊〈菩薩蠻〉

紅樓別夜堪惆悵,香燈半掩流蘇帳。殘月出門時,美人和淚辭。　　琵琶金翠羽,絃上黃鶯語。勸我早歸家,綠窗人似花。

馮延巳〈蝶戀花〉

幾日行雲何處去?忘卻歸來,不道春將暮。百草千花寒食路,香車繫在誰家樹?　　淚眼倚樓頻獨語:雙燕來時,陌上相逢否?撩亂春愁如柳絮,依依夢裡無尋處。

秦觀〈踏莎行〉

霧失樓臺,月迷津渡,桃源望斷無尋處。可堪孤館閉春寒,杜鵑聲裡斜陽暮。　　驛寄梅花,魚傳尺素,砌成此恨無重數。郴江幸自繞郴山,為誰流下瀟湘去?

首闋是抒寫別恨的作品。它的主旨「別夜惆悵」（即別恨），在起句即直接點明。接著先以「香燈半掩流蘇帳」句，就「紅樓」寫夜別的所在，為夜別安排一個適當的環境；再以「殘月出門時」兩句，藉「殘月」與「淚」，具體的寫在門外夜別的「惆悵」；然後於下片，承「香燈」句，追敘在樓上夜別的情景，經由美人之琵琶與言語，將「別夜惆悵」更具體的從中帶了出來。作者如此以「惆悵」一路照應，使人讀了，也不禁為之惆悵不已。次闋是春日傷別的作品。作者先在起三句，以暮春時行雲（象徵遊子）不知飄向何處，表出「無處尋」的一層「春愁」；再於「百草千花寒食路」二句，進一步的以寒食時香車不知繫於何處，表出「無處尋」的另一層「春愁」；接著在下片開端三句，以暮春（寒食）日不知雙燕是否與遊子相逢，表出「無處尋」的又一層「春愁」；然後在結二句，以夢後「無處尋」所湧生的「春愁」譬作撩亂的柳絮，回抱全詞作結。這樣以「無處尋」所湧生的「春愁」一路照應，作者夢後「無處尋」的內情，便透過所見「無處尋」的外景，具體的表達了出來。末闋是抒寫旅恨的作品。上片頭三句，寫的是無處歸隱之恨；「可堪孤館閉春寒」兩句，寫的是不得還鄉之恨；下片頭三句，則以寄梅傳書作為媒介，將一篇的主旨「恨」拈出，以照應全篇；末兩句，又「引『郴江』、『郴山』，以喻人之分別」（唐圭璋《唐宋詞簡釋》），把「恨」字再作一次具體之襯托，使得全詞充滿著無重數的「恨」意，叫人不忍卒讀。

散文如：

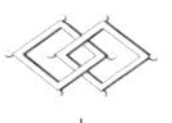

《史記·孔子世家贊》

太史公曰：詩有之：「高山仰止，景行行止。」雖不能至，然心鄉往之。余讀孔氏書，想見其為人。適魯，觀仲尼廟堂、車服、禮器，諸生以時習禮其家，余低回留之，不能去去。

天下君王至於賢人，眾矣。當時則榮，沒則已焉。孔子布衣傳十餘世，學者宗之。自天子王侯，中國言六藝者，折中於夫子，可謂至聖矣。

這篇贊文，首先引詩虛虛籠起，很自然的拈出「鄉往」兩個字，作為一篇的主眼，以貫穿全贊。接著就作者本身對孔子之「鄉往」寫起，先是「讀孔氏書」，以「想見其為人」表出「鄉往」之情；再來「觀仲尼廟堂」，以「低回留之，不能去云」表出進一層的「鄉往」之情。然後由本身推擴到孔門學者與「天子王侯、中國言六藝者」（全中國的讀書人）身上，依次以「宗之」、「折中於夫子」，更進一層的寫出他們對孔子的「鄉往」之情，帶著無比的說服力，結出「至聖」（嚮往到了極點的一種尊號）二字，以收束全文。這樣一路以「鄉往」兩字一節進一節的照應下來，使字裡行間充盈著無盡的仰止之意。又如：

袁宏道〈徐文長傳〉

徐渭，字文長，為山陰諸生，聲名籍甚，薛公蕙校越時，奇其才，有國士之目。然數奇，屢試輒蹶。

中丞胡公宗憲聞之，客諸幕。文長每見，則葛衣烏巾，縱談天下事。胡公大喜。是時，公督數邊兵，威鎮東南。介胄之士，膝語蛇行，不敢舉頭；而文長以部下一諸生傲之，議者方之劉真長、杜少陵云。會得白鹿，屬文長作表。表上，永陵喜。公以是益奇之，一切疏計，皆出其手。文長自負才略，好奇計，談兵多中，視一世事無可當意者；然竟不偶。

文長既已不得志於有司，遂乃放浪麴蘗，恣情山水，走齊、魯、燕、趙之地，窮覽朔漠。其所見山奔海立，沙起雷行，雨鳴樹偃，幽谷大都，人物魚鳥，一切可驚可愕之狀，一一皆達之於詩。其胸中又有勃然不可磨滅之氣，英雄失路、託足無門之悲。故其為詩，如嗔如笑，如水鳴峽，如種出土，如寡婦之夜哭、羈人之寒起。雖其體格時有卑者，然匠心獨出，有王者氣，非彼巾幗而事人者所敢望也。文有卓識，氣沈而法嚴，不以模擬損才，不以議論傷格，韓、曾之流亞也。文長既雅不與時調合，當時所謂騷壇主盟者，文長皆叱而奴之，故其名不出於越，悲夫！

喜作書，筆意奔放如其詩，蒼勁中姿媚躍出。歐陽公所謂妖韶女老，自有餘態者也。閒以其餘，旁溢為花鳥，皆超逸有致。卒以疑殺其繼室，下獄論死，張太史元汴力解，乃得出。晚年憤益深，佯狂益甚。顯者至門，或拒不納。時攜錢至酒肆，呼下隸與飲。或自持斧擊破其頭，血流被面，頭骨皆折，揉之有聲；或以利錐錐其兩耳，深入寸餘，竟不得死。

周望言，晚歲詩文益奇，無刻本，集藏於家。余同年有官越者，託以抄錄，今未至。余所見者，徐文長集、闕編二種而已。然文長終以不得志於時，抱憤而卒。

> 石公曰：先生數奇不已，遂為狂疾；狂疾不已，遂為囹圄，古今文人牢騷困苦，未有若先生者也。雖然，胡公閒世豪傑，永陵英主。幕中禮數異等，是胡公知有先生矣；表上，人主悅，是人主知有先生矣；獨身未貴耳。先生詩文崛起，一掃近代蕪穢之習；百世而下，自有定論，胡為不遇哉？梅克生嘗寄予書曰：「文長我老友，病奇於人，人人奇於詩。」余謂文長無之而不奇者也。無之而不奇，斯無之而不奇也，悲夫。

這篇文章是採先條述、後總括的形式，自始至終，繞著一個「奇」字寫成的。凡分六段：

首段先敘文長的名籍，再敘他雖有「國士」之目，卻屢蹶於科場，很技巧的拈出一個「奇」字（意分才奇與數奇）來貫穿全文。

次段敘文長因負才略，獲知於胡公與人主，卻始終不偶，以一應首段的「奇」字。

三段先以「不得志於有司」句，寫數奇，再以「遂乃放浪麴蘗」至「而事人者所敢望也」句止，寫詩奇；以「文有卓識」至「韓、曾之流亞也」句止，寫文奇；然後總承詩文一結，以「名不出越」，寫他數奇不偶，以二應首段的「奇」字。

四段首以「喜作書」至「自有餘態者也」，寫字奇；次以「閒以其餘」三句，寫畫奇；末以「卒以疑殺其繼室」至段末，藉他罹罪得救及憤世自戕的情事，寫他人奇、數奇，以三應首段的「奇」字。

五段先以「周望言」九句，藉敘其著作，回應第三段，寫他詩、文之奇；再以「不得志於時」兩句，寫他數奇，以四應首段的「奇」字。

末段則透過石公與梅客生的話，針對數奇、才奇、人奇，將上文的內容作一總括，以引出作者「無之而不奇（ㄑㄧˊ），斯無之而不奇（ㄐㄧ）」的贊語，回抱全文作結。

由以上簡單的分析，很容易的可以看出這篇文章是一路以「奇」字來照應的。過商侯說：「古人以數奇不得志而死者多有，未若文長之憤極而自戕者。篇中寫詩奇、文奇、字奇、畫奇，以至抱恨而死之奇，總由數奇二字寫來，悲壯淋漓，事事團湊，亦是奇事。」（《古文評注》卷十二）說得一點也不錯。又如：

張溥〈五人墓碑記〉

五人者，蓋當蓼洲周公之被逮，激於義而死焉者也。至於今，郡之賢士大夫，請於當道，即除魏閹廢祠之址以葬之；且立石於其墓之門，以旌其所為。嗚呼！亦盛矣哉！

夫五人之死，去今之墓而葬焉，其為時止十有一月耳。夫十有一月之中，凡富貴之子，慷慨得志之徒，其疾病而死，死而湮沒不足道者，亦已眾矣，況草野之無聞者與！獨五人之皦皦何也？

予猶記周公之被逮，在丁卯三月之望。吾社之行為士先者，為之聲義，斂貲財以送其行；哭聲震動天地。緹騎按劍而前，問「誰為哀者？」眾不能堪，抶而仆之。是時以大中丞撫吳者，為魏之私人，周公之逮所由使也，吳之民方痛心焉，於是乘其厲聲以呵，則譟而相逐，中丞匿於溷藩以免。既而以吳民之亂請於朝，按誅五人，

曰顏佩韋、楊念如、馬杰、沈揚、周文元，即今之傫然在墓者也。然五人之當刑也，意氣揚揚，呼中丞之名而詈之，談笑以死。斷頭置城上，顏色不少變。有賢士大夫發五十金，買五人之脰而函之，卒與屍合。故今之墓中，全乎為五人也。

嗟夫！大閹之亂，縉紳而能不易其志者，四海之大，有幾人歟？而五人生於編伍之閒，素不聞詩書之訓，激昂大義，蹈死不顧，亦曷故哉？且矯詔紛出，鉤黨之捕，遍於天下，卒以吾郡之發憤一擊，不敢復有株治；大閹亦逡巡畏義，非常之謀，難於猝發；待聖人之出，而投繯道路，不可謂非五人之力也。

由是觀之：則今之高爵顯位，一旦抵罪，或脫身以逃，不能容於遠近；而又有翦髮杜門，佯狂不知所之者；其辱人賤行，視五人之死，輕重固何知哉！是以蓼洲周公忠義暴於朝廷，贈諡美顯，榮於身後；而五人亦得以加其土封，列其姓名於大隄之上；凡四方之士，無有不過而拜且泣者，斯固百世之遇也。不然，令五人者，保其首領，以老於戶牖之下，則盡其天年，人皆得以隸使之；安能屈豪傑之流，扼腕墓道，發其志士之悲哉！

故予與同社諸君子，哀斯墓之徒有其石也，而為之記；亦以明死生之大，匹夫之有重於社稷也。賢士大夫者，冏卿因之吳公、太史文起文公、孟長姚公也。

這篇文章，與上舉〈徐文長傳〉正相反，是用先總括、後條述的形式寫成的。它首先拈出「激於義而死」、「亦盛矣哉」兩句，作為一篇之綱領，再握定此意，敘明五人「激於義而死」

的經過與影響，以見所以「盛」的原因；然後點出作記的因由，並補敘賢士大夫的姓名作結。文凡分六段：

首段首以「五人者」三句，點明五人的來歷；次以「至於今」一句，作時間上的聯絡，引出「郡之賢士大夫」五句，敘明五人的葬處與墓碑；末以「嗚呼！亦盛矣哉」，先贊一筆，以生發下文。

次段先以「夫五人之死」二句，緊承首段，從側面點出為五人立墓的時間；再疊以「夫十有一月之中」句，作為接榫，領出「凡富貴之子」七句，採對照的手法，使眾人之「無聞」與五人之「皦皦」成為尖銳的對比，以反跌出五人之死所以「盛」的原因。

三段開頭先以「予猶記」三字統攝下文，再依次以「周公之被逮」二句，敘明周公被逮的時間；以「吾社之行為士先者」四句，描述送行的場面；以「緹騎按劍而前」四句，描述毆打緹騎的情形；以「是時以大中丞撫吳者」三句，插敘吳郡巡撫的來歷，並交代他與周公被逮的關係；以「吳之民方痛心焉」四句，描述追逐巡撫的情形；以「既而以吳民之亂請於朝」四句，敘述按誅五人的慘事，並補出五人之姓名；以「然五人之當刑也」四句，描述臨刑時意氣揚揚的情形；以「斷頭置城上」二句，描述受刑後凜凜如生的事實；然後結以「有賢士大夫發五十金」五句，敘述墓中五人形體完整與所以能夠如此的原因，以回應首段，敘明蓼洲周公之被逮與五人義死所以「盛」的緣由與經過。

四段首先用「嗟夫」二字，發出感慨，以領出下文；接著以「大閹之亂」九句，再用對照的手法，將縉紳之改易素志，與五人之蹈死不顧，作了對比，以襯托出五人之偉大；然後以

「且」字作接榫，引出「矯詔紛出」十句，並斷以「不可謂非五人之力也」一句，指出五人之死義，功在國家，影響非常深遠（盛）。

五段一開端就以「由是觀之」一句，總括上意，以引發下文的議論。這個部分的寫法是這樣子的：首以「則今之高爵顯位」九句，應首段之「激於義而死」句，指出魏黨之抵罪與五人之死義，輕重有別；次以「是以」二字作直承之聯絡，帶出「蓼洲周公忠義暴於朝廷」八句，承首段之「盛」字，指出周公與五人是榮顯於身後的；末以「不然」二字一轉，先以「令五人者」五句一縱，後以「安能屈豪傑之流」三句一擒，由反面指明五人激於義而死的可貴，與身後所享之哀榮。

末段先以「故予與同社諸君子」五句，敘明作記的因由；再以「賢士大夫者」三句，補敘賢士大夫的姓名，應起作結。

很明顯的，此文一路以「激於義而死」、「亦盛矣哉」作照應。林雲銘說：「拏定激義而死一意，說得有賴於社稷，且有益於人心，何等關係，令一時附閹縉紳，無處生活。文中有原委，有曲折，有發揮，有收拾，華衮中帶出斧鉞，真妙篇也。」（《古文析義》二編卷八）可見此文之所以能流傳千古，不是沒有原因的。

以上所述，雖只是聯絡照應的幾種技巧而已，卻已足以看出在辭章創作上的重要性來。我們如果在上課時，能在這方面給予學生一些指引，相信對他們讀寫能力的提高，是會有相當幫助的。

（原載臺北：臺灣師大《中等教育》39卷6期，1988年12月，頁14-25）

國家圖書館出版品預行編目資料

新編作文教學指導／陳滿銘著．-- 初版．
-- 臺北市：萬卷樓，2007.09
面；　公分

ISBN 978-957-739-608-2（平裝）

1. 寫作法　2. 作文　3. 語文教學

802.703　　96016406

新編作文教學指導

著　　者／陳滿銘
發 行 人／陳滿銘
出 版 者／萬卷樓圖書股份有限公司
臺北市羅斯福路二段41號6樓之3
電話 (02) 23216565 · 23952992
傳真 (02) 23944113
劃撥帳號 15624015
出版登記證／新聞局局版臺業字第5655號
網　　址／http://www.wanjuan.com.tw
E-mail／wanjuan@tpts5.seed.net.tw
承印廠商／中茂分色製版印刷事業股份有限公司
定　　價／400元
出版日期／2007年9月初版
2009年2月初版二刷

ISBN 978-957-739-608-2